Mirka Mai

Ich darf dich nicht begehren

Verliebt in Worte. So kurz könnte man Mirka Mai schon recht gut erfassen. Bereits in frühen Kindertagen liebte sie es, gemeinsam mit ihrer Mutter und engsten Vertrauten stundenlang in den spannendsten Geschichten zu schmökern. Heute hat sich ihr Traum erfüllt und sie träumt selbst Worte aufs Papier. Mirka Mai liebt ihre Familie, ihren Labrador Mailo, Tiere im Allgemeinen und zieht einen gemütlichen Abend jeder Party vor. Außerdem ist sie Mitglied der Freikirche der Siebenten-Tags-Adventisten, die ihr sehr am Herzen liegt. Wer Mirkas Weg als Autorin verfolgen, oder Fragen zu einem ihrer Bücher stellen will, kann das gerne auf ihrem Instagramprofil @mirkamaii tun.

Mirka Mai

Ich darf dich nicht begehren

Charlotte und Ben

PIPER

Mehr über unsere Autoren und Bücher:
www.piper.de

Wenn Ihnen dieser Roman gefallen hat, schreiben Sie uns unter Nennung des Titels »Forbidden Feelings – Ich darf dich nicht begehren« an empfehlungen@piper.de, und wir empfehlen Ihnen gerne vergleichbare Bücher.

ISBN: 978-3-492-50309-9

Redaktion: Ulla Mothes
Konvertierung auf Grundlage eines CSS-Layouts von digital publishing competence (München) mit abavo vlow (Buchloe)
Covergestaltung: Alexa Kim »A&K Buchcover«
Covermotiv: PNGTree; Molodec_@depositphotos.com
Printed in Germany

Widmung

Für Silja!
Danke, dass du Forbidden Feelings fast so sehr liebst wie ich!

Für Anna!
Marvelbuddy, Quatschpartnerin, Online- und Reallife-Date! Ich bin froh, dass wir uns gefunden haben! Charlies Geschichte ist für uns #Seelenschwester.

Für Dich.
Du weißt, dass ich Dich meine. Dir widme ich dieses Buch, weil die Forbidden-Feelings-Reihe für immer Dir & Mir gehört.

Und für Euch alle da draußen.
Ich wünsche Euch die wahre Liebe. Einen Alex, einen Noah oder einen Ben. Die Liebe, die ihr sucht. Weil sie niemals perfekt, aber doch wunderschön ist.

Kapitel 1

Charlie

»Und dann hat er gesagt, dass ich auch so gut wie er wäre, wenn ich mehr lernen würde.«

Es ist ein wunderschöner, sonniger Tag Ende Januar, Vögel zwitschern fröhlich in den Bäumen, und die Sonne scheint mir mitten ins Gesicht.

Das Schnauben meines Pferdes unter mir beruhigt mich wie jedes Mal, und ich genieße das sanfte Schaukeln der Bewegung, das leise Schnaufen und die leicht erdige Luft, die mir in die Nase strömt.

»Charlie!«

Die empörte Stimme meiner besten Freundin dringt an meine Ohren und macht mich darauf aufmerksam, dass ich ihr nicht in angemessenem Maße Mitgefühl entgegengebracht habe.

»Sorry!« Schuldbewusst konzentriere ich mich wieder auf unsere Unterhaltung, die ich eigentlich auch im Schlaf führen könnte. Es geht – wie so oft – um eine der vielen dummen Sachen, die ihr all time on-off-Freund Adrian von sich gegeben hat.

Ich seufze lautlos und schüttle den Kopf.

»Adrian ist ein Idiot.«

Das ist meistens die richtige Antwort, wenn es um diesen Typ geht. Ich werde nie verstehen, warum sich eine so tolle Frau wie Priya ständig in die falschen Kerle verliebt und ausgerechnet bei *diesem* hängengeblieben ist. Und das nicht erst seit gestern.

Mit zehn Jahren verliebte sie sich in Peter Malley. In der ersten Pause wollte er Priya heiraten, in der zweiten teilte er sich mit Marianne Walker ein Erdnussbuttersandwich.

Priya war damals am Boden zerstört, und ich habe Peter so verhauen, dass er geheult hat. Ich musste eine Stunde nachsitzen, aber das war es wert. Bis heute hat sich an alldem nicht viel geändert, nur die Kerle wurden immer schlimmer, und Adrian ist der Gipfel.

»So schlimm ist er doch gar nicht«, widerspricht Priya, und ich rolle mit den Augen. Warum ist sie nur derart verblendet? Genau aus diesem Grund bin ich erklärter und glücklicher Single.

Ich werde mich erst auf den Mann einlassen, der mich nicht herablassend behandelt, mir nicht das Gefühl gibt, dass ich unter ihm stehe, und der sich kleine rote Blümchen aus dem Ohr zaubert.

Was ich damit sagen will: Ich bin davon überzeugt, dass es diesen Mann nicht gibt.

»Nein.« Die Ironie trieft mir dabei aus jeder Pore. »Du hast recht. Adrian ist toll.«

»Ach komm schon, Charlie.«

Priya pariert ihre Warmblutstute Toffee durch und wendet sich mir schmollend zu. »Du wirst dich auch mal verlieben, und dann wirst du mich verstehen.«

So viel Naivität entlockt mir ein Kichern.

»Ganz sicher n-«

Ein Vibrieren an meinem Bein stoppt mich, und ich ziehe mein Mobiltelefon aus der Tasche meiner Reithose.

Mom, verkündet das Display.

Plumps. Das war mein Hintern, der mit einem ordentlichen Knall auf dem Boden der Tatsachen aufgeschlagen ist.

»Oh nein.«

Ich gebe Priya ein kurzes Handzeichen zu warten und nehme den Anruf entgegen.

»Hi, Mom.«

»Wo um alles in der Welt bleibst du, Charlotte?«

Charlotte. Ich verkrampfe mich unwillkürlich beim Klang dieses Namens. Nur meine Eltern nennen mich so. Für alle anderen bin ich Charlie, und wenn man mich fragt, passt dieser Name ohnehin viel besser zu mir.

Charlotte, nein. Das bin einfach nicht ich. Unter der Trägerin dieses Namens stelle ich mir eine brav bezopfte Langweilerin vor, und davon bin ich nun wirklich meilenweit entfernt.

»Charlotte!«

Jetzt klingt Mom wirklich wütend. »Warum sitzt du immer noch auf dem Pferd? Ich stehe seit fünf Minuten am Stall und warte auf dich.«

Ich knirsche mit den Zähnen, und meine Antwort klingt angespannt.

»Weil ich es genieße, Mom.«

Ich atme drei Mal tief durch, bevor ich ihr einen Vorschlag unterbreite. »Wenn du nicht mehr warten willst, fahr ruhig. Dann laufe ich eben heim.«

Ich verstehe sowieso nicht, warum meine Mutter darauf besteht, jedes Mal am Stall auf mich zu warten, wenn ich in weniger als einer halben Stunde zu Fuß zu Hause sein könnte.

»Du weißt, dass dein Vater nicht möchte, dass du allein nach Hause läufst.«

Die Antwort kommt prompt, und ich kann den Blick, den sie dabei auf die Uhr wirft, beinahe hören. »Vor allem nicht um diese Uhrzeit.«

Ein leicht gequältes Lachen kommt über meine Lippen.

»Mom, es dämmert noch nicht mal.«

Ich nehme die Zügel in eine Hand, um ebenfalls einen Blick auf meine Armbanduhr zu werfen. Das darf ja wohl nicht wahr sein.

»Es ist gerade erst kurz vor vier!«

In diesem Augenblick frage ich mich wie so oft, warum ausgerechnet ich das Pech habe, einen Sheriff zum Vater zu haben.

»Euch ist aber schon klar, dass ich bald einundzwanzig und damit volljährig werde?« Ich kann einen spitzen Unterton nicht unterdrücken. »Dann könnt ihr mich nicht mehr rund um die Uhr bewachen lassen.«

Im Stillen denke ich allerdings, dass es Dad durchaus zuzutrauen wäre, dass er jeden Tag einen seiner Deputys abkommandiert, um seine erwachsene Tochter zu bewachen.

Nicht, dass es bei mir etwas zu bewachen gäbe. Selbst wenn mein Leben unter einer Käseglocke stattfände, wäre es vermutlich noch interessanter als jetzt.

»Hör auf mit mir zu diskutieren, komm zurück zum Stall und mach das Pferd fertig«, sagt meine Mutter in ihrem Jetzt-widersprichst-du-mir-besser-nicht-Ton.

Ich knurre.

»Ist okay, Mom. Ich komme gleich.«

Sie wegzudrücken fühlt sich befreiend an, und ich tätschele meinem Ares den Hals, der daraufhin zufrieden schnaubt.

»Deine Mom?« Priya klingt mitleidig, und als wir einen Blick tauschen, ist klar, dass wir unsere Diskussion fürs

Erste auf Eis legen. Seit dem Kindergarten sind wir die allerbesten Freundinnen und haben jede Krise miteinander durchlebt.

»Ja«, seufze ich, und mein Herz ist mit einem Mal ganz schwer. »Ich bin diese ständige Bevormundung so leid.«

Priya nickt verständnisvoll.

»Du solltest es einmal ganz in Ruhe ansprechen«, schlägt sie vor, und ich unterdrücke ein Lächeln. So ist meine Priya. Eine Problemlöserin wie sie im Buche steht.

»Komm, wir beeilen uns, dass wir zurückkommen«, sage ich und presse Ares die Fersen in die Flanken. Aus dem Stand springt er in den Galopp, und an Priyas Lachen höre ich, dass sie mir dicht auf den Fersen ist.

Erst kurz vor dem Stall parieren wir die Pferde durch und lassen sie den Rest des Weges am langen Zügel zurücklegen.

Mein Herz rast, und ich fühle mich leicht und frei. Dieses Gefühl lässt allerdings schnell nach, denn ich sehe unseren Bentley auf dem Hof parken.

Als wir durch das Tor reiten, wird die Tür auf der Fahrerseite geöffnet, und gleich darauf erscheinen die von zarten Nylonstrumpfhosen umspannten Beine meiner Mutter.

Der Anblick ihres hellgrünen Kostüms und der mintgrünen Pumps jagt mir einen Schauer über den Rücken, so fehl am Platz wirkt sie hier auf dem Pferdehof. Ihre Augen werden zwar von einer schicken Designersonnenbrille verdeckt, aber trotzdem kann ich den stechenden Blick spüren, den sie mir nun zuwirft.

»Das wurde aber auch Zeit«, stellt sie mit kritischem Unterton fest, während ich mich aus dem Sattel schwinge und leicht am Boden abfedere.

»Hi, Mrs Evans«, begrüßt Priya meine Mom, die mit einem knappen Nicken darauf reagiert, bevor sie sich wieder mir zuwendet, während Priya mit einem mitleidigen Blick in meine Richtung in den Stallungen verschwindet.

»Kind, ich verstehe wirklich nicht, warum du den ganzen Tag im Stall verbringen musst. Dein Vater und ich wünschen uns doch nur, dass du ein bisschen kultivierter wirst und andere Interessen entwickelst als das für dieses riesige Tier.«

Ares schnaubt, und Mom weicht einen Schritt zurück. Sie konnte meine Pferdeobsession noch nie verstehen. Ihr wäre es lieber, ich würde Tennis spielen oder so. Dad war es, der meinte, dass es für ein Mädchen doch besser sei, die Nachmittage in einem Pferdestall zu verbringen, als irgendwelchen – Achtung, Zitat – »nichtsnutzigen Jungspunden« hinterherzurennen. Also hat er Mom davon überzeugt, dass ich ein Pferd bekommen sollte, und dafür bin ich ihm unendlich dankbar.

Nicht, dass er sich bei mir Sorgen bezüglich irgendwelcher Jungspunde machen müsste. Anders als Priya ist mir bisher noch kein Mann begegnet, der mir nicht nach zehn Minuten auf die Nerven gegangen wäre. Kerle sind doch alle gleich. Wenn du ihnen gefällst, dann fangen sie an zu sabbern und denken nur noch an das eine.

Allerdings scheint gerade diese ablehnende Grundhaltung eine Art Idioten-Magnet zu sein. Ein Junge aus meiner Highschool nannte mich immer *Kratzbürste* und hielt sich damit für wahnsinnig lustig. Mir war das egal. Ich war gern das Mädchen mit dem Pferd, und was die Jungs machten, war mir gleichgültig. Eigentlich sehe ich auch keinen Grund, daran etwas zu ändern.

Auch mit zwanzig Jahren bin ich noch immer am liebsten im Stall, und an meiner Entscheidung, einmal mit

Pferden arbeiten zu wollen, hat sich trotz des vielen Zuredens meiner Eltern nichts geändert. Letztes Jahr habe ich die Highschool abgeschlossen und mir ein Sabbatical gegönnt, das ganz dem Reitsport gewidmet sein soll.

Um etwas dazuzuverdienen, helfe ich im Stall aus und unterstütze den Reitunterricht der Jüngeren. Und je mehr Zeit ich mit den Pferden und auch mit den Kindern verbringe, desto klarer wird mir, dass ich auf dem richtigen Weg bin.

Ich möchte Turniere gehen, meinen Trainerschein machen und irgendwann einmal ein eigenes Gestüt haben. Mir ist natürlich bewusst, dass gerade Letzteres ziemlich utopisch ist – ein Gestüt kriegt man ja nicht eben mal geschenkt – und noch in weiter Ferne liegt, aber es ist nun einmal mein Traum.

Und in diesem Punkt halte ich es mit Walt Disney. *If you can dream it, you can do it.*

Aber jetzt gerade habe ich keine Zeit zu träumen. Der strenge Blick meiner Mutter zeigt mir vielmehr, dass ich mich wirklich sputen sollte.

»Ich warte hier.«

Sie lässt sich bei geöffneter Autotür zurück auf den Fahrersitz gleiten.

Weil mir der Sinn gerade ohnehin sehr nach Flucht steht, ziehe ich Ares hinter mir her in die Stallgasse, wo Priya bereits abgesattelt hat.

»Deine Mom übertrifft sich immer wieder selbst.«

Sie schüttelt fassungslos den Kopf.

»Wem sagst du das.« Ich seufze, nehme Ares die Trense ab und streife ihm dafür das Halfter über.

Mit flinken Handgriffen verstaue ich Sattel und Trense in meinem Sattelschrank, stecke Ares eine frische Karotte zu und lasse es mir nicht nehmen, ihn noch mit einer ausgiebigen Streicheleinheit zu verwöhnen.

»Soll ich ihn für dich auf die Weide mitnehmen?«, bietet Priya an, und ich falle ihr dankbar um den Hals.

»Du bist die beste Freundin auf der ganzen Welt. Ich mach's wieder gut. Spätestens wenn ich bei deinem nächsten Wettkampf den TT mache, okay?«

»Abgemacht«, lacht sie und scheucht mich mit einer Handbewegung aus dem Stall. »Wir telefonieren später.«

Schnell laufe ich über den Hof und bin wieder einmal unheimlich froh, dass sie meine Freundin ist. Ein TT ist der sogenannte *Turnier-Trottel*, und damit das Mädchen für alles. Wann immer Priya zu einem Wettkampf fährt, bin ich an ihrer Seite und kümmere mich um das ganze Drumherum, genauso wie sie es für mich tut.

Während ich mich beim Reiten auf Springen und Dressur konzentriere, ist meine beste Freundin mit ganzer Seele dem berittenen Bogenschießen verfallen und damit auch ziemlich erfolgreich.

»Da bin ich.«

Schnaufend komme ich bei unserem Auto an, in dem Mom schon ungeduldig mit den Fingern auf das Lenkrad trommelt.

»Na endlich«, kommentiert sie leicht bissig, während ich auf den Beifahrersitz plumpse und den Sicherheitsgurt anlege. »Ich habe sicher schon die ersten grauen Haare bekommen.«

Ich unterdrücke ein Schnauben bei dieser absurden Aussage. Das Haar meiner Mutter ist genauso rot wie mein eigenes, wenn es auch vielleicht nicht mehr die Fülle von früher hat. Alles in allem sieht sie jedenfalls deutlich jünger aus, als sie ist. Keine Spur von grauen Haaren.

»Wohin fahren wir?«, übergehe ich ihre Stichelei, als mir klar wird, dass wir nicht den Weg zu unserem Zuhause einschlagen.

»Wir holen Dad am Präsidium ab«, antwortet Mom knapp. Ihre Augen sind starr auf die Straße vor uns gerichtet. Unter uns gesagt: Meine Mutter ist eine grauenvolle Autofahrerin. Bei ihr einzusteigen fühlt sich jedes Mal an, als würde man mit dem eigenen Leben Russisch Roulette spielen.

Auch dieses Mal umklammere ich unwillkürlich die Seiten meines Sitzes und schließe die Augen, bis wir am Polizeipräsidium ankommen, vor dem mein Vater bereits auf uns wartet. Schon ein Blick auf sein angespanntes Gesicht verrät mir, dass irgendetwas ganz anders gelaufen sein muss, als er es sich vorgestellt hat.

»Hi, Dad«, begrüße ich ihn ausgesucht liebenswürdig, als er die Fahrertür öffnet, Mom mit einem flüchtigen Kuss bedenkt und dann auf dem Fahrersitz Platz nimmt, während sie um das Auto herumgeht.

»Hallo, Schätzchen.«

Auch seiner Stimme hört man die Müdigkeit an.

»Soll ich fahren?«, biete ich an, als Mom auf meine Seite des Autos kommt und mich mit einer eindeutigen Geste auffordert, ihr Platz zu machen.

»Danke, das mach ich schon.«

Ich habe mit seiner Ablehnung gerechnet und wechsle wortlos auf den Rücksitz. Dad lässt den Motor an und lenkt den Wagen auf die Straße. Kaum entfernen wir uns ein paar Meter vom Präsidium, da atmet er auch schon hörbar auf und seine Schultern entspannen sich.

»Hattest du einen schlimmen Tag?«, fragt Mom sanft und krault mit ihren perfekt manikürten Fingernägeln Dads Nacken. Schnell wende ich den Blick ab. Ich finde es ja wirklich schön, dass meine Eltern sich lieben, aber manchmal würde ich doch lieber darauf verzichten, es so hautnah mitzubekommen.

Im nächsten Moment wünsche ich mir allerdings, dass meine Eltern sich wieder ganz auf sich konzentrieren, denn Dad wirft mir einen kritischen Blick durch den Rückspiegel zu.

»Kommst du etwa direkt von Stall? Du stinkst«, beschwert er sich, und Mom seufzt abgrundtief.

»Sie konnte sich wieder mal nicht losreißen«, sagt sie, und in mir steigt eine Welle von Trotz auf.

»Es wäre viel einfacher, wenn ihr mich nicht immer am Stall abholen würdet«, merke ich an. »Ich könnte doch mit dem Rad fahren und dann zu Hause duschen.«

Diese Worte quittiert Dad mit einem Schnauben.

»Du hast ja keine Ahnung, wie gefährlich es für ein junges Mädchen ist, abends allein unterwegs zu sein.«

Typisch. Gefühlt hat er keinen Tag meines Lebens ausgelassen, mich vor potenziellen Gefahren zu warnen.

»Erstens bin ich erwachsen, Dad«, erkläre ich betont ruhig. »Zweitens hast du mich, seitdem ich fünf bin, jedes Jahr in einen Selbstverteidigungskurs geschickt, und drittens ist es noch nicht mal ansatzweise Abend.«

»Dein Ton gefällt mir gar nicht, Fräulein.«

Das Grollen in seiner Stimme ist nicht zu überhören, aber in mir überwiegt die trotzige Seite.

»Dad, ich will wie eine normale junge Frau meine Freizeit verbringen dürfen«, rufe ich lauter als beabsichtigt und beobachte, wie Dads Fingerknöchel weiß werden, als er das Lenkrad fester greift.

»Wir sollten ohnehin einmal darüber sprechen, wie du deine Zeit verbringst.«

Mir wird kalt. Nicht auch noch Dad.

»Das besprechen wir drinnen«, mischt Mom sich ein, und ich registriere erst jetzt, dass wir vor unserem Haus angekommen sind.

»Geh dich duschen, Charlotte«, fordert Mom mich auf, und ich verdrehe innerlich die Augen. Wenn ich mit dem Rad hätte fahren dürfen, dann wäre uns allen diese unangenehme Autofahrt erspart geblieben.

Frustriert schließe ich die Tür auf, stelle meine Schuhe ordentlich nebeneinander in den dafür vorgesehenen Schrank und mache mich auf den Weg nach oben in mein Badezimmer.

Das obere Stockwerk unseres großen und geräumigen Hauses ist quasi mein alleiniger Verfügungsbereich. Ich habe mein eigenes Bad, ein Wohn- und ein Schlafzimmer.

Schnell schäle ich mich aus den engen Reitleggins und werfe sie auf den Berg Schmutzwäsche, der sich angesammelt hat. Dann trete ich in meine große Duschkabine und drehe den Hahn der Regendusche auf.

Sofort prasselt viel zu heißes Wasser auf mich nieder, und ich springe mit einem schmerzvollen Quietschen zur Seite. Vorsichtig reguliere ich die Temperatur des Wassers so, dass es sich angenehm anfühlt, und genieße das Prasseln des Wassers auf meiner Kopfhaut, während ich mir die Haare wasche.

Als ich fünf Minuten später sauber und mit einem Handtuch um den Körper geschlungen aus der Dusche komme, fühle ich mich etwas entspannter.

Vor meinem Kleiderschrank überlege ich einen Moment lang, ob ich es meinen Eltern recht machen will. Sie sind von meinem Kleidergeschmack nicht wirklich angetan.

Bei meiner Kleidung liebe ich es bunt und alternativ. Vielleicht sogar ein bisschen hippiemäßig. Anfangs haben meine Eltern heftigen Einspruch erhoben, aber inzwischen haben sie sich weitgehend damit abgefunden, dass ich mich nicht so entwickle, wie von ihnen erhofft.

Aus einem spontanen Impuls heraus entscheide ich mich für ein Kleid, das eine Art Kompromiss darstellt. Es ist ein zweilagiger ärmelloser Traum in zarten Grüntönen. Von der Taille abwärts besteht die obere Lage teilweise aus Spitze mit eingenähten Blättern und Blüten.

Insgesamt ist das Kleid nicht zu elegant, um von mir gehasst zu werden, aber gleichzeitig müsste es auch den Ansprüchen meiner Eltern standhalten können. Von meinem Schmuckständer schnappe ich mir schnell zwei lange Silberketten, die ich letztes Jahr von Priya zum Geburtstag geschenkt bekommen habe. Priya liebt Schmuck. Er gehört einfach zu ihrer Persönlichkeit und lässt sie funkeln. Obwohl ich selbst nicht so versessen auf Schmuck bin, trage ich die Ketten gern, die Priya für mich aussucht. Barfuß springe ich die Treppenstufen nach unten. Auf dem Sofa finde ich Dad vor.

»Mom macht Abendessen«, erklärt er und faltet die Zeitung zusammen, um mich anzusehen. »Und wir sollten uns mal unterhalten.«

Ich ziehe die Nase kraus. *Unterhalten* bedeutet meiner Erfahrung nach nie etwas Gutes, und in meinem Hals bildet sich ein Kloß, als ich mich vor Dad auf den großen, flauschigen Wohnzimmerteppich fallen lasse.

»Was gibt's denn, Dad?«, frage ich und bemühe mich um einen sorglosen Tonfall.

Er runzelt die Stirn, streicht sich mit der Hand über den Schnauzbart und atmet tief durch, bevor er mir direkt in die Augen sieht.

»Deine Mutter und ich denken, dass du zu viel Zeit bei deinem Pferd verbringst«, sagt er schließlich.

»Nein«, sage ich und will erklären, was mir beruflich vorschwebt.

Dad hebt die Hand, damit ich ihn ausreden lasse. »Und ich finde zwar immer noch, dass es besser ist, den Tag am Stall zu verbringen, als sich herumzutreiben. Aber-«, wieder stoppt er mein Aufbegehren mit einer knappen Handbewegung, »ich verstehe, was deine Mutter meint. Das Reiten ist quasi alles, was dich ausmacht, und wenn du dich wenigstens einmal in eine Sache so reinknien würdest, wie in diesen Sport, dann wäre uns allen schon wahnsinnig geholfen.«

Zu meinem Ärger klingt Dad, als würde er mit einer Vierjährigen sprechen, und in meinem Innern kocht Wut auf.

»Und was genau soll ich deiner Meinung nach stattdessen tun?«

Noch während ich die Frage ausspreche, kenne ich die Antwort. Es ist die, die Mom mir seit vielen Jahren immer wieder gibt, wenn wir diese Diskussion führen. Nur, dass sie Dad auf ihre Seite gezogen hat, ist neu.

»Lern doch ein Instrument, Kind. Oder wie wäre es mit Golfen oder Tennis?«

Am liebsten würde ich mit dem Fuß aufstampfen. Wenn er mich schon wie ein Kind behandelt, dann kann ich mich doch auch wie eines verhalten, oder? Aber mir ist klar, dass es nichts bringen würde, darüber zu diskutieren, und so verschränke ich nur bockig meine Arme vor der Brust und schmolle.

Dad hat ja keine Ahnung, wie hart das Training wirklich ist. Es ist ja nicht so, als würde ich jeden Tag nur am Stall entspannen und stundenlang mit Ares das Gelände durchstreifen. Springtraining, Dressur und Stallarbeit gehören schließlich auch dazu.

»Tennis, Dad? Wirklich? Das passt doch überhaupt nicht zu mir. Außerdem bringt es mich nicht wirklich weiter, wenn ich später einmal mit Pferden arbeiten will.«

»Mit Pferden arbeiten?« An seiner Schläfe beginnt eine Ader bedrohlich zu pochen. »Ich dachte, dir wäre inzwischen klar, dass das nicht infrage kommt.« Er zwingt sich deutlich zu Ruhe und Beherrschung. »Du wirst einmal einen vernünftigen Beruf erlernen, in dem du auch etwas verdienst.«

»Ach ja, und du bist derjenige, der das entscheiden darf, oder wie?«

Frustriert schließe ich die Augen. Meine Eltern werden nie Ruhe geben, bis ich ihnen bewiesen habe, dass sie Unrecht haben und ich alles schaffen könnte, was ich mir vornehme. Moment mal! Mir kommt gerade ein verrückter und gleichzeitig verlockender Gedanke.

»Dad«, sage ich langsam und bedacht. »Wenn ich dir beweisen würde, dass ich etwas genauso gut erlernen kann wie das Reiten und trotzdem bei meinem Sport und meinen Zukunftsplänen bleiben will, lässt du mich dann in Ruhe?«

Er mustert mich eingehend. In seinen Augen streiten die Gefühle miteinander, und es ist ganz offensichtlich, dass er mit meiner Rebellion nicht zufrieden ist.

»Wie stellst du dir das vor?« Bei der Frage bildet sich eine steile Falte zwischen seinen Augenbrauen.

Ich unterdrücke ein Grinsen, denn ich weiß, dass ich jetzt zumindest seine Aufmerksamkeit habe. Ja, mein Plan ist völlig irre, abwegig und vielleicht auch gar nicht zu bewältigen, aber ich muss es zumindest versuchen.

»Also hör zu«, sage ich langsam. »Ich stelle mir das folgendermaßen vor.«

Kapitel 2

Ben

»Na, Bennie, hast du dir schon Gedanken gemacht, wen du zur Hochzeit mitbringen wirst?«

Ich schrumpfe auf meinem Stuhl zusammen und ärgere mich darüber, dass ich ganz eindeutig in der Unterzahl bin. Jessy und Georgie, meine besten Freundinnen, mustern mich neugierig, und ich fühle mich definitiv in die Ecke gedrängt. Georgie streicht ihrer fünf Monate alten Tochter liebevoll über den dunklen Haarflaum und grinst hinterhältig in meine Richtung.

»Drei gegen einen. Das ist wirklich nicht fair«, sage ich grummelnd.

»Olivia ist noch so klein, dass sie gar nicht zählt«, sagt Jessy grinsend, und Georgie widerspricht natürlich sofort.

»Mein Baby soll nicht zählen?«, fragt sie gespielt empört und lässt die Kleine auf ihren Knien auf und ab hopsen.

Mein Blick huscht durch das kleine Café, in dem wir nach längerer Zeit endlich mal wieder gemeinsam sitzen. Es ist nicht groß. Außer unserem Tisch stehen hier maximal noch sieben weitere, die alle unterschiedlich eingedeckt sind. Das Café ist hell und freundlich, es ist ein guter Ort, um sich zu treffen und ungestört zu unterhalten. Wobei diese *Unterhaltung* für meine Begriffe gerade viel zu sehr zu einem Verhör ausartet. So hatte ich mir dieses Treffen wirklich nicht vorgestellt.

Noch letztes Jahr haben wir alle drei zusammen in einer kleinen WG gewohnt, aber seit dieser Zeit ist einiges passiert. Jessy ist mit ihrem Verlobten Alex zusammen in ein eigenes Haus gezogen, und auch ich habe mir eine andere Bleibe gesucht. Ich lebe jetzt in einer WG in der Nähe des Campus und keine zwei Straßen von unserem ehemaligen Zuhause entfernt, das nun von Georgie, ihrem Mann Noah und ihrer Tochter Olivia bewohnt wird.

Ich beobachte, wie die Kleine zu ihr aufstrahlt, und wundere mich wieder einmal, wie sehr dieses Kind und Noah das Leben meiner Freundin verändert haben.

Georgie hatte früher immer wieder mit Depressionen zu kämpfen. Das hat sie mir schon erzählt, als wir uns kennengelernt haben. Auch wenn kaum jemand sonst es mitbekommen hat, wusste ich immer, wann sie sich hinter ihrer lebenslustigen Fassade versteckte.

Ich könnte es natürlich darauf schieben, dass ich so ein wahnsinnig gutes Gespür habe, aber wenn ich mal ganz ehrlich zu mir selbst bin, dann liegt es wohl eher daran, dass ich selbst Erfahrung damit habe, eine Maske zur Schau zu tragen.

Umso glücklicher macht es mich zu sehen, wie sehr meine Freundin auflebt, seit sie Noah hat und Olivia ihre kleine Familie vervollständigt. Ihre Depression scheint nahezu verschwunden zu sein, und die beiden haben vor drei Monaten standesamtlich geheiratet.

»So habe ich das nicht gemeint«, gibt Jessy grinsend an Georgie gewandt zurück und holt mich damit in die Gegenwart zurück. Gleich darauf wendet sie sich wieder mir zu und mustert mich forschend.

»Du hast versucht, uns abzulenken, Bennie«, sagt sie strafend. »Also noch mal: Wen bringst du zur Hochzeit mit?«

»Bis dahin sind es noch mehrere Monate«, maule ich und weiß selbst, dass ich mich gerade wie ein bockiges Kleinkind anhöre.

»Vier Monate sind nun wirklich keine Ewigkeit«, sagt meine beste Freundin streng. »Und wir müssen die Gästeliste fertigstellen.«

Plötzlich funkelt es in ihren Augen.

»Aber wenn du keine Plus Eins mitbringen möchtest, dann kann ich dich ja vielleicht mit einer meiner Cousinen aus Malibu verkuppeln«, schlägt sie vor und drückt sich nachdenklich einen Finger an die Nase. Erschrocken schüttele ich den Kopf, und meine nächsten Worte kommen etwas zu laut heraus, sodass zwei Frauen von einem Nebentisch interessiert zu uns herüberblicken.

»Bloß nicht!«, rufe ich erschrocken. »Ich bringe jemanden mit.«

Ich habe zwar keine Ahnung, wer das sein soll, aber alles ist mir lieber als eine erzwungene Hochzeitsverkupplung.

»Ach ja?«, schaltet sich Georgie wieder ein und hebt fragend eine Augenbraue. »Und wer soll das sein?«

»Das geht euch überhaupt nichts an«, sage ich grummelnd, und Jessy lacht hell auf.

»Du bist ein schrecklicher Geheimniskrämer, Benjamin Foster«, schimpft sie und zieht gleichzeitig einen eng beschriebenen Zettel aus der Tasche, auf dem sie mit einem Kugelschreiber etwas abhakt.

»Ben, mit Begleitung«, murmelt sie in Bühnenlautstärke und schielt mit einem belustigten Funkeln in den

Augen in meine Richtung. Ich presse meinen Kiefer zusammen und knirsche mit den Zähnen.

Manchmal ist es doch wirklich eine Qual, wenn man sich als Mann gut mit Frauen versteht. Georgie und Jessy haben es beide faustdick hinter den Ohren, und wenn man die beiden kombiniert ... nun, lassen wir das.

»Wie läuft es denn sonst so mit der Hochzeitsplanung?«, fragt Georgie interessiert und wendet sich an Jessy.

Die seufzt leise, und ein Teil ihrer fröhlichen Fassade bröckelt wie eine zu lange getrocknete Gesichtsmaske.

»Ich hatte mir das alles anders vorgestellt«, sagt sie nach einem Moment des Schweigens leise und starrt wie hypnotisiert auf ihre kurzen, gepflegten Fingernägel.

Georgie und ich wechseln einen beunruhigten Blick. Jessys Schultern sind mit einem Mal gebeugt, so als läge eine schwere Last auf ihren Schultern. Ich werfe Georgie einen fragenden Blick zu, aber sie hebt nur die Schultern.

Mit dem Kinn deute ich auffordernd auf unsere Freundin und forme mit den Lippen ein lautloses »Frag sie!«

Georgie atmet durch.

»Was meinst du, Süße?«, fragt sie dann langsam und so liebevoll, dass sich in meinem Hals ein Kloß bildet. Ich bin kein rührseliger Typ. Oder vielmehr: Ich arbeite hart daran, denn ich habe vom Leben gelernt, dass es nicht gut zu Männern ist, die ihre Emotionen offen zeigen.

Nur meinen Freundinnen gegenüber muss ich nicht schauspielern, und darüber bin ich froh. Mein Blick richtet sich wieder auf Jessy. Ihre Hände zittern, und als sie den Kopf hebt, kann ich Tränen in ihren Augen schimmern sehen.

»Es geht so viel schief«, sagt sie heiser und krallt ihre Hände um die Armstützen ihres Sessels, als wollte sie sich daran festhalten. Gerade als ich nachhaken will, was sie meint, spricht sie weiter.

»Mein Vater weigert sich nach wie vor zu kommen, und meine Mutter ist deswegen schon ganz verzweifelt.«

Beinahe wütend wischt sie sich mit dem Handrücken über die Augen. »Außerdem verheimlicht Alex mir etwas«, fügt sie mit bebender Stimme hinzu, und ich höre, wie Georgie neben mir scharf die Luft einsaugt.

»Wie kommst du darauf?«, fragt sie gepresst, und in ihrer Stimme höre ich unverkennbar Angst heraus. Ich kann sie verstehen, denn in meinem Innern toben ähnliche Gefühle.

Der Weg, den Jessy und Alex hinter sich haben, war alles andere als leicht. Er war gepflastert mit Lügen, Schmerzen und sehr vielen Tränen. Und leider sieht es aus, als wäre die Zeit der Tränen doch noch nicht vorbei.

»Er hat seine Nachrichten-App mit einem Fingerabdruck gesperrt«, murmelt Jessy nach einer Weile und sieht uns dabei nicht an. »Außerdem hat er in der letzten Zeit immer wieder Anrufe bekommen und ist dann regelrecht aus dem Zimmer gerannt.«

»Das muss doch nichts heißen«, versuche ich meine Freundin zu beruhigen und weiß gleichzeitig selbst, wie hohl meine Worte klingen.

»Wie lange ist das schon so?«, fragt Georgie, und ich meine fast, ihre Fingerknöchel knacken zu hören. Jessy zieht die Nase hoch.

»Seit etwa einer Woche«, sagt sie, und eine Träne rollt über ihre Wange. Sie sieht so traurig aus, dass ich es beinahe selbst fühle.

Glühende Wut breitet sich in meinem Bauch aus, und ich erinnere mich wieder einmal daran, wie gut es ist, dass ich mit der Liebe nichts mehr zu tun haben will.

Wenn ich in meinem Leben eine wichtige Lektion gelernt habe, dann ist es die: Wenn man liebt, gibt man einem anderen Menschen die Macht, einem das Herz zu brechen. Und wenn man sein Herz schützen will, dann verliebt man sich einfach nicht. Punkt.

»Prinzessin«, sage ich und gebe meiner Stimme einen beruhigenden Klang. »Ich werde mal mit Alex sprechen, okay? Und ich verspreche dir, dass du schon bald die zukünftige Mrs Hunter sein wirst.«

»Danke, du Spinner«, sagt Jessy leise, aber ihr Mund verzieht sich zu einem kleinen Lächeln. »Würdest du wirklich mit ihm reden?«, fragt sie hoffnungsvoll, und mein Herz wird ganz weit.

»Natürlich. Zur Not haue ich ihm auch eine rein«, verspreche ich und ziehe gespielt beleidigt die Augenbrauen zusammen, als die beiden in Gelächter ausbrechen.

»Deine Mom ist doof«, sage ich zu Olivia, die daraufhin ebenfalls gluckst.

»Der Apfel fällt nicht weit vom Stamm«, knurre ich gespielt wütend und beuge mich vor, um Olivias kugeligen Bauch zu kitzeln.

»Die Vorstellung, dass du jemanden verhauen könntest, ist aber auch wirklich absurd«, grinst Jessy, und ich quittiere das mit unbewegter Miene.

»Immerhin kannst du wieder lächeln, Prinzessin.«

»Du bist eben mein Antidepressivum, Benjamin.«

»Nenn mich nicht Benjamin.«

Kapitel 3

Charlie

»Das klappt doch nie im Leben!«

»Danke, dass du mir Mut machst, Priya, echt!«

»Ich bin nur realistisch, Babe.«

Ich verdrehe die Augen und lasse meine Finger durch den Sand des Reitplatzes gleiten, während Priya angaloppiert. Meine Springstunde habe ich heute schon früher hinter mich gebracht als sonst, weil ich nachher noch einen Termin habe. Und dieser Termin ist auch der Grund dafür, dass meine beste Freundin mich gerade für verrückt hält.

»Niemand kann in so kurzer Zeit so ein Ziel erreichen!«, ruft Priya, und der Wind trägt ihre Stimme über den Platz zu mir. Trotzig grabe ich die Finger ein weiteres Mal in den Sand.

Natürlich ist mir klar, wie absurd die ganze Vereinbarung mit meinem Vater ist, aber ehrlich gesagt sehe ich gerade keine andere Chance, mich durchzusetzen.

»Jetzt noch mal ganz langsam.« Priya pariert neben mir durch und mustert mich aufmerksam.

»Du hast mit deinem Dad ausgemacht, dass du in einem halben Jahr an einem total bekannten Klavierwettbewerb teilnehmen *und* gewinnen musst? Und dafür darfst du dann den Beruf wählen, den du gerne lernen möchtest?«

Wenn sie das so sagt, dann klingt es wirklich ziemlich hirnrissig.

»Ich weiß, dass es sich verrückt anhört«, gebe ich zu und sehe zu ihr hoch. »Aber wenn ich es schaffe, dann habe ich nicht nur einen Wettbewerb, sondern auch meine Freiheit gewonnen.«

Priya seufzt, und ein sorgenvolles Lächeln huscht über ihr Gesicht.

»Ich weiß, Babe, aber ist dir eigentlich klar, wie viel Zeit es dich kosten wird, Klavier spielen zu lernen? Und wie bist du eigentlich überhaupt auf Klavier gekommen?«

Das ist leicht.

»Du kennst doch das uralte Klavier bei uns zu Hause. Ein Erbstück auf dem niemand spielt.« Ich lasse meine Finger spielerisch über imaginäre Tasten wandern. »Bis jetzt.«

»Hm«, macht Priya und streicht Toffee, die langsam unruhig wird, beruhigend über den Hals. »Wenn das mal gut geht.«

»Das wird es!«, sage ich mit mehr Überzeugung in der Stimme, als ich eigentlich empfinde und werfe einen schnellen Blick auf meine Fitnessuhr am Handgelenk.

»Aber ich muss jetzt ganz dringend los. Ich bin spät dran.«

Noch während des Sprechens springe ich auf und renne los.

»Ruf mich nachher auf jeden Fall an und erzähl mir alles«, brüllt Priya, und ich winke ihr über die Schulter zu, während ich zu meinem Rad laufe.

Ausgerechnet heute hat Mom mir erlaubt, mit dem Rad zu fahren. Allerdings auch nur, weil meine Springstunde am Morgen war und sie einen unaufschiebbaren Friseurtermin einhalten musste.

Tja, und gerade jetzt wäre ich wirklich dankbar für das Auto. Ich springe aufs Rad und registriere gerade noch, dass ich nicht einmal mehr genug Zeit haben werde zu duschen. Mist. Im wahrsten Sinne des Wortes. Ich werde sicher einen großartigen ersten Eindruck bei meinem neuen Klavierlehrer hinterlassen.

Atemlos trete ich in die Pedale und versuche zu retten, was zu retten ist.

Ben

Es ist zehn nach elf, und ich werfe bereits zum wiederholten Mal einen genervten Blick auf die laut tickende Uhr an der Wand des Unterrichtszimmers. Meine neue Klavierschülerin verspätet sich ganz offensichtlich, und wenn es etwas gibt, das ich überhaupt nicht leiden kann, dann ist es Unpünktlichkeit.

Obwohl ich selbst ein eher verpeilter Typ bin, sind mir die Unterrichtszeiten heilig, und ich erwarte von meinen Schülern, dass sie das genauso sehen.

Um die Wartezeit zu überbrücken, spiele ich einige Tonleitern durch. Nach der dritten habe ich mich warmgespielt und improvisiere gerade ein bisschen herum, als die Tür mit Karacho auffliegt und ich erschrocken herumfahre. Ich sehe auf die Gestalt im Türrahmen, blinzle und sehe noch einmal hin. Das Bild hat sich nicht verändert. Das Mädchen, oder vielmehr die junge Frau im Türrahmen erinnert mich an eine irische Prinzessin. Ihre Haare sind flammend rot, ihre Haut hell und ihre dunkelgrünen Augen blitzen, als sie mich ansieht.

»Hi, Sie müssen Benjamin Foster sein.« Ihre Stimme klingt klar, und irgendetwas daran jagt mir eine Gänsehaut über den Rücken.

»Äh, was? Ja, der bin ich«, bringe ich stotternd hervor und frage mich gleichzeitig verzweifelt, was mit mir los ist. Noch immer starre ich verwirrt auf die feuerrote Lockenpracht, die eine Art Eigenleben zu haben scheint. Durch eines der hohen Fenster fällt Tageslicht ins Zimmer und taucht sie in einen geheimnisvollen Lichtstrahl.

»Sorry, dass ich zu spät bin. Ich hab auf dem Reitplatz total die Zeit vergessen, und als ich endlich hier war, dachte ich, ich muss nach nebenan«, plappert mein Gegenüber munter drauflos, kommt auf mich zu und streckt mir die Hand entgegen.

»Hi, ich bin ...«

»Charlotte, richtig?«, falle ich ihr ins Wort, stolz darauf, dass ich mich wieder gefangen habe.

»Charlie!« Es klingt empört. »Niemand nennt mich Charlotte, klar? Ich hasse diesen Namen.«

»Sorry.« Abwehrend hebe ich die Arme. »Ich dachte nur, weil ...«

»Ja, auf meinem Anmeldebogen steht Charlotte«, gibt sie mit einem schmerzverzerrten Gesicht zu. »Aber nur, weil meine Eltern mich noch überhaupt nicht kannten, als sie eine Charlotte aus mir gemacht haben.«

Unwillkürlich muss ich schmunzeln, ob der Theatralik in ihrer Stimme. Kurz nutze ich die Gelegenheit, die junge Frau genauer zu betrachten. Erst jetzt registriere ich, dass ihre schlanken Beine in Reithosen stecken und ihre Fingernägel nicht ganz sauber sind. Wie merkwürdig. So ist bisher noch kein Schüler zu meinem Unterricht erschienen. Aber eigentlich ist es ja auch egal, was sie trägt. Immerhin ist sie jetzt da.

»Schön dich kennenzulernen, Charlotte«, begrüße ich sie und werfe einen Blick auf die Uhr an der Wand. »Allerdings bist du fast eine Viertelstunde zu spät, und in einer halben Stunde kommt schon mein nächster Schüler.«

Ein Schatten legt sich über ihr Gesicht.

»Aber ich brauche diese Zeit. Ich muss bis August Klavier spielen können.«

Verdattert halte ich inne. Ich bin ziemlich sicher, dass ich mich verhört habe, muss aber doch noch einmal nachfragen. »Du musst bitte was?«

August. Bis dahin ist es nicht einmal mehr ein halbes Jahr. Sicher habe ich mich verhört. Ganz sicher. Diese Sicherheit verschwindet allerdings im nächsten Moment wieder, als Charlotte, nein, Charlie wieder das Wort ergreift.

»Ich muss bis August Klavier spielen können«, wiederholt sie ganz langsam, als wäre ich begriffsstutzig. »Und zwar so gut, dass ich in der Anfängerkategorie der Cleveland International Piano Competition gewinne.«

»Du willst im August am CIPC teilnehmen?« Ich schnappe nach Luft. Ich habe in meiner Zeit als Klavierlehrer ja schon einiges erlebt, aber das hier ist neu.

»Ich will nicht nur teilnehmen! Ich will gewinnen«, stellt sie klar und entlockt mir damit ein fassungsloses Lachen.

»Dir ist schon bewusst, dass ich Klavierlehrer bin und kein Zauberer?«

Ich versuche bewusst, es lustig klingen zu lassen, dabei meine ich es ganz ernst. In einem halben Jahr lernt niemand wirklich gut Klavierspielen. Außer vielleicht, wenn man das absolute Wunderkind vor sich hat.

»Und wie stellst du dir das vor?«, frage ich Charlie, die mich aus großen Augen ansieht. Wie sie so dasteht mit ihrem wirren Haar und der hellen Haut, erinnert sie mich mit einem Mal an eine der Porzellanpuppen, die meine Granny sammelt und die bei ihr überall im Haus herumstehen. Sie wirkt zerbrechlich, und doch blitzt mir aus ihren Augen so viel Stärke entgegen, dass ich beinahe Angst habe, ihr einen Wunsch abzuschlagen. Allerdings bin ich hier wirklich nicht sicher, wie genau das ablaufen soll.

»Na, das müssen Sie mir sagen«, erklärt sie just in diesem Moment. »Ich habe von Klavier keine Ahnung, aber ich weiß, dass ich es lernen muss, und zwar schnell. Und dafür brauche ich Sie. Also: Wie läuft das ab?«

Eine so couragierte Art bin ich nicht gewohnt. Meine besten Freundinnen sind zwar auch starke Charaktere – besonders Georgie – aber Charlotte, Charlie, sie ist irgendwie anders.

»Hab ich Sie überrollt?« Plötzlich blitzt Reue in ihrem Gesicht auf. »Tut mir leid. Meine Mutter sagt immer, dass ich den Leuten schnell zu viel werde mit meiner Art. Ich kann auch einfach den Mund halten.«

Sie macht eine Geste, als würde sie ihre Lippen mit einem Schlüssel verschließen. »Ehrenwort.«

Ohne es zu wollen, breche ich in Gelächter aus, und sie schlägt sich die Hand vor den Mund.

»Scheiße.«

Wie sie so vor mir steht, erinnert sie mich mit einem Mal so sehr an einen begossenen Pudel, dass ich gar nicht anders kann. Das Lachen schüttelt mich immer mehr, und irgendwann bemerke ich, dass Charlie ebenfalls zu lachen begonnen hat.

»Na gut«, prustet sie. »Den Mund halten ist vielleicht wirklich nicht gerade meine Stärke. Aber dafür bin ich gut in anderen Sachen.«

Von einer Sekunde zur anderen bleibt mir das Lachen im Hals stecken. O, *das* glaube ich dir aufs Wort, schießt es mir durch den Kopf, und im nächsten Moment verschlucke ich mich an meiner eigenen Spucke. Ich beginne hektisch zu husten. Woher kommt das denn um alles in der Welt?

»Ist alles okay mit Ihnen?« Charlies erschrockenes Gesicht taucht neben mir auf, und sie klopft mir behutsam auf den Rücken. Leider macht die sanfte Berührung ihrer Hand die ganze Situation nicht besser. Eher im Gegenteil.

»Ja«, keuche ich dennoch und atme erleichtert auf, als sie wieder einen Schritt zurücktritt. »Bitte sag doch du und nenn mich Ben.«

»*Du* bist ganz rot im Gesicht, *Ben*«, stellt sie trocken fest, und ich beiße die Zähne zusammen. Verdammt! Was ist nur los mit mir? Ich bin doch sonst um keine Antwort verlegen. Mir fällt immer etwas ein, und für eine gute Pointe würde ich vieles tun.

»Ich ...«

Das ist eine Premiere. Mir fällt nichts ein. Ich habe keine Ahnung, wie ich auf diese Situation reagieren soll. Also wirklich gar keine. Immerhin hat der Husten nachgelassen, und ich reiße mich zusammen.

»Sorry«, entschuldige ich mich schließlich und gehe nicht weiter auf das Thema von gerade ein. »Du hast also wirklich vor, im August den CIPC zu gewinnen. Was ist die Geschichte dahinter? Hast du eine Wette verloren? Nein warte«, mir kommt ein Gedanke, und ich recke wissend meinen Finger in die Höhe. »Du hast um eine Million Dollar gewettet, richtig? Und du warst betrunken, als du es getan hast.«

Charlie rollt mit den Augen. Ich sehe es ganz deutlich.

»Leider falsch«, sagt sie achselzuckend. »Ich bin erst achtzehn, und mein Dad würde mich umbringen, wenn ich trinken würde.«

Bei ihren Worten wird mir eiskalt. Es ist nicht die Tatsache, dass sie erst achtzehn ist, die mir zu schaffen macht, sondern der Rest ihres Satzes. *Mein Dad würde mich umbringen.*

»Du, das war nur ein Scherz.«

Charlie ist wohl aufgefallen, dass ich nicht mehr lache. »Mein Dad ist zwar der Sheriff und hat auch eine Waffe. Aber wenn ich betrunken wäre, würde er mich vermutlich nur bei Wasser und Brot im Keller einsperren. Er ist ja kein Unmensch.«

»Haha.«

Es klingt halbherzig, und ich hoffe, dass sie nicht merkt, wie nah mir diese Situation geht. Vor allem, weil ich nicht dazu bereit bin, auf Fragen zu antworten. Ich rede mit niemandem über das, was mich bedrückt. Niemals. Und schon gar nicht werde ich mit jemandem darüber sprechen, den ich gar nicht kenne.

»Du trinkst also keinen Alkohol?« Ich versuche, mich auf etwas anderes zu konzentrieren und das Gespräch in eine andere Richtung zu lenken. »Und dein Dad ist wirklich der Sheriff?«

»Nur kein Mitleid.« Sie zuckt die Achseln und streicht sich eine widerspenstige Haarsträhne hinter die Ohren. »Es ist nur noch viel schlimmer, als du es dir vorstellen kannst.«

»Noch schlimmer?«, ulke ich und frage mich gleichzeitig, wie es sein kann, dass ich hier mit einer Klavierschülerin sitze und wir miteinander plaudern, als würden wir uns schon Ewigkeiten kennen. Ich war schon immer ein offener Mensch, aber diese Situation ist selbst für mich merkwürdig.

»Viel schlimmer.«

Plötzlich klingt Charlie ernst. »Weißt du, ich bin eigentlich nur hier, um ihm etwas zu beweisen.«

Irritiert runzle ich die Stirn.

»Inwiefern kannst du deinem Dad etwas beweisen, indem du hier bei mir bist?«

»Doch nicht, indem ich bei dir bin.« Wieder rollt sie mit den Augen. »Ich meinte, dass ich ihm etwas beweise, indem ich Klavier lerne und diesen bescheuerten Wettbewerb gewinne.«

Nach dieser Erklärung bin ich nicht wirklich schlauer. Eher im Gegenteil.

»Hä?«

Meine Reaktion entlockt Charlie ein Schmunzeln.

»Das ist eine längere Geschichte«, sagt sie, und bei ihren Worten werfe ich einen Blick auf die Uhr.

»Fuck«, fluche ich leise, denn in weniger als zehn Minuten wird schon mein nächster Schüler kommen.

»Ich fürchte, wir kommen heute nicht mehr dazu, Klavier zu spielen«, sage ich bedauernd. »Aber gib mir doch bitte mal eine Kurzversion. Warum ist es so wichtig, dass du am CIPC teilnimmst und gewinnst?«

Einen Augenblick lang ist es still im Zimmer. Durch die Fensterscheiben tönt entferntes Vogelzwitschern zu uns, und es kommt mir vor, als könnte ich mein Herz schlagen hören. Nach einer kleinen Ewigkeit atmet Charlie tief durch.

»Weil meine ganze Zukunft davon abhängen könnte.«

Ihr Flüstern ist nahezu unhörbar, aber doch so, dass ich sie und ihre Worte verstehen kann. Allerdings nicht den

Sinn dahinter. Was kann das Klavier nur mit ihrer Zukunft zu tun haben?

Aber bevor ich sie genau das fragen kann, klopft es an der Tür. Charlie und ich fahren zusammen, als wären wir zwei Kinder, die man beim Kekse klauen erwischt hat.

»Das muss mein nächster Schüler sein.«

»Wirst du mir helfen, Ben?«

Obwohl ich nicht sicher bin, ob das eine gute Idee ist, kann ich nach einem Blick in ihre grünen Augen nicht ablehnen.

»Ich werde dir helfen.«

Ich spreche leise, aber ein Lächeln umspielt meine Lippen. »Kannst du Mittwoch zur selben Zeit wieder hier sein?« Mittwoch ist übermorgen, und ich habe das Gefühl, es wäre noch unendlich viel Zeit bis dorthin.

»Ja!«

Die Antwort kommt schnell und klingt erleichtert.

Erneut klopft es an der Tür. Dieses Mal ungeduldiger.

»Herein.«

Jeremy, mein nächster Klavierschüler, kommt ins Zimmer geschlendert.

»Bin ich zu früh?«

An seiner Stimme und seinem Gesichtsausdruck kann man deutlich erkennen, dass er keine Lust hat, heute hier zu sein. Normalerweise verstehe ich ihn nur zu gut. Klavier zu unterrichten gehört nicht gerade zu meinen liebsten Beschäftigungen.

Na gut, das ist untertrieben. Ich hasse es. Ich hasse es, dass ich großenteils talentlosen und uninspirierten Kids erlauben muss, die schwarzen und weißen Tasten des großen Flügels zu malträtieren. Leider ist es die einzige Möglichkeit, meinen Berufswunsch zu verfolgen.

Schon seit meiner Kindheit weiß ich, was ich einmal werden möchte. Mein größter Traum ist es, eines Tages eine ganze Halle voller Menschen mit meiner Musik zu verzaubern.

»Tschüss, Ben.«

In Charlies Augen stehen viele Gefühle. Dankbarkeit, Verlegenheit und noch etwas, das mein Herz ins Stocken bringt.

»Bis Mittwoch.«

Die Worte kommen nur mühsam über meine Lippen. Ich beobachte sie, während sie den Raum verlässt und die Tür hinter ihr ins Schloss fällt.

Dann wende ich mich an Jeremy, der bereits am Klavier sitzt und die Nase rümpft.

»Warum stinkt es hier nach Pferd?«

Später am Tag habe ich endlich alle meine Unterrichtsstunden für heute hinter mich gebracht und fühle mich leer und ausgelaugt.

Der Raum mit dem Flügel, den die Wesleyan mir für meinen Unterricht zur Verfügung stellt, liegt leer vor mir. Wie am Ende jedes Tages desinfiziere ich die Tasten des Flügels mit einem Feuchttuch, schließe vorsichtig den Deckel und verberge das Prachtstück unter einer weichen Abdeckung.

Dann ordne ich die Noten, schließe die Tür hinter mir und atme tief durch.

»Was für ein Tag.«

Ich lasse meine Schultern kreisen, während ich das Universitätsgebäude verlasse und die kühle Luft inhaliere, die mir entgegenkommt.

Zu Fuß mache ich mich auf den Weg nach Hause. Die WG, in der ich zusammen mit einem schweigsamen Kerl namens Todd wohne, liegt nur ein paar Straßen vom Campus entfernt, und ich genieße die Bewegung, während sich meine Gedanken im Kreis drehen.

Immer wieder sehe ich grüne Augen und rotes Haar vor mir. Lange Beine in Reithosen und ein Lächeln, bei dem sich eine kleine Stupsnase niedlich kräuselt.

Scheiße, Foster! Nun reiß dich bitte mal zusammen.

Ich will nicht ständig an Charlie denken. Was hat sie mit mir angestellt, dass meine mühsam aufgebauten emotionalen Mauern so einfach nachgegeben haben? Ich will nie wieder so für jemanden fühlen, und schon gar nicht so schnell.

Dass Charlie mich so fasziniert, ist nicht gut. Eine Seite in mir schreit regelrecht danach, ihr nicht zu helfen, während die viel größere, verräterische Seite Mittwoch kaum noch erwarten kann. Unsere erste wirkliche Klavierstunde.

Genau, das ist es, und nicht mehr, rufe ich mir ins Gedächtnis. *Du gibst ihr Klavierunterricht, und mehr wird nie zwischen euch beiden sein.*

Inzwischen stehe ich vor dem großen Gebäude, in dem unsere Wohnung liegt, und krame umständlich meinen Schlüsselbund hervor.

Todd ist nicht da, als ich eintrete, und wie so häufig, wenn ich hierher zurückkomme, überrollt mich eine heftige Welle der Einsamkeit. Ich vermisse das kleine Haus, in dem ich mit Georgie, Jessy und Noah gelebt habe.

Ich vermisse Lucky, die dreifarbige Glückskatze, und ich vermisse Jessys Labrador Darcy. Natürlich freue ich mich für meine Freundinnen, deren Leben sich in eine klare Richtung entwickelt, aber gleichzeitig fühlt es sich an, als würde ich selbst ewig auf der Stelle treten.

Da fällt mir mein Versprechen an Jessy ein, und ich wähle Alex' Nummer, während ich mir eine Tasse Kaffee aufgieße.

Es tutet ein paar Mal, bevor er sich meldet.

»Ja?«

»Ich bin's, Ben.«

»Hey, Kumpel.« Alex klingt erschöpft. »Was gibt's?«

»Eigentlich wollte ich nur fragen, ob du nicht heute Abend Lust hast, was trinken zu gehen.«

Noch während ich es ausspreche, rolle ich mit den Augen, weil es sich so merkwürdig anfühlt. Alex ist inzwischen ein guter Freund von mir, und jetzt komme ich mir gerade wie ein Spion vor.

»Klar.« Alex, der nichts von meinen Gedanken ahnt, klingt erfreut. »Wollen wir ins *Joe's*?«

»Klingt gut. Passt dir sieben?«

»Perfekt. Ich freu mich.«

»Bis nachher, Mann.«

Nachdem wir aufgelegt haben, setze ich mich mit meinem Laptop und der Tasse Kaffee aufs Sofa und gehe ins Internet. Ohne lange darüber nachzudenken, tippe ich *Cleveland International Piano Competition* in die Suchleiste ein und klicke gespannt auf den ersten Link.

Natürlich kenne ich diesen Wettbewerb. Es ist der Klavierwettbewerb, der mit etwas mehr als acht Stunden Autofahrt am nächsten an Connecticut dran ist. Ich lese den Artikel über die Gründung des Wettbewerbs, die bisherigen Sieger, und schließlich schwebt der Mauszeiger erschreckend lang über dem Anmeldebutton.

Was soll das, Ben? Du wirst doch wohl nicht …

Anscheinend schon. Denn im nächsten Moment saust mein Finger auf das Touchpad, und ich beginne, in das Formular zu tippen.

Kapitel 4

Charlie

»Dieser Ben, wie sieht er aus? Mal ihn mir mit Worten.«

Priya klingt ganz aufgeregt am Telefon, und obwohl bei ihren Worten mein ganzer Körper kribbelt, muss ich lachen.

»Hab ich dir jemals gesagt, dass du einen gewaltigen Knall hast?«

»Immer wieder, immer wieder.«

Sie trällert die Worte in einem seltsamen Singsang hervor, und beinahe kann ich vor mir sehen, wie sie dabei durch ihr perfekt aufgeräumtes Zimmer tänzelt. »Und genau deshalb liebst du mich. Also erzähl schon. Wie sieht dein Ben aus?«

»Er ist nicht mein Ben!«

Mein Ausruf ist deutlich heftiger als nötig, während gleichzeitig vor meinem inneren Auge ein Bild entsteht. Dunkelblondes Haar, braune Augen und ebenmäßige Züge. Und diese Lippen ... Hitze steigt mir in die Wangen und ich dränge das Bild zurück.

»Er sieht nicht schlecht aus, glaube ich.«

In Gedanken verpasse ich mir eine Ohrfeige für diese Untertreibung.

»Und er wird dir wirklich Unterricht geben?«

Wenn Priya mein seltsames Verhalten bemerkt, dann lässt sie es sich jedenfalls nicht anmerken.

»Ja, am Mittwoch gehe ich wieder hin.«

»Darf ich mitkommen?«

»Äh, spinnst du?«

Priya lacht.

»Ich meine: Ein Typ, dem du bescheinigst, dass er *nicht schlecht* aussieht« – ich stelle mir vor, wie sie Anführungsstriche in die Luft malt – »so ein Typ muss einfach sehenswert sein.«

Ich seufze und unterdrücke ein Grinsen.

»Du bist manchmal so oberflächlich, Priya.«

»Ach komm schon.« Sie schnaubt belustigt. »Alle behaupten immer, dass ihnen das Äußerliche egal wäre, aber wenn wir mal ehrlich sind, dann stimmt das doch einfach nicht.« Ich sehe ihr vehementes Kopfschütteln beinahe vor mir. »Ich meine, natürlich sieht der Mensch, den wir lieben, für uns immer wunderschön aus, aber bei der ersten Begegnung ist das Aussehen nun einmal ein wichtiger Faktor.«

»Du hast ja recht.« Ich bemühe mich um einen besänftigenden Ton. »Sorry, ich hab es nicht so gemeint.«

»Dann ist ja gut.«

Sie grummelt zwar noch ein bisschen, aber ich weiß, dass sie es mir nicht wirklich übel nimmt. So war es schon immer mit Priya und mir. Wir sagen uns offen, ehrlich und frei Schnauze ins Gesicht, was wir denken. Dabei kann es schon mal passieren, dass übers Ziel hinausgeschossen wird, aber dann entschuldigen wir uns, und es ist alles wieder gut.

»Und jetzt sei mal ehrlich. Er gefällt dir, stimmt's?«

Und wieder wird mir heiß. Lügen ist zwecklos, denn es gibt keinen Menschen, der mich so gut kennt und meine Lügen so schnell durchschaut wie Priya.

»Ja.«

Die Wahrheit kommt nur widerwillig aus meinem Mund. »Er ist –« Ich stocke. »Na ja, er wirkt so anders als die anderen Jungs, die ich bisher kennengelernt habe.«

»Das könnte daran liegen, dass du bisher noch keinen Mann, sondern eben wirklich nur *Jungs* kennengelernt hast.«

Priya kann manchmal so trocken sein wie eine Scheibe Toast, die wochenlang im Schrank lag. Trotzdem kommt bei ihren nächsten Worten die Aufregung wieder durch.

»Aber jetzt mal ganz im Ernst. Wäre das nicht toll, wenn dieser Ben dein Traummann wäre? Stell dir vor, der Streit mit deinem Dad würde dich einfach zu deinem Happy End führen.«

»Jetzt lass die Pferde aber mal im Stall«, mahne ich und meine damit gleichzeitig Priya und mich. »Ich weiß ja nicht einmal, ob der Kerl Single ist.«

»Denk positiv, Schwester«, feuert Priya mich an. »Ich hab es im Gefühl. Das zwischen diesem Ben und dir wird eine ganz besondere Geschichte.«

Ben

Pünktlich um sieben stehe ich vor dem gemütlichen kleinen Irish Pub und warte auf Alex. Obwohl ich ja im Grunde nichts falsch gemacht habe, bin ich ziemlich nervös in Anbetracht dieses vor mir liegenden Gesprächs.

Ich mache mir Sorgen darüber, was ich von Alex erfahren könnte. Jessy hat wirklich genug durchgemacht. Ach ja. Ein kleines bisschen besorgt bin ich auch wegen meiner Faust, falls ich Alex wirklich eine reinhauen muss.

»Hey, Ben.«

Ich höre seine Stimme hinter mir, drehe mich um und erwidere sein Lächeln.

»Hi.«

Wir begrüßen uns mit einem Schulterklopfen und betreten den Pub. Drinnen empfängt uns lautes Stimmengewirr. Der Geruch von Fett und Alkohol wabert in der Luft. Ich orientiere mich kurz und entdecke in einer der hinteren Ecken noch einen freien Tisch. Zielstrebig steuern wir ihn an und lassen uns in die weichen Polster der bequemen Sessel fallen, die im *Joe's* um die Tische herumstehen.

Eine dunkelhaarige Servicekraft kommt an unseren Tisch, und wir bestellen zwei Guinness und einen großen Teller Scones.

Nachdem die junge Frau verschwunden ist, lehnt Alex sich in seinem Sessel zurück und mustert mich fragend.

»Also, Ben. Was gibt's?«

Huch. Er ist heute ja wirklich ungewöhnlich direkt. Aber wahrscheinlich ist es das Beste, wenn wir direkt zur Sache kommen. Wie bei einem Pflaster, das man am besten schnell abreißt.

»Na gut.«

Ich räuspere mich umständlich, fasse mir dann aber ein Herz. Ein letztes Mal hole ich tief Luft und sehe Alex direkt in die Augen.

»Genau das wollte ich dich eigentlich fragen.«

Er runzelt irritiert die Stirn. Offenbar kommt das für ihn ziemlich überraschend. »Was meinst du?«

»Ich habe mich gestern mit Jessy und Georgie getroffen, und Jessy war ziemlich fertig.«

Sofort setzt sich Alex gerader hin und wirkt mit einem Mal angespannt.

»Was hat sie gesagt?« Er presst die Worte hervor, als würde er mit sich kämpfen. Seine braunen Augen wirken stumpf, und um seinen Mund liegt ein schmerzlicher Zug.

»Sie sagt, dass du ihr etwas verheimlichst und deine Chats gesperrt hast.«

Ich wundere mich, wie sanft und einfühlsam meine Stimme klingt. In meinem Magen grummelt es nämlich gewaltig, und meine Sorgen steigen ins Unermessliche. »Was ist los mit dir, Alex? Hast du denn gar nichts aus eurer Geschichte gelernt?«

Obwohl er zehn Jahre älter ist als ich, haben wir uns angefreundet und sprechen offen miteinander.

Ich mustere ihn und bemerke erschrocken, wie er vor meinen Augen regelrecht in sich zusammensackt wie ein Luftballon, aus dem man die Luft lässt.

»Sie hat recht.«

Mir wird auf einen Schlag eiskalt. Was. Meint. Er. Damit?

»Was willst du damit sagen?«

Dieses Mal klinge ich deutlich weniger einfühlsam, und auf meinem Schoß ballt sich meine rechte Hand zur Faust. »Warum zum Kuckuck hast du schon wieder Geheimnisse vor ihr? Sie ist deine Verlobte, verdammt.«

Zitternd holt Alex Luft. Als er den Kopf hebt, bemerke ich die dunklen Ringe unter seinen Augen. Waren sie schon vorher da und sind mir nur nicht aufgefallen?

»Da ist diese Frau«, beginnt er zögernd, und meine zur Faust geballte Hand zuckt bei seinen Worten, aber ich zwinge mich zuzuhören, ohne ihn zu unterbrechen.

»Meine Ex«, fährt er fort, und ich werfe meine Nicht-unterbrechen-Pläne sofort wieder über den Haufen.

»Also reden wir von Sarah?«

Mein Herz klopft unkontrolliert.

Die Tatsache, dass Alex und seine Ex-Frau noch immer in Kontakt stehen, weil sie eine gemeinsame Vergangenheit, viele Erinnerungen und auch einen gemeinsamen Hund haben, macht Jessy zu schaffen. Zwar hat sie sich weitgehend damit abgefunden und versteht auch, dass Sarah und Alex Freunde sind, aber ich kann fühlen, dass sie sich Sorgen macht. Dennoch würde sie Alex deswegen niemals Schwierigkeiten bereiten. Weil sie ihn liebt und nicht entscheiden will, mit wem er Kontakt haben darf und mit wem nicht.

»Ich würde ihm niemals ein Ultimatum stellen«, hat sie am Anfang ihrer Beziehung zu ihm mehrmals betont. »Eine Beziehung bedeutet auch, dem anderen zu vertrauen und ihn nicht kontrollieren zu wollen.«

Warum also sollte Alex wegen Sarah seinen Chat sperren?

»Ich spreche nicht von Sarah«, unterbricht er meine Gedanken, und sofort setze ich mich wieder aufrechter hin.

»Nicht? Von wem redest du dann?«

Die Servicekraft von vorhin kommt mit unseren Getränken an den Tisch. »Die Scones kommen sofort.«

»Danke.« Wir antworten unisono, sind aber beide noch völlig auf unser Gespräch fokussiert.

Alex seufzt und fährt sich mit der Hand über die Augen.

»Sie heißt Kathy«, beginnt er zu erzählen. »Und wir waren vor vielen Jahren ein Paar. Noch bevor ich Sarah kannte.«

»Aha.« Ich kann ihm nicht wirklich folgen.

»Sie war das Mädchen, das brav wirkte, es aber nicht war«, erzählt Alex weiter. »Ich mochte sie, habe mich aber schließlich von ihr getrennt.«

»Warum hast du Schluss gemacht?«

Alex hebt unbehaglich die Schultern.

»Weißt du, sie war lieb. Ich habe mich wohl mit ihr gefühlt und alles, aber es war nicht das Richtige. Sie war nicht die Richtige. Zwischen uns war kein Feuer, sondern eine gelassene Gemütlichkeit. Irgendwie eine Gewohnheit, die mir auf Dauer einfach nicht gereicht hat. Verstehst du?«

Ich nicke und versuche, mich in die Situation hineinzuversetzen, von der Alex mir gerade erzählt.

»Und wie kam sie damit klar?«

»Nicht gut.«

Alex weicht meinem Blick aus und fixiert die Tischplatte, als sei darauf die gesammelte Weisheit der Weltgeschichte zu lesen. »Aber das war auch noch nicht das Ende der Geschichte.«

»Nicht?«

Jetzt bin ich überrascht, und Alex schüttelt den Kopf.

»Nein. Kathy und ich hatten über die Zeit immer wieder Kontakt, und bevor ich Sarah kennengelernt habe –« Er verzieht leicht gequält den Mund. »Na ja, wir hatten quasi eine Freundschaft Plus.«

Unterdrückt pfeife ich durch die Zähne. Hui, da steckt wohl wirklich mehr dahinter, als man im ersten Moment vermuten würde.

»Entschuldigung?«

Alex und ich zucken beide zusammen. Die junge Kellnerin muss schon seit einigen Augenblicken hier stehen. Wir waren allerdings viel zu vertieft in unser Gespräch, um sie zu bemerken. Schnell schaffen wir Platz auf dem

Tisch, und sie stellt einen Teller dampfender Scones zwischen uns ab.

»Guten Appetit.«

Mit einem höflichen Lächeln verschwindet sie in Richtung Küche, und ich greife hungrig nach einem der köstlichen Gebäckstücke.

»Oh, herrlich.«

Schon nach dem ersten Bissen schließe ich verzückt die Augen. Der süße Kuchen schmilzt regelrecht in meinem Mund, und für einen Moment erlaube ich mir, den Geschmack einfach zu genießen, bevor ich wieder zum Wesentlichen zurückkomme. Alex nimmt einen großen Schluck Guinness und greift ebenfalls nach einem Scone.

»Und dieses Arrangement war vorbei, als du Sarah kennengelernt hast?«

Jetzt sieht Alex endgültig unangenehm berührt und gleichzeitig so aus, als sei ihm just in diesem Moment der Appetit vergangen. Er starrt ungehalten auf seinen unschuldigen Scone, bevor er meine Frage beantwortet.

»Ja und nein.«

Er spricht so leise, dass ich ihn über das Stimmengewirr um uns herum nur schwer verstehen kann.

»Als Sarah und ich zusammenkamen, hatte ich keinen Kontakt mehr zu Kathy. Sarah war auch unendlich eifersüchtig auf jede Frau, mit der ich vor ihr zusammen war, und wäre vermutlich an die Decke gegangen, wenn es anders gewesen wäre.«

Er holt tief Luft und schließt die Augen, als wolle er die Vergangenheit ausschließen.

»Als dann unser Sohn auf die Welt kam, war für mich alles so, wie ich es mir immer gewünscht hatte. Ich wollte immer Vater sein.«

In seinen Worten liegt so viel Schmerz, so viel Liebe, dass es mir im Herzen wehtut. Aber ich will ihn nicht unterbrechen, und wenn ich ganz ehrlich bin, dann wüsste ich auch gar nicht, was ich sagen sollte.

»Nachdem er gestorben war –«

Alex unterbricht sich ein weiteres Mal. Er starrt an mir vorbei auf einen unsichtbaren Punkt an der Wand.

»Sarah und ich hatten keine gute Zeit, aber das weißt du ja.«

Ich nicke, denn diese Geschichte hat Jessy mir bereits mehr als einmal erzählt.

»Jedenfalls nahmen Kathy und ich in dieser Zeit wieder Kontakt auf.« Er spricht leise und zerbröselt nun den Scone zwischen seinen Fingern. »Sie hatte in der ganzen Zeit nie eine längere Beziehung gehabt, und ich glaube, dass sie nie ganz über mich hinweggekommen ist.«

Eine Welle von Mitleid für diese unbekannte Frau steigt in mir auf. Das Gefühl, sich nach dem Menschen zu sehnen, den man mehr liebt als alles andere auf der Welt, ist grausam. Das Wissen, dass dieser Mensch jeden Tag neben einer anderen aufwacht, sie beim Einschlafen in den Armen hält und mit ihr auf Familie macht, muss geradezu unerträglich sein.

Aber mir ist klar, dass in dieser Geschichte vermutlich noch mehr kommt, und ich wappne mich für Alex' weitere Erzählungen.

»Als Sarah mich betrogen hat, bin ich ausgerastet.«

Gut, das kann ich verstehen. Genau wie die kaum unterdrückten, brodelnden Emotionen seiner nächsten Worte. »Ich bin ins Auto gesprungen und zu Kathy gefahren.«

»Fuck«, fluche ich leise, denn das, was nun kommt, muss schlimmer sein, als ich erwartet habe. »Und dann?«

Alex hebt die Augenbrauen und macht damit jede weitere Frage meinerseits überflüssig.

»Und jetzt kommt der Punkt, an den ich kaum zurückdenken kann.« Er vergräbt einen Augenblick den Kopf in beiden Händen. Als er weiterspricht, ist seine Stimme heiser. »Denn an dieser Stelle habe ich mich wie ein Arsch verhalten.«

»Was hast du getan?«

Zurückhaltung liegt in meiner Stimme, und ich muss an mich halten, um nicht ein Stück von Alex wegzurücken.

»Ich habe mich danach nicht wieder bei ihr gemeldet«, flüstert er und starrt auf die dunkle Tischplatte vor ihm. »Ich habe einfach nicht mehr auf ihre Nachrichten reagiert und versucht, mein Leben mit Sarah wieder auf die Reihe zu bekommen.«

»Na, das hat ja hervorragend geklappt«, platze ich trocken heraus und entschuldige mich sofort. »Sorry, Mann. Das war scheiße.«

»Schon okay.« Alex lacht bitter auf. »*Ich* war scheiße. Ich allein, und du hast ja recht. Ich war ein Idiot und ein Feigling, der die Konfrontation gescheut hat.«

»Und du hast sie nie geliebt?«

Alex macht eine fahrige Handbewegung.

»Ich hatte sie sehr gern und ich glaube, zwischen uns hätte es auch funktioniert, wenn ich mir nicht mehr gewünscht hätte. Wenn mir gemütlich und alltäglich gereicht hätte. Aber ich wollte mehr.«

»Und das hast du bei Jessy gefunden.«

Mit diesen Worten schlage ich einen weiten Bogen und komme wieder auf unser Ausgangsthema zurück. »Und trotzdem hast du Geheimnisse vor ihr, die offensichtlich mit dieser Frau zu tun haben. Sorry, Alex, aber das ist scheiße. Du liebst Jessy mehr, als du jemals eine Frau zuvor geliebt hast. Glaub mir, ich hab mehr als einmal über ihre Schultern geschaut, wenn du ihr erzählt hast, dass sie alles für dich ist.« Ich verdrehe die Augen. »Ich habe danebengesessen und nur mühevoll einen Würgereiz unterdrückt, als du ihr gesagt hast, dass sie die schönste Frau ist, die du jemals gesehen hast. Also warum kannst du nicht einfach ehrlich zu ihr sein? Was ist mit dieser Kathy?«

Während dieses außergewöhnlich langen Wortschwalls ist meine Stimme ungewollt immer lauter geworden, und ich nehme mich nun mühsam zurück.

»Wir sind Kumpels, Alex, und du weißt, dass ich dich mag. Aber ich verstehe dich manchmal einfach nicht. Und Jessy ist für mich wie eine Schwester. Ich will nicht, dass du ihr wehtust.«

»Ich will ihr auch nicht wehtun.« Alex seufzt, nachdem er mich einen Augenblick lang schweigend angestarrt hat. »Es war nicht geplant, dass Kathy wieder in meinem Leben auftaucht.«

Seine Worte machen mich unfassbar wütend, obwohl ich die Hintergründe noch gar nicht kenne. *Es war nicht geplant*, ist ein Satz, der in mir die schlimmsten Gefühle überhaupt auslöst.

»Es war nicht geplant, Benjamin. Glaub mir das.«

Feurige Wut schießt wie dicke, alles verzehrende Lava durch meine Adern, und der Schmerz der Vergangenheit überfällt mich mit ungeahnter Kraft. Nur leise dringt Alex' Stimme zu mir durch, und es dauert einen Moment, bis ich mich wieder gefangen habe und Vergangenheit und Gegenwart nicht mehr miteinander verschwimmen.

»... mich angeschrieben«, erzählt Alex, und ich unterbreche ihn.

»Sorry, ich glaube ich habe gerade den Anfang verpasst. Kannst du noch mal –?«

»Meine Mutter hat gegenüber Kathy erwähnt, dass Sarah und ich uns getrennt haben«, wiederholt er und atmet tief durch. »Und dann hat sie mich angeschrieben.«

»Ja und?« Meine Stimme trieft geradezu vor Sarkasmus. »Vermutlich wollte sie nur *nett* sein.«

Alex' Mundwinkel zucken unmerklich, aber er bleibt ernst.

»Sie hat geschrieben, dass sie da ist, wenn ich reden möchte.«

»Und daraufhin hast du was gesagt?«

Ein Hauch Schärfe hat sich in meine Stimme geschlichen.

»Ich habe nicht geantwortet.«

Ich schlage mir die Hand vor die Stirn.

»Alex, manchmal bist du aber auch wirklich ein Esel.« Ich schnaufe und nehme dieses Mal nichts zurück. »Wieso hast du ihr nicht einfach gesagt, dass du jemanden gefunden hast, den du liebst?«

»Weil es alles nicht so einfach war!«

Jetzt wird auch Alex' Stimme lauter. »Jessy und ich waren noch nicht offiziell zusammen. Wir wollten es langsam angehen lassen, und ich hatte verdammt noch mal Angst davor, was meine Freunde und meine Familie zu uns als Paar sagen würden. Ich bin ein Feigling, okay?«

»Offensichtlich«, grummele ich. »Und warum weiß sie nach all den Monaten noch immer nichts von Jessy?«

»Sie weiß von ihr«, sagt Alex und klingt mit einem Mal resigniert. »Sie weiß, dass ich verlobt bin, und trotzdem schickt sie mir ständig Liebeserklärungen.«

»Sie tut bitte was?«, frage ich so fassungslos, wie ich mich gerade fühle.

»Sie schickt mir Liebeserklärungen«, wiederholt Alex. »Würde sie nur mit mir befreundet sein wollen, dann wäre das ja alles kein Problem, aber ich habe ganz ehrlich inzwischen den Eindruck, dass sie –«

Er hält mitten im Satz inne und schüttelt den Kopf.

»Du glaubst, sie will Jessy und dich trennen, oder?«, frage ich vorsichtig, und da nickt er.

»Glaubst du, diese Frau ist jemals über dich hinweggekommen?«

Alex hebt hilflos die Arme.

»Ich weiß es nicht, Ben, ehrlich. Ich fühle mich schuldig, weil ich Kathy immer wieder an mich gebunden habe. Ich wusste ja, dass sie nicht meine große Liebe ist. Es hat immer das Feuer zwischen uns gefehlt.«

»Und deshalb weist du sie nicht zurück?«

»Ja!« Es klingt beinahe trotzig, und ich verdrehe die Augen.

»Darf ich dir etwas sagen, Alex? Du bist ein Idiot.«

»Nimm nur kein Blatt vor den Mund.«

Er klingt knurrig, und seine Emotionen schwanken offensichtlich zwischen Belustigung und Resignation.

»Mach ich nicht.« Es ist ein ehrliches Versprechen. »Und deshalb sage ich dir jetzt eins: Du musst Jessy von alldem erzählen.«

»Ich weiß nicht, ob ich das kann.« Er flüstert die Worte. »Ich habe Angst, dass sie mich verlässt.«

»Das würde Jessy nicht tun.« Niemals war ich überzeugter von der Wahrheit meiner Worte. »Alex, sie liebt dich, und nach allem, was ihr zusammen erlebt und durchgemacht habt, solltest du wirklich wissen, dass sich das nicht einfach von einem auf den anderen Tag ändert.«

Ich fuchtele in der Luft herum, um meinen Standpunkt zu verdeutlichen. »Sie liebt dich. Du bist ihre Welt, ihr

Universum und ihr Fixpunkt. Sie träumt von dir und atmet dich ein. Also sieh gefälligst zu, dass du der Mann bist, den sie verdient hat.«

Ich bin am Ende meiner Rede angekommen und weiß nicht weiter. Stille breitet sich aus, und langsam dringen auch die Geräusche von den anderen Tischen wieder zu mir durch. Verlegen sitzen wir uns einen Augenblick lang schweigend gegenüber, bevor Alex langsam nickt.

»Du hast recht.« Er strafft die Schultern. »Das habe ich gebraucht. Danke.«

Ich winke ab.

»Nicht dafür.«

Meine Rede hat mich hungrig gemacht, und ich greife nach einem weiteren Scone. Leider sind sie inzwischen kalt.

Auch Alex greift nach etwas zu essen.

»Ich werde sie jetzt gleich anrufen.« Er beißt von seinem Scone ab, während er sein Handy aus der Tasche holt und Jessys Nummer wählt. Kauend beobachte ich ihn und denke im Stillen, dass ich selbst manchmal jemanden brauchen könnte, der mir den Kopf zurechtrückt.

Gerade jetzt, da eine verrückte rothaarige junge Frau in mein Leben gestürmt ist und meine Gedanken und Empfindungen völlig durcheinandergewirbelt hat.

Mein Gefühl sagt mir, dass Charlie etwas Besonderes ist, und das macht mir Angst. Ich wollte nie wieder einen besonderen Menschen treffen und mein Herz im schlimmsten Fall verlieren.

Aber, beruhige ich mich. *Von Herz verlieren ist hier ja noch keine Rede.* Und doch kann ich nicht leugnen, dass sie mich verzaubert und ich es kaum erwarten kann, sie morgen zu sehen.

Charlie

Was ist nur los mit mir? Ich stehe seit mehr als einer Viertelstunde von meinem Kleiderschrank, und habe keine Ahnung, was ich anziehen soll. Das passiert mir sonst nie, und es gibt ja auch wirklich keinen entsprechenden Anlass. Das Einzige, was ich heute vorhabe, ist meine Klavierstunde.

»Mit dem attraktiven Klavierlehrer.«

Es ist ein leises Flüstern in meinem Kopf, was ich verzweifelt zum Schweigen zu bringen versuche.

Ja, ich habe mir inzwischen eingestanden, dass Ben mir wirklich gut gefällt. Aber das bedeutet noch lange nicht, dass ich bereit bin, mich einfach so in irgendeine Schwärmerei hineinzusteigern. Vielmehr ist es jetzt wichtig für mich, dass ich Klavier spielen lerne und die Wette mit Dad gewinne.

Danach kann ich mir immer noch darüber Gedanken machen, ob Ben vielleicht mehr für mich werden könnte als nur mein Klavierlehrer. Aber auch diese Erkenntnis hilft mir leider nicht wirklich bei der Entscheidung, was ich anziehen soll.

Erst nach weiteren zehn Minuten entscheide ich mich für einen bodenlangen Rock in bunten Farben und ein dazu passendes Top.

Schnell schlüpfe ich in meine geliebten Sandaletten und nehme meine Haare zu einem langen dicken Pferdeschwanz zusammen. Dann mache ich mich auf den Weg zum Auto, wo meine Mutter bereits auf mich wartet.

»Na, Süße, wofür hast du dich denn so schick gemacht?«

Obwohl ich weiß, dass in ihrer Stimme eine leichte Spitze mitschwingt, freue ich mich über das Kompliment.

Mom weiß meinen Kleidergeschmack nicht zu schätzen, aber ihrem Gesicht ist anzusehen, dass ich mit meinem heutigen Outfit ihren Geschmack getroffen habe.

»Ach.« Ich hoffe, dass man mir die Röte in meinem Gesicht nicht zu deutlich ansehen kann. »Das ist doch nichts Besonderes.«

»Hm.« Sie wirkt nicht überzeugt. »Gibt es da vielleicht einen jungen Mann, von dem ich etwas wissen sollte?«

»Mom!« Meine Wangen glühen vor Verlegenheit. »Fahr bitte los. Ich komme sonst zu spät.«

»Schon gut, schon gut.« Sie hebt abwehrend die Hände. In ihren Augen funkelt es allerdings amüsiert. Tief atme ich ein, um meine Contenance zurückzugewinnen, und lehne mich in den weichen Lederpolstern unseres Autos zurück.

Es ist nicht weit bis zur Universität, an der Ben Unterricht gibt, und als ich aus dem Auto steige und in Richtung des Gebäudes laufe, klopft mein Herz mit einem Mal im Stakkato.

Durchatmen, befehle ich mir, als ich auf die geschlossene Tür zugehe, hinter der bereits leise Klavierklänge zu hören sind. Ein. Aus. Ein. Aus. Ein. Ich hebe die Hand und klopfe.

Kapitel 5

Charlie

Es bleibt ein paar Sekunden still.

»Komm rein!«

Schnell befeuchte ich meine Lippen mit der Zunge und öffne die Tür. Ben sitzt am Klavier und dreht den Kopf in meine Richtung, als er mich hört.

Sein Blick fällt auf mich und ... er lächelt. Mein Herz setzt einen Schlag aus.

Er sieht gut aus, sogar noch besser, als ich ihn vom letzten Mal in Erinnerung hatte, und ich bringe, ganz anders, als es sonst meine Art ist, nur ein schüchternes Lächeln zustande.

»Hi.«

Bens Lächeln vertieft sich bei meinem Gruß. Ich erkenne ein kleines Grübchen, das sich an seinem Mundwinkel bildet und ihn jung und unschuldig aussehen lässt. Verletzlich. Einen Augenblick lang sehen wir uns einfach nur an.

Die Zeit um uns herum scheint stillzustehen, und es ist, als wären wir komplett allein auf dieser Welt. Leider ist dieser besondere Moment viel zu schnell vorüber, und Ben fasst sich wieder.

Er wirft einen kurzen Blick auf die Uhr, räuspert sich und steht auf.

»Schön, dass du heute pünktlich bist.«

Dieses Mal ist sein Lächeln weniger verlegen, sondern eher verschmitzt.

»Ja, heute hatte ich ein Taxi.«

Ich verleihe meiner Stimme einen möglichst leichten Klang.

»Sag mal, bist du etwa Rockefeller?« Ben hebt eine Augenbraue.

»Nein, ich rede vom Mama-Taxi.«

Im selben Moment bereue ich diesen Satz. Er macht mich so jung, und mir wird erst jetzt bewusst, dass Ben deutlich älter sein muss als ich.

Wenn ihn aber etwas an meinen Worten stört, dann übergeht er es geflissentlich und lächelt mich stattdessen aufmunternd an.

»Die Hauptsache ist doch, dass du jetzt da bist«, sagt er, und auf einmal klingt seine Stimme ganz ernst.

»Komm, setz dich, dann können wir anfangen.«

Er zieht einen Stuhl neben den Flügel und bedeutet mir, mich auf den Klavierhocker zu setzen. Das ist mir ganz recht, denn in Bens Nähe habe ich das Gefühl, dass ich meine Knie nicht wirklich unter Kontrolle habe.

»Kennst du dich ein bisschen mit Noten aus?«

Ich brauche einen Augenblick, um zu begreifen, dass er nicht etwa von Schulnoten spricht, sondern von Musik.

Anscheinend werden nicht nur meine Beine, sondern auch mein Gehirn von seiner Nähe in Mitleidenschaft gezogen.

»Na ja, ich weiß, dass Noten existieren, aber lesen kann ich sie nicht, falls du das meinst«, gestehe ich, und Ben nickt wissend.

»Also ungefähr auf demselben Stand wie die meisten anderen auch.«

Er spricht mehr zu sich selbst als zu mir, und obwohl ich weiß, dass er es nicht böse meint, fühle ich mich ein kleines bisschen beleidigt.

»Ich bin nicht die meisten anderen.«

Meine Stimme ist ernst, und ich suche beim Sprechen seinen Blick. Auch jetzt spüre ich deutlich die aufgeladene Spannung zwischen uns und frage mich langsam, ob das Ganze hier eine gute Idee ist.

»Glaub mir, Charlie, dass du nicht wie die anderen bist, habe ich schon gemerkt.«

Mit einer fahrigen Bewegung greift Ben nach einem dünnen Buch und blättert darin herum. Es ist offensichtlich, dass er meinen Blick meidet.

Nach einigen Sekunden unangenehmen Schweigens kommt er schließlich auf unser ursprüngliches Thema zurück.

»Als Erstes ist es jetzt wichtig, dass du Noten lesen lernst, und glaub mir, das ist nicht so einfach, wie es sich im ersten Moment anhört.«

»Aber es hört sich doch überhaupt nicht einfach an.« Ich verdrehe in gespielter Verzweiflung die Augen. »Ehrlich gesagt, klingt es sogar fürchterlich schwer.«

Ben lacht.

»Na, so schlimm ist es nun auch wieder nicht.«

Sein Lachen lässt die Schmetterlinge in meinem Bauch Loopings fliegen. So lange, bis sie bei seinen nächsten Worten einen rabiaten Bauchplatscher hinlegen. »Also, dann lass uns mal anfangen.«

Eine halbe Stunde später fühlt sich mein Gehirn wie Matsch an. Ich habe das Gefühl, der dümmste Mensch auf Erden zu sein.

»Na, das war doch gar nicht schlecht für den Anfang.«

Ben klappt das Buch zu, mit dem wir uns die ganze Zeit über beschäftigt haben, und ich ziehe die Augenbrauen bis zum Haaransatz hoch.

»So, meinst du?« Dieses Mal ist meine Verzweiflung echt. »Ich werde niemals schaffen, diese ganzen Noten zu lesen.«

»Natürlich wirst du das«, verspricht Ben und macht mir mit seinen Worten etwas Mut. »Dafür hast du ja mich.«

Auch diese Worte dringen zu mir durch und lassen die Schmetterlinge, die sich nach ihrem Absturz und während der intensiven Lernzeit eine Auszeit genommen haben, wieder zum Leben erwachen.

»Du bist ein guter Lehrer.« Meine Stimme ist leise, und ich merke erst jetzt, wie nah wir inzwischen beieinandersitzen.

»Ein Lehrer ist immer nur so gut wie sein Schüler.«

Ich spüre seinen warmen Atem an meiner Wange, als er spricht. Ich atme zittrig ein und stelle mir in diesem Moment das erste Mal vor, wie es wäre, meine Lippen auf die eines Mannes zu pressen. Mein Herz rast, und meine Gedanken fahren Achterbahn, bevor lautes Klopfen den Moment jäh unterbricht.

Ben zuckt regelrecht einen halben Meter zurück, und ich fahre mir hektisch mit der Hand durch die Haare.

»Herein«, ruft er, und als die Tür sich öffnet und ein ungefähr sechzehn Jahre altes Mädchen auftaucht, wirft er mir nur noch einen flüchtigen Blick zu. Nichts ist mehr von dem zu spüren, was da gerade zwischen uns gewesen ist.

»Hi, Isabel. Schön, dass du da bist.«

Kurz dreht er den Kopf in meine Richtung. »Ach, Charlie, wann hast du das nächste Mal Zeit?«

»Ich könnte nächsten Montag.«

Meine Stimme ist nicht mehr als ein Murmeln. Ein enttäuschtes Murmeln. Binnen weniger Sekunden hat er eine Mauer zwischen uns hochgezogen, und es verletzt mich.

Ben nickt. »Montag passt mir gut.«

Wir einigen uns auf eine Uhrzeit, dann bin ich entlassen. Ich höre im Hinausgehen noch mit halbem Ohr, wie er mit Isabel den Unterricht beginnt, und frage mich, was in aller Welt das nur werden soll.

Ben

Was bin ich nur für ein Idiot? Während Isabel mir ihre Tonleitern vorspielt und ich hin und wieder kleine Korrekturen vornehme und Tipps einwerfe, sind meine Gedanken eigentlich ganz woanders.

Ich hätte sie vorhin beinahe geküsst. Ich. Hätte. Charlie. Beinahe. Geküsst! Eine Klavierschülerin, die ich kaum kenne und der ich mich trotzdem auf eine unerklärliche Weise so verbunden fühle.

Aber das ist nicht gut. Ich will so nicht fühlen, weil nichts Gutes dabei herauskommt.

In diesem Moment greift Isabel derart daneben, dass ich zusammenzucke. Zum Glück holt mich diese Tatsache aber wieder zurück in die Realität und bringt mich dazu, meine Aufmerksamkeit in die richtigen Bahnen zu lenken.

»Du musst an der Stelle ein C spielen, Isy.«

Ich bemühe mich um einen geduldigen Tonfall, aber es fällt mir schwer. Diese Stelle sollte längst funktionieren.

»Okay.« Sie presst die Lippen zusammen und versucht es erneut. Dieses Mal trifft sie den Ton, und ich lasse eine überschwängliche Lobeshymne auf sie niederregnen, bis sie vor Freude strahlt. In solchen Momenten liebe ich meinen Job besonders. Es tut gut zu sehen, dass ich in der Welt etwas bewirken kann.

Als hätte das Universum etwas gegen so viele positive Gedanken meinerseits einzuwenden, vibriert mein Handy, und ein kurzer Blick darauf lässt mich erbleichen. Scheiße. Nicht heute.

Charlie

»Ich bin zu Hause«, rufe ich laut, als ich die Tür aufgeschlossen, meine Jacke an den Haken gehängt, und die Schuhe in die Ecke gepfeffert habe. Mom wird durchdrehen, wenn sie es sieht, aber mein Kopf ist gerade viel zu überfüllt, um mir darüber Gedanken zu machen.

Eigentlich wollte ich direkt nach der Klavierstunde zu Ares in den Stall, aber Dad muss heute erst später zum Dienst und hat ein gemeinsames Mittagessen angeordnet.

Schnell schicke ich Priya eine Nachricht und frage, ob wir uns später treffen können.

Priya: Logo, schreib, wenn ihr losfahrt, dann sehen wir uns.

Erleichtert atme ich aus. Nach dem heutigen Vormittag brauche ich ganz dringend eine riesige Portion *beste Freundin*, um wieder in der Lage zu sein, klar zu denken.

»Bist du das, Schatz?«

Mom streckt den Kopf aus der Küche. Ihre sonst so ordentlichen Haare fallen ihr verschwitzt in die Stirn. Meine Mutter ist als PR-Managerin für einen großen Verlag unterwegs, und in der Küche sehe ich sie eher selten, was mich gerade wirklich stutzig macht.

»Wo ist Anna?« Fragend sehe ich sie an und werfe meine Tasche achtlos auf das Sofa.

»Sie hat gekündigt, stell dir das mal vor. Einfach so.«

Ich reiße die Augen auf und kann ihren leicht hysterischen Tonfall vollkommen nachvollziehen.

Seit zwei Jahren kam Anna zweimal in der Woche, um Mom im Haushalt zu unterstützen. Sie kochte, putzte, bügelte und tat einfach das, was so anfiel. Und wenn Anna nicht da war, bestellten wir uns meist etwas in einem der nahe gelegenen Restaurants oder gingen aus.

»Aber warum?«

Meine Fassungslosigkeit ist riesig. Ich mag Anna und werde sie sehr vermissen.

»Sie ist schwanger.«

Einen Augenblick lang stutze ich, dann kommt zaghafte Freude in mir auf.

»Aber, Mom, das ist doch toll für sie.«

Mom schnaubt. »Und wer soll jetzt den Haushalt übernehmen?«

Im ersten Moment überlege ich, meine Hilfe anzubieten, aber dann wird mir klar, dass ich mit diesem Angebot in ein schweres zeitliches Dilemma geraten würde. Stallarbeit, Klavier lernen und Haushalt? Schwierig.

»Und deshalb kochst du heute?«

»Jetzt sag das noch mal mit etwas weniger Verwunderung in der Stimme.«

Sie klingt eingeschnappt, und ich rudere sofort zurück.

»So hab ich das nicht gemeint.«

»Ist schon gut.« Mom wischt sich mit dem Handrücken die feuchten Haarsträhnen aus der Stirn und mustert mich aufmerksam.

»Wie war der Unterricht?«

Meine Gedanken wandern zu dem Moment zurück, als Ben und ich uns plötzlich so nah waren, und ein Lächeln legt sich auf meine Lippen.

»Es war gut.« Ich bemühe mich um einen harmlosen Tonfall und drehe mich weg, damit sie mein Gesicht nicht sehen kann. »Ich werde natürlich sehr viel lernen müssen.«

»Charlotte, bist du wirklich sicher, dass das eine gute Idee ist?«

Jetzt klingt Mom auf einmal sehr ernst, und ich drehe mich wieder zu ihr um. Da ist kein Lächeln mehr, das ich verstecken müsste.

»Was meinst du?«

Sie mustert mich aufmerksam.

»Ich weiß, dass du diese Wette mit deinem Dad ernst nimmst. Das hast du von ihm. Diese Sturheit meine ich«, fügt sie erklärend hinzu und öffnet den Kühlschrank, um darin etwas zu suchen. Als sie es gefunden hat, sieht sie mich wieder an.

»Aber bist du wirklich sicher, dass es dir das wert ist?«

»Ja!«

Meine Antwort kommt wie aus der Pistole geschossen und mit einer unerwarteten Sicherheit. »Ich werde Dad und dir beweisen, dass es bei mir nicht an Faulheit oder sonst etwas liegt, dass ich diesen Weg einschlagen will.« Ich schüttele meine roten Locken. »Es liegt daran, dass dieses Leben mein Traum ist, den ich verwirklichen möchte. Und wenn ich nur auf diese Weise die Möglichkeit habe, euch zu beweisen, dass ich meinen Weg in jedem Fall gehen werde, dann ja, Mom, ist es das wert.«

Ich überschlage mich beinahe beim Sprechen und realisiere das Erstaunen im Blick meiner Mutter. Eigentlich erwarte ich beinahe, dass sie noch etwas dazu sagt, aber sie schweigt und wendet sich wieder dem Herd zu.

»Geh dir die Hände waschen«, sagt sie über die Schulter, und damit bin ich ganz offensichtlich entlassen. »Und sag Dad Bescheid, dass wir essen können«, ruft sie mir noch hinterher.

»Jahaaa«, antworte ich und klopfe gleich darauf an die Tür des Arbeitszimmers meines Dads. Ich weiß nicht, ob alle Polizisten so sind, aber mein Dad ist ein Mensch, der niemals Feierabend macht. Jeden Tag bringt er stapelweise Akten mit nach Hause und grübelt auch Stunden nach Arbeitsschluss oder wie heute vor dem Dienst über den Papieren zu irgendwelchen Fällen.

Früher fand ich es total cool, dass mein Daddy Polizist war, und habe immer vor meinen Freundinnen damit angegeben. Heute sehe ich das Ganze etwas anders.

Ich kenne nicht nur seinen übermäßig ausgeprägten Beschützerinstinkt, sondern auch die Angst, die Mom und ich immer wieder haben, wenn er auf einen schwierigen oder gar gefährlichen Einsatz muss.

Meistens erzählt er uns erst davon, wenn alles vorbei ist, aber das Wissen und die Risiken seines Jobs brodeln immer im Hintergrund unseres Lebens vor sich hin.

»Komm rein«, höre ich seine Stimme und öffne die Tür.

»Es gibt Mittag, Daddy.«

»Ich komme gleich.« Er nickt mir zu und schaut dabei über seine Lesebrille.

Zehn Minuten später sitzen wir alle gemeinsam am Tisch und tun so, als wäre das Essen nicht leicht angebrannt.

»Im Internet sah es auch braun aus.« Mom versucht ihr Werk zu verteidigen, und ich verkneife mir den Kommentar, dass es einen großen Unterschied zwischen braun und schwarz gibt.

»Und, wie war dein Tag bisher, Charlotte?«

Dad schiebt sich mit einem heldenhaften Ausdruck im Gesicht eine Gabel in den Mund und mustert mich.

Ich kaue, schlucke und lächle ihn an.

»Ziemlich gut.«

»Sie hatte heute ihre erste Klavierstunde.« Mom wirft Dad einen bedeutungsvollen Blick zu.

»Ach so.« Einen Augenblick lang herrscht eine unangenehme Stille im Raum. Ich sehe Dad an, dass ihn etwas beschäftigt, aber schließlich entscheidet er sich, es, was auch immer es war, für sich zu behalten.

»Kann ich aufstehen?«, frage ich nach einigen weiteren unangenehmen Minuten, und meine Eltern wechseln einen kurzen Blick.

»Ja, geh ruhig, Schatz.« Mom nickt, während Dad die Lippen zusammenpresst. Ich kenne meine Eltern gut genug, um zu wissen, dass das folgende Gespräch kein freundliches werden wird. Offensichtlich führt meine Wette mit Dad zu mehr Problemen, als ich für möglich gehalten hätte.

Schnell schreibe ich Priya eine Nachricht, und sie antwortet sofort mit einem glücklichen Smiley und einem kurzen Text.

Priya: Wir treffen uns in zehn Minuten am Stall.

»Mom«, rufe ich in Richtung Küche, während ich die Treppe hochpoltere, um mich in Blitzgeschwindigkeit umzuziehen. »Ich treffe mich mit Priya am Stall und nehme das Rad, okay?«

Aus der Küche ertönt ein Seufzen. Dann folgt ein leises Stimmengewirr.

»Von mir aus«, ertönt gleich darauf Dads Stimme. »Aber schreib uns eine Nachricht, wenn du vom Stall losfährst.« Ich verdrehe die Augen. Ich habe keine Ahnung, ob es auf der Welt noch ein weiteres Mädchen gibt, das beinahe volljährig ist und seinen Eltern jedes Mal genau mitteilen muss, wo es sich gerade aufhält.

»Ja, mache ich.« Ich sprinte aus dem Haus, noch bevor sie sich umentscheiden können. Zwei Straßen weiter treffe ich auf Priya, die bereits auf ihrem roten Mountainbike sitzt und mir fröhlich entgegenstrahlt.

»Wie hast du das geschafft?«, ruft sie, aber ich zucke nur mit den Achseln.

Ich will jetzt nicht über zu Hause reden, denn in meinem Kopf gibt es viel wichtigere Dinge. In genau diesem Moment scheint das auch Priya klar zu werden, denn sie korrigiert sich sofort.

»Nein, vergiss es! Ich will es gar nicht wissen. Sag mir lieber, wie deine Unterrichtsstunde mit dem scharfen Klavierlehrer heute Morgen gelaufen ist.«

Bei ihren Worten zucke ich zusammen.

»Priya«, jammere ich, »musst du immer alles so ... ich weiß nicht, eklig klingen lassen?«

»Wieso denn eklig?«, motzt sie und kichert gleich darauf. »Du bist es nur nicht gewöhnt, weil normalerweise ich die mit den Männerproblem bin.«

»Ich habe keine Männerprobleme«, schnappe ich und trete umso fester in die Pedale.

»Nein, natürlich nicht«, sagt sie theatralisch und verdreht die Augen. »Ben ist auch viel zu perfekt, um dir Probleme zu machen.«

»Pri, ich kenne habe ihn heute zum zweiten Mal gesehen.«

Ich kann nicht verhindern, dass meine Wangen heiß werden, und sie bemerkt es natürlich sofort.

»Was bedeutet das schon?« Sie wirft mir über die Schulter einen belustigten Blick zu. »Ich sehe dir doch an, dass irgendetwas zwischen euch passiert ist.«

Ich habe keine Ahnung, wie sie das macht, aber sie scheint Augen im Hinterkopf zu haben.

»Nichts ist passiert«, widerspreche ich vehement, lenke jedoch gleich ein. Ich möchte Priya nicht belügen, sondern mit ihr über das sprechen, was mir durch den Kopf geht. »Na gut, wenn du es wirklich wissen willst, dann gab es da schon so einen Moment«, gestehe ich und wundere mich, dass sie meine leise Stimme trotz des Winds, der uns um die Ohren pfeift, verstehen kann.

Priya bremst so abrupt, während wir durch die Toreinfahrt des Reiterhofes fahren, dass der Kies unter ihren Reifen aufspritzt.

»Ich wusste es!« Sie triumphiert eindeutig. »Erzähl mir alles.«

Und das tue ich, während wir unsere Räder am Fahrradständer anschließen, und uns auf den Weg zu den Pferden machen. Die Halfter hängen ordentlich am Gatter, und wir öffnen das Tor.

Ares und Toffee heben die Köpfe, als sie uns bemerken, und kommen langsam in unsere Richtung getrottet.

»Er hat dich also fast geküsst?« Priya klingt fassungslos. »Und das hast du mir nicht sofort erzählt?«

»Es ist ja gar nicht passiert.« Ich versuche, der ganzen Sache die Ernsthaftigkeit zu nehmen.

»Aber es könnte jederzeit passieren.« Toffee reißt beim Klang von Priyas lauter Stimme erschrocken den Kopf hoch. »Ich meine, du wirst ihn jetzt ständig sehen, und er gefällt dir.«

Sie schüttelt kurz in einer ungläubigen Geste den Kopf. »Und seien wir mal ehrlich: Das habe ich bei dir noch nie erlebt. Ich finde es so unglaublich aufregend, und ich will einfach alles wissen.«

»Ich habe noch nie so viele Und-Sätze nacheinander aus deinem Mund gehört.«

»Ist doch egal. Erzähl mir alles.«

Jetzt klingt sie nahezu hysterisch, und beinahe befürchte ich, dass es ein Fehler war, davon anzufangen.

»Eigentlich gibt es da gar nichts zu erzählen«, sage ich langsam. »Er hat mich schließlich nicht geküsst, und ich weiß auch gar nicht, ob es eine gute Idee gewesen wäre.«

»Jemanden zu küssen ist wahrscheinlich nie eine gute Idee.« Priya winkt ab. »Trotzdem hindert diese Tatsache die Menschen nicht daran, es zu tun. Jeden Tag und überall auf der Welt.«

Gut, da hat sie recht.

»Was wollen wir heute machen?« Ich versuche Priya abzulenken, während wir die Pferde in Richtung Stall führen. »Ausreiten oder trainieren?«

»Ich wäre dafür, dass wir heute einen großen Ausritt machen.« Priya wirft einen Blick zum Himmel, der trotz der kalten Jahreszeit strahlend blau ist. »Das Wetter ist perfekt dafür.«

»Da hast du eigentlich recht«, stimme ich ihr zu. »Aber wir müssen uns auch echt ranhalten, weil wir am Wochenende unser erstes Turnier gehen.«

»Ach, das schaffen wir doch locker.« Priya winkt ab. »Wir sind klasse und unsere Pferde sowieso.«

»Deine Lebenseinstellung ist bewundernswert.« Ich kichere und befestige den Führstrick an dem dafür vorgesehenen Ring am Anbindeplatz.

Zwanzig Minuten später reiten wir gemütlich durch die Straßen der Stadt auf dem Weg in den Wald.

»Das mit dem Stadttraining war eine wirklich eine gute Idee«, sagt Priya und lächelt mich begeistert an. »So haben wir unseren Ausritt, und die Pferde werden trotzdem gleichzeitig trainiert.«

»Ich habe immer gute Ideen«, gebe ich zurück und zwinkere ihr zu.

»Charlie?«, höre ich in diesem Moment eine ungläubige Stimme, die mir bekannt vorkommt.

Ich drehe mich um, und mein Herz macht einen kleinen Hüpfer, als ich etwa drei Meter entfernt Ben sehe, der einen gebührenden Abstand zu mir und den Pferden einhält, mich aber freundlich anstrahlt.

»Was machst du denn hier, Ben?«, platze ich heraus, und Priya wiederholt fassungslos: »Ben?«

Mit einem verlegenen Lächeln auf den Lippen winkt Ben ihr zu.

»Hi, ich bin Ben Foster«, stellt er sich vor. Priya wirft mir einen wissenden Blick zu.

»Hi, Ben Foster.« Sie grinst, ich bedenke sie mit einem warnenden Blick und wiederhole meine Frage.

»Was machst du denn hier, Ben?«

»Ich bin gerade unterwegs zu meiner Tante.« Ben lächelt mich an. »Und bei euch beiden muss ich gar nicht fragen.«

Er mustert mich und versucht anscheinend, das einzuordnen, was er sieht.

»So, so, Charlie, du bist also ein Pferdemädchen.«

»Sieht ganz so aus.« Mein Tonfall ist flapsig, während mein Herz beim Klang seiner Stimme, die meinen Namen ausspricht, ein Hopser macht. Ein verlegenes Schweigen tritt ein, und ich habe keine Ahnung, wie ich die Situation entschärfen soll. Ben ist der Erste, der wieder etwas sagt.

»Ja, ich sollte dann also los«, murmelt er mit einem Blick auf die Uhr, und ich hebe schon verlegen die Hand, als Priya mit einem Mal eine glorreiche Idee zu haben scheint.

»Charlie hat übrigens am Wochenende ein Turnier, Ben«, ruft sie ihm zu und ignoriert meine wedelnden Handbewegungen, mit denen ich ihr den Mund verbieten will. »Es wäre cool, wenn wir dich dort sehen würden. Hast du Lust?«

Einen Augenblick lang zögert Ben, und ich bin sicher, dass ich gleich im Erdboden versinke, wenn er jetzt Nein sagt.

Dann huscht mit einem Mal ein merkwürdiger Ausdruck, den ich nicht deuten kann, über sein Gesicht, und er nickt.

»Da würde ich gerne kommen. Wann und wo genau ist das denn?«

»Das kann Charlie dir dann in der nächsten Unterrichtsstunde erzählen«, gibt Priya ungerührt zurück und hebt die Hand zum Abschied.

»Wir sehen uns«, bringe ich nur noch hervor, als wir weiterreiten und Ben hinter uns lassen.

»Was genau hast du dir dabei gedacht?«, schimpfe ich, aber meine beste Freundin ist völlig ungerührt.

»Na, was denkst du denn? Ich habe ihm die Möglichkeit gegeben, dich außerhalb der Unterrichtsstunde zu sehen. Ich finde das ziemlich clever und freundlich von mir.«

Ich klappe den Mund auf und wieder zu. So habe ich das noch gar nicht gesehen.

»Er ist wirklich süß, Charlie«, sagt Priya jetzt und klingt mit einem Mal ganz ruhig. »Ich fände es fantastisch, wenn ihr beide …«

Und auch wenn ich weiß, dass das noch überhaupt nicht zur Debatte steht, stimmt mein Herz ihr zu.

Kapitel 6

Ben

Pferde. Ausgerechnet Pferde. Wenn es eine Tierart auf der Welt gibt, vor der ich wirklich Angst habe, dann sind es Pferde.

Und Charlie ist ganz offensichtlich ein Pferdemädchen. Und noch offensichtlicher habe ich gerade zugesagt, ein Reitturnier zu besuchen. Ich mag zwar nicht wirklich Ahnung von Pferden haben, aber selbst ich weiß, dass auf so einer Veranstaltung viele Pferde sein werden.

Charlie wird merken, dass du ein Angsthase bist, flüstert eine bösartige innere Stimme, und ich beiße die Zähne fest zusammen. Die Einladung von Charlies Freundin hat mich etwas überrumpelt, aber eigentlich kam sie mir ganz recht.

Ich überlege schon seit unserer ersten Begegnung, wie ich Charlie wiedersehen könnte außerhalb unserer gemeinsamen Klavierstunden. Dass dafür allerdings eine Menge Pferde nötig sein würden, hätte ich nicht erwartet.

Wie ist das eigentlich bei so einem Pferdeturnier? Geht man da allein hin? Spontan überlege ich, Georgie zu bitten, mich zu begleiten, aber schon bei dem Gedanken daran, ihr zu sagen, was gerade in meinem Leben vorgeht, ist klar, dass das keine gute Idee ist. Georgie und Jessy würden durchdrehen, und ich hätte keine Ruhe mehr.

Als hätte sie gehört, dass ich gerade an sie denke, vibriert mein Handy und kündigt eine neue Nachricht von Jessy an.

Prinzessin Jessy: Alex hat mir alles erzählt. Danke, dass du mit ihm geredet hast, Ben. Du bist der beste Freund, den ich mir wünschen könnte.

Ben: Ich weiß!

Ich setze noch ein Smiley dazu und lasse das Telefon wieder in meiner Tasche verschwinden. Es klingt, als sei eine nahe Versöhnung der beiden nicht ganz ausgeschlossen, und Erleichterung durchströmt mein Herz.

Froh, meiner besten Freundin geholfen zu haben, beschleunige ich meinen Schritt und komme bald darauf an dem kleinen Häuschen an, in dem Tante Autumn zusammen mit ihrer Australian-Shepherd-Dame Amber lebt. Schon am Tor werde ich von wildem Gebell begrüßt. Die Hündin springt am Gartenzaun hoch und kriegt sich vor Freude über meine Anwesenheit gar nicht ein.

Vorsichtig gehe ich in die Knie und begrüße sie, bevor ich das Tor öffne und den Garten betrete. Gleich darauf kommt meine Tante aus der Haustür.

»Da bist du ja, Bennie.«

Sie breitet die Arme aus, um mich an ihre kräftige Gestalt zu ziehen.

»Hi, Autumn.«

Ich drücke sie ebenfalls fest an mich und genieße das Gefühl von Familie, das in meinem Leben viel zu selten geworden ist. Die Schwester meines Vaters ist die Einzige, die mir geblieben ist.

»Wie geht es dir, mein Großer?«

Autumn stellt sich auf die Zehenspitzen, um durch meine blonden Haare zu wuscheln.

Sofort kommt mir der Grund für meinen Besuch wieder in den Sinn, und ich werde ernst, während das warme Gefühl einer eisigen Kälte weicht.

»Lass uns drin darüber reden, okay?«, bitte ich leise, und auch Autumn wird sofort ernst.

»Natürlich, komm rein.« Sie greift nach meinem Arm, um mich ins Haus zu ziehen. Ich liebe das Haus meiner Tante, und zwar schon immer. Es ist ein gemütlicher und beständiger Ort in einem seit vielen Jahren eher unbeständigen und ungemütlichen Leben.

Überall stehen Möbel herum, die nicht zusammenpassen und doch gleichzeitig urgemütlich wirken. An den Wänden hängen Fotos, auf denen ich zu sehen bin, auf denen Dad zu sehen ist und auf denen – ich schlucke beim Anblick des Gesichts, das ich schon viel zu lange vermisse – Mom zu sehen ist.

Obwohl Autumn die Schwester meines Vaters ist, hatten meine Mutter und sie ein ganz besonderes Verhältnis.

»Wir haben uns von Anfang an gut verstanden«, hat Autumn mir einmal erzählt. »Deine Mutter war eine besondere Frau.«

Bei dieser Erinnerung schießt Schmerz durch meinen Körper wie Feuer. Ich bleibe vor meinem Lieblingsbild stehen. Ich bin etwa drei Jahre alt und stehe zwischen Mom und meiner Tante.

Mein Milchzahnlächeln ist breit, die Augen strahlen, als gäbe es kein Leid auf dieser Welt. Ich betrachte mein jüngeres Ich und berühre vorsichtig mit den Fingerspitzen das Bild. Zart streiche ich über die drei Gesichter und spüre einen Kloß im Hals.

»Ben?« Autumns Stimme durchdringt meine Gedanken. »Möchtest du einen Tee?«

Als wäre ich aus einem anderen Universum zurückgekehrt, nicke ich und lasse mich aufs Sofa fallen. Sofort habe ich eine kalte Hundeschnauze auf den Beinen und fahre mit meinen Fingern durch Ambers weiches langes Fell.

Die Hündin schnauft zufrieden, legt ihren Kopf auf meinen Oberschenkel und schließt die Augen. In der Küche höre ich meine Tante rumoren und gleich darauf das Pfeifen des Wasserkochers. Als Autumn wieder ins Wohnzimmer kommt, trägt sie zwei große dampfende Tassen vor sich her.

»Bitte schön, Schatz«, sagt sie sanft und stellt eine der Tassen vor mir auf den Wohnzimmertisch. Dann lässt sie sich mir gegenüber in den großen Ohrensessel fallen und mustert mich aufmerksam.

»Was ist passiert, Ben?«

So ist Autumn. Sie redet nicht gern um den heißen Brei herum, sondern kommt direkt zum Punkt. Aber obwohl ich diesen Charakterzug an ihr sehr schätze, verkrampfen sich meine Hände bei ihrer Frage.

»Du kannst dir schon denken, worum es geht«, murmele ich nach einigen Sekunden unangenehmen Schweigens. »Sie haben mich angerufen.«

»Wegen deines Dads?« Ihre Stimme klingt so tonlos wie meine, und wir sehen uns beim Sprechen nicht an.

»Ja.«

»Was ist mit ihm?«

»Es ... geht ihm nicht gut.« Ich bringe die Worte nur stockend hervor und fahre mir mit dem Handrücken über die Augen.

»Das habe ich mir schon gedacht.«

In ihren Augen lese ich Mitleid. Mitleid mit mir. »Wirst du am Wochenende wieder hinfahren?«

Wortlos nicke ich. Autumn steht auf, kommt zu mir herüber und nimmt mich in die Arme. Seitdem ich mich erinnern kann, riecht sie immer nach einer Mischung aus Benzin, dem Motoröl ihres Wagens und Pfefferminzbonbons. Ich lasse mich in diesen vertrauten Geruch fallen wie in eine lange vermisste Umarmung.

»Ich glaube manchmal, dass ich bald nicht mehr kann.« Obwohl ich flüstere, bricht meine Stimme. »Jeder Besuch bei ihm strengt mich so unfassbar an.«

»Ich weiß«, sagt Autumn leise. »Und ich verstehe dich so gut, Ben.«

Ihre Worte, die liebevolle Berührung und einfach dieser ganze Moment legen sich wie Balsam auf meine Seele. Allerdings ist mir klar, dass es lediglich Linderung, jedoch keine Heilung bedeutet. Manchmal glaube ich, dass das, was in meinem Leben kaputtgegangen ist, nie wieder richtig heilen wird.

»Soll ich dich begleiten?«, fragt Autumn sanft, aber ich schüttle den Kopf. Meine Tante tut so viel für mich und begleitet mich regelmäßig bei den Besuchen zu meinem Dad.

»Das musst du nicht«, wehre ich ab, und sie löst ihre Arme von mir.

»Du musst nicht immer alles in dich hineinfressen und allein tragen, Benjamin.« Ihre Stimme klingt fest. »Manchmal bedeutet es die größere Stärke, sich zu öffnen und die Last mit anderen zu teilen.«

Ihre Worte treffen meinen wunden Punkt. Die Welt kennt mich als den lustigen Ben, der immer zu einer Albernheit bereit ist und mit dem man Spaß haben kann. Als ich an die Wesleyan University kam, war ich anders. Verzweifelt, gebrochen und in mich gekehrt kostete es mich alle meine Kraft, ins Leben zurückzukehren und ein normaler Student zu sein.

In meinem zweiten Semester lernte ich Georgie kennen und freundete mich mit ihr an. Sie ist es, die mir geholfen hat, mein Leben zumindest teilweise wieder unter Kontrolle zu bekommen. In diesem Moment fällt mir etwas ein, und ich richte mich kerzengerade auf dem Sofa auf.

»Ich kann am Wochenende nicht zu ihm fahren«, rufe ich aus, und Autumn hebt überrascht den Kopf.

»Nicht?«, fragt sie und runzelt die Stirn. Im nächsten Moment hellt sich ihr Gesicht auf, und ihre Augen beginnen zu blitzen.

»Wie heißt sie?«

»Wie heißt wer?« Ich spüre die Hitze in meinem Magen, die sich den Weg hinauf über meinen Nacken direkt in meine Wangen bahnt.

»Verkauf mich nicht für dumm, Neffe«, grinst Autumn und sieht jetzt genauso verschlagen aus wie meine besten Freundinnen, wenn sie ein Geheimnis unbedingt erfahren wollen. »Ich kenne dich dein ganzes Leben lang und weiß genau, wenn bei dir etwas im Busch ist.«

»Gar nichts ist im Busch«, nuschele ich in meinen nicht vorhandenen Bart, werde unter ihrem Blick aber ganz klein. »Na gut«, gebe ich mich einen Augenblick später geschlagen. »Es gibt da ein Mädchen.«

»Oh, ich wusste es«, jubelt Autumn und wirkt um zehn Jahre jünger. »Erzähl mir alles über sie, sonst muss ich Jessy fragen, wenn sie morgen mit Darcy herkommt.«

»Nein!«

Erstaunt mustert meine Tante mich und runzelt die Stirn. »Alles in Ordnung?«

»Ja«, sage ich schnell und fahre mir mit der Hand durch die Haare. »Es ist nur so, dass bisher niemand von ihr weiß.«

»Wirklich?« Die Überraschung ist nicht zu übersehen. »Aber warum denn nicht?«

»Weil es eigentlich noch gar nichts zu erzählen gibt«, murmle ich mehr zu mir selbst, aber sie hat mich natürlich trotzdem gehört.

»Ich brauche mehr Infos, Neffe«, stellt sie fest und lehnt sich in ihrem Sessel zurück. »Wer ist das Mädchen?«

»Sie heißt Charlie«, beginne ich zurückhaltend. »Und sie ist meine Klavierschülerin.«

In der nächsten halben Stunde erzähle ich alles und ende damit, dass Charlies Freundin mich für das Wochenende zu diesem Reitturnier eingeladen hat.

»Ach, jetzt verstehe ich.« Autumn nickt langsam und scheint dann eine Entscheidung zu treffen.

»Wir machen das so«, beginnt sie. »Ich werde dieses Wochenende zu ihm fahren, und du gehst zu dem Turnier. Dafür passt du das Wochenende über auf Amber auf und versprichst mir, dass du dich bei dieser Charlie wie der perfekte Gentleman benimmst, der du sein kannst.«

Sprachlos starre ich meine Tante an.

»Das kannst du nicht machen«, widerspreche ich halbherzig, während in meinem Kopf bereits Glockengeläut zu hören ist. Allein die Vorstellung, dass meine Tante bereit ist, das für mich zu tun, ist so unglaublich, dass es mir die Tränen in die Augen treibt.

»Und wie ich das kann, Ben.« Autumn lächelt. »Und ich werde es tun. Ich möchte, dass du auch endlich wieder einmal tun kannst, wonach dir der Sinn steht. Du bist ein junger Mann, und dein Leben ist viel zu früh anders gelaufen als es sollte. Der Verlust deiner Mutter, die Sache mit deinem Vater. Das sind alles Dinge, die niemand in deinem Alter erlebt haben, sollte. Also genieße das Wochenende.«

Bei ihren Worten wird der Kloß in meinem Hals immer größer.

Dass sie das für mich tun will, ist unvorstellbar lieb, denn auch ihr fällt es nicht leicht, Dad zu besuchen. Der Umgang mit ihm war nie einfach, aber in den vergangenen Jahren, seitdem meine Mutter nicht mehr lebt, ist es kaum zu ertragen mit ihm.

»Danke, Tante«, sage ich leise, und ein Lächeln legt sich langsam auf meine Mundwinkel.

»Das ist selbstverständlich, Junge.«

Aber das ist es nicht. Ich weiß ihr Angebot mehr zu schätzen, als sie vielleicht weiß.

Die Zeit bis zu Charlies nächster Klavierstunde vergeht so zäh wie Kaugummi. Immer wieder ertappe ich mich dabei, dass ich an sie denke und mir vorstelle, wie ich sie am Wochenende nach ihrem Sieg zu einem Spaziergang einlade und wir den Rest des Tages miteinander verbringen. Allein die Vorstellung reicht aus, um meinen Puls in ungeahnte Höhen steigen zu lassen.

Ich versuche mich eher semierfolgreich auf meine Arbeit zu konzentrieren, bis wir uns endlich wiedersehen.

Charlie

»Na siehst du, heute ging es doch schon viel besser.« Ben strahlt mich an, und in meinem Bauch kribbelt es aufgeregt.

Er hat recht. Heute haben wir zuerst noch einmal mit den Noten begonnen, dann aber schnell angefangen, eine Tonleiter zu lernen.

Jeder, der denkt, dass das einfach wäre, irrt sich.

Ich hatte heute mehrfach das Gefühl, meine Finger würden nicht zu meinem Körper gehören. Sie gehorchen mir am Klavier einfach nicht, und immer wieder konnte ich beobachten, wie Ben, dessen Nähe nicht unbedingt zu meiner Konzentration beiträgt, sich ein Schmunzeln verkniff.

Dass er mich jetzt lobt, freut mich deshalb mehr, als ich es zugeben möchte. Aber auch die Tatsache, dass Ben unseren Klavierunterricht schon längst beenden könnte, jedoch immer noch neben mir sitzt, stimmt mich auf eine unerklärliche Weise euphorisch.

»Kommt heute kein Klavierschüler nach mir?«

Im selben Moment würde ich mir am liebsten eine Ohrfeige verpassen. Warum bringe ich ihn auf die Idee, mich nach Hause zu schicken, während ich seine Nähe so unglaublich genieße?

»Nein.« Ben lächelt, und ich habe das Gefühl, dass er noch ein Stück näher an mich heranrutscht. »Heute habe ich nur dich.«

Ich weiß nicht, ob seine Worte so mehrdeutig gemeint sind, wie er sie gerade ausgesprochen hat, und trotzdem schlägt mein Magen einen dreifachen Purzelbaum.

Schweigen breitet sich zwischen uns aus, und ich weiß nicht recht, ob es unangenehm ist, als Ben es auch schon wieder unterbricht.

»Sag mal«, beginnt er, und als ich zu ihm sehe, bemerke ich, dass er meinen Blick meidet. »Dieses Turnier am Sonntag ... wo findet das statt?«

Vor Überraschung reiße ich die Augen weit auf.

»Sag bloß, du willst wirklich kommen?«, rufe ich, und meine Stimme klingt lauter als beabsichtigt.

»Natürlich.« Er schmunzelt. »Das will ich mir nicht entgehen lassen.«

Ich nenne Ben mit klopfendem Herzen die Adresse des Reitvereins, bei dem das Turnier stattfindet.

»Was genau machst du da eigentlich?«

Es fühlt sich an, als versuche er unsere gemeinsame Zeit zu verlängern. »Ich meine, dass du reitest, ist mir schon klar, aber ich war noch nie auf so einem Turnier.«

Ich kann mir ein Schmunzeln nicht verkneifen. Noch nie auf einem Reitturnier gewesen zu sein, kommt mir absolut unvorstellbar vor.

»Also ich finde, dann lässt du dich am besten überraschen.«

»Na toll, ich hasse Überraschungen.«

Wir lächeln uns an. Der Moment zwischen uns wird immer länger. Unsere Blicke verhaken sich ineinander, und alles in mir schreit danach, meine Fingerspitzen über den leichten Bartschatten und Bens Kinn wandern zu lassen. Erschrocken über mich selbst springe ich auf und unterbreche die besondere Stimmung zwischen uns.

»Ich muss los. Klavierspielen üben und trainieren.«

Einen kurzen Augenblick lang flackert etwas in Bens Augen auf, und ich bin ziemlich sicher, dass es Enttäuschung ist. Allerdings hat er sich schnell wieder unter Kontrolle und nickt mir lächelnd zu.

»Dann sehen wir uns am Sonntag, Charlie.« Ich nicke, während ich zur Tür gehe. Aber gerade, als ich die Tür hinter mir zuziehen will, höre ich seine Stimme noch einmal.

»Charlie?«

»Ja?«

Ich werfe einen Blick über die Schulter und sehe eindeutig, dass Ben mit sich kämpft. Er hat die Hand zur Faust geballt und steht unschlüssig in der Mitte des Raumes.

»Ich wollte dich noch etwas fragen«, bringt er schließlich halb stockend, halb klar hervor, und ich senke das Kinn und schaue ihn von unten her auffordernd an.

»Was denn?«

»Magst du Hunde?«

Nun zuckt mein Kinn zurück. Ich weiß zwar nicht, was ich erwartet habe, aber das definitiv nicht.

»Ja, ich mag Hunde.« Man kann die Fragezeichen in meiner Stimme geradezu hören.

»Weißt du, es ist nämlich so«, beginnt Ben und gewinnt langsam wieder an Selbstbewusstsein. »Meine Tante hat mich gebeten, am Wochenende auf ihre Hündin aufzupassen.«

Er lächelt schüchtern. »Ich dachte, vielleicht hast du ja Lust, eine Runde mit uns –« Er zögert. »Spazieren zu gehen?«

Ich komme mir vor wie ein Trottel. Charlies Augen sind riesengroß, und ich kann sie verstehen, weil sie gerade irgendein Neandertaler gebeten hat, mit ihm gemeinsam den Hund seiner Tante auszuführen.

Sie zögert, und ich bin schon kurz davor, mein Angebot wieder zurückzuziehen, als sie mit einem Mal lächelt.

»Gerne.« Ihre Stimme klingt fröhlich. »Morgen ist sowieso der letzte Tag, an dem ich aktiv trainieren darf.«

Sie zuckt die Achseln. »Am Tag vor dem Turnier gilt dann immer: Keinerlei Training, sondern nur Ablenkung. Es wäre also perfekt.« Mein Herz macht einen Satz. Damit hatte ich nicht gerechnet.

»Wirklich?«, kommt es fassungslos aus meinem Mund und, Charlie nickt lächelnd.

»Klar, du musst mir nur verraten, wo deine Tante wohnt, und wann ich da sein soll.«

Ich nenne ihr die Adresse, und wir verabreden uns für den späten Vormittag.

Kapitel 7

Charlie

In den nächsten zwei Tagen bin ich unendlich aufgeregt. Allerdings weniger wegen des Turniers als wegen meines Dates. *Dates? Nicht Dates? Treffens? Spaziergangs?*

Ich habe keine Ahnung, wie ich es eigentlich nennen soll. Und neben all den Dingen, die ich erledigen muss, gibt es ein Problem, für das ich noch keine Lösung gefunden habe.

Ich habe keine Ahnung, was ich meinen Eltern erzählen soll, mit wem ich mich treffe.

»Aber das ist doch ganz leicht.« Priya dreht sich vor meinem Spiegel hin und her. »Du sagst ihnen, dass du bei mir bist.«

»Du meinst, ich soll lügen?« Ich ignoriere den Stich des schlechten Gewissens und atme tief durch. »Das ist okay, finde ich.«

Natürlich habe ich auch schon darüber nachgedacht, Mom einfach zu sagen, dass ich mit Ben und dem Hund seiner Tante spazieren gehe, aber das kommt nicht infrage.

Meine Gedanken wandern zu Francis zurück, dem Jungen, der mich zu meinem Highschool-Prom eingeladen hatte. Dad hat ihn komplett durchleuchtet, und nachdem er sich eine Weile mit ihm unterhalten hatte, wurde es einer der unangenehmsten Abende meines ganzen Lebens.

Der arme Junge war nach dem Gespräch mit meinem Dad derart eingeschüchtert, dass er sich nicht einmal traute, mich zum Tanzen aufzufordern. Stattdessen stand ihm jedes Mal, wenn er mich ansah, die Panik ins Gesicht geschrieben. Absolut frustrierend. Und dabei war Francis nicht einmal interessant für mich. Ich war einfach nur auf einen fröhlichen Abend aus, den ich dann leider nicht bekommen habe.

Weil Ben mir aber schon jetzt mehr bedeutet als jeder andere Junge oder Mann vor ihm, will ich es nicht riskieren, dass meine Eltern das kaputtmachen.

Und das würden sie. Kaum hätte ich es Mom erzählt, wüsste auch schon Dad davon, und vermutlich würde ich Ben danach niemals wiedersehen. Das ich werde ich nicht riskieren.

»Wann musst du eigentlich los?« Priya wirft einen Blick auf die Uhr.

»In zehn Minuten.« Ich klopfe vorsichtig eine Staubflocke aus der weißen Bluse, die schon für das Turnier morgen auf einem Bügel an meinem Schrank hängt. Wie jedes Mal am Tag vor einem Turnier haben Priya und ich uns in meinem großen Zimmer verabredet und alles für morgen vorbereitet.

Heute haben wir uns zusätzlich auf ein paar kleinere Vorbereitungen für das Treffen mit Ben konzentriert, und jetzt, da es gleich soweit ist, bin ich hibbeliger als jemals zuvor.

»Komm, wir gehen«, sagt Priya und greift nach meiner Hand. »Wenn wir zusammen gehen, wirkt das für deine Mom am glaubhaftesten.«

Zu meinem Glück hat Dad das ganze Wochenende über Dienst, und ich muss mich nicht an seinen Adleraugen vorbeischmuggeln.

Auch was Mom angeht, habe ich heute wirklich Glück. Ihre beste Freundin Amanda ist da, und die beiden sitzen schnatternd und gackernd in der Küche.

»Mom.« Ich strecke nur kurz den Kopf durch die Tür. »Priya und ich wollen los. Kann ich den Wagen nehmen?«

Gespannt erwarte ich ihre Antwort und bin stolz auf mich, weil ich nicht gelogen habe.

»Natürlich, Süße.« Sie kichert, und ich wundere mich wieder einmal, wie anders sie ist, wenn sie mit Amanda zusammen ist. »Der Schlüssel hängt am Schlüsselbrett. Komm aber nicht zu spät, okay?«

»Werde ich nicht«, verspreche ich und gehe nun doch zu ihr, um ihr einen schnellen Kuss auf die Wange zu drücken. »Bis später.«

Schon bin ich wieder im Flur, schnappe mir die Autoschlüssel und verschwinde mit Priya aus der Haustür. Als sie hinter mir ins Schloss fällt, jubele ich kurz.

»Kannst du das glauben? Sie lässt mich sogar fahren!«

»Unfassbar.« Priya lacht und steigt auf der Beifahrerseite des Autos ein, während ich mich hinters Steuer setze. »Deine Mutter hat irgendwie zwei Seiten. Dr. Spießig und Mrs Cool. Wie kann das sein?«

Grinsend zucke ich die Achseln und starte den Motor, der wie ein zufriedenes Kätzchen schnurrt.

»Ich habe manchmal das Gefühl, dass sie neben Dads Strenge einen gewissen Ausgleich braucht und ich meine Freiheitsliebe vielleicht doch irgendwie von ihr geerbt habe.«

»Irgendwoher muss sie ja kommen«, meint auch Priya, wechselt dann aber schnell das Thema.

»Und jetzt vergiss deine Mom, setz mich an der nächsten Ecke ab, und dann fahr weiter zu deinem Date.«

Date ... das Wort hallt in den Windungen meines Gehirns wider, und ich nicke, während meine Finger am Steuer zu schwitzen beginnen. Als Priya aussteigt, zwinkert sie mir noch einmal schnell zu und schlendert dann mit einem letzten Winken den Bürgersteig entlang, während ich den Wagen zurück auf die Straße lenke.

Es dauert nicht lange, bevor ich in einem gemütlichen kleinen Wohnviertel vor einem Häuschen halte, das von einem Gartenzaun umgeben ist.

Ich steige aus dem Wagen und stelle fest, dass meine Knie inzwischen aus Wackelpudding bestehen. Mein Magen fühlt sich flau an, und ich überlege schon, wieder umzudrehen und nach Hause zu fahren, als sich die Haustür öffnet und Sekunden später ein bellender Blitz zum Zaum geschossen kommt.

Obwohl ich Hunde mag, trete ich bei diesem überaus stürmischen Auftritt einen Schritt zurück, und mein Herz gerät ins Stolpern, als ich Ben im Türrahmen stehen sehe.

Er hebt die Hand zum Gruß und stößt einen kurzen Pfiff aus, woraufhin der bellende Fellball zu ihm zurückschießt und sich neben ihm fallen lässt.

»Komm ruhig rein«, ruft er mir zu, und ich öffne das Gartentor.

»Amber, bleib!«, befiehlt Ben und tritt auf mich zu. Es e ein seltsam spannungsgeladener Moment, während keiner von uns zu wissen scheint, welche Begrüßung angemessen ist. Schließlich entscheide ich mich dafür, kurz mit der Hand durch die Luft zu wedeln, und komme mir dabei unendlich bescheuert vor.

»Schön, dass du da bist.« Seine Stimme hat einen rauen Unterton, der mir eine Gänsehaut über den ganzen Körper jagt.

»Ich freue mich auch.« Mühsam löse ich mich aus meiner Erstarrung, um in die Knie zu gehen. »Und du musst Amber sein.«

Das letzte Wort geht in meinem überraschten Quietschen unter, als eine lange, rosa Hundezunge mir einmal quer über das Gesicht schleckt.

»Huch!« Ich lache und richte mich auf. »Ich glaube, sie mag mich.«

»Wie könnte sie nicht?«, sagt Ben leise, und ich halte den Atem an. Schon wieder ist die Stimmung zwischen uns zum Zerreißen gespannt, und ich bekomme kaum noch Luft.

Wie ein Kaninchen vor der Schlange sehe ich Ben in die warmen, braunen Augen, die mich intensiv mustern. Mein Herz rast, der Mund ist trocken, und ich glaube, ich habe aufgehört zu blinzeln.

Ben

Was tue ich hier? Nahezu unmerklich bewegt sich meine Hand auf Charlies Wange zu. Ich kann ihre weiche Haut schon beinahe unter meinen Fingerspitzen fühlen, als für einen Sekundenbruchteil das liebevolle Gesicht meiner Mutter in meinen Gedanken auftaucht. Ich sehe ihr direkt in die Augen, und dann höre ich ihre Stimme. Die Stimme, die ich schon viel zu lange nicht mehr gehört habe.

»Liebe tut weh, Bennieboy«, sagt sie, und ich zucke zusammen, weil es sich anfühlt, wie ein Schlag ins Gesicht.

»Ist alles in Ordnung?«

Das Gesicht verblasst, und es ist auch nicht mehr die Stimme meiner Mutter, die ich höre. »Ben?«

Blinzelnd kehre ich zurück in die Realität und zucke zurück, weil Charlie keine zwanzig Zentimeter mehr von mir entfernt ist.

Ich sehe die kleinen Sommersprossen auf ihrer Nase, das funkelnde Grün ihrer Augen und wünsche mir nichts weiter, als sie in meine Arme zu ziehen. Aber die Stimme meiner Mutter lässt mich nicht los, und ich trete einen Schritt zurück.

»Wollen wir spazieren gehen?«

Charlie schluckt, blinzelt und ihre Schultern sinken nach unten. In ihren Augen sehe ich eindeutig Enttäuschung. Hat sie sich gewünscht, dass ich sie küsse? Ist es das, was sie will?

Die Antwort auf diese Frage werde ich wohl nicht bekommen, gestehe ich mir niedergeschlagen ein, während wir den Garten verlassen und uns auf den Weg in Richtung Wald machen.

Das Schweigen zwischen uns ist geschwängert von unausgesprochenen Worten, und ich überlege verzweifelt, ob ich etwas an der Situation ändern kann, als Charlie neben mir leise seufzt.

»Wo ist sie eigentlich?« Mein Herz bleibt einen Moment lang stehen.

»Wer?« Charlie kann nichts von meiner Mutter wissen, oder?

»Deine Tante, meine ich«, fügt sie erklärend hinzu, und der Seitenblick, den sie mir zuwirft, ist irritiert.

»Ach das meinst du!«

Mir ist klar, dass ich viel zu erleichtert klinge und eigentlich auch gar keinen Grund dafür habe. »Autumn ist unterwegs und besucht meinen Vater.«

Die letzten vier Worte sind mir einfach so herausgerutscht, und am liebsten würde ich sie sofort wieder einsammeln. Aber dafür ist es jetzt zu spät, und natürlich stellt Charlie auch sofort die Frage, vor der ich mich am meisten gefürchtet habe.

»Wo wohnt dein Vater denn?«, fragt sie, und ich atme einmal tief durch.

»In Hartford.« Ich halte meine Antwort vage und wundere mich, dass mir die Worte überhaupt über die Lippen kommen.

Es fällt mir nicht leicht, über meine Eltern zu sprechen, und an den meisten Tagen vermeide ich es vollständig. Aber Charlies lebensfrohe lockere Art, mit der sie mir Fragen stellt, macht es mir irgendwie leicht, die Worte meine Lippen zu bringen.

»Immerhin ist dein Dad nicht der Sheriff.« Sie schmunzelt, und ihre Lippen kräuseln sich.

Ein kehliges Lachen steigt in mir auf. Mein Dad der Sheriff ... eher unwahrscheinlich. Und obwohl dieses Thema nicht unbedingt angenehmer für mich ist als das vorher, bin ich Charlie dankbar dafür, dass sie nicht neugierig ist oder es sich zumindest nicht anmerken lässt.

»Und was machst du so, Charlie, wenn du nicht gerade reitest?«

Sie stutzt ein Moment, hebt die Schultern und ihre Nase kräuselt sich, während sie überlegt.

»Ich liebe Hörbücher«, antwortet sie nach einer Weile, und es überrascht mich.

»Hörbücher?« Ich kontrolliere, ob Amber auch wirklich noch in unserer Nähe ist. »Nicht die Sache mit dem Papier in der Hand und so?«

Mit einem amüsierten Funkeln in den Augen schüttelt sie den Kopf.

»Nein, tatsächlich nicht. Ich liebe es, mir, während ich im Auto unterwegs bin, mein Zimmer aufräume, oder koche, die ganzen wunderbaren Bücher von jemand anderem vorlesen zu lassen.«

Sie zieht ihr Handy aus der Tasche und hält es mir unter die Nase. »Hier, siehst du: Das ist die Liste der Hörbücher, die ich gerade höre.«

Ich lasse meine Augen darüber gleiten und schmunzele hin und wieder. Charlie ist definitiv anders als die Frauen, die ich bisher kennengelernt habe. Die Hälfte der Bücher, die sie gerade hört, sind Thriller, die wirklich nicht ohne sind.

»Lass mich raten«, scherze ich, »Die hörst du zum Einschlafen.«

»Woher weißt du das?« Sie sieht mich überrascht an, und ich breche in schallendes Gelächter aus. Binnen Sekunden steigert es sich zu einem ausgewachsenen Lachkrampf.

»Du bist wirklich besonders, Charlie!« Ich seufze, als ich mich wieder beruhigt habe und schwer atmend neben ihr her gehe.

»Das sind wirklich gute Bücher.«

»Ich weiß.« Es ist eine schlichte Antwort, und wieder frage ich mich, wann ich das letzte Mal in meinem Leben so viel gelacht habe. Es muss mit Jessy oder Georgie gewesen sein.

Allerdings kann ich mich nicht daran erinnern, wann das letzte Mal einen Tag war, an dem ich beim Lachen auch kein dumpfes Gefühl in der Magengegend hatte.

Dass es heute so ist, nachdem ich Moms Stimme in meinem Kopf gehört habe, überwältigt mich mehr, als ich zugeben will.

»Und weil deine Tante deinen Dad besucht, hast du einfach so ihr Haus für dich?«

Mit einem Nicken beantworte ich die Frage. Irgendwie kommt es mir falsch vor, dass ich es so dastehen lasse, als hätte ich meiner Tante einen Gefallen getan und nicht sie mir. Ich atme einmal tief durch und gebe mir einen Ruck.

»Weißt du, wenn ich ganz ehrlich bin, dann hat sie mir einen Gefallen getan.«

Der Blick in Charlies schönen grünen Augen ist fragend.

»Wie meinst du das?« Sie sieht verwirrt aus, und ich gebe mir erneut einen Ruck.

»Eigentlich hätte ich dieses Wochenende zu meinem Dad fahren sollen.« Ich lasse die Worte einen Moment zwischen uns im Raum stehen. »Aber dann hat mich jemand zu einem Reitturnier eingeladen, und das wollte ich mir nicht entgehen lassen.«

Sie öffnet erstaunt den Mund und schließt ihn wieder.

»Ist alles in Ordnung?«, frage ich besorgt. Findet sie es seltsam, dass ich ihretwegen den Besuch abgesagt habe? Allerdings sehe ich keine negativen Gefühle auf ihrem Gesicht. Im Gegenteil.

»Ja. Allerdings.« Sie strahlt mich an. Mein Herz macht einen erleichterten Hüpfer, und dann begeben wir uns einträchtig auf den Rückweg.

Charlie

»Als Nächstes begrüßen wir mit der Startnummer vierzehn, Jennifer Walker. Sie reitet Dreamdancer.«

Die schnarrende Stimme aus dem Lautsprecher heizt meine Nervosität mit jeder Silbe mehr an. Jennifer ist meine größte Konkurrentin, und in jedem Jahr liefern wir uns aufs Neue ein Kopf-an-Kopf-Rennen.

»Bleib locker.« Priya klingt bestimmt und nimmt mir die Zügel ab. »Du hast eine großartige Runde hingelegt.«

»Aber nicht großartig genug«, jammere ich, und sie verdreht genervt die Augen.

»Du bist eine schreckliche Pedantin.« Bei diesen Worten muss ich lachen.

»Das sagst ausgerechnet du, Miss Oh-nein-dieser-Pfeil-ging-nicht-direkt-ins-Schwarze. Du bist doch der ehrgeizigste Mensch, den ich kenne.«

»Abgesehen von Adrian.« Für einen kurzen Augenblick wird Priya ernst, und ich lege den Kopf schief.

»Es wird aktuell nicht besser bei euch, oder?«

Ohne dass ich es merke, konzentriere ich mich auf Priyas Problem und vergesse darüber meine Nervosität. Ich bin im Stechen, und die Geschwindigkeit von Jennifer Walker wird darüber entscheiden, ob ich heute mit dem Sieg nach Hause gehe.

»Nein«, sagt Priya leise, und es tut mir in der Seele weh, sie so niedergeschlagen zu sehen.

»Süße, am Ende wird es gut werden.« Ich bemühe mich um einen überzeugenden Tonfall.

»Du hast sicher recht.«

In diesem Moment zieht ein Strahlen über ihr Gesicht, und sie winkt jemandem hinter meinem Rücken zu.

»Schau mal, wer da ist.« Sie zwinkert mir schelmisch zu, und ich drehe mich um. Mein Herz schlägt einen dreifachen Salto. Vorwärts, rückwärts, vorwärts. Dann bleibt es stehen.

Ben kommt auf uns zu und bleibt mit einem Sicherheitsabstand von etwa einem Meter stehen. Offenbar ist ihm Ares mit seiner eindrucksvollen Größe nicht hundertprozentig geheuer.

»Also, soweit ich das laienhaft beurteilen kann, bist du wirklich großartig geritten.«

Ich schmunzele über die Ehrlichkeit seiner Worte.

»Für einen Laien hast du eine ziemlich gute Einschätzungsgabe.« Er grinst bis über beide Ohren bei meinem Konter.

»Also ich muss dann mal eben, Leute.«

Priya wedelt unbestimmt mit der Hand durch die Luft und verschwindet. So eine Heuchlerin. Ich verstecke mein Schmunzeln hinter meiner Hand, bevor ich mich wieder an Ben wende, der Ares noch immer aus sicherem Abstand taxiert.

»Du musst keine Angst vor ihm haben.« Ich spreche leise, und er runzelt unmerklich die Stirn.

»Er ist ziemlich groß.«

»Und genauso sanft.«

Ich lächle ihn aufmunternd an, denn ich spüre, dass ihm sein Respekt unangenehm ist.

»Komm mal her.« Ich suche seinen Blick. Es dauert einen Moment, aber dann kommt er langsam zu uns herüber.

»Es ist alles gut«, beruhige ich ihn noch einmal, als er vorsichtig die Hand hebt und sie dann an Ares' Fell legt.

Mein Wallach schnaubt, und Ben zuckt heftig zusammen.

»Ich glaube, er mag mich nicht.«

»So ein Quatsch.«

Ich lache und streichle ebenfalls Ares Hals. In diesem Moment berühren sich Bens und meine Finger, und ein Blitzschlag durchfährt meinen Arm.

Unsere Blicke treffen sich, und ich muss an unseren Spaziergang gestern denken. Auf dem Rückweg war Ben schweigsam gewesen, wenn auch nicht unangenehm, aber doch still, als seien seine Gedanken woanders.

»Ben –«, beginne ich vorsichtig, unsicher, wie ich den Satz fortführen soll, als mich die schnarrende Stimme aus dem Lautsprecher unterbricht und die Siegerehrung ankündigt.

»Scheiße!«, stoße ich überrascht hervor, und Ben schaut mich fragend an.

»Was ist los?«

»Ich habe keine Ahnung, wie Jennifer geritten ist«, sage ich fassungslos. »Ich habe einfach nicht aufgepasst.«

»Habe ich dich abgelenkt?«

Ach, diese Grübchen sind wirklich bezaubernd.

»Bild dir bloß nichts ein«, lache ich, als Priya wie ein Blitz auf mich zuschießt und mir um den Hals fällt.

»Du hast es geschafft, du Irre«, kreischt sie genau in dem Moment, als die Lautsprecherstimme meine Startnummer aufruft. Als Sieger.

Ein Surren überlagert meine Gedanken, und ich greife hastig in Ares Mähne, weil mir ein bisschen schwindelig ist.

»Ich habe gewonnen?«, stammele ich, und Priya tritt einen Schritt zurück, damit Ben mich umarmen kann.

Mir wird erst klar, dass er das vorhatte, als er seine Hand in meinen Haaren vergräbt und mich an sich drückt.

»Gut gemacht«, flüstert er rau und löst sich dann so schnell von mir, als würde er die Nähe zwischen uns schon wieder bereuen. Aber jetzt gerade spüre ich den Stachel seiner Zurückhaltung nicht. Ich treibe auf der Welle aus purem Glück, taumele hin und her und bekomme nur am Rande mit, wie Priya mich in den Sattel bugsiert und zur Siegerehrung schickt.

Wie durch eine Wolke aus Watte verfolge ich, wie die Richterin die Schleife an Ares' Zaumzeug befestigt und mir die Hand schüttelt.

Ich komme erst wieder zu mir, als der Applaus schon eine Weile verklungen ist und wir vor dem Hänger stehen.

»Ich habe wirklich gewonnen«, sage ich staunend und strahle Ben und Priya glücklich an. »Ich möchte euch beide auf etwas zu trinken einladen.«

»Klingt mega«, meint Priya übermütig, als Bens Handy eine Nachricht ankündigt. Er wirft einen flüchtigen Blick darauf, stockt und sieht dann mit einem schuldbewussten Gesichtsausdruck auf.

»Ich kann leider nicht.« Er zögert. »Meine Tante hat mir geschrieben, ich muss dringend mit ihr telefonieren.«

Ich ignoriere den kurzen Stich der Enttäuschung, weil mein Gehirn sich sofort eine alternative Lösung einfallen lässt.

»Hast du Lust, mich morgen mal im Stall zu besuchen?«, frage ich und mein Herz pocht hart gegen meine Rippen. Was wird er jetzt wohl sagen?

Ben

»Im Stall?« Ich wiederhole Charlies Frage und zögere noch immer.

»Ich dachte nur«, beginnt sie langsam. »Du hast doch sicher noch nie auf einem Pferd gesessen, oder?«

Ich runzele die Stirn und schüttele wortlos den Kopf. Sie hat natürlich recht. Ich habe noch nie auf einem Pferd gesessen, aber ich habe, wenn ich ganz ehrlich bin, auch nie den Wunsch dazu verspürt.

Es wäre so einfach, ihr das jetzt so mitzuteilen, aber auf andererseits spüre ich, dass es ihr wichtig ist. Spätestens seitdem ich die Atmosphäre auf diesem Turnierplatz wahrgenommen habe, verstehe ich, dass es Charlie viel bedeutet.

»Du willst mich also auf ein großes wildes Tier setzen?«, witzele ich halbherzig, und sie lacht mich an.

Ihre Augen funkeln, und ihre Zähne blitzen.

»Keine Sorge, ich würde niemals etwas tun, das dich gefährdet.«

Sie sagt die Worte so locker daher, dass einem unbedarften Zuhörer leicht entgehen könnte, wie ernst sie gemeint sind. Aber ich spüre es ganz instinktiv. Also gebe ich mir einen Ruck und sehe sie direkt an.

»Du scheinst etwas ziemlich Besonderes zu sein, Charlotte Evans«, sage ich leise. »Das war mir schon bei unserem ersten Treffen klar. Dass du vorhast, mich umzubringen, das hatte ich allerdings nicht erwartet.« Ich schmunzle. »Aber ich werde mich der Höhle des Löwen stellen. Schickst du mir die Adresse?«

In Charlies Augen funkelt es.

»Ich habe deine Nummer doch gar nicht«, sagt sie keck, und in meinem Innern schrillen die Alarmglocken. Ich sollte das nicht tun. Ich bin ihr schon viel zu nahegekommen und sollte nicht mehr weitergehen. Aber das erste Mal seit Jahren ist mein Herz, oder was auch immer sich dort in meiner Brust befindet, stärker als mein Verstand. Ich ziehe mein Handy hervor und drücke es Charlie in die Hand.

»Das können wir ändern«, sage ich. »Los speichere deine Nummer ein.«

Flink tippt sie die Zahlenkombination in mein Handy und gibt es mir zurück. Ich wähle und gleich darauf vibriert es in ihrer Hosentasche.

»Schick mir einfach den Standort und die Uhrzeit«, sage ich und lächele ihr noch einmal zu.

»Jetzt muss ich leider gehen, aber herzlichen Glückwunsch, Charlie.«

»Danke.«

Ich reiße mich von ihrem Anblick in dem süßen Reitoutfit los und mache mich auf den Weg zu Autumn.

»Und wie war dein Wochenende, Ben?« Meine Tante klingt neugierig, und ich schmunzle, obwohl seit ihrer Nachricht ein ungutes Gefühl meine Magengegend bestimmt.

»Es war schön, und wie es aussieht, werde ich morgen zum ersten Mal in meinem Leben auf einem Pferd sitzen.«

Sie reißt erstaunt die Augen auf. »Bitte was?!«

»Du hast schon richtig gehört. Ein Pferd.«

»Also du musst dieses Mädchen wirklich gernhaben.« Sie schnaubt, und ich runzele die Stirn.

»Sie ist wirklich nett, aber mehr ist da nicht.«

Autumn seufzt.

»Ben, wem willst du etwas vormachen? Du musst diese Angst endlich loswerden.«

In meinem Innern verkrampft sich alles, denn ich weiß genau, um welches Thema es nun gleich gehen wird. Und ich bin nicht bereit, mich dem zu stellen.

»Ich habe keine Angst«, sage ich so scharf, dass jeder andere Mensch nun innehalten würde. Aber meine Tante ist nicht wie jeder andere Mensch.

»Benjamin Foster.« Sie sieht mich streng an und schüttelt den Kopf. »Du hast Angst davor, Menschen nah an dich heranzulassen. Hör auf mich, und vor allem auf, dich selbst zu belügen. Deine Mutter hätte nicht gewollt, dass du so lebst.«

Und da ist es. Das Wort, das aus einer normalen Situation innerhalb von Sekunden ein kritisches Thema machen kann.

Mutter. Mom. Bester Mensch der Welt, der schon viel zu lange nicht mehr bei mir ist. Ich spüre den Kloß in meinem Hals und schlucke heftig dagegen an.

Erinnerungen überspülen meinen Kopf und lassen mich taumeln. Zum Glück sitze ich.

»Irgendwann wirst du eine wundervolle Frau kennenlernen, Bennie«, sagt meine Mutter mit sanfter Stimme, und ihre Augen funkeln. »Und dann wirst du ihr einen Heiratsantrag machen, und ihr werdet glücklich sein.«

»Wirklich, Mommy?«, fragt eine kleine Version von mir und strahlt meine Mutter an. »So glücklich wie du und Daddy?«

Ich keuche auf, und der Kloß in meinem Hals drückt. Tränen sammeln sich in meinen Augenwinkeln, aber ich blinzle sie wütend weg. Ich weine nicht mehr.

»Ganz ruhig, Ben«, unterbricht die sanfte Stimme meiner Tante das tiefe Dunkel um mich herum. Aber anstatt Autumn dafür zu danken, dass sie mich wieder in die Gegenwart zurückholt, funkele ich sie böse an.

»Warum musstest du von ihr sprechen?«

»Es tut mir leid, Bennie ...«

»Nenn mich nicht so!« Ich brülle beinahe. Natürlich ist Autumn nicht die Einzige, die mich mit meinem Spitznamen anspricht, aber jetzt gerade kann ich es nicht ertragen.

Nicht nach dieser Erinnerung, die mich so unvorbereitet von den Füßen gerissen hat. Meine Tante zuckt zusammen, und ich springe auf, geplagt von Schuldgefühlen und Wut, die sich miteinander abwechseln.

»Wir werden heute nicht mehr miteinander sprechen«, bringe ich hervor, und da hebt sie die Hand.

»Nein, Ben. Bitte hör mich an. Es ist wichtig.«

»Es ist mir egal.«

»Benjamin, ich weiß, dass du das nicht so meinst.«

»Ich meine es genauso, wie ich es sage.«

»Ben, es geht ihm schlecht.«

»Dann geht es ihm wie mir.« Meine Stimme ist kalt, und ich atme einmal tief durch, während ich das Wohnzimmer durchquere, das sanfte Schnüffeln von Amber ignoriere, und gleich darauf die Haustür hinter mir ins Schloss ziehe.

Draußen lehne ich mich mit dem Rücken gegen die Hauswand und atme tief durch. Der Kloß in meinem Hals ist noch da.

Wenn möglich, ist er sogar noch größer geworden.

Ich muss hier weg. Meine Gedanken schießen verzweifelt hin und her, und schließlich wird mir klar, was ich jetzt brauche.

Eine Viertelstunde später stehe ich vor der Tür des Studios *love your body – do your fitness* und atme noch mal tief durch.

»Hey Ben«, begrüßt mich Vanessa, die heute an der Rezeption Dienst hat. »Hast du Lust, eine Runde zu quatschen?«

»Sorry, Nessy.« Ich schüttele den Kopf. »Ich muss gerade einfach nur allein sein und eine Runde pumpen.«

»Alles klar.« Sie nickt mir fröhlich zu, und ich bin dankbar dafür, dass sie mir keine unnötigen Fragen stellt.

Nachdem ich mich umgezogen habe, begebe ich mich direkt in den Raum mit den Gewichten. Die meisten Menschen würden nicht auf die Idee kommen, dass ich regelmäßig Sport mache. Ich bin eher schlank und habe keinen besonders breiten Körperbau. Trotzdem bin ich kräftiger, als man denkt.

Nach einer Dreiviertelstunde und dem letzten Satz Kreuzheben lasse ich die Langhantel zu Boden knallen.

Es ist lauter, als es sollte. Aber gleichzeitig ist es, als würde ich damit auch den Stress, der auf mir gelastet hat, fallen lassen.

Ein Blick auf die Uhr verrät mir, dass schon kurz nach sieben ist. Ich habe keine Ahnung, um wie viel Uhr ich am Turnierplatz und später Autumns Haus verlassen habe, aber anscheinend ist ganz schön viel Zeit vergangen.

Ich winke Nessy zu und mache mich auf den Heimweg.

Überrascht stelle ich fest, dass mein Mitbewohner Todd ausnahmsweise mal zu Hause ist. Es riecht nach Pizza.

»Bitte sag mir, dass du mir eine mitbestellt hast, Alter«, brumme ich, als ich ins Wohnzimmer komme und ihn vor unserer X-Box vorfinde.

»Ben, cool dass du da bist, Mann.« Todd sieht nur eine Sekunde lang auf. »Klar, hab dir eine mitbestellt, wie immer.«

Sein Blick gleitet zu meiner Sporttasche. »Sag bloß, du hast noch trainiert?«

»Ja, mir war irgendwie danach.«

»Na, das Problem hätte ich auch gern mal.« Er lacht, und ich schmunzle beim Anblick seines eher kräftigen Körpers.

Todd ist nicht dick, aber eben auch nicht schlank, und was das Coolste an dieser Tatsache ist: Es ist ihm egal.

Er stellt seinen Körper mit einem solchen Selbstbewusstsein zur Schau, dass er in den letzten zwei Monaten vermutlich mehr Dates hatte als ich in meinem ganzen Leben.

»Wie kommt es, dass du heute Abend zu Hause bist?«, erkundige ich mich und lasse mich neben ihm auf den Boden fallen, um mir einen der beiden Pizzakartons und einen Controller zu schnappen. »Hatte keines deiner Mädels heute Abend Zeit?«

Er stößt ein abwehrendes Geräusch aus und macht eine wedelnde Bewegung mit der Hand.

»Mir war heute irgendwie nicht danach.«

»Also das Problem hätte ich auch gern mal«, zitiere ich seine Worte von gerade eben, und wir lachen uns an.

»Hey, dann wird es endlich mal wieder ein Männerabend«, stellt Todd fest und beobachtet, wie ich mir ein Stück Pizza in den Mund schiebe. »Das haben wir viel zu lange nicht mehr gemacht.«

Ich nicke und erinnere mich daran, dass ich Todd erst seit einem Dreivierteljahr kenne. Es ist unglaublich, aber wir haben uns auf den ersten Blick verstanden.

Als Jessy und Alex zusammengezogen waren und Georgie und Noah mit Olivia unser Haus übernommen haben, habe ich mich auf die Suche nach einer WG gemacht und Todds Anzeige gefunden.

Schon nach den ersten fünf Minuten des Vorstellungsgespräches war klar, dass wir beide hervorragend harmonieren würden. Und dabei sind wir wirklich unterschiedlich. Inzwischen ist er einer meiner besten Freunde, und ich bin ehrlich überrascht, dass seine Anwesenheit mir gerade gar nichts ausmacht, sondern mich eher stärkt.

Es ist, als würde ein helles Licht durch meine trüben Gedanken fluten, und ich genieße es, mit ihm den Abend über Spiele zu zocken, Pizza zu essen und später sogar noch einen Film zu sehen.

Charlie: Und, wie wäre es? In zwei Stunden am Stall?

Müde starre ich auf das Display meines Handys. Es ist spät geworden gestern, und trotzdem war ich beim ersten Klingeln sofort hellwach.

Wobei, nein, hellwach ist nicht der richtige Ausdruck.

Wach aber gleichzeitig müde vielleicht? Irgendwie so was.

Zu meinem Glück habe ich heute erst gegen Abend Klavierunterricht. Ich bin mir zwar noch immer nicht sicher, ob das Ganze wirklich eine kluge Idee ist, aber heute fühle ich mich schon deutlich besser. Der Abend mit Todd hat mir wirklich gutgetan.

Ich bin gespannt, tippe ich zurück. *Und ich werde da sein.*

Sie antwortet mit einem lächelnden Smiley, und ich stehe auf, weil ich dringend aufs Klo muss. Todds Zimmertür ist verschlossen, und mir ist klar, dass er noch schläft.

Gestern Abend hatte er frei, aber normalerweise arbeitet er als Türsteher in einem Club der Stadt und ist abends immer unterwegs. Dafür schläft er dann bis in den Mittag hinein.

Schnell trinke ich einen Kaffee, denn ich bin wirklich kein Morgenmensch, gehe dann wieder ins Badezimmer, um mir die Zähne zu putzen und meine Haare zu sortieren.

Zwei Stunden später biege ich mit meinem Auto in die Einfahrt eines Pferdehofs und sehe, dass Charlie bereits auf mich wartet.

Außer meinem Auto stehen nur zwei weitere auf dem Hof, und ich parke daneben.

»Hey, Ben«, begrüßt Charlie mich, und ich zögere einen Augenblick, weil ich nicht weiß, welche Art von Begrüßung zwischen uns angemessen ist. Nach ihrem Sieg auf dem Turnier habe ich sie umarmt, aber das war eine spontane Handlung, und ich habe keine Ahnung, welchen Status unsere Bekanntschaft aktuell hat.

Sind wir schon Freunde? Sind wir nur Bekannte? Jedenfalls sind wir nicht mehr nur Lehrer und Schülerin. Charlie nimmt mir die Entscheidung ab, indem sie mir einfach stürmisch um den Hals fällt. Meine Überraschung hält nicht lange an, und ich drücke sie herzlich.

Wieder schlagen die Sirenen in meinem Kopf laut Alarm, aber ich ignoriere sie wie so oft in der letzten Zeit.

»Und auf welches dieser wilden Tiere soll ich mich jetzt setzen?«, frage ich halb im Scherz, halb besorgt und deute auf die vielen Pferde, die auf den umliegenden Wiesen stehen.

»Auf keines davon.« Charlie schmunzelt. »Ich werde mein Pferd heute auch auf der Koppel lassen. Er hat sich nach dem Sieg gestern eine Pause redlich verdient.«

»Das ist aber nett von dir.«

Sie zuckt die Achseln. »Das ist wie mit Hochleistungssportlern. Die brauchen auch immer wieder Pausen, um sich zu regenerieren.«

»Und welches Pferd nehmen wir dann?«, komme ich wieder auf unser eigentliches Thema zurück.

»Ich habe meine Reitlehrerin gefragt, ob wir Bonnie und Clyde nehmen dürfen«, sagt sie, und um ihre Mundwinkel zuckt es bedenklich.

»Das sind aber keine Esel, oder?«, frage ich skeptisch, und das Zucken ihrer Mundwinkel wird zu einem schallenden Lachen.

»Blödsinn. Komm, ich zeige sie dir.«

Sie greift nach meiner Hand und zieht mich über den Hof hinter sich her in Richtung Stall.

»Ich habe sie gerade schon von der Weide geholt.« Kurz hält sie inne. »Im Übrigen sind Esel extrem klug, und wenn sie sich von dir reiten lassen, kannst du mehr als stolz sein.«

»Hey, ganz ruhig.« Ich drücke ihre Hand. »Ich würde einen Esel niemals beleidigen. Glaub mir.«

Wir laufen weiter, bis Charlie vor zwei riesigen Holztüren stehenbleibt und einmal kurz mit der Zunge schnalzt.

»Bonnie, Clyde.« Ihre Stimme klingt lockend, und ich zucke vor Schreck zusammen, als sich zwei elefantenartig große Pferdegesichter über die Holzwände schieben.

»Du machst hoffentlich Witze?«, frage ich fassungslos, während mir der Schalk auf ihrem Gesicht bereits verrät, dass es nicht so ist.

»Bonnie und Clyde sind Shire Horses«, erklärt sie und klingt dabei regelrecht stolz.

»Ist das ein anderes Wort für Elefant?«

Sie gluckst belustigt.

»Du musst vor den beiden wirklich keine Angst haben. Von allen Pferden, die wir im Stall haben, sind die zwei am besten für Anfänger geeignet. Und für den Notfall nehme ich einen Strick mit und werde dich als Handpferd nehmen.«

»Du nimmst mich als was?«

Lachend schüttelt sie den Kopf. »Warte einfach einen Moment. Ich hole die beiden raus und trense sie. Gesattelt habe ich sie vorhin schon.«

Als sie die Holztür der ersten Box öffnet und mit einem ledernen Zaumzeug, das irgendwie anders aussieht als die, die die Pferde gestern getragen haben, die Box betritt, trete ich respektvoll einen Schritt zurück.

Das große Tier senkt bereitwillig seinen Kopf, sodass Charlie ihm das Zaumzeug überstreifen kann. Dann führt sie Elefanten-Pferd Nummer eins aus der Box und drückt mir das Leder in die Hand.

»Das ist Bonnie. Halt sie bitte schon mal.«

Bevor ich widersprechen kann, hat sie sich etwas gegriffen, dass entfernt an ein Zaumzeug erinnert, allerdings eher wie Nylon aussieht und kein Metallstück hat, das sie dem Pferd ins Maul schieben müsste.

»Fertig!«, ruft sie gleich darauf und kommt ohne Pferd zurück, um mir die Zügel abzunehmen.

»Clyde kommt nach«, sagt sie und setzt sich in Bewegung.

»Sicher?«

Ich werfe einen skeptischen Blick zurück und stelle erstaunt fest, dass sie recht hat.

Elefanten-Pferd Nummer zwei folgt uns wie ein Hündchen.

»Woah«, macht Charlie, als wir draußen auf dem Hof ankommen, und beide Pferde bleiben wie angewurzelt stehen.

»Krass«, kommentiere ich und spüre, wie meine Knie weich werden bei dem Gedanken daran, was gleich kommen wird.

»Beim Westernreiten reagieren die Pferde sehr gut auf Stimmkommandos«, erklärt Charlie und deutet auf die Sättel, die auf den Pferderücken liegen. »Siehst du. Westernsattel.«

Erst jetzt achte ich darauf und stelle fest, dass die Elefantenpferde Sättel tragen, die aussehen, als kämen sie aus einem alten Western.

Charlie zaubert einen Strick hervor, den sie an Bonnies Zaumzeug befestigt, und nickt mir aufmunternd zu.

»Du wirst Bonnie reiten«, sagt sie. »Und ich Clyde. Der Strick ist dafür da, dass du dich gerade am Anfang sicherer fühlst. Aber glaub mir. Bonnie ist die reinste Lebensversicherung.«

Sie drückt mir einen Helm in die Hand und setzt sich einen auf den Kopf. »Anziehen!«, kommandiert sie grinsend.

»Aye, aye, Sir!« Ich salutiere zackig und tue mit zuckenden Lippen, was sie sagt.

»Du bist so ein Spinner.« Charlie verdreht die Augen. Dann führt sie Bonnie zu einer hohen Mauer und wirft mir einen auffordernden Blick zu.

»Von hier aus kommst du ohne Leiter hoch«, erklärt sie, und ich steige mit wackligen Knien auf die Mauer.

»Halte dich am Sattel fest.« Sie deutet auf den Knauf, der vorn am Sattel hochsteht. »Und dann schwing dich rauf.«

»Du hast leicht reden.« Ich knurre verhalten und stelle fest, dass der Sattel selbst von der Mauer aus noch unendlich weit weg ist.

»Linker Fuß in den Steigbügel.«

»Meine Güte, bist du herrisch.«

»Mach einfach, was ich dir sage, und alles ist gut.«

Ich bemühe mich, ihre Aufforderung umzusetzen, und bin selbst vermutlich am Überraschtesten als ich schließlich wirklich auf dem großen Pferd sitze.

So muss man sich auf einem Elefanten fühlen. Ganz sicher.

»Ist das hoch!« Ich schnappe nach Luft.

»Du wirst dich gleich daran gewöhnen«, verspricht Charlie und wirft mir den Strick nach oben, den sie gerade noch gehalten hat.

»Hier. Den gibst du mir gleich wieder, wenn ich selbst oben sitze.«

Ich bleibe stocksteif sitzen, panisch, das große Tier unter mir könnte sich bewegen. Fasziniert beobachte ich, wie Charlie federnd Anlauf nimmt und behände wie ein Äffchen zuerst kurz am Sattel des riesigen Clyde hängt, einen Augenblick später aber schon auf seinem Rücken thront.

Sie schnalzt mit der Zunge, treibt das Pferd an mich heran, und ich reiche ihr den Strick.

Im nächsten Moment schaukelt es unter mir, als befände ich mich auf einem riesigen Schlachtschiff mitten auf dem Meer.

»Das wackelt«, kommentiere ich mit leicht zitternder Stimme.

»Entspann dich.« Charlie lächelt mir sanft zu. »Pass dich ihren Bewegungen an.«

»Na, du hast gut reden«, grummele ich, spüre aber schon jetzt, dass ich mich entspanne. Meine Hände krampfen sich zwar immer noch um das Sattelhorn, aber ich schaffe es, mich umzusehen.

»Die Umgebung sieht von hier oben ganz anders aus«, stelle ich überrascht fest und ernte dafür wieder dieses bezaubernde Lächeln.

»Ja, es gibt keinen schöneren Ausblick als den vom Rücken eines Pferdes«, sagt sie leise. »Für mich ist das hier das schönste und beste Gefühl der Welt. Das ist auch der Grund, warum ich unbedingt diesen Wettbewerb gewinnen muss.«

»Wie meinst du das?«, frage ich und runzele die Stirn. Sie im Umgang mit den Pferden zu sehen, zeigt mir, wie sehr sie es liebt, und ich versuche zu verstehen, inwiefern diese Liebe mit ihrem Wunsch, Klavierspielen zu lernen, zusammenhängt.

»Du hattest angedeutet, dass du und dein Vater eine Abmachung getroffen habt«, sage ich langsam, und sie nickt.

»Ja, so ist es. Er ist nicht damit einverstanden, dass ich meinen Trainerschein machen und auch mein Studium im Zusammenhang mit Pferden absolvieren möchte, wenn ich mich denn entscheide zu studieren. Er erlaubt es nur, wenn ich diesen Wettbewerb gewinne.«

Sprachlos starre ich sie an.

»Das ist ein Witz.«

Sie schüttelt den Kopf. »Schön wär's.«

Ein Lächeln stiehlt sich auf ihr Gesicht.

»Na ja, immerhin hatte die Sache ja auch ein Gutes.«

»Was meinst du?« Ich registriere nur am Rande, dass ich mich nicht mehr am Sattelknauf festhalte, und beobachte sie weiterhin fasziniert.

»Ich habe dich kennengelernt«, sagt sie leise und meidet meinen Blick. Das Gefühl, das sich nun in meinem Magen ausbreitet, ist so warm, so angenehm und wunderschön, dass es mir gleichzeitig Angst und Freude bereitet.

»Das war allerdings jede Mühe wert«, bringe ich schließlich das Erste heraus, was mir durch den Kopf geht, und möchte es gleichzeitig sofort wieder zurücknehmen. Es klingt so einfallslos.

Charlie

Es ist unglaublich, Ben hier neben mir auf dem Pferd zu haben und mit ihm zu reden, als hätten wir nie etwas anderes getan.

Nachdem ich ihm gestanden habe, wie es zwischen mir und meinem Vater aussieht, herrschte erst einmal ein leicht unangenehmes Schweigen. Aber meine Auflockerung durch die Aussage, dass ich dadurch immerhin ihn kennengelernt habe, scheint das alles gebrochen zu haben.

Wir unterhalten uns über alles und nichts, reden über Gott und die Welt, und ich vergesse völlig die Zeit.

Inzwischen habe ich Ben den Strick rüber geworfen, und er sitzt, für jemanden, der noch vor einer halben Stunde völlige Panik davor hatte, auf ein Pferd zu steigen, ziemlich entspannt und lässig sich im Sattel.

»Du machst das gut«, rufe ich ihm zu und danke Gott innerlich für unsere beiden wunderbaren Shire Horses, die hier genau das tun, was sie sollen. Mit einer unfassbaren Gelassenheit.

»Es ist schön«, gibt Ben nach einer Sekunde zu. »Wenn ich mir allerdings vorstelle, auf einem dieser nervösen – wie heißen die? Ähm, Vollblüter? – zu sitzen, dann wird mir anders.«

»Die meisten Pferde, die wir haben, sind Warmblüter«, korrigiere ich ihn. »Aber ich verstehe, was du meinst.«

Ich lächele ihn an und wechsele wenig elegant das Thema. »Und du, Ben? War es schon immer dein Traum, Klavierlehrer zu werden?«

Mit der Frage bin ich einfach so herausgeplatzt, ohne dass ich groß darüber nachgedacht habe, und einen Augenblick lang herrscht ein leicht betretenes Schweigen.

Bens Lippen verziehen sich zu einem schmalen Strich, und auf seiner Stirn bilden sich kleine Falten. Es ist, als würden in ihm unterschiedliche Gedanken miteinander ringen. Schließlich schüttelt er den Kopf.

»Nein, wenn ich ganz ehrlich sein soll, dann hätte ich mir Schöneres vorstellen können.«

Seine Stimme klingt leicht bitter, und ich spüre instinktiv, dass er mir etwas Wichtiges vorenthält. Hinter seinen Worten steckt mehr, und ich möchte es ergründen.

»Was war dein Traum?« Ich fühle mich mutig und presche quasi auf der Überholspur an ihm vorbei. Wieder zögert er, dieses Mal länger, und ich bin schon beinahe sicher, dass ich keine Antwort mehr auf meine Frage bekommen werde, als er ein tiefes Seufzen von sich gibt.

»Ich habe immer davon geträumt, einmal ein großer Konzertpianist und Sänger zu sein.« Seine Antwort überrascht mich nur einen Augenblick lang.

»Das kann ich mir bei dir wunderbar vorstellen.« Ben lächelt, einen traurigen Zug um seinen Mund.

»Was haben denn deine Eltern zu deinem Traum gesagt?«

Der traurige Ausdruck vertieft sich, als Ben weiterspricht.

»Meine Mutter hat mich immer unterstützt, während mein Vater eher selten zu Hause war. Mom war auch Musikerin und hat meine Liebe zur Musik geteilt.«

»Das ist doch fantastisch! Ich wünschte, meine Mutter würde meine Leidenschaft fürs Reiten teilen«, sage ich träumerisch. Ich stelle mir vor, wie es wäre, wenn meine Mutter mich verstehen und unterstützen würde.

Für mich haben Bens Worte eben sehr nach Vergangenheit geklungen, und ich überlege, was die Geschichte dahinter ist. »Warum hat deine Mutter ihre Karriere aufgegeben?« Im nächsten Augenblick bereue ich meine Frage, denn Bens dunkel werdender Blick sagt mir, dass das kein gutes Thema ist.

»Mom ist tot.« Seine Stimme klingt kalt und jagt mir eine Gänsehaut über den Rücken. Aber vielleicht ist es auch die Botschaft seiner Worte, die mich erschauern lässt. Ohne darüber nachzudenken, dränge ich Clyde an Bonnies Seite und greife nach Bens Hand.

»Das tut mir unendlich leid«, sage ich leise, und Tränen steigen mir in die Augen. »Ich wollte dich mit meiner Frage nicht verletzen.«

Ben schüttelt stumm den Kopf. »Du konntest es nicht wissen«, sagt er und drückt meine Hand, bevor er sie loslässt.

Die nächsten Minuten schweigen wir, und nur langsam löst sich das beklemmende Gefühl wieder von meiner Brust.

Auch wenn ich mir mit meinen Eltern nicht immer einig bin, will ich mir nicht vorstellen, wie es sich anfühlen würde, einen von ihnen zu verlieren.

Sekundenlang denke ich darüber nach, nach Bens Vater zu fragen, entscheide mich aber dagegen. Mein Bauchgefühl sagt mir, dass dieses Thema nicht besser wäre.

Als wir nach zwei Stunden wieder am Stall ankommen, habe ich das Gefühl, Ben schon seit Jahren zu kennen. Er ist mir vertraut, und ich habe mich vor ihm geöffnet. Ich habe ihm von Priya erzählt, von unserer Kindheit, meiner Schulzeit, den Pferden, meinen Träumen für die Zukunft. Dinge, die nicht viele über mich wissen.

Im Gegenzug hat er mir von seinen Klavierschülern erzählt, von den Konzerten, die er früher mit seiner Mutter gegeben hat, als er noch so klein war, und davon, wie es sich angefühlt hat, diesen Traum aufzugeben. Ich habe den Eindruck, dass er mir nicht alles erzählt, aber sein Traum in irgendeiner Form mit seiner Mutter zusammen gestorben ist.

»Danke, dass du mich mitgenommen hast«, sagt Ben, als wir die Pferde auf die Koppel gebracht, und unsere Plätze gefegt haben.

»Danke, dass du dich überwunden hast mitzukommen«, gebe ich ebenso leise zurück. »Und dass, obwohl du mich kaum kennst.«

Bens Augen haben einen nachdenklichen Ausdruck.

»So kommt es mir gar nicht vor«, sagt er leise und bringt mich damit aus dem Konzept.

»Wie meinst du das?«

Er zuckt die Achseln. »Es fühlt sich an, als würde ich dich schon ewig kennen«, gibt er zu, und mein Herz macht einen Satz. Als er weiterspricht, wird mir ganz warm.

»Ich bin zwar schon immer ein Mensch gewesen, der schnell Freundschaften schließt, aber noch nie habe ich mich jemandem so schnell vertraut gefühlt.«

»Geht mir genauso«, sage ich leise und mache einen zaghaften Schritt auf ihn zu. »Ich freue mich auf unsere nächste Klavierstunde.«

»Ich mich auch.« Ben zögert einen Augenblick, scheint sich dann aber einen Ruck zu geben. »Hättest du Lust, dass wir vielleicht noch mal was zusammen unternehmen? Also außerhalb der Klavierstunden meine ich?«

Ich spüre, wie meine Augen groß werden. Mit dieser Frage hatte ich nicht gerechnet, aber es dauert keine Sekunde, bis ich in meine Antwort gebe.

»Ja natürlich«, platze ich vielleicht etwas zu schnell heraus und nicke. »Das würde mich sehr freuen.«

»Okay.« Bens Lächeln wirkt erleichtert, und er nimmt mich spontan in den Arm. »Dann melde ich mich bei dir.«

Und das tut er auch. Schon am Abend finde ich eine Nachricht von ihm, und in den folgenden zwei Wochen treffen wir uns beinahe täglich. Er holt mich nach dem Reiten ab, und wir essen ein Eis. Außerdem hilft Ben mir, meine Fingertechnik zu verbessern, und gibt mir erste kleine Stücke zum Üben zu Hause auf. Wir gehen auch manchmal mit dem Hund seiner Tante spazieren.

Es ist angenehm, Zeit mit ihm zu verbringen, aber mit jedem einzelnen Mal wünsche ich mir mehr. Es reicht mir nicht mehr, einfach nur nebeneinanderher zu laufen, sondern immer öfter verspüre ich den Drang, seine Hand zu nehmen. Ihm nahe zu sein. Aber es passiert nichts zwischen uns.

»Manchmal glaube ich, dass ich mir das nur einbilde«, sage ich zu Priya, als wir nach einer meiner Klavierstunden auf meinem Bett sitzen. Ben hat während der Stunde offensichtlich mit mir geflirtet. »Wir kennen uns jetzt seit ein paar Wochen, er weiß mehr von mir als die meisten anderen. Ich glaube du bist die Einzige, die mich besser kennt. Und das will etwas heißen.«

Meine beste Freundin zwinkert mir zu. »Allerdings. Aber ich glaube ehrlich gesagt nicht, dass du dir das einbildest.« Nun ist Priya wieder ernst. »Ich würde einfach abwarten, denn mein Gefühl sagt mir, dass da bald mehr kommt.«

Und Priya wäre nicht meine beste Freundin, wenn sie nicht recht behalten würde.

Kapitel 8

Charlie

Etwa zwei Wochen nach meinem Gespräch mit Priya habe ich wieder Klavierunterricht und springe vor der Musikschule aus dem Wagen meiner Mutter.

Mein Herz klopft hart, weil ich mich so sehr freue, Ben wiederzusehen. Dabei ist es keine zwei Tage her, dass wir uns abends noch auf eine Pizza getroffen haben. Seitdem hat er sich aber nicht mehr bei mir gemeldet, und langsam mache ich mir wirklich Sorgen.

Ich laufe mit schnellen Schritten den Gang hinunter und halte beim Klang leiser Klaviermusik inne.

Die weichen Töne sind so traurig und schwer, dass mir Tränen in die Augen schießen. Die Melodie kommt aus dem Raum, der mir inzwischen so vertraut ist wie mein eigenes Zimmer. Ganz vorsichtig drücke ich in dem Moment die Türklinke herunter, als die melancholische Tonfolge abrupt abbricht. Vorsichtig schiebe ich die Tür auf und bleibe wie angewurzelt im Türrahmen stehen.

Das Sonnenlicht fällt auf das Klavier und auf die männliche Silhouette, die auf dem Klavierhocker sitzt. Sofort weiß ich, dass es Ben ist. Ich würde ihn inzwischen überall erkennen. Aber etwas an der Situation ist mir dennoch fremd. Die Leichtigkeit, die Ben sonst wie eine feine Aura umgibt, ist heute nicht zu spüren.

Zusammengesunken sitzt er auf dem Hocker und starrt ins Leere. Der Deckel des Klaviers steht offen. Auch wenn Ben einfach nur still dasitzt, spüre ich ganz deutlich, dass etwas nicht stimmt.

Vorsichtig mache ich einen Schritt nach vorn und trete auf leisen Sohlen zum Klavier.

»Ben«, frage ich vorsichtig, und er zuckt so heftig zusammen, dass er mit den Knien an den unteren Rand des Klaviers stößt.

»Scheiße, Charlie!« Er keucht und drückt sich eine Hand gegen die Brust. »Was machst du denn hier?«

Sein Blick irrt über mich hinweg und bleibt an einem Punkt hinter mir hängen.

»Ben, was ist los?«, platze ich heraus.

Er lacht freudlos. »Alles gut, warum?«

Es ist eine so offensichtliche Lüge, dass ich verhalten schnaube.

»Erzähl das deiner Grandma, okay? Du siehst schlimm aus.«

Eigentlich ist das sogar eine Untertreibung. Bens Augen sind gerötet und von kleinen Äderchen durchzogen. Seine sonst so feinen Lippen sind gesprungen und sehen aus, als hätte er stundenlang darauf herumgebissen. Seine Haut ist fahl.

Dieser Anblick trifft mich mitten in die Herzgegend. All die Gefühle, die ich in den vergangenen Wochen beinahe unmerklich für ihn aufgebaut habe, dehnen sich aus, verlangen, freigelassen zu werden, und drohen mich zu zerbersten.

Einem Impuls folgend trete ich hinter ihn.

»Ben!« Sein Name kommt flüsternd über meine Lippen, und ich schlinge die Arme um ihn.

Kurz versteift er sich. Ich bin mir beinahe sicher, dass er mich von sich stoßen wird, als er auf einmal seinen Kopf zurück an meine Brust sinken lässt. Gleich darauf beginnen seine Schultern zu zucken.

Mein Herz bricht, als mir klar wird, dass er weint. Aber ich zwinge mich zu schweigen.

Mir ist bewusst, wie wichtig es sein kann, einem Menschen die Möglichkeit zu geben, sich all seinen Frust von der Seele zu weinen. Immer wieder fahre ich mit den Händen beruhigend über seine Brust, seine Arme und spüre erleichtert, dass seine Atemzüge mit der Zeit ruhiger werden.

»Es ist mein Vater«, kommt es schließlich stockend über seine Lippen. »Er ... er hat versucht, sich umzubringen.«

Seine Worte pressen die Luft aus meinen Lungen, und der Schock macht sich langsam, ja beinahe unmerklich in mir breit.

Immer wieder habe ich mich in den vergangenen Wochen gefragt, was hinter der Geschichte mit Bens Vater steckt. Die Tatsache, dass er so ungern über ihn redet, er und seine Tante ihn aber ständig besuchen ... Es kam mir merkwürdig vor. In diesem Moment wird mir allerdings klar, dass Bens Vater sich in einer psychiatrischen Klinik befinden muss.

Ob er den Tod seiner Mutter nicht verkraftet hat? Sein Verlust muss ihn wahnsinnig gemacht und in die Depression getrieben haben.

Mein Herz quillt über vor Mitgefühl, und ich spüre den dringenden Wunsch, Ben noch fester in meine Arme zu schließen. Stattdessen lege ich ihm vorsichtig eine Hand auf die Schulter und streiche ihm über den Rücken.

Kurz hebt er den Kopf, und ich kann einen Blick in seine blutunterlaufenen tieftraurigen Augen werfen. Ihn so zu sehen, ist mehr, als ich ertragen kann. Ich will etwas tun. Ich will ihm helfen und die Bürde, die er zu tragen hat, leichter machen.

Aber ich habe keine Ahnung, wie ich das bewerkstelligen soll. Immerhin kennen wir uns noch nicht so lange, auch wenn es sich für mich so anfühlt, als wäre er schon immer ein Teil meines Lebens gewesen. Andererseits habe ich ihn gerade eben auch in meinen Armen gehalten.

Dreiundzwanzig Atemzüge lang bleibe ich einfach so stehen, dann gebe ich mir einen Ruck, schiebe meine Hand in seinen Nacken und fahre durch den weichen Flaum seiner Haare, während ich mich näher an ihn heranschiebe.

Wieder verkrampft er sich eine Sekunde, aber dann weicht alle Luft aus seinen Lungen, und er sinkt in sich zusammen wie ein Luftballon, den man angepikst hat.

Seine Schultern zucken, und ich spüre, dass er schon wieder weint. Dieses Mal zögere ich gar nicht erst, sondern gehe neben dem Klavierhocker in die Knie und schlinge meine Arme um Ben. Ich habe keine Ahnung, wie lange wir in dieser Position verharren, aber während ich einerseits Bens Schmerz mitfühle, quillt mein Herz gleichzeitig vor Freude über, weil er mich nicht von sich stößt.

Ich spüre seine Tränen auf meinem Dekolleté, und in jeder anderen Situation würde ich wahrscheinlich ohnmächtig werden, weil er mir so nah ist. Jetzt allerdings genieße ich die Möglichkeit, für ihn da zu sein.

»Willst du zu ihm fahren?«

Ich stelle die Frage nach einer gefühlten Ewigkeit, als ich mich traue, die Stille zwischen uns zu durchbrechen.

Bens keuchender Atem stockt einen Moment. Ganz vorsichtig löst er sich von mir und sieht mich an. Seine Wangen sind feucht von Tränen, genau wie mein Dekolleté. Mit einer fahrigen Handbewegung wischt er sich über das Gesicht.

»Wie bitte?« Er wirkt, als würde er aus einem Traum erwachen.

Auch wenn er von mir zurückgewichen ist, liegt meine Hand noch immer in seinem Nacken, wie mir jetzt bewusst wird.

Langsam, ja, beinahe zögernd, ziehe ich sie zurück und vermisse sofort das Gefühl seiner Haut unter meinen Fingerspitzen. Zittrig atme ich ein.

»Ich wollte wissen, ob du ihn besuchen wirst.«

Dieses Mal hat Ben mich verstanden. Er verspannt sich, und in seinen Augen streiten die unterschiedlichsten Gefühle miteinander.

Ich sehe Hass, Liebe und eine unendlich große Verzweiflung.

»Ich glaube nicht«, stößt er hervor, und ich keuche leise auf.

»Aber Ben –«, beginne ich, und er stoppt mich mit einer einfachen Handbewegung.

»Du hast keine Ahnung, Charlie«, stößt er wütend hervor. »Geh einfach!«

Es dauert einen Moment, bis seine Worte bei mir ankommen, aber als ich den Sinn und die Bedeutung dahinter erfasse, könnte ich nicht fassungsloser sein.

»Das meinst du nicht ernst!«

Ich spreche damit meine Hoffnung aus, aber Bens Gesicht ist zu einer kalten und undurchdringlichen Maske geworden.

»Ich meine es genauso, wie ich es gesagt habe!« Die Worte verlassen seinen Mund wie ein Knurren. »Verschwinde!«

Als meine Muskeln mechanisch auf seine Worte reagieren, merke ich, dass ich am ganzen Körper zittere. Wie in Trance stehe ich auf und bewege mich auf die Tür zu.

»Halt, warte Charlie! Ich habe es nicht so gemeint.«

Ich hoffe, nein, erwarte fast, diese Worte von Ben zu hören, aber er bleibt stumm. Als ich meine Fingerspitzen auf das kühle Metall des Türgriffs lege, durchfährt es mich wie ein Schauder.

Noch immer spricht Ben kein Wort. Auch nicht, als ich die Tür öffne und sie gleich darauf hinter mir ins Schloss fällt. Am Rande nehme ich ein verzweifeltes Schluchzen wahr und begreife erst nach einigen Minuten, dass dieses Geräusch von mir kommt. Als die Erkenntnis aber vollständig bei mir angelangt ist, gibt es kein Halten mehr.

Ich bin nun kein Mensch, der ständig in Tränen ausbricht, aber jetzt laufen sie mir in Strömen über das Gesicht. Ich weiß nicht, was in Ben gefahren ist, den ich sonst nur als lieben, lustigen und fröhlichen Menschen kennengelernt habe. Dieses Verhalten ist für ihn so untypisch.

Aber was immer es auch sein mag, es verletzt mich zutiefst. Und dieses Gefühl von Schmerz ist es, das zeigt, wie sehr ich Ben inzwischen in mein Herz geschlossen habe.

Er hat mich mit seiner Art und seinem ganzen Wesen dermaßen überrollt, dass ich nicht einmal gemerkt habe, wie ich mich in ihn verliebt habe.

Wie aus diesem Gefühl von Verbundenheit und Freundschaft immer mehr wurde, bis ich mir hier, jetzt auf diesem Flur darüber klar werde, dass ich mir ein Leben ohne ihn nicht mehr vorstellen will.

Bei diesem Gedanken kommt ein kleines Quietschen aus meinem Mund.

»Was soll ich jetzt nur tun?«, jammert die Stimme in meinem Kopf, und ich habe keine Antwort. Ich habe nicht die geringste Ahnung und kenne nur einen Menschen, der vielleicht eine Antwort haben könnte.

Mit zitternden Fingern krame ich mein Handy aus meiner Tasche und drücke auf die Kurzwahltaste.

»Charlie?«, höre ich gleich darauf Priyas liebe und vertraute Stimme aus dem Hörer. Dachte ich gerade eben noch, ich wäre schon außer mir, dann beweist mir mein Körper in dieser Sekunde, wie sehr ich mich geirrt habe.

Schluchzend breche ich auf einer Bank vor einem der Hörsäle zusammen.

Ben

Die Tür fällt mit einem lauten Knall hinter Charlie ins Schloss. Es ist, als wäre es dieses Geräusch, dass mich in die Gegenwart zurückholt.

Wie erstarrt blicke ich zur Tür, und als mir bewusst wird, was ich Charlie gerade an den Kopf geworfen habe, kann ich nicht anders. Ich verpasse mir selbst eine derart schallende Ohrfeige, dass es einen weiteren lauten Knall gibt.

»Du bist der größte Idiot, der auf diesem Planeten rumläuft, Ben Foster«, knurre ich und genieße das Brennen meiner Wange geradezu. »Am liebsten würde ich dir gleich noch eine verpassen!«

Dass ich mit mir selbst rede, ist vermutlich kein gutes Zeichen, aber dass es um mich aktuell nicht besonders gut bestellt ist, dürfte recht offensichtlich sein.

Es dauert einen Augenblick, bis ich so weit wieder zu mir selbst gefunden habe, dass ich in der Lage bin, einen Plan zu fassen. Meine Gedanken wandern zu Charlie. Ich sehe ihr verletztes Gesicht, und mir wird eiskalt.

In diesem Moment vergesse ich alles. Ich vergesse die Vergangenheit und den damit verbundenen tiefen, stechenden Schmerz.

Das Einzige, was in diesem Moment noch bleibt und zählt, ist, dass ich Charlie verletzt habe und das unbedingt wieder geradebiegen muss.

Den Impuls, ihr nachzulaufen, unterdrücke ich, denn ich bin mir sicher, dass sie nicht mehr auf dem Unigelände ist. Also ziehe ich mein Handy hervor und beginne eine Nachricht zu tippen.

Charlie

Seit einer gefühlten Ewigkeit sitze ich zusammengekauert auf der Bank und starre an die gegenüberliegende Wand aus roten Backsteinen. Priyas und mein Telefonat ist längst beendet. Die Arme habe ich um meine angezogenen Knie geschlungen und mein Kinn darauf abgestützt.

Immer wieder spielt sich die Szene mit Ben vor meinem inneren Auge ab, und es fühlt sich jedes Mal wieder an, als würde er mich direkt ins Gesicht schlagen. Egal, wie sehr ich es auch versuche, ich kann einfach nicht begreifen, warum er sich so verhalten hat. Ich schluchze erstickt auf, versuche meine Atmung unter Kontrolle zu bekommen, aber auch der Aufschrei, als plötzlich ein Schatten über mich fällt, klingt, als würde ich keine Luft bekommen.

Mein Blick zuckt nach oben, mein Herz rast.

Während ein kleiner Teil von mir hofft, dass Ben vor mir steht, will mich der Rest meines Verstandes für diesen Wunsch umstandslos verprügeln.

Aber egal, ob ich mir seine Anwesenheit gewünscht habe: Er ist es nicht. Stattdessen steht eine junge Frau vor mir. Sie muss ein paar Jahre älter sein als ich, und ihre kurzen schwarzen Locken kräuseln sich lustig um ihr schmales Gesicht. Obwohl ihre beinahe schwarzen Augen von kleinen Lachfältchen umgeben sind, lese ich Besorgnis darin.

»Tut mir leid. Ich wollte nicht aufdringlich sein und dich erschrecken.« Sie sagt es vorsichtig und geht vor mir in die Hocke. »Ich bin Georgie. Ist alles okay mit dir?«

Ich hebe leicht den Kopf, sehe sie an, antworte aber nicht.

»Okay, sorry, das war eine blöde Frage«, verbessert sie sich schnell. Ein selbstironisches Lächeln kräuselt ihre Lippen. »Kann ich dir vielleicht irgendwie helfen?«

Ich will schon den Kopf schütteln und ablehnen. Genau wie vorhin bei Priya. Ihr Angebot zu kommen habe ich ausgeschlagen, weil ich weiß, dass sie gleich eine wichtige Klausur schreibt. Ihr Studium ist wichtig für sie, und das soll sie nicht für mich vernachlässigen.

Jetzt bietet mir wieder jemand seine Hilfe an, und so seltsam es auch ist, dass hier eine völlig Fremde mit besorgtem Blick vor mir hockt, so klar wird mir gleichzeitig, dass ich nicht allein sein will.

Trotzdem schüttele ich den Kopf.

»Ich will Ihnen keine Umstände machen.«

»Das tust du nicht.« Es klingt energisch. »Ich glaube, es wäre wirklich gut, wenn wir dich hier rausbringen.« Ich sehe auf und bemerke erst jetzt, dass immer mehr Studenten stehen bleiben, um tuschelnd in meine Richtung zu sehen. Hitze schießt mir in die Wangen, als mir bewusst wird, was für einen absolut erbärmlichen Anblick ich gerade abgeben muss.

»Komm, steh auf.« Die Stimme der jungen Frau klingt sanft, und aus irgendeinem Grund, ergreife ich ihre Hand und lasse mich von ihr von der Bank ziehen.

Jetzt fällt mir auch der junge Mann auf, der einen halben Meter hinter uns an eine Wand gelehnt steht und ein kleines Mädchen auf dem Arm hält. Als die Frau meinen Blick bemerkt, lächelt sie.

»Das ist Noah, mein Mann«, stellt sie vor und lässt ihren Finger von dem Mann zu dem Mädchen wandern.

»Und das ist unsere Tochter Olivia.«

Mein Gruß fällt mehr als verlegen aus, denn mir ist nur allzu bewusst, dass nicht nur der Mann, sondern auch die Kleine meinen ganzen Ausbruch mitbekommen haben müssen.

»Wie heißt du denn?«, fragt Georgie.

»Charlie.« Ich atme einmal tief durch. »Tut mir leid, dass Sie mich in dieser Situation sehen mussten, aber ich werde dann jetzt gehen.«

»Nein, bleib noch.« Ihre Stimme klingt beinahe bittend. Etwas irritiert lege ich den Kopf schief. Wer ist diese Georgie, und warum will sie, dass ich bleibe?

»Weißt du –« Als hätte sie meine Gedanken gelesen, deutet sie unbestimmt den Flur entlang. »Wir sind eigentlich hier, um Olivias Patenonkel ein paar Flure weiter abzuholen, aber er wird wohl noch eine Weile brauchen.«

So richtig erfasse ich ihre Worte nicht und sehe sie offenbar ziemlich verwirrt an.

»Ich weiß, dass ich eine völlig Fremde für dich bin, aber vielleicht tut es dir gut, dir ein bisschen was von der Seele zu reden.«

Einen Augenblick lang zögere ich, dann gebe ich mir einen Ruck und nicke.

»Danke, das ist ein wirklich nettes Angebot.«

»Ach was«, sagt sie mit einer wegwerfenden Handbewegung und dreht sich dann zu ihrem Mann um.

»Magst du nicht mit Liv noch ein bisschen raus zum Brunnen gehen?«, schlägt sie vor, und er nickt.

»Das ist eine gute Idee. Oder, Mäuschen?«

Er zieht das kleine Mädchen an den Füßen, und sie juchzt zustimmend. Gemeinsam gehen wir über den Flur in Richtung Ausgang. An der großen Treppe trennen sich unsere Wege.

»Viel Spaß.« Georgie verabschiedet sich von den beiden und Noah hebt grüßend die Hand in meine Richtung.

»Wir treffen uns in einer halben Stunde, Schatz«, sagt er noch zu seiner Frau, bevor er mit der Kleinen in Richtung des großen Springbrunnens verschwindet.

»Darf ich dich in unserem Uni Café auf einen Kaffee einladen?«, erkundigt Georgie sich, und das Seufzen, das meinen Mund verlässt, klingt genauso erleichtert, wie ich mich fühle.

»Oh ja bitte.«

»Na dann. Nichts wie los würde ich sagen.« Sie lacht, während wir nebeneinander in Richtung eines großen Cafébereichs schlendern, der hinter einer Glasscheibe liegt.

Wir geben unsere Bestellung auf und sitzen ein paar Minuten später mit zwei großen dampfenden Tassen voreinander. Die Situation ist vollkommen abstrus, und ich fühle mich dennoch nicht unwohl.

»Ich weiß, wir kennen uns nicht«, beginnt sie noch einmal, und mir fällt auf, wie hübsch sie ist. Sie ist klein und zierlich, wirkt aber dennoch unglaublich couragiert.

»Möchtest du mir vielleicht erzählen, wieso es dir so schlecht geht?«

Irgendwie habe ich das Gefühl, Georgie wüsste genau, wie man Fragen stellen muss. Bei mir jedenfalls zeigt ihre Methode Wirkung. Stockend beginne ich zu erzählen, vermeide aber tunlichst die Nennung von Bens Namen. Ich glaube, das würde ich gerade nicht verkraften.

»Das ist ja eine ziemlich beschissene Situation.«

Georgies Blick hat sich bei der Schilderung von Bens familiärer Situation gewandelt. Mit einem Mal wirkt sie wachsam und beugt sich ein Stück in meine Richtung.

»Charlie, du hast mir nicht genau gesagt, wo du diesen jungen Mann kennengelernt hast und wie du heulend auf einer Bank vor einem Hörsaal gelandet bist.«

Irritiert frage ich mich, inwiefern das für sie eine Rolle spielt, antworte aber mit einem Achselzucken.

»Er unterrichtet Klavier. Hier auf dem Campus.«

Einen Moment lang glaube ich, dass Georgies linkes Augenlid zuckt, aber vermutlich habe ich mir das nur eingebildet.

»Die ganze Situation ist wirklich beschissen«, stellt sie noch einmal fest und entlockt mir mit ihrer drastischen Wortwahl ein Lächeln.

»Allerdings!« Ich spüre zu meiner Verwunderung, dass ich mich schon viel besser fühle.

»Danke fürs Zuhören, Georgie«, sage ich.

Sie winkt ab. »Ach, das war doch selbstverständlich.«

Nein, das war es nicht, denke ich, belasse es aber dabei, weil ich spüre, dass sie keinen besonderen Dank für den freundlichen Dienst an mir möchte.

»Trotzdem danke«, sage ich und lächle. »Auch für den Kaffee.«

Bei meinen Worten erhebe ich mich langsam und räume mein Kaffeegeschirr zusammen.

»Mach's gut, Charlie«, sagt Georgie und nickt mir zu. »Vielleicht laufen wir uns ja noch einmal über den Weg.«

Irgendetwas an ihrem Tonfall lässt mich stutzen. Er klingt nachdenklich, und sie mustert mich intensiv.

»Ja, vielleicht«, murmle ich und gehe mit schnellen Schritten aus dem Uni Café.

Grübelnd gehe ich den breiten Kiesweg entlang und komme aus dem Kopfschütteln nicht heraus. Wie verrückt kann mein Leben denn noch werden?

Kapitel 9

Ben

Es ist schon die fünfte Nachricht, die ich an Charlie schicke. Zwei davon habe ich bereits für uns beide wieder gelöscht, und gerade, als ich die neue Nachricht abschicken will, vibriert mein Handy mit einer Nachricht von Georgie.

Sie ist kurz und ohne jegliche Smileys.

Georgie: Noah, Olivia und ich sind hier, um dich abzuholen. Wo bist du?

»O nein!« Ich stöhne auf. Das habe ich ja vollkommen vergessen. Wir hatten dieses Treffen vor ein paar Tagen ausgemacht. Leise vor mich hin fluchend gehe ich meine Optionen durch.

Eigentlich bin ich überhaupt nicht in der Stimmung dafür, Zeit mit der perfekten kleinen Familie Portman zu verbringen, aber wen interessiert das schon?

Georgie ist auf dem Campus und wird jetzt sicher nicht einfach wieder von hier verschwinden. Meine Finger fliegen über das Handydisplay, während ich die Antwort verfasse.

Ben: Bin noch im Raum. Wo seid ihr?

Georgie: Draußen am Brunnen.

Ben: Bin gleich da.

Schnell raffe ich meine Sachen zusammen, räume den Raum notdürftig auf, schließe ab und verschwinde nach draußen. Mit langen Schritten mache ich mich auf den Weg zum Brunnen.

Schon von Weitem kann ich Olivias glückliches Kinderlachen hören, das sich gleich darauf mit dem Rauschen des Wassers mischt.

Nach ein paar weiteren Schritten höre ich auch die Stimmen von Georgie und Noah. Sie sprechen leise miteinander und zu undeutlich, als dass ich etwas verstehen könnte. Als ich noch näherkomme, glaube ich einen Augenblick lang, ich hätte meinen Namen gehört, bin mir aber nicht sicher. Bevor ich allerdings nah genug bin, um jedes einzelne Wort zu verstehen, dreht Noah sich um, und ein Lächeln legt sich auf seine Lippen.

»Ben, Hi!« Obwohl sein Lächeln echt ist, höre ich die Anspannung in seiner Stimme deutlich.

Auch Georgie dreht sich um. Sofort fällt mir auf, dass sie blass ist. Bei ihrer hellen Haut ist das zwar nichts Ungewöhnliches, aber ihr Gesicht ist regelrecht fahl.

Sie erwidert meine Umarmung nicht, lässt sich nur stumm von mir drücken und sieht mir – kaum, dass ich sie losgelassen habe – direkt in die Augen. Ihr Blick ist eindringlich.

»Hallo, Königinmutter«, versuche ich zu scherzen, aber etwas in ihren Blick macht mich nervös.

»Hi.« Ihre Stimme klingt schneidend.

»Ist alles okay?«, frage ich und gebe meiner Stimme einen betont lockeren Klang. »Habe ich … keine Ahnung … eines deiner Bilder zerstört?«

Nicht einmal ein Schmunzeln kräuselt ihre Lippen, während sie mich weiter unverwandt ansieht.

»Georgie«, quengele ich und versuche es gleich noch mal, als das nichts bringt.

»Georgiana Chapman«, schimpfe ich und wünsche im nächsten Moment die Worte zurücknehmen zu können, als sie mich ernst ansieht.

»Wer ist Charlie, Ben?«

Mein Blut bewegt sich in rasender Geschwindigkeit durch meine Adern und rauscht in meinen Ohren. Wo es eben noch gemächlich seine Bahnen zog, scheint es nur mit doppelter Geschwindigkeit durch meinen Körper gepumpt zu werden. Charlie ... Woher weiß Georgie von ihr?

»Wer?« Ich bemühe mich um einen unschuldigen Tonfall. Allerdings wird mir sofort klar, dass das keine gute Idee gewesen ist.

»Charlie!« Georgies Stimme klingt scharf. »Das Mädchen, das wir vor einer Dreiviertelstunde heulend auf einer Bank drei Flure von deinem Unterrichtsraum entfernt gefunden haben.«

Fassungslos starre ich sie an, weiß nicht, wie ich reagieren soll und ob ich mich nicht verhört habe. Es ist, als wäre ich nicht mehr in der Lage zu sprechen.

Und als ich ihr zu lange schweige, verzieht Georgie den Mund und erzählt mir alles was in der letzten Stunde passiert ist. Ich sitze vor ihr, wie ein kleiner Junge, der von seiner Mutter gescholten wird. Ganz abgesehen davon, dass ich wirklich eine halbe Stunde zu lang im Unterrichtsraum am Klavier gesessen und vor mich hingebrütet habe, kann ich kaum glauben, dass ausgerechnet Georgie Charlie entdeckt hat.

Auf der anderen Seite ergibt es aber durchaus Sinn. Georgie ist genau der Typ Mensch, der nicht am Leid anderer vorbeigeht. Sie ist mitfühlend und liebevoll und hätte das für jeden ihrer Mitmenschen getan.

»Ab wann hast du gewusst, dass sie von mir redet?«, bringe ich stockend hervor, als Georgie am Ende angekommen ist. Sie atmet tief durch, als wolle sie sich beruhigen und so klingt auch ihre Stimme, bei ihren nächsten Worten.

»Eigentlich wusste ich es ziemlich lange nicht.« Sie wirft mir einen vernichtenden Blick zu. »Sie hat sich große Mühe gegeben dich zu schützen.«

»Aber sie weiß doch gar nicht, dass wir befreundet sind«, rufe ich aus und Georgie zuckt die Achseln.

»Ich weiß zwar nicht, was du gemacht hast, Ben, aber dieses Mädchen ... Sie empfindet sehr viel für dich.«

Die Worte treiben mir ein spitzes Messer in die Brust. In zweierlei Hinsicht. Ich habe ein schlechtes Gewissen, weil ich meiner besten Freundin nichts von Charlie erzählt habe, und ich habe ein schlechtes Gewissen gegenüber Charlie, weil ich sie absolut unfair behandelt habe.

»Ich war ein Arsch.«

Georgie nickt bestätigend.

»Da hast du allerdings recht, Bennie,« sagt sie, und mir fällt ein Stein vom Herzen, als sie meinen Spitznamen wählt. Wenn sie mich schon wieder *Bennie* nennt, dann habe ich das Schlimmste bereits überstanden.

»Und jetzt erzähl mir alles.« Georgie lässt sich auf dem Rand des Brunnens nieder.

Ich beginne am Anfang, als Charlie mit ihrem verrückten Plan in mein Leben gestürzt kam und meine Welt komplett auf den Kopf gestellt hat. Ich erzähle auch, dass ich mich in Charlies Gegenwart immer leicht fühle. Allerdings verschweige ich Georgie den Grund für das Zerwürfnis, und auch von meinem Dad erzähle ich nichts.

Ich spreche nur davon, dass ich heute etwas Dummes gesagt habe.

»Sie ist wirklich süß.« Georgie schmunzelt, als ich am Ende angekommen bin, und ein fassungsloses Lachen perlt über meine Lippen.

»Das ist alles, was du zu sagen hast?« Ungläubig sehe ich sie an und ernte ein Kopfschütteln.

»Nein, aber ich glaube, das, was ich wirklich zu sagen habe, wird erst folgen, wenn du mir erzählst, wie du das arme Mädchen zum Weinen gebracht hast.«

Nun kommt die Stelle, an der es schwer wird.

»Du hast das eigentliche Thema zwar gekonnt umschifft –«, stellt Georgie augenrollend fest. »Zu deinem Pech bin ich aber nicht auf den Kopf gefallen, und Charlie hat etwas von familiären Problemen gesagt. Also schieß los. Was ist mit deinem Dad?«

Sie lässt mir gar nicht erst die Möglichkeit, mir eine andere Erklärung zu überlegen. All das, was ich bisher verdrängt habe, kehrt zurück. Allerdings ist mir auch klar, dass ich sie nicht mehr belügen möchte.

»Er hat versucht, sich umzubringen«, presse ich hervor.

Von einer Sekunde zur anderen wird Georgie kreidebleich. »Oh, Ben.« Sie rutscht zu mir herüber, um mich in die Arme zu schließen.

»Das war nicht der Punkt«, sage ich kleinlaut und löse mich aus ihrer Umarmung. In diesem Augenblick erinnere ich mich nämlich daran, wie es weitergegangen ist, nachdem Charlie mich in ihre Arme geschlossen hat. Ein schmerzhaftes Ziehen in meiner Brust lässt mich gequält aufstöhnen.

»Nicht?« Ich sehe ihr die Überraschung deutlich an.

»Nein«, gestehe ich und erzähle ihr von Charlies Frage, ob ich meinen Dad besuchen werde.

»Eine berechtigte Frage«, meint sie trocken, und mein Herz krampft sich zusammen. Mir war schon klar, dass ich überreagiert habe, aber offensichtlich ist es sogar noch schlimmer, als ich dachte.

»Ich habe sie weggeschickt«, presse ich hervor.

»Dann bring das wieder in Ordnung!« Georgie klingt so energisch, dass Olivia sich überrascht umdreht und ihre Mom ansieht.

»Nicht du, mein Schatz.« Sofort säuselt meine beste Freundin mit ihrer *Dutzi-dutzi-Babystimme*, von der ich bis zur Geburt gedacht hätte, dass sie eher sterben würde, als sie anzuwenden. Die Kleine wendet sich zufrieden wieder dem Wasser zu.

»Sie wird mich nicht sehen wollen.« Ich klinge kleinlaut.

»Das weißt du doch gar nicht.« Georgie seufzt. »Die Einzige, die es weiß und dir darüber Klarheit verschaffen kann, ist sie.«

Ich muss zugeben, dass sie damit nicht unrecht hat. Aber meine Sorge, dass Charlie mich berechtigterweise abweisen könnte, ist groß.

Mit zitternden Fingern ziehe ich mein Handy hervor und wähle Charlies Nummer. Das Freizeichen ertönt einmal, und dann verrät mir ein Piepen, dass mein Anruf weggedrückt wurde.

Dreck.

Charlie

Drrrrrr. Das Vibrieren meines Handys reißt mich aus einem Zustand, der irgendwo zwischen schlafend und wach liegt. Ich taste nach dem Gerät, das auf dem Nachttisch neben meinem Bett liegt, und bin gleich darauf hellwach.

Bens Name auf meinem Telefon zu sehen hat eine merkwürdige Wirkung auf mich. Einem spontanen Reflex folgend drücke ich ihn weg und bereue es sofort.

Nein, ich will nicht mit ihm reden. Und gleichzeitig will ich es doch. Es ist so verworren, und ich knirsche mit den Zähnen, weil ich es hasse, mich selbst nicht zu verstehen.

Wieder klingelt mein Handy, und wieder zeigt das Display Bens Namen. Ich zögere, meine halbherzig hochgezogene Mauer beginnt zu wanken, aber ich drücke ihn erneut weg.

Einen Moment lang bleibt mein Handy still, aber dann kommt eine Nachricht nach der anderen. Die Vibrationen nehmen gar kein Ende mehr.

Ben: Charlie, bitte!

Ben: Rede mit mir.

Ben: Ich kann mich gar nicht genug entschuldigen.

Ben: Bitte, lass es mich erklären.

Ben: Komm, wir treffen uns im Joe's. Ich bin in zehn Minuten da.

Mein Widerstand schmilzt komplett in sich zusammen. Er will mich sehen. Er will es mir erklären. Aber ich will dieses Gespräch nicht vor vielen Menschen führen, wenn ich ehrlich bin. Also tippe ich schnell eine Antwort.

Charlie: Mir wäre es lieber, wenn wir uns an einem ruhigeren Ort treffen würden.

Ben: Willst du zu mir kommen?

Charlie: Okay.

Mein Herz rast. Zu ihm ... in seine WG. Er schickt mir die Adresse, und ich mache mich auf den Weg, nachdem ich meinen Eltern noch eine kurze Nachricht geschrieben habe, dass ich weggehe und es bei mir etwas später wird.

Sie sind beide noch unterwegs und werden vermutlich erst später mitbekommen, dass ich nicht da war.

Zehn Minuten später klingele ich an Bens Tür, und meine Hände fühlen sich kalt und feucht an, als er sie öffnet.

»Hey, Charlie.«

Er wirkt verlegen. Die blonden Haare stehen ihm leicht verwuschelt vom Kopf ab, und der Ausdruck in seinen Augen verrät mir, wie nah auch ihm die ganze Situation zwischen uns geht. »Komm doch rein.«

Ich folge ihm durch die kleine Wohnung, und er führt mich in sein Zimmer.

Es sieht gemütlich aus. Das Bett ist nicht gemacht, aber es liegen keine Kleidungsstücke herum. An einer Wand lehnt ein Keyboard, und Ben deutet mit der Hand auf sein Bett.

»Setz dich doch«, bittet er mich leise, und ich lasse mich unsicher auf die weiche Matratze fallen.

Er setzt sich mir gegenüber, und wir schweigen einen Augenblick. Dann gebe ich mir einen Ruck.

»Warum hast du vorhin so heftig reagiert?«, frage ich sanft, und dieses Mal stößt er mich nicht von sich. Stattdessen seufzt er und fährt sich mit der Hand über das Gesicht.

»Meine Familie ist kaputt«, flüstert er. »Und ich habe Angst, dass du mich mit anderen Augen siehst, wenn du alles erfährst.«

Ben

Die Worte auszusprechen fühlt sich an, als würde ich mir selbst ganz vorsichtig und behutsam ein Messer ins Herz bohren. Das Blut rauscht in meinen Ohren, und um mich herum flimmert es. Ich blinzle, versuche, mich zu fokussieren, und bleibe schließlich an Charlies grünen Augen hängen. Unverwandt sind sie auf mich gerichtet, und ich erkenne darin das ganze Ausmaß ihres Schocks.

»Oh, Ben. Das wird auf keinen Fall passieren.« Sie stößt die Worte hervor, und ehe ich weiß, wie mir geschieht, schlingt Charlie ihre Arme um mich.

Ich versteife mich, weiß nicht, wie ich auf diese spontane und absolut unverdiente Geste der Zuneigung reagieren soll, und spüre gleichzeitig den unstillbaren Wunsch, sie ebenfalls zu umarmen. Ihre Nähe tut mir auf unerklärliche Weise gut, und ich habe Angst, dass sie mich loslassen könnte.

»Wo ist dein Dad?«, fragt Charlie an meinem Ohr und macht keine Anstalten, mich loszulassen.

Allerdings bringt ihre Frage mein Herz noch mehr zum Rasen. Georgie ist die Einzige, die weiß, wo mein Dad sich befindet. Sie ist die Einzige, die weiß, warum ich regelmäßig zu Besuchen bei ihm aufbreche. Ich kann einfach nicht darüber sprechen.

»Ich«, presse ich hervor und erschauere, weil Charlie sanft mit ihren Fingerspitzen meinen Arm hinaufstreicht.

Ich weiß genau, dass ich nicht so empfinden sollte. Und das nicht nur, weil Charlie meine Klavierschülerin ist, sondern vielmehr, weil ich solche Gefühle nicht mehr haben darf.

Ich will nie wieder dieses Begehren in mir haben. Das Begehren, einen anderen Menschen in mein Leben zu lassen. Ihn so nah an mich zu binden, dass es mir das Herz herausreißen wird, wenn er geht. Ich kann das nicht. Nicht schon wieder.

»Willst du es mir nicht erzählen?«

Ihre Stimme klingt so sanft und liebevoll, und plötzlich ist der Wunsch, mit ihr über das zu sprechen, was mich belastet, geradezu übermächtig.

»Lass uns eine Runde spazieren gehen«, schlage ich kurz entschlossen vor und sehe Charlie an, dass sie überrascht ist. Dennoch stimmt sie zu, und wir schlüpfen in unsere Sachen.

»Wohin willst du?« Charlie wirft mir einen fragenden Seitenblick zu, und ich greife spontan nach ihrer Hand.

»Das siehst du gleich.«

Charlie

Ich habe keine Ahnung, was Ben vorhat. Nach seinem Vorschlag, spazieren zu gehen, schweigt er sich beharrlich aus, und ich halte mich mit meinen Fragen zurück. Dabei platze ich beinahe vor Neugierde. Außerdem versuche ich noch immer, die Ereignisse der letzten Stunden zu verarbeiten.

Bens wiederholte Anrufe, seine flehentliche Bitte, zu ihm zu kommen, und meine Unfähigkeit, ihm zu widerstehen. Ich bereue es nicht, meinem Gefühl nachgegeben zu haben.

Schon bald wird mir klar, dass Ben den Weg zum Wald einschlägt. Allerdings zu einem Teil des Waldes, den ich noch nicht kenne, da unser Stall auf der entgegengesetzten Seite liegt.

Während die Bäume über uns zu einer Art Dach werden, atme ich tief durch und genieße die vertrauten Geräusche des Waldes.

Ich bemerke erst, dass wir angekommen sind, als Ben meine Hand loslässt. Er hat sie die ganze Zeit über gehalten, und plötzlich fehlt mir seine Berührung.

»Wo …?« Die Frage bleibt mir im Hals stecken, als ich mich umsehe. Wir stehen am Ufer eines Sees, der so wunderschön und idyllisch ist, dass ich einen Moment lang das Atmen vergesse.

»Setzen wir uns auf die Bank?« Ben zeigt auf eine ein Stück weiter am Ufer.

Wir setzen uns, und Ben schweigt weiter. »Du wolltest mir etwas über deinen Vater erzählen«, erinnere ich ihn schließlich sanft, und sofort spannen sich die Muskeln unter meinen Fingern an.

»Daran kann ich mich nicht erinnern.« Er versucht zu scherzen, versagt aber kläglich.

»Ben«, sage ich sanft. »Es ist so offensichtlich, dass dich etwas bedrückt. Also sprich bitte mit mir.«

Langsam hebt er den Kopf, und unsere Blicke begegnen sich. Das Braun seiner Augen ist weich und erinnert mich an geschmolzene Schokolade. Aber anders als sonst blitzen sie heute nicht fröhlich, sondern ich erkenne wieder die tiefe Trauer darin, die ich schon vorhin wahrgenommen habe.

»Du hast gesagt, dass dein Vater versucht hat, Selbstmord zu begehen.« Ich versuche es möglichst einfühlsam und komme mir gleichzeitig vor wie ein Elefant im Porzellanladen. »Warum hat er das getan, und wer hat es dir erzählt?«

Gequält verzieht Ben das Gesicht. In seiner Mimik erkenne ich einen deutlichen Kampf. Einen Kampf, bei dem ich ihm nicht helfen kann. Schließlich gibt er sich einen Ruck und Entschlossenheit tritt in seinen Blick.

»Das Warum ist eine schwierige Frage. Aber mich hat jemand aus dem HCC angerufen, um …«

»Aus dem *Hartford Correctional Center*?«, platze ich fassungslos heraus. »Aber … Ich … WAS …?«

»Mein Vater sitzt im Gefängnis, Charlie.«

Die Worte klingen wie Peitschenhiebe durch die Stille des hereinbrechenden Abends und stechen neben dem sanften Plätschern des Wassers geradezu grausam hervor.

Ein Keuchen ertönt, und ich verstehe erst mit Verzögerung, dass ich es bin, die gekeucht hat. Die Tatsache, die Ben mir gerade verkündet hat, ist so unfassbar, so schockierend und unglaublich. Ich bin davon ausgegangen, dass sein Dad in einer psychiatrischen Klinik ist, aber das hier ist einfach zu viel.

»Warum?«, bringe ich gepresst hervor und versuche, meiner Stimme einen möglichst normalen Klang zu geben. »Ich meine, was hat er getan?«

Ben hat mich bisher ruhig beobachtet, aber jetzt legt sich ein derart brutaler Schmerz auf sein Gesicht, dass ich alles dafür geben würde, meine Frage zurücknehmen zu können.

»Er …« Bens Stimme versagt, und ich rücke unwillkürlich etwas näher an ihn. »Er hat meine Mutter getötet«, flüstert er gebrochen, und in diesem Moment fällt die Welt um uns herum zusammen.

Kapitel 10

Ben

Noch nie habe ich es ausgesprochen. Niemals war ich dazu in der Lage, dieses Grauen, das mein Leben seit jenem schicksalhaften Tag bestimmt, in Worte zu fassen.

Ich suche Charlies Blick. Ich erwarte, darin dasselbe zu sehen wie damals in den Augen des Richters, der das Urteil über meinen Vater sprach. Mitleid.

Aber Charlie ist anders. In ihren Augen steht kein Mitleid. Ich lese Fassungslosigkeit, Zärtlichkeit und etwas anderes, das ich nicht benennen kann.

»Bitte erzähl mir alles, Ben«, sagt sie leise. »Natürlich nur, wenn das für dich in Ordnung ist.«

Ich horche einen Augenblick lang in mich hinein und nicke zaghaft.

Charlie greift nach meiner Hand.

»Mein Dad hat ein Alkoholproblem«, beginne ich, und mein Herz krampft sich bei jedem einzelnen Wort zusammen. »Es war irgendwie schon immer so. Schon bevor ich geboren wurde.«

Charlie drückt meine Hand und gibt mir die Stärke weiterzusprechen.

»Er konnte ein fantastischer Mensch sein ..., wenn er nüchtern war.«

Erinnerungen an meinen Dad fluten meinen Kopf. Wie er mich auf seinen starken Schultern trug, mit mir Memory oder Schach spielte und mich dazu überredete, die großen Achterbahnen zu fahren, vor denen ich mich fürchtete.

»Ja, er konnte wirklich fantastisch sein«, wiederhole ich leise und lenke meine Gedanken auf die grausame Realität.

»Aber der Alkohol hat ihn zerstört« Meine Stimme zittert, und die Worte kommen nur stammelnd über meine Lippen. »Er wurde immer wütender. Seine Arbeit – er war auch Sänger – es lief nicht gut, und es schien, als würde er einen Grund dafür suchen, mir die Schuld zu geben. Meine Mom musste sich immer öfter zwischen uns stellen. Das letzte Mal stolperte sie, stürzte die Treppe hinunter und brach sich das Genick.«

Die Worte klingen kalt, aber das liegt nur daran, dass ich nicht fühlen darf. Ich darf den Schmerz nicht mehr fühlen, und ich will auch das Mitleid nicht sehen, das nun ganz eindeutig auf Charlies Gesicht geschrieben steht.

»Oh Ben –«

»Sie war sofort tot.« Ich unterbreche sie beinahe grob. »Und mein Dad wurde wegen Mordes angeklagt.«

»Aber er wollte sie doch sicher nicht töten.«

Charlies Stimme verklingt mit den letzten Worten, und ich schnaube.

»Er war stockvoll und aggressiv. Sein Anwalt wollte auf fahrlässige Tötung plädieren, aber als der Richter mich nach meiner Einschätzung gefragt hat ... also, da habe ich ...«

Ich sehe Charlie nicht an, und die Worte hängen deutlich, wenn auch unausgesprochen, zwischen uns.

»Ich habe die Zellentür hinter ihm verriegelt.« Meine Worte klingen unendlich hart.

»Warum hast du das getan? Es war doch ein Unfall?«

Bei jedem anderen, der diese Frage stellt, würde ich vermutlich explodieren. Aber Charlies Blick ist so ehrlich interessiert und bestürzt, dass es mir nichts ausmacht.

»Ich glaube, ich habe ihn damals wirklich als reinen Mörder gesehen. Ich konnte den Vater, der er mir manchmal gewesen war, nicht mehr wahrnehmen.« Meine Stimme ist heiser. »Er hatte so viel zerstört und mir meine Mutter weggenommen.«

»Und heute siehst du das anders?«

Das ist eine sehr schwierige Frage.

»Ja und nein.« Ich zupfe an einem losen Hautfetzen neben meinem Daumennagel, bis es blutet.

»Ich bereue, dass ich ihn damals habe lebenslänglich einsperren lassen. Er wollte sie nicht töten, und rein rational weiß ich das auch. Aber wenn du mich fragst, ob ich ihm wirklich vergeben habe, dann lautet die Antwort nein.«

»Und trotzdem bist du immer wieder zu ihm gefahren?«

Sie klingt verwirrt, und das ist ja auch irgendwie verständlich.

»Ich konnte nicht anders.« Meine Stimme ist leise. »Ich hasse ihn, aber ich liebe ihn auch. Ich konnte den Gedanken nicht ertragen, dass er ganz allein in diesem Loch sitzt, in das ich ihn gesteckt habe.« Eine Träne stiehlt sich aus meinem Auge. »Das ergibt doch keinen Sinn, oder?«

»Liebe ergibt keinen Sinn.«

Es ist wie ein Déjà-vu. Etwas ganz Ähnliches habe ich vor einiger Zeit zu Jessy gesagt.

»Ich weiß.«

»Und warum willst du ihn jetzt besuchen?«

Es ist, als wüsste Charlie, dass ich kein Mitleid und auch keine Trostworte hören will. Sie vermeidet jegliches Gefühlschaos und kommt klar und deutlich auf die Fakten zu sprechen. Wieder brodelt Wut in mir hoch und löst den Schmerz ab. Ich bin gerade wirklich nicht zurechnungsfähig.

»Weil der feige Penner wirklich meint, dass das funktioniert.«

»Was meinst du?«

Charlie wirkt kaum überrascht von meiner Heftigkeit, sondern mustert mich beinahe interessiert. Ob es mit der Tatsache zu tun hat, dass ihr Vater Sheriff ist? Ob sie so viel Erfahrungen mit solchen Geschichten hat, dass sie kaum noch etwas schocken kann?

»Ich meine, dass er sich feige aus der Affäre ziehen will.« Ich koche. »Er meint, wenn er sich umbringt, ist es wenigstens für ihn vorbei. Egoistisches Ar–«

»Ganz ruhig, Ben.«

Charlies Hand ruht jetzt auf meinem Rücken und streicht sanft über den Stoff meines Oberteils.

»Ich kann nicht einmal ansatzweise verstehen, was du durchgemacht hast«, sagt sie nach einem Augenblick des Schweigens. »Und ich verstehe deine Wut auf deinen Dad …«

Ich warte ab, weil mir klar ist, dass da noch mehr kommen muss.

»Aber du bist so viel stärker als dieser Hass, Ben.« Sie legt einen Augenblick lang ihren Kopf an meine Schulter. »Deine Mutter hätte sicher gewollt, dass du deinen Dad besuchst.«

Ein stechender Schmerz durchzuckt bei ihren Worten meine Brust. Sie hat recht. Mom würde wollen, dass ich

Dad nicht im Stich lasse. Egal was er getan hat. Sie würde wollen, dass ich ihn besuche und ihm beistehe.

Ich ringe mit mir und meinem Ego. Es ist so schwer, und dennoch möchte ich das tun, was meine Mutter von mir erwarten würde.

In diesem Moment treffe ich eine Entscheidung und spreche sie aus, damit ich keinen Rückzieher machen kann.

»Du hast recht«, presse ich hervor. »Ich werde ihn besuchen gehen.«

Charlie

Ich bin unfassbar erleichtert über Bens Entscheidung. Gleichzeitig nistet sich ein Gedanke in meinem Kopf ein.

»Lass mich mitkommen«, platze ich kurz entschlossen heraus. Einen Moment lang herrscht Schweigen, und Ben sieht mich so fassungslos an, dass ich beinahe versucht bin, mein Angebot zurückzuziehen.

»Du willst was?«, fragt er, und seine Stimme klingt dünn, ja, beinahe brüchig.

»Ich würde dich gern nach Hartford begleiten.« Ich wiederhole meine Worte und fürchte einen Augenblick lang, er könne seine heftige Reaktion von vorhin wiederholen. »Ich meine, ich muss ja nicht zu deinem Dad mitkommen.«

Ich stammele vor mich hin und wünsche mir verzweifelt, meine Stimme würde fester und überzeugender klingeln. »Aber ich würde dich gern bei der Fahrt unterstützen, damit du nicht allein bist.«

Ben schweigt. Seine Augen ruhen so intensiv auf mir, dass ich eine Gänsehaut bekomme.

»Das würdest du wirklich für mich tun?«, bringt er schließlich hervor, und in seiner Stimme schwingt so viel fassungslose Ungläubigkeit mit, dass ich mich frage, wann das letzte Mal jemand angeboten hat, für ihn da zu sein.

»Natürlich«, sage ich sanft und traue mich, noch einen Schritt auf ihn zuzugehen. »Ich möchte für dich da sein, Ben.«

Er zögert, und ich bin beinahe sicher, dass er absagen wird.

»Danke, Charlie«, sagt er schließlich, und in seinen Augen leuchtet ein Sekundenbruchteil das übliche Funkeln auf, das ich so an ihm liebe. »Ich würde mich freuen, wenn du mich begleiten würdest.«

Ich muss aufpassen, dass mir vor Überraschung nicht die Kinnlade herunterklappt, und gebe mich betont gelassen.

»Na, dann wäre das also abgemacht«, stelle ich fest. »Wann wollen wir fahren?«

Wieder zögert Ben einen Augenblick und holt dann tief Luft.

»Vermutlich wäre es am besten, wenn ich morgen fahren würde.«

Kurz überlege ich, stelle fest, dass morgen Freitag ist, und nicke zustimmend. Je schneller Ben seinem Vater gegenübertritt, desto besser.

»Das kriege ich hin«, sage ich zuversichtlich.

»Du bist unglaublich, weißt du das?«, fragt Ben leise, und als ich jetzt in seine Richtung sehe, mustert er mich derart intensiv, dass mir beinahe die Luft wegbleibt.

»Bin ich das?«, hauche ich und wundere mich selbst, wie lasziv meine Stimme klingt.

»Allerdings.« Ben wendet mir sein Gesicht zu. Auf einmal ist er mir so nah, dass ich seinen warmen Atem auf meiner Oberlippe spüren kann. Zitternd atme ich ein, inhaliere seinen Duft, der so ganz anders ist als alles, was ich bisher gerochen habe. Ben riecht ein bisschen nach Schokolade und Sandelholz.

»Was ist das für ein Deo?« Ich habe die Frage gestellt, ohne darüber nachzudenken. Ben stutzt. Ich merke es daran, dass der Atem, den ich gerade noch so deutlich spüren konnte, einen Augenblick lang aussetzt.

»Daran denkst du gerade?«

Seine Stimme ist eine Mischung aus Lachen und Unglauben, und ich spüre, wie ich rot werde.

Klasse, Charlie, so kann man einen Moment natürlich auch zerstören, denke ich sarkastisch und rücke ein winziges Stückchen von Ben ab.

Weil ich sicher bin, dass die Stimmung jetzt sowieso schon ruiniert ist, gebe ich der Situation eine gewisse Komik.

»Du etwa nicht?«

Ben bleibt ernst. Er geht nicht im Geringsten auf meine Bemerkung ein, sondern sieht mich einfach nur weiter so an, dass mir der Atem stockt.

»Glaub mir, es gibt vieles, woran ich gerade denke«, murmelt Ben, und das Braun seiner Augen scheint eine Nuance dunkler zu werden. »Aber nichts davon hat auch nur ansatzweise mit Deo zu tun.«

Mein Gehirn ist wie leer gefegt, aber das ist kein Problem, denn noch bevor ich auch nur einen klaren Gedanken fassen kann, spüre ich Bens Lippen auf meinem Mund.

Einen unendlichen Moment lang halte ich den Atem an, unfähig auch nur zu blinzeln. Die sanfte Berührung von

Bens Lippen verwandelt mich in eine Statue aus Eis. Gleichzeitig fühlt es sich an, als würde ich innerlich verbrennen.

Als könne er meine Gedanken lesen, seufzt Ben in diesem Augenblick an meinen Lippen, und ich lasse mich in den Moment fallen.

Es ist mein erster richtiger Kuss.

Abgesehen von dem einen Kuss, den ich in der siebten Klasse, bei einer Runde *Truth or Dare* von Paul Collins bekommen habe. Eigentlich hätte ich danach für alle Zeiten vom Gedanken ans Küssen kuriert sein sollen. Vielleicht war ich das auch. Bis jetzt. Bis zu diesem Kuss mit Ben.

Der Moment ist unbeschreiblich. Was vorsichtig und wie der Hauch eines Schmetterlingsflügels begonnen hat, ist nun intensiv und leidenschaftlich.

Bens eine Hand wandert von meinem Nacken zu meinem Rücken, während die andere meinen Arm entlangstreicht. Seine Zunge lockt mich, streicht neckend über meine Lippen, drängt darauf, eingelassen zu werden, und als ich den Mund öffne und Ben noch intensiver in mich aufnehme, stöhne ich an seinen Lippen.

Sein rauer Atem ist wie ein Echo, das mich völlig verrücktmacht. Hätte ich gewusst, wie wundervoll es sich anfühlt, von Ben geküsst zu werden, dann hätte ich mich ihm bereits bei unserem ersten Treffen an den Hals geworfen.

Sanft löst er seine Lippen von meinen und lehnt seine Stirn an meinen Haaransatz. Unser keuchender Atem vermischt sich, und ich schaffe es nicht, auch nur einen einzigen klaren Gedanken zu fassen.

»Das … ich …« Ich stammele, bis Ben mich unterbricht, indem er meinen Mund erneut mit seinen Lippen verschließt.

Nur zu gern lasse ich mich auf diese Weise zum Schweigen bringen. Erst zögerlich und dann immer mutiger streichele ich über Bens Rücken.

Als ich beinahe ängstlich unter sein T-Shirt fahre, stockt er kurz, und die Muskeln unter meinen Händen spannen sich an, bevor er erzittert.

»Charlie!« Es klingt wie ein Stöhnen, und mich überfällt mit einem Mal ein Gefühl von Macht. Es ist, als könnten meine Berührungen alles mit Ben anstellen. Als wäre er Wachs in meinen Händen.

»Ich –« *liebe dich*, schweben die Worte durch meinen Verstand, und ich kann mich gerade noch zurückhalten. Allerdings jagen mir meine eigenen Gedanken einen derartigen Schreck ein, dass ich unseren Kuss unterbreche. Wieso wollte ich das sagen? Wieso fühle ich mich so? Verliebt, ja. Aber Liebe? Dafür ist es doch noch viel zu früh. Im selben Moment frage ich mich, ob das stimmt. Ben und ich kennen uns besser, als ich viele meiner Freunde kenne. Ich habe mich ihm und er sich mir anvertraut. Man sagt doch, man könne nur lieben, was man kennt. Und ich kenne Ben. Ich ... liebe ihn.

Aus geweiteten Augen starre ich ihn an.

»Ich glaube, wir sollten ...«

»Ja, das denke ich auch ...«

Schweratmend sehen wir einander in die Augen, und ich bemühe mich um eine ruhigere Atmung.

Es war nicht der richtige Zeitpunkt. Aber er wird kommen.

Kapitel 11

Charlie

»Ich werde mit Ben das Wochenende verbringen.« Eine Stimme in meinem Kopf singt die Worte in Dauerschleife. »Wir haben uns vertragen, und er hat zugestimmt, mich mitzunehmen. Und er hat mich geküsst.«

Jetzt muss ich das nur noch meinen Eltern so verkaufen, dass sie es mir abnehmen. Sicher kein leichtes Unterfangen, aber gerade glaube ich, dass ich alles schaffen kann. Der Gedanke, mit Ben allein zu sein, ist so berauschend und motiviert mich unglaublich.

Schnell drücke ich die Kurzwahltaste und höre gleich darauf Priyas Stimme. Atemlos und völlig überdreht erzähle ich ihr, was passiert ist und was ich vorhabe.

»Jetzt musst du mir zuallererst mal eins erklären, Süße. Wie kann ein Mensch innerhalb eines Tages, nein, innerhalb einer Stunde einen solchen Hundertachtzig-Grad-Wandel der Gefühle durchmachen?«

Meine beste Freundin klingt fassungslos, und ich giggele überdreht in den Hörer.

»Wahnsinn«, kommentiert Priya trocken. »Jetzt weiß ich, wie ich mich immer für dich anhöre, wenn ich frisch verliebt bin.«

»Ja, jedes Mal«, trällere ich in einem merkwürdigen Singsang, und Priya stöhnt.

»Weißt du was, am Telefon kann ich das nicht ertragen. Ich komme vorbei.«

Noch bevor ich etwas dazu sagen kann, hat sie auch schon aufgelegt. Es dauert keine fünf Minuten, bis es bei uns an der Haustür klingelt und meine Mutter durchs Treppenhaus nach oben ruft.

»Charlie, Priya ist da.«

»Schick sie rauf!«, brülle ich zurück.

»Ach du Schande!«, ruft Priya, als sie in mein Zimmer kommt. Ich runzle die Stirn.

»Was meinst du?«

»Hast du in der letzten halben Stunde mal in den Spiegel geguckt?«

Verwirrt schüttelt den Kopf. Nein, ein Spiegel war so ziemlich das Letzte, woran ich in der letzten halben Stunde gedacht habe.

»Dann hol das mal schleunigst nach, Süße.«

Ich sehe an ihren zuckenden Mundwinkeln, dass sie sich nur mühsam das Lachen verkneift. Nun werde ich doch neugierig, springe auf und renne ins Badezimmer. Der Blick in den Spiegel lässt mich erschrocken einen Schritt zurücktaumeln.

Wie bin ich bitte so an meinen Eltern vorbeigekommen? Ich sehe eindeutig irre aus. Meine roten Haare, die durch die Lockenmähne ohnehin schon immer wild und unbändig wirken, haben nun etwas von züngelnden Schlangen, und ich fühle mich sofort an Medusa erinnert.

Dazu kommen die roten Flecken, die sich auf meiner von Natur aus sehr hellen Haut, deutlich abheben. In meinen Augen liegt ein Glanz, den ich noch nie zuvor gesehen habe, und meine Lippen sind noch ganz rot vom Küssen.

»Ach du Scheiße.« Ohne es zu wollen, berühre ich meine Lippen mit den Fingerspitzen. Allein der leichte Druck löst ein Kribbeln aus und bringt meinen ganzen Körper zum Zittern.

Dass sich Lippen derart empfindlich anfühlen, nachdem man jemanden so intensiv geküsst hat, wusste ich nicht. Aber immerhin weiß ich jetzt, warum Priya mir einen Blick in den Spiegel vorgeschlagen hat.

Beim Gedanken daran, dass ich in diesem Zustand an meinen Eltern vorbeigelaufen bin, treibt mir die Röte in die Wangen. Das zumindest hat den positiven Nebeneffekt, dass nun mein gesamtes Gesicht rot ist und die hektischen Flecken nicht mehr so deutlich auffallen.

Schnell drehe ich den Wasserhahn auf, warte, bis das Wasser kühl ist, und spritze es mir ins Gesicht. Das hat zwar keinen wirklichen Effekt, gibt mir aber zumindest ein frisches Gefühl.

Als ich wieder in mein Zimmer komme, hat meine beste Freundin sich auf mein Bett fallen lassen und blickt mir aufmerksam entgegen. In der Hand hält sie mein Handy, das ich vorher nicht gesperrt hatte.

»Du hast eine Nachricht«, flötet sie, und mein Herz schlägt einen doppelten Salto.

»Woher weißt du das?«, bringe ich hervor, und Priya zuckt die Achseln.

»Dein Handy hat geblinkt, und dass ich neugierig bin, weißt du doch.«

Seufzend schüttele ich den Kopf.

»Du bist unmöglich, Pri.« Ich schnappe ihr mein Handy weg. Dass die Nachricht von Ben ist, habe ich natürlich schon erwartet, aber dass sie so viel in mir auslöst, überrascht mich doch.

Ben: Danke für heute.

Es sind nur drei Worte. Kein Smiley oder sonstiges, und doch fühlt es sich an, als würde ich in die Lüfte gehoben und über den Wolken schweben.

»Scheiße, Charlie, du liebst ihn.« Priyas Stimme durchbricht meinen glücklichen Taumel und lässt mich wieder auf den Boden der Realität zurückplumpsen.

»Was hast du gesagt?«, stottere ich.

»Ich sagte, du liebst ihn«, wiederholt sie so langsam, als würde sie mit einem Kleinkind sprechen.

»Wie kommst du denn darauf?«

Ich habe keine Ahnung, warum ich so abwehrend reagiere, während mein Herz doch genau dieses Gefühl in die Welt hinausschreien will. Vielleicht ist es die Tatsache, dass ich vorhin genau das beinahe zu Ben gesagt hätte, mich aber gerade noch zurückhalten konnte.

»Charlie, ich kenne dich mein ganzes Leben«, beginnt Priya und sieht mich aus ihren klugen dunklen Augen an. »Ich habe erlebt, wie du dir den Zahn beim Klettern ausgeschlagen hast, habe mit dir die gestohlene Schokolade zurückgebracht, weil dein Gewissen dich gequält hat.«

Sie rollt scherzhaft mit den Augen und stupst mich in die Seite. »Und ich war dabei, als wir beide mehrere Wochen Hausarrest bekommen haben, weil wir im Alter von zehn Jahren auf die hirnrissige Idee kamen, es den großen Mädchen nachzumachen und die Autos unserer Nachbarn im Bikini zu waschen.«

»Worauf willst du hinaus?« Ich kann mir ein Grinsen bei der Erinnerung an die genannten Begebenheiten nicht verkneifen, wundere mich aber doch, dass Priya sie jetzt anspricht.

»Ich will darauf hinaus, dass ich dich vermutlich besser kenne als jeder andere Mensch auf dieser Welt.«

Sie mustert mich von oben bis unten. »Und so habe ich dich noch nie erlebt. Du strahlst, siehst aus, als würdest du von innen leuchten, und mal ganz ehrlich: Deine Augen glitzern wie Edward Cullen höchstpersönlich.«

»Zieh nie wieder diesen Vergleich!«, schimpfe ich, während mein haltloses Kichern meine Worte Lügen straft.

»Warum gibst du es nicht einfach zu?« Priya hebt amüsiert die Augenbrauen. »Ich meine, du willst mit ihm nach Hartford fahren.«

»Bist du wohl still.« Ich zische und lege beschwörend einen Finger auf den Mund. »Meine Eltern wissen noch nichts davon, und wenn es nach mir geht, dann bleibt es auch dabei.«

Schuldbewusst zieht Priya die Schultern hoch. Bei ihren nächsten Worten flüstert sie.

»Und wie willst du das bitte anstellen?«

Ich setze mein süßestes Welpenlächeln auf. Priya schüttelt heftig den Kopf.

»Oh nein, auf gar keinen Fall!«, flüstert sie und wedelt abwehrend mit den Händen.

»Bitte, Pri«, flehe ich heiser. »Ohne dich habe ich keine Chance.«

Ich weiß, dass sie mir helfen wird. Das haben wir beide schon immer so gemacht. Wann immer Priya ein Date hatte, von dem ihre Eltern nichts wissen wollten, war sie offiziell bei mir. Natürlich hatten meine Eltern davon keine Ahnung, aber bis heute hat uns noch niemand erwischt.

»Ich hasse dich«, murmelt Priya. Ich strahle sie an.

»Ich liebe dich auch.«

»Du liebst nicht mich«, sagt sie, und ich weiß sofort, worauf sie hinauswill. »*Du* liebst –«

»Wage es ja nicht«, falle ich ihr kichernd ins Wort und pfeffere ihr mein Kopfkissen entgegen. Gleich darauf sind wir wie die kleinen Kinder in eine wilde Kissenschlacht vertieft.

Wir lachen so sehr, dass wir gar nicht bemerken, wie die Tür aufgeht und meine Mutter ins Zimmer kommt.

»Na, ihr habt ja Spaß.« Kichernd und keuchend lassen wir uns beim Klang ihrer Stimme in die Kissen fallen, und ich wende ihr mein erhitztes Gesicht zu.

»Du kennst uns doch, Mom.« Ich wische mir eine verschwitzte rote Strähne aus der Stirn und bin wirklich froh, dass es jetzt eine vernünftige Erklärung für mein überhitztes und aufgedrehtes Aussehen und Verhalten gibt.

»Bleibst du zum Abendessen?«, erkundigt Mom sich bei Priya.

Sie schüttelt den Kopf. »Beim nächsten Mal gerne«, sagt sie und klingt dabei wie die wohlerzogene Freundin, die jede Mutter ihrer Tochter wünscht. »Meine Mom kocht heute Abend indisch.« Sie wackelt mit den Augenbrauen. »Zeit, sich die Zunge zu verbrennen.«

»Als ob deine Zunge ein Problem mit Schärfe hätte.« Ich stupse sie spielerisch in die Seite. »Du isst doch selbst Wasabi-Nüsse, als wären es Chips.«

Priya streckt mir die Zunge raus. In ihren Augen blitzt der Schalk. »Ich mag es eben scharf.«

Ich werfe ihr einen warnenden Blick zu. Das geht gerade in eine Richtung, die ich nicht vor meiner Mutter diskutieren möchte. In diesem Moment fällt mir ein, dass ich mich dringend erkundigen sollte, wie es aktuell bei Priya und Adrian läuft. Sie hat schon eine Weile nicht mehr davon gesprochen, und ich glaube nicht, dass das ein gutes Zeichen ist.

Mom, die die Zweideutigkeiten in Priyas Worten zum Glück überhört zu haben scheint, lächelt freundlich.

»Sag deinen Eltern einen lieben Gruß«, bittet sie.

»Das mache ich«, verspricht Priya und wendet sich dann wieder mir zu. »Dann werde ich mal los.« Sie steht auf, winkt und geht zur Tür, wo sie innehält und sich noch einmal zu uns umdreht.

»Ach übrigens, Mrs Evans. Ich wollte fragen, ob Charlie das Wochenende mit mir und meiner Familie verbringen darf.«

Mom gibt einen überraschten Laut von sich.

»Ach, habt ihr etwas vor?«

Ich starre Priya an. Wir hatten doch noch überhaupt nicht abgesprochen, wie wir das Ganze angehen wollen. Aber meine beste Freundin scheint einen Plan zu haben, den sie nun stringent verfolgt.

»Wir wollten nach Hartford«, erklärt sie und lächelt meine Mom unschuldig und liebenswürdig an. »Ein bisschen shoppen, ein bisschen Kultur, Sie wissen schon.«

Beim Wort *Kultur* beginnt meine Mutter zu strahlen.

»Das ist eine wirklich großartige Idee«, jubelt sie. »Am liebsten würde ich mitkommen.«

Erschrocken reiße ich die Augen auf und wende mich ab, damit sie meine emotionale Reaktion nicht beobachten kann.

Priya lacht hell auf.

»Wenn Sie möchten, dann können Sie gerne mitkommen«, sagt sie, und mir fällt bei ihren Worten beinahe die Kinnlade herunter. Ist sie verrückt geworden? Meine Mutter?!

Ganz vorsichtig wage ich einen Blick in Moms Richtung. Sie lächelt immer noch sonnig.

»Das ist ein wirklich liebes Angebot«, sagt sie und klingt verträumt. »Aber es geht leider nicht.« Sie seufzt. »Ich habe noch sehr viel zu tun.«

»Wie schade.« Priya klingt tatsächlich enttäuscht. Ich bewundere ihre schauspielerischen Leistungen gerade mehr als je zuvor. »Dann ein andermal.«

»Ja«, murmelt Mom und klingt, als wäre sie mit den Gedanken ganz woanders.

»Aber es passt gut, dann können wir uns endlich mal wieder einen romantischen Abend gönnen.«

Entsetzt halte ich mir die Ohren zu. »Lalalalala«, mache ich. »Das will ich gar nicht wissen.«

Priya lacht und wirft den Kopf in den Nacken.

»Na, das klingt doch nach einem guten Plan.« Sie wirft meiner Mutter einen treuen Hundeblick zu. »Also darf Charlie mit uns kommen?«

»Natürlich«, sagt Mom, bevor sie noch mal ein kleines Stück zurückrudert und ihren Blick auf mich richtet. »Allerdings müssen wir noch deinen Dad fragen, aber ich denke da sollte nichts dagegensprechen.«

In diesem Moment scheint ihr etwas einzufallen. »Geht das denn, mit deinem Klavierunterricht?«

Erschrocken, weil sie meinem wahren Geheimnis so schnell so nahekommt, nicke ich.

»Ja, ich werde einfach bis dahin noch so viel üben wie möglich.«

»Und was ist mit deinem Pferd?«

»Franzy und Molly werden sich um die beiden kümmern«, sagt Priya, noch bevor ich über eine Ausrede nachdenken kann. Wann hat meine beste Freundin so gut lügen gelernt?

»Na, das klingt ja, als wäre schon alles durchgeplant.«

»Ist es auch.« Priya giggelt fröhlich und winkt noch einmal. »Jetzt muss ich aber wirklich los.«

Sie zwinkert kurz in meine Richtung. »Ich schreibe dir später, Charlie.«

Mit diesen Worten verschwindet sie aus der Tür, man hört sie gleich darauf die Treppe hinunterpoltern, und dann fällt die Haustür geräuschvoll ins Schloss.

»Priya ist ein besonderes Mädchen«, murmelt Mom, und in diesem Moment bin ich nicht sicher, ob sie es nur positiv meint.

»Das ist sie«, bestätige ich. »Aber du hattest was von Abendessen gesagt?«

Mein Plan ist es, möglichst schnell vom Thema abzulenken, bevor Mom zu viele Fragen zu unserem geplanten, erlogenen Kurztrip stellen kann. Aber anscheinend ist der Gedanke an ein Wochenende allein mit Dad ausreichend, um mich nicht mit Fragen zu löchern. Gemeinsam gehen wir nach unten, und ich sehe sofort, dass sie nur für zwei Personen eingedeckt hat.

»Kommt Dad nicht nach Hause?«

Mom schüttelt den Kopf. Auf einmal sieht sie müde und abgespannt aus.

»Er hat angerufen und gesagt, dass sie noch mal losmüssen«, erklärt sie und klingt traurig.

»Immerhin habt ihr dann am Wochenende eure Ruhe«, versuche ich sie aufzuheitern, und meine Worte zeigen sofort Wirkung.

»Es ist so lieb von Priyas Eltern, dass sie dich mitnehmen.«

Ein kurzer Anflug von Schuldgefühlen überfällt mich, aber dann nicke ich kurz.

Mom füllt unsere Teller mit Lasagne, und ich schnuppere genießerisch. »Du wirst wieder richtig gut in der Küche, seit Anna weg ist«, nuschele ich zwischen den ersten genießerischen Bissen, und ein geschmeicheltes Lächeln erhellt Moms Gesicht.

»Es macht mir auch wirklich Spaß. Langsam bekomme ich wieder Übung«, gesteht sie, und dann ist der Raum für die nächsten Minuten mit gefräßigem Schweigen gefüllt.

Ich frage mich ernsthaft, wie viel meine Mutter wirklich von sich preisgibt. Seit unsere Haushaltshilfe nicht mehr kommt und dem ersten missratenen Essen wird es immer besser. Sie kocht und putzt und scheint es zu genießen, dadurch einen Ausgleich zu ihrer Arbeit zu haben. Sie ist den ganzen Tag irgendwie beschäftigt.

Jetzt, in diesem Raum, wo wir beide allein sind, wirkt es, als läge ihr so vieles auf der Seele. Allerdings verfliegt dieses Gefühl einen Moment später schon wieder.

»Dein Vater wird überrascht sein.« Mom tupft sich mit der Serviette über die Lippen. Der rasante Themenwechsel überrascht mich, und ich hebe fragend die Augenbrauen.

»Warum?«

Sie lächelt strahlend.

»Na, unsere Tochter interessiert sich neuerdings für Musik und für Kultur.«

»Mom!«, rufe ich, und ein Hauch Empörung schwingt in meiner Stimme mit. »Du weißt nicht erst seit gestern, dass ich Musik liebe.« Ja, mit dieser Aussage versuche ich natürlich auch von meinem schlechten Gewissen abzulenken. Aber es geht gegen meine Ehre zu behaupten, ich wäre kein Musikliebhaber.

Meine Mutter neigt den Kopf, zögert und schließt einen Augenblick lang die Augen.

»Schatz, dieses Boybandgedudel ist doch keine Musik.«

Ich hole tief Luft. Da ist es wieder. Genau das ist der Grund dafür, dass meine Eltern und ich uns nicht wirklich verstehen.

»Boybandgedudel?«, rufe ich fassungslos. »Das sind die *Backstreet Boys*, Mom.«

»Ja, genau die meine ich doch.«

»Mom, die müsstest du eigentlich lieben. Die sind doch total aus deiner Zeit.«

Die Liebe zu *alten* Bands habe ich von meiner Tante Jane übernommen. Sie ist komplett anders als Mom. Wild, hip und einfach cool. Wann immer ich sie besucht habe, lief Musik, und auch wenn ich gern mal die aktuellen Charts trällere, sind es Klassiker wie ABBA und Co, die mich am meisten begeistern.

»Aus meiner Zeit. Also wirklich ...« Meine Mutter wedelt abwehrend mit der Hand durch die Luft. »Das ist doch nichts kulturell Wertvolles.«

Ein fassungsloses Lächeln verzieht meine Lippen. Mir ist klar, dass meine Eltern andere Einstellungen zum Leben haben als ich, aber sie so abfällig über meine Leidenschaft sprechen zu hören, verletzt mich.

»Ich habe keinen Hunger mehr«, murmele ich und schiebe meinen Teller von mir.

»Schon?« Meine Mutter klingt überrascht. Ich hebe den Kopf und begegne ihrem fragenden Blick. In diesem Moment verstehe ich, dass sie offenbar wirklich nicht darüber nachgedacht hat, wie verletzend ihre Worte auf mich wirken. Es kommt ihr offenbar überhaupt nicht in den Sinn. Der Gedanke ist gleichzeitig erschütternd und beruhigend. Sie wollte mich wenigstens nicht absichtlich verletzen.

»Ja, ich bin wirklich satt«, sage ich leise und stehe vom Tisch auf. »Du fragst Dad wegen des Wochenendes, okay?«

»Das mache ich, mein Liebes«, verspricht sie und lächelt mich an. Ich lächle gequält zurück und gehe hoch in meine Etage. Auf meinem Handy öffne ich meine Lieblingsplaylist.

Backstreet Love And More heißt sie, und gerade jetzt ist das genau das, was ich brauche.

Ich verbinde mein Handy über Bluetooth mit den Lautsprecherboxen, und gleich darauf klingen die ersten Töne von *I'll Never Break Your Heart* durch den Raum.

Tief atme ich durch und versuche, mich zu entspannen. Versuche, mir klarzumachen, dass es nicht wichtig ist, ob meine Eltern und ich uns verstehen, und mich darauf zu konzentrieren, dass ich dieses Wochenende mit Ben unterwegs sein werde.

Als ich allerdings darüber nachdenke, wird mir bewusst, dass der Anlass für unseren kleinen Ausflug kein schöner ist. Dass es weitaus emotionaler und anstrengender für Ben, aber auch für mich werden könnte, als ich es mir gerade vorstellen kann.

Ich habe noch so viele Fragen, und den Schock über die Sache mit seiner Mom habe ich aufgrund des Streits und der darauffolgenden akuten Kusssituation noch nicht einmal ansatzweise verarbeitet.

Aber auch Verdrängen ist eine Kunst, und wäre es eine olympische Disziplin, dann könnte ich problemlos Gold erringen. Aber ich bin nicht nur im Verdrängen gut, sondern auch darin, mich über die kleinen Dinge des Lebens zu freuen. Und jetzt will ich mich einfach nur über jeden noch so kleinen Moment mit Ben freuen. Außerdem sollte ich mich dringend hinsetzen und Klavier üben.

Kapitel 12

Charlie

»Wie fühlst du dich?«

Kaum habe ich die Frage gestellt, als sie mir auch schon unfassbar dämlich vorkommt. Ich muss nur einen Blick auf Ben werfen, der inzwischen seit knapp dreißig Minuten völlig verkrampft am Steuer sitzt, um zu sehen, dass es ihm nicht gut geht. Zum Glück nimmt er mir meine Frage nicht übel, sondern seufzt nur.

»Ich habe Angst«, gesteht er tonlos, und ohne darüber nachzudenken, greife ich nach seiner Hand, die auf seinem Oberschenkel ruht. Kurz zuckt Ben, aber dann verflicht er unsere Finger miteinander, den Blick weiterhin fest auf die Straße gerichtet.

»Zusammen schaffen wir das«, wispere ich und zweifle beinahe daran, dass er mich überhaupt gehört hat. Aber dann streichelt er mich plötzlich sanft mit seinem Daumen und löst damit eine Gänsehaut aus, die innerhalb kürzester Zeit meinen gesamten Körper überzieht.

Der Kloß in meinem Hals macht es mir unmöglich zu sprechen, und deshalb umklammere ich einfach nur seine Hand noch etwas fester, als könnte ich mich an ihm festhalten.

Nach einer Weile wird mir das Schweigen im Auto zu viel, und ich strecke die Hand aus, die nicht mit Bens verflochten ist.

»Darf ich Musik anmachen?« Gleichzeitig überlege ich, ob das nicht ziemlich unsensibel ist, in Anbetracht der Tatsache, wohin wir gerade fahren. Aber Ben scheint keine solchen Bedenken zu haben.

Er nickt und wirkt dabei ganz ruhig.

»Klar.« Er wirft mir einen schnellen Blick zu. Aber obwohl er sofort wieder auf die Straße sieht, konnte ich die Wärme und Zuneigung ganz eindeutig in seinen Augen erkennen.

Meine Finger zittern leicht, als ich das Radio anschalte und nach einem Sender suche, der mir gefällt.

»Das Lied mag ich«, unterbricht Ben mich, und ich schalte zurück zu dem Sender, den er gemeint hat. Als ich das Lied erkenne, unterdrücke ich ein Grinsen.

Ich kenne es nicht nur, sondern ich liebe es. Auch wenn ich am liebsten die Backstreet Boys höre, gibt es durchaus auch andere Musik, die mich begeistert, und *Love Grows* gehört definitiv dazu.

Während der ersten Strophe summt Ben leise mit, und als er beim Refrain plötzlich anfängt mitzusingen, klappt mir die Kinnlade herunter.

Ben hat eine fantastische Singstimme, und ich schließe die Augen, während sein Daumen sanft im Takt der Musik meine Hand streichelt.

Ben

Ich habe keine Ahnung, was mich geritten hat, hier im Auto einfach so drauflos zu singen. Oder doch. Wenn ich ganz ehrlich zu mir bin, dann weiß ich es sehr wohl. *Love Grows* ist ein Lied, das ich in meiner Kindheit öfter als alle anderen gehört habe, und das ich in- und auswendig kann.

Inzwischen ist es viele Jahre her, dass ich es zuletzt gehört habe, aber ganz offensichtlich habe ich nicht ein Wort des Textes vergessen.

Als die zweite Strophe einsetzt, stocke ich einen Sekundenbruchteil, als die Textzeilen vor meinem inneren Auge vorbeiziehen. *There's something about her hand holding mine. It's a feeling that's fine.*

Die Worte verlassen meinen Mund, ohne dass ich darüber nachdenken muss, und mit einem Mal ist mir klar, was dieser Moment mir bedeutet. Was mir gerade wichtig ist. Es ist Charlie und das Gefühl von ihrer Hand in meiner und die Musik, die sich mit unserem Herzschlag verbindet.

And I just gotta say
She's really got a magical spell
And it's working so well
That I can't get away ...

Charlie

Bens sonorer Bariton verklingt, und die Radiosprecherin kündigt das nächste Lied an. Das bekomme ich allerdings nur am Rande mit, weil ich noch völlig in der Magie des Liedes gefangen bin.

»Du hast wirklich eine wundervolle Stimme«, murmele ich wie in Trance, und er drückt meine Hand einen kurzen Augenblick lang.

Den Rest der Fahrt genießen wir beide einfach nur noch, so als wollten wir das Schöne festhalten, das uns am Ende der Fahrt viel zu leicht genommen werden könnte.

Erst zehn Minuten, bevor das Navi unsere Ankunft ankündigt, lenke ich das Thema wieder auf unser Ziel.

»Wie läuft das, wenn wir in Hartford sind?«, frage ich vorsichtig. »Gehst du gleich zu deinem Dad?«

Ein leises Seufzen kommt über Bens Lippen so als hätte auch er sich gerade klargemacht, dass es nun vorbei ist mit unserer zufriedenen Zweisamkeit.

»Nicht sofort, nein«, sagt er schließlich und drückt meine Hand. Weil wir uns die ganze Autofahrt über nicht ein einziges Mal losgelassen haben, ist sie inzwischen leicht schwitzig.

»Ich würde dich vorher gern zum Essen einladen, und während ich dann ... also, ich muss ihn heute noch besuchen –« Er unterbricht sich und seufzt wieder. »Wir finden bestimmt etwas Schönes, das du in der Zeit unternehmen kannst.«

»Mach dir darüber mal keine Sorgen.« Ich grinse ihn an.

»Es gibt genau zwei Möglichkeiten. Entweder wir finden einen Reitstall oder eine Buchhandlung mit einer großen Hörbuchabteilung.«

Das Lächeln auf Bens Lippen wird echt.

»Du bist so besonders, Charlie«, murmelt er, und ich unterdrückte den Impuls, mich schnell zu ihm hinüberzulehnen und ihm einen Kuss auf die Wange zu drücken.

»Ach Blödsinn.« Meine Wangen röten sich verlegen. »Du bist mindestens genauso besonders.«

Ben

Viel zu schnell ist die Autofahrt an Charlies Seite vergangen, und ich halte vor dem Hotel.

»Hier übernachten wir?«

Charlies Stimme könnte nicht fassungsloser klingen. Schmunzelnd stelle ich den Motor aus und sehe sie an.

»Ja, genau hier, warum?«

Ich weiß, was sie meint. Dieses Hotel ist das wahrscheinlich schönste Anwesen in der ganzen Gegend, und empfohlen haben es mir Jessy und Alex.

»Es ist viel zu schön«, bringt Charlie heraus. »Und sicher viel zu teuer.«

»So ein Blödsinn«, wiegele ich ab, obwohl mein Geldbeutel protestierend jammert bei dieser Lüge. Das zweite Zimmer war in meinem Budget nicht eingeplant.

»Das ist schon in Ordnung, Ben«, sagt sie ernst und wirft mir einen festen Blick zu. »Erzähl mir nicht, dass du jedes Mal hier absteigst, wenn du deinen Dad besuchst.«

Ich winde mich innerlich, denn ich will nicht, dass sie einen falschen Eindruck von unserem gemeinsamen Wochenende bekommt. Ich will einfach, dass sie die Zeit genießen kann. Meine Dankbarkeit darüber, dass sie sich bereit erklärt hat, meinen Dad mit mir gemeinsam zu besuchen, kann ich gar nicht anders ausdrücken.

»Nein«, gebe ich also zu. »Aber«, spreche ich gleich weiter, als sie die Brauen hebt, »ich war noch nie hier, und Jessy und Alex wollten, dass ich mir die Kulisse schon mal anschaue. Ich hatte schon vor unserem gemeinsamen Plan ein Zimmer reserviert.«

»Aber ich dachte, du warst unsicher, ob du deinen Dad überhaupt besuchen sollst?«

Sie runzelt die Stirn, und ich verstehe, dass es sie irritiert.

»Wenn es um meinen Dad geht, handle ich nicht immer rational. Ich hatte ein Zimmer reserviert, hätte es aber bis heute um achtzehn Uhr noch stornieren können.«

»Und stattdessen hast du –«

»Angerufen und ein zweites Zimmer reservieren lassen. Genau.«

»Ach so …« Charlie nickt kurz. Dann wechselt sie zu meiner großen Freude das Thema.

»Was meintest du eigentlich mit Kulisse?«

Ich lächele breit. »Das hier ist das Hotel, in dem Jessy und Alex in einem Monat heiraten werden.«

Charlies Lippen formen ein überraschtes *Oh.* Sie reißt die Augen auf, und im nächsten Moment springt sie aus dem Auto.

Überrascht von diesem schnellen Situationswechsel schnalle ich mich ab und verlasse ebenfalls den Wagen.

Als ich neben Charlie trete, bemerke ich, wie sie auf das Haus und die ausladenden Parkanlagen davor starrt.

»Das ist wirklich der perfekte Ort für eine Hochzeit«, flüstert sie und wendet sich mit strahlenden Augen zu mir um. »Wie sind Jessy und Alex darauf gekommen?«

»Das ist eine lange Geschichte.«

Meine Stimme klingt abwesend, und ich kann meine Augen nicht von ihrem Mund abwenden. Auch jetzt, wo sie lächelt, haben ihre Lippen diesen unglaublich sinnlichen Schwung, der mir den Verstand raubt. Während sie spricht, beobachte ich fasziniert jede einzelne Bewegung, und mein Puls steigert sich kontinuierlich.

»Ich höre gerne lange Geschichten«, unterbricht Charlie meinen Gedankengang.

»Was?«

Es fühlt sich an, als würde ich aus einem tiefen Schlaf erwachen, und ich bin versucht, mich zu schütteln wie ein junger Hund, der aus dem Wasser kommt.

»Du sagtest, es sei eine lange Geschichte«, wiederholt Charlie, und ein winzig kleiner Vorwurf klingt in ihrer Stimme mit. »Erzähl sie mir doch bitte.«

Es dauert einen kleinen Moment, aber dann habe ich meine Gedanken so weit sortiert, dass ich in der Lage bin, meine nächsten Worte auszuformulieren.

»Als sie sich kennengelernt haben, konnten die beiden nicht so viel Zeit miteinander verbringen, wie sie es sich gewünscht hätten. Frag mich jetzt nicht warum«, setze ich schnell hinzu, als ich ihren Lippen teilen.

Mit einem leicht beleidigten Gesichtsausdruck klappt sie den Mund wieder zu.

»Na gut, dann eben nicht.«

Sie klingt maulig, und was bei jedem anderen Mädchen einfach nur unsympathisch und unattraktiv wäre, wirkt bei ihr so faszinierend süß, dass ich nur noch den Wunsch verspüre, sie in meine Arme zu ziehen und meine Nase in ihrem duftenden Haaransatz zu vergraben.

Weil das aber nicht infrage kommt, atme ich einmal tief durch und zwinkere ihr lässig zu.

»Nun stellen Sie sich mal nicht so an, Miss.« Mein Necken quittiert sie mit einer herausgestreckten Zunge. Was dieses Bild mit meinem Kopf anstellt, ist nicht jugendfrei.

»Jedenfalls hat Alex Jessy zu einem gemeinsamen Wochenende eingeladen.« Ich zögere kurz. »Es war Weihnachten vor zwei Jahren, beziehungsweise kurz vorher, und die beiden haben hier eine wunderschöne Zeit verbracht.« Mit einem Seufzen erinnere ich mich. »Ein Wochenende, das schlussendlich dazu geführt hat, dass das beste Paar, das ich kenne, sich wirklich gefunden hat.«

Charlies Schmolllippen weichen einem leicht verklärten Gesichtsausdruck.

»Dann ist dieses Haus gewissermaßen ein Glücksbringer«, stellt sie fest, und ich nicke langsam.

»So könnte man sagen. Und weil sie dieses Haus und dieses Wochenende so lieb gewonnen haben, wollen sie unbedingt hier heiraten.«

»Das kann ich verstehen«, murmelt Charlie so leise, dass ich mir fast sicher bin, dass ihre Worte gar nicht für mich bestimmt waren. Aber ich habe sie gehört, und sie treffen mich mitten ins Herz.

Um meine Unsicherheit zu überspielen, atme ich einmal tief durch und deute dann auf das große und mehr als beeindruckende Haus.

»Komm, wir gehen rein.«

Ja, mir ist durchaus bewusst, dass das kein sonderlich eleganter Themenwechsel war, aber besser kann ich es gerade einfach nicht. In Charlies Gegenwart werde ich unsicher, verliere meine Wortgewandtheit und fühle mich unsicher und nervös.

Charlie schiebt ihre Hand in meine, und gemeinsam betreten wir die große Eingangshalle. Drinnen angekommen kann ich Charlies überraschtes Keuchen verstehen. Ich selbst habe das Haus zwar schon mehrfach auf den Bildern im Internet gesehen, aber die Realität ist viel beeindruckender.

Die Einrichtung ist hell, gemütlich, aber gleichzeitig so eindeutig elegant, dass sie einem geradezu »Achtung! Achtung! Hier residieren wohlhabende Gäste!« entgegenschreit.

»Und das kannst du dir wirklich leisten?«

Charlie sieht so fassungslos aus, dass ich ein Lachen unterdrücke.

»Einmal im Jahrtausend vielleicht.« Ich registriere belustigt, wie ihre Augen noch größer werden.

»Ben, du kannst doch nicht so viel Geld ausgeben.«

»Das siehst du doch.« Ich verkneife mir ein »Für dich schon«. Einen Moment lang sieht Charlie mich schweigend an, dann tritt sie ein Stück näher an mich heran, hakt sich bei mir unter und legt eine Sekunde ihren Kopf auf meine Schulter. Ihre plötzliche Nähe, die ich im Auto aufgrund der Konzentration so gut verdrängen konnte, überwältigt mich nun umso mehr.

Zögernd lege ich meinen Arm um sie, und wir treten wie ein Paar an die Rezeption, hinter der uns eine freundliche ältere Dame entgegenlächelt.

»Haben Sie reserviert?«, fragt sie, und ich nicke.

»Für Foster.«

Sie tippt mit beflissener Miene etwas in den PC vor sich ein und greift dann hinter sich, um uns etwas über den Tresen zu reichen.

»Hier, die Karten für Ihr Zimmer.«

Mein Herz bleibt stehen.

»Dasselbe Zimmer? Es müssten zwei sein.«

Sofort ändert sich die Haltung der Dame. Sie wird sichtlich nervös und hackt hektisch auf ihre Computertastatur ein. Schließlich sieht sie mich an.

»Für Foster ist aber nur ein Zimmer reserviert.« Sie klingt ratlos, in ihren Augen lese ich Sorge. Vermutlich ist es dieselbe Sorge, die sich gerade in meinen Augen spiegeln dürfte. Die Sorge nämlich, dass man hier im Nobelschuppen etwas vermasselt hat. Ich versuche, mich zu konzentrieren.

»Ich hatte zuerst nur ein Zimmer gebucht. Gestern habe ich dann aber angerufen, um noch ein zweites Zimmer reservieren zu lassen.«

Hilflos tippt die Dame noch ein paar Mal auf der Tastatur herum, bevor sie sich wieder an mich wendet.

»Es tut mir furchtbar leid, aber auf den Namen Foster ist ein Einzelzimmer gebucht.« Sie beißt sich auf die Unterlippe und überlegt offenbar fieberhaft.

»Meine Kollegin muss gestern Abend vergessen haben, das Zimmer zu buchen, und es wurde heute Abend vergeben.« Plötzlich lächelt sie.

»Ich hätte aber ein Doppelzimmer für Sie, wenn Sie wollen.«

Überfordert schließe ich einen Moment lang die Augen.

Dreimal tief durchatmen. Ein ... Aus ... Ein ... Aus ... Ein ... Aus ...

Mein Puls rast noch immer, als ich die Augen wieder öffne, aber das nun beinahe panische Gesicht der Dame hilft mir, mich zu konzentrieren. Ich habe Mitleid mit ihr, denn vermutlich kann sie nichts für diesen Fehler. Aber gerade als ich den Mund aufmachen will, ergreift Charlie neben mir das Wort.

»Das ist kein Problem. Wir nehmen dieses Zimmer gerne.«

Ich kann den Felsbrocken regelrecht hören, der der Rezeptionistin vom Herzen fällt und auf den Boden kracht.

»Das ist ja wunderbar! Natürlich bekommen Sie es einen Preisnachlass von uns für Ihre Unannehmlichkeiten. Und das freie Doppelzimmer ist deutlich größer und komfortabler als die ursprünglichen Zimmer.«

Als sie Charlie zwei Schlüsselkarten aushändigt, zittern ihre Finger unmerklich.

Ich lächle der Frau zu, lege Charlie meinen Arm um die Hüften und gehe mit ihr in Richtung der großen gebohnerten Treppe. Keine Ahnung warum, aber es fühlt sich richtig an, sich so zu verhalten, als würde sie zu mir gehören.

Dass ich mir genau das wünsche, versuche ich verdrängen.

Charlie

Bens Arm liegt warm und schwer um meine Hüfte, und ich versuche verzweifelt, möglichst gleichmäßig zu atmen.

Das allerdings fällt mir sehr schwer, denn er riecht so unwiderstehlich. Dazu kommt die atemberaubende Kulisse, in der wir gerade unterwegs sind. Dieses Haus erinnert mich fatal an die ganzen Häuser, die ich in meinen liebsten Jane-Austen-Filmen immer und immer wieder gesehen habe.

Der gemütliche altenglische Landhausstil mischt sich mit einer unaufdringlichen Eleganz.

Mir entweicht ein leises Seufzen, während wir durch den Flur zu unserem Zimmer gehen. Ben hat wie selbstverständlich meine Tasche genommen, und es fühlt sich sehr vertraut an. Viel zu vertraut dafür, dass wir uns erst seit kurzer Zeit kennen und – ich gebe es zu – uns bereits einmal geküsst haben.

Der Gedanke an den Kuss mit Ben ist es, der mich meine Entscheidungen hinterfragen lässt.

Was ist bloß in mich gefahren, dass ich der Dame an der Rezeption gesagt habe, dass wir, Ben und ich, im selben Zimmer übernachten?! Das kann doch nur ein spontaner Totalausfall meines Gehirns gewesen sein. Natürlich hatten wir eigentlich keine andere Wahl, aber trotzdem.

Meine Erleichterung darüber, dass Ben nicht widersprochen hat, war in diesem Augenblick greifbar, aber jetzt frage ich mich, was er sich wohl gedacht hat.

Ohne Vorwarnung halte ich an, und Ben gibt einen überraschten Laut von sich, als ich seinen Arm von meiner Taille löse.

Ich starre ihn an, suche in seinem Gesicht nach Antworten, die ich nicht finde. Er sieht einfach nur lieb aus. Attraktiv, feinfühlig und fantastisch.

»Ist alles okay, Charlie?« Nun legt sich Besorgnis auf seine Züge. Einen Moment lang zögere ich, beschließe dann aber, nicht lange um den heißen Brei herumzureden, und platze mit dem heraus, was mir auf dem Herzen liegt.

»Es tut mir leid, Ben.«

Irritiert mustert er mich.

»Wovon sprichst du?«

»Na, ich meine, ich habe einfach so das Zimmer angenommen und gesagt, dass es in Ordnung ist, dass wir beide darin schlafen, und jetzt weiß ich nicht, ob das für dich okay ist, und deswegen wollte ich ...«

»Charlie.« Ben unterbricht mich, kommt einen Schritt näher, stellt unsere Taschen ab und fasst mich mit beiden Händen an den Schultern.

Plötzlich ist er mir so nah, dass ich bei seinen nächsten Worten den leichten Hauch seines Atems spüren kann, der über meine Haut streicht.

»Bitte mach dir darüber keine Gedanken«, sagt er ernst, und in seinem Ton liegt so viel deutliche Klarheit, dass ich überrumpelt nicke.

»Okay?«

Es klingt mehr nach einer Frage als einer Aussage, und Ben schüttelt mit einem amüsierten Funkeln in den Augen den Kopf.

»Vielleicht kannst du es dir nicht unbedingt vorstellen«, sagt er dann langsam und betont jedes Wort einzeln. »Aber es gibt durchaus Menschen, mit denen im Zimmer zu schlafen mir deutlich unangenehmer wäre, als es deine Gesellschaft ist.«

Okay, das war deutlich. Seine Worte treiben mir die Hitze in die Wangen.

»Aber wenn du plötzlich Zweifel bekommen haben solltest …« Er lässt seinen Satz offen, und obwohl es wie eine Frage klingen soll, sorgt das amüsierte Blitzen und das verhaltene Funkeln seiner Augen dafür, dass es verdammt noch mal eher wie ein Flirt klingt.

Nein ich bin nicht gerade das, was man die Königin des Flirtens nennt, aber das hier verstehe ich.

»Na dann ist ja gut.«

Erschrocken halte ich inne, als mir der neckische Unterton bewusst wird, den ich bei mir selbst noch nie wahrgenommen habe.

Einen Moment lang schweigen wir beide, und in der Luft liegt so viel Spannung, dass ich nicht weiß, wie ich damit umgehen soll. Als würde Ben es spüren, unterbricht er den Blickkontakt und greift nach meiner Hüfte.

Die Berührung seiner Finger ist nur federleicht, und ich starre ihn dennoch an wie ein Kaninchen die Schlange. Ich habe keine Ahnung, was er vorhat.

»Hab sie!«

Äh, was?

Es dauert einen Augenblick, bis ich begreife, was Ben gerade vor meiner Nase hin und her baumeln lässt. Eine der Schlüsselkarten zu unserem Zimmer, die gerade eben noch in der Tasche meiner Jeans gesteckt haben muss.

Fassungslos starre ich ihn an.

»Das ist jetzt nicht dein Ernst, oder?«

»Was meinst du?«, fragt er schelmisch, und ich schnappe ihm mit einem leisen Knurren meine Schlüsselkarte weg.

Ohne zu zögern halte ich die Karte vor den Sensor und warte, bis sich das Türschloss mit einem leisen Klicken öffnet und die in den Angeln zurückschwingende Tür den Blick auf ein Zimmer freigibt, das so schön ist, dass es mir den Atem raubt.

»Wahnsinn«, hauche ich, nachdem ich einen Schritt ins Zimmer gestolpert bin und mich mit großen Augen umsehe.

Der Raum ist ausladend und urgemütlich. Anscheinend hat die Rezeptionistin ihr Versprechen wahr gemacht und uns ein Upgrade auf eines der besseren Zimmer gewährt.

An den Wänden hängen wunderschöne große Landschaftsbilder, und unter dem größten davon steht ein Bett, das so riesig ist, dass vermutlich fünf Menschen gemütlich darin Platz finden würden. Moment. Ich zögere, und gleich darauf huschen meine Augen suchend durch den Raum.

»Es gibt nur ein Bett«, platze ich keine Sekunde später heraus und schnappe nach Luft. Wie doof kann man eigentlich sein? Das hat die Rezeptionistin doch mehr als deutlich gesagt.

»Was hast du gesagt?«

Ich höre Schritte hinter mir, und gleich darauf spüre ich die Wärme und Nähe von Bens Körper in meinem Rücken.

»Hast du gerade gesagt, dass es nur ein Bett gibt?«

Seine Stimme klingt heiser und so anzüglich, dass mir die Hitze in die Wangen steigt. Tief hole ich Luft und bemühe mich um einen klaren Ton.

»Sag bloß, du siehst hier noch eins?«

Ben lässt seine Augen nun ebenfalls durch den Raum wandern, bevor sein Blick wieder auf mir zu ruhen kommt.

»Nein«, gibt er zu.

Ich zucke die Achseln. »Siehst du.«

Nun tritt Ben an mir vorbei und dreht sich einmal um sich selbst.

»Das werden wir schon hinbekommen. Wir wussten ja, worauf wir uns einlassen«, verkündet er unbekümmert und grinst mich an. »Los, wir gehen jetzt was essen.«

Seine Fröhlichkeit, die ich sonst so sehr an ihm schätze, bereitet mir heute Bauchschmerzen. Es zeigt mir, wie gut er dazu in der Lage ist, unangenehme Dinge zu verdrängen.

Auch wenn ich seine unbeschwerte Art liebe, ist mir klar, dass es nicht gesund ist, nicht gesund sein kann, dass er sich jetzt – kurz vor dem Treffen mit seinem Vater – so unbeschwert gibt.

Aber ich bin nicht die Person, die das Recht dazu hätte, ihm das zu sagen, also lächle ich ihn an.

»Wohin wirst du mich ausführen, Benjamin Foster?«

Einen Moment lang zögert er, aber dann grinst er wieder ausgelassen.

»Ich habe ehrlich gesagt keine Ahnung«, gesteht er. »Aber weißt du was? Das ist egal. Ich habe vor, mit dir zusammen die Gegend zu erkunden und das beste Lokal von allen ausfindig zu machen.«

Kapitel 13

Charlie

»Das klingt nach einem großartigen Plan«, stelle ich fest, und Ben nickt zufrieden.

»Ich habe nur großartige Pläne.«

»Na, dann komm mal mit, Mr Riesen-Ego.«

Ich schnappe mir meine leichte Lederjacke und schlüpfe in bequeme Schuhe. Gemeinsam verlassen wir das hübsche Hotel, und ich hoffe sehr, dass wir in den nächsten Tagen noch die Möglichkeit haben werden, hier etwas Zeit miteinander zu verbringen.

Jetzt muss ich allerdings zugeben, dass mir mein Magen tatsächlich in den Kniekehlen hängt. Ich habe solchen Hunger. Weil das Hotel etwas außerhalb liegt, fahren wir mit dem Auto nach Hartford hinein, parken auf einem großen Parkplatz und schlendern dann nebeneinander durch die breiten Straßen.

Schon als kleines Kind habe ich die *Gilmore Girls* geliebt und regelmäßig mit meinen Eltern diese Gegend besucht. Außerdem finden hier regelmäßig Reitturniere statt. Hartford ist für mich also kein wirklich fremdes Pflaster, und dennoch fühlt es sich so an, als würde ich den Ort heute hier mit Ben zum ersten Mal sehen.

Große herrschaftliche Häuser wechseln sich mit niedlichen kleinen Läden ab. Hübsche Fassaden und große Gärten sorgen für einen schönes Stadtbild.

Das Einzige, was fehlt, sind Restaurants. Oder zumindest finden wir keine, die um diese Tageszeit geöffnet haben.

Die meisten von ihnen öffnen erst nach ihrer Mittagspause wieder die – Guess what – erst in zwei Stunden vorbei ist.

»Ich hab Hunger«, stöhne ich, und Ben grinst gespielt verzweifelt.

»Was mache ich nur mit dir?«

»Füttere mich«, flehe ich theatralisch, und an seinem Kinn zuckt ein Muskel.

»Ich habe hier noch einen Schokoriegel.« Mit dieser Feststellung zieht er tatsächlich einen Riegel meiner absoluten Lieblingsmarke hervor.

»Oh Ben, du bist der Beste.«

Er mustert mich amüsiert. »Du hast doch nicht wirklich gedacht, dass ich diesen Riegel mit dir teile. Ich wollte dir nur unter die Nase reiben, dass ich ihn habe.«

»Du bist ein grausamer Mensch.« Schmollend schiebe ich meine Unterlippe vor. »Ein Gentleman würde mir seinen Riegel überlassen.«

»Sag mir Bescheid, wenn du einen Gentleman in der Gegend triffst.« Ben lacht, und ich stoße ihm scherzhaft meinen Ellenbogen in die Seite.

»Wird schwierig. Ich sehe keinen weit und breit.«

Wir lachen uns an.

»Na gut, weil ich lieb bin teilen wir uns den Riegel«, lenkt er ein, und nach einem weiteren Augenblick des Schmollens stimme ihm mit einem strahlenden Lächeln zu.

Ben reißt die Schutzfolie des Riegels auf und hält ihn mir entgegen. Im selben Moment öffne ich den Mund, und Ben schnappt nach Luft.

Ben

Das tut sie gerade nicht.

Mein Atem stockt. Ich starre auf ihre geöffneten Lippen, die sich begehrlich meinen Fingern nähern und … Scheiße, der Gedanke, dass ihre Lippen meine Finger berühren, ist so …

»Du kannst ihn haben.«

Hastig reiche ich ihr den Riegel und mache einen Schritt zurück, als könnte ich mich an ihrer Gegenwart verbrennen. Und so fühlt es sich auch an. Charlie reißt die Augen auf. Ich kann Irritation in ihrem Blick erkennen.

»Danke schön.« Sie seufzt genüsslich und beißt herzhaft in den Riegel.

Sofort geht es mir besser. Oder auch nicht … Je nachdem, wie man es betrachtet.

Jedenfalls bin ich in dieser Sekunde weniger gefährdet, ihr im nächsten Moment die Klamotten vom Leib zu reißen. Wenn auch nur minimal weniger, denn allein ihre Anwesenheit scheint mein Gehirn komplett zu vernebeln.

Schnell richte ich meinen Blick wieder auf die Straße und gehe weiter, während Charlie neben mir genüsslich kaut. Plötzlich bleibe ich abrupt stehen.

»Schau mal da«, rufe ich und deute mit dem Finger auf meine Entdeckung.

Charlie

Mein Blick folgt der Richtung, in die Bens Finger zeigt. Im nächsten Augenblick klappt mir die Kinnlade herunter.

Lara's Diner leuchtet es mir in roten Neonschriftzeichen von einem der gegenüberliegenden Häuser entgegen.

Unter dem Schild befindet sich ein großes Glasfenster, hinter dem ich eindeutig freie Tische und Stühle entdecke.

»Essen«, platze ich verzückt heraus, und Ben nickt lachend.

»Es sieht ganz so aus, als hätten wir Glück«, stellt er fest, und ich führe vor Freude ein kleines Tänzchen auf.

»Ich kriege was zu essen«, singe ich vor mich hin, und Ben lacht. Anders als vorhin kommt mir seine gute Laune nun nicht mehr gespielt vor, sondern so, als hätte er den Besuch, den er später machen muss, wirklich vergessen.

Und ich werde den Teufel tun und ihn wieder daran erinnern. Stattdessen greife ich impulsiv nach seiner Hand und ziehe ihn über die Straße hinter mir her direkt zur Tür des kleinen Diners.

Drinnen stelle ich allerdings fest, dass das Diner gar nicht so klein ist. Nein, es ist sogar deutlich größer, als ich erwartet hatte, dafür aber typisch amerikanisch eingerichtet.

Genauso wie man es aus den Filmen und Serien kennt. In der Ecke steht sogar eine stilechte Jukebox, und hinter der Theke wartet eine behäbig wirkende Frau Ende fünfzig mit einer Schürze um die üppige Mitte und einem so freundlichen und herzlichen Lächeln im Gesicht, dass ich mich sofort pudelwohl fühle.

»Ach, wie schön, neue Gesichter«, ruft sie und winkt uns freundlich zu sich heran.

»Oh«, meint sie dann mit einem besorgten Blick auf mich. »An dir ist ja gar nichts dran, Kindchen. Du solltest dringend etwas essen.«

Obwohl ich das mit dem »gar nichts dran« ein bisschen anders sehe als sie, stimme ich ihr, was das Zweite angeht, definitiv zu.

»Ich habe solchen Hunger« gebe ich zu.

»Dann bist du bei *Lara's* genau richtig«, verspricht sie und nickt so heftig, dass die kleinen Falten an ihrem Kinn bedrohlich zittern. »Wir haben das beste Essen in ganz Hartford.«

Just in diesem Moment öffnet sich die Tür zur Küche, und mir kommt ein Geruch entgegen, der so köstlich ist, dass ich wirklich geneigt bin, ihr auf der Stelle zu glauben.

»Wohin wollen wir uns setzen?«, unterbricht Ben unsere kleine Unterhaltung, und ich deute ohne zu zögern auf den Tresen.

»Ich möchte direkt am Tresen sitzen«, erkläre ich, und Ben rutscht neben mir auf einen der Hocker.

»Was wollt ihr denn essen?«, erkundigt Lara sich und schiebt uns zwei Speisekarten über den Tresen zu.

Ich schlage meine allerdings gar nicht erst auf, weil ich ganz genau weiß, was ich bestellen möchte. Ich habe es schon auf dem großen Schild hinter der Theke entdeckt.

»Kriege ich bitte einmal die Süßkartoffelpommes mit den drei Dips?« Ich lächele Lara strahlend an. »Außerdem hätte ich gerne Ihren besten Milkshake und eine große Portion Blueberry Pancakes.«

»Aber selbstverständlich, Liebes«, nickt Lara und wendet sich an Ben, dem während meiner Bestellung die Kinnlade heruntergefallen ist.

»Warum zur Hölle wiegst du keine Tonne?«, platzt er heraus, nachdem Lara mit unseren Bestellungen in der Küche verschwunden ist. »Niemand sollte so viel essen können und dabei so schlank sein.«

Geschmeichelt lächele ich ihn an.

»Ich liebe meine Mutter für vieles, aber die Möglichkeit zu futtern und schlank zu bleiben, ist definitiv das Beste, was sie an mich weitergegeben hat.«

Ben lacht.

»Ich kenne deine Mom zwar nicht, aber ich könnte mir vorstellen, dass sie von einer solchen Aussage nicht unbedingt begeistert wäre.«

»Schon möglich«, gebe ich ungerührt zurück und spüre beim Gedanken an Bens Mutter einen leisen Stich. Aber bevor die Stimmung kippen kann, öffnet sich die Tür zur Küche wieder und Lara kommt strahlend an den Tresen, wo sie nach zwei überdimensional großen Gläsern greift.

»Werden das unsere Milkshakes?«, erkundige ich mich hoffnungsvoll, und Lara nickt schmunzelnd.

»Allerdings, Liebes. Du wirst begeistert sein.«

Das glaube ich ihr in der Tat sofort und beobachte mit immer größer werdenden Augen, wie sie eine beinahe schon zähflüssige Masse in die Gläser gießt. Immer wieder gießt sie etwas Schokosoße dazu. Auf die gefüllten Gläser kommt eine große Portion Schlagsahne, ein – meine Augen werden sogar noch größer – Peanutbuttercup und Schokostreusel.

»Tadaaa!« Mit einem zufriedenen Funkeln in den Augen stellt Lara die Shakes vor uns ab.

»Wow!«, bringe ich fasziniert hervor. »Was ist das?«

»Unser bester Shake«, erklärt sie mit stolzgeschwellter Brust. »Peanutbutter-Schoko-Brownie-Fudge mit Sahne und einem echten Peanutbuttercup.«

Ich kann förmlich die Kalorien hören, die bei ihren Worten in triumphierendes Gelächter ausbrechen, aber gleichzeitig singt mein Kopf einfach nur wie die Möwen aus *Findet Nemo Meins, Meins, Meins!*

»Alter!«, bringt Ben ähnlich beeindruckt wie ich hervor. »Das ist –«

»Wahnsinn!«, falle ich ihm ins Wort und strahle Lara an. »Sie sind klasse.«

»Ach ...«

Einen Augenblick lang wirkt es, als wolle sie mich fest in ihre Arme schließen, aber dann belässt sie es bei einem mütterlich wirkenden Lächeln und einem in die Küche gebrüllten Befehl, sich gefälligst mit unserem Essen zu beeilen.

Während aus der Küche weiter köstliche Gerüche zu uns herüberdringen, sehe ich Ben auffordernd an.

»Ich bin so neugierig auf den Shake. Also probieren wir auf drei, okay?«

Schmunzelnd stimmt er mir zu und beginnt sofort zu zählen.

»Drei«

»Zwei«, mache ich weiter.

»Eins«

»Los!«, rufen wir beide wie aus einem Mund und nehmen jeweils einen tiefen Schluck aus unseren Strohhalmen.

Shit, ist der gut. Ich habe keine Ahnung, ob Geschmacksnerven wirklich explodieren können, aber in diesem Augenblick fühlt es sich exakt so an.

»Mhhhhhhh«, mache ich und schließe genießerisch die Augen. Ben gibt ebenfalls Geräusche von sich, die darauf hindeuten, dass er mit seinem Shake genauso zufrieden ist wie ich.

»Was hab ich euch gesagt?«, ruft in diesem Moment Lara und reißt mein zuckervernebeltes Hirn aus seinen Träumen voller Schokolade, Sahne und Erdnussbutter. »Ist das der beste Shake im Umkreis von dreihundert Meilen, oder was?«

»Tausend Meilen«, murmle ich und nehme einen weiteren tiefen Zug. »Ich möchte bitte in so einem Shake begraben werden.«

Ben prustet vor Lachen, und auch Lara ist ganz offensichtlich amüsiert. Aber das ist mir ehrlich gesagt so was von egal, und ich genieße einfach nur mein eiskaltes Getränk, bis Lara zwei dampfende Teller vor uns abstellt.

»Deine Pancakes kommen auch gleich«, verspricht sie mir, aber ich habe gerade nur Augen für das metallene Gestell, das drei verschiedene Dip-Soßen um ein großes Behältnis mit knusprigen Pommes herum platziert und den staunenden Bewunderer einfach nur zum Naschen einlädt.

Ein Blick auf Ben zeigt mir, dass er offensichtlich ähnlich viel Hunger hat wie ich. Wie paralysiert starrt er auf einen Burger, neben dem eine große Portion Pommes liegt.

»Guten Appetit«, wünsche ich ihm und angele mir das erste Stück frittierter Kartoffel.

»Gleichfalls«, brummt Ben und beißt herzhaft in seinen Burger.

Die Pommes sind großartig. Die Würze der Dips verbindet sich harmonisch mit der minimalen Süße der Kartoffel und entlockt mir immer wieder Laute des Genusses.

»Ist dein Burger auch so lecker?«, wende ich mich an Ben, als mein Magen nicht mehr im Sekundentakt Nachschub fordert.

Er macht eine eindeutig bestätigende Geste. »Es ist großartig. Wer hat sich diese fantastischen Rezepte nur ausgedacht?«

»Das war ich.«

Lara hat ganz offensichtlich beinahe Herzchen in den Augen, und ich unterdrücke mühsam ein Prusten.

Da wurde wohl jemand von Amors Pfeil getroffen. Lara hat jetzt ganz offiziell ihr Herz an Ben verloren. Und ganz ehrlich, ich kann sie verstehen.

Eigentlich sollte ich langsam aufhören, bei diesem Gedanken zu erschrecken. Immerhin ist es mehr als offensichtlich, dass ich mehr für Ben empfinde als Freundschaft.

Seit dem letzten Mal weigere ich mich, das Wort *Liebe* in meinen Kopf zu lassen, auch wenn es immer wieder ganz leise an die Hintertür meines Verstandes klopft.

Nachdem wir unsere Portionen verputzt haben sowie die wahrscheinlich besten Pancakes, die die Welt jemals gesehen hat, verabschieden wir uns ungefähr so herzlich von Lara, wie ich es bei den letzten Treffen mit meiner eigenen Großmutter getan habe.

»Hierhin will ich noch mal«, sage ich kaum, dass wir das Diner verlassen haben und das kleine Glöckchen an der Tür ihr Schließen verkündet hat.

Ben zögert einen Moment.

»Weißt du, vielleicht ist es jetzt billig, das gerade jetzt zu fragen«, beginnt er, und sein Tonfall klingt betont locker.

Ich hake nach.

»Was willst du mich fragen?« Dabei sehe ich ihm direkt in die Augen. Was immer es ist, ich will, dass ihm klar ist, dass er mit allem zu mir kommen kann.

»Würdest du gern mein Date sein?«

Es dauert einige Sekunden, bis seine Worte die Windungen meines Gehirns durchlaufen haben und mir ihre Bedeutung in vollem Ausmaß bewusst wird.

»Dein Date?«, echoe ich fassungslos.

Bens Augen werden ein Stück größer. Dann schlägt er sich mit der Hand vor die Stirn. »Ich bin doch wirklich ein Esel.«

Trotz der absurden Situationen muss ich schmunzeln.

»Ich meine natürlich, ob du mein Date zu Jessys und Alex' Hochzeit sein möchtest«, erklärt Ben, und ein Hauch von Röte stiehlt sich auf seine Wangen. »Es tut mir leid, dass ich dich so ungeschickt gefragt habe.«

Ohne dass ich es will, zucken meine Mundwinkel, und ein Lächeln macht sich auf meinem Gesicht breit, dass ich mir gar nicht erst Mühe gebe, es zu verstecken.

»Ja, Ben.« Ich sehe ihn offen an. »Ich wäre sehr gern dein Date.«

Nun spiegelt sein Gesicht meins, und wir strahlen einander an, bis Ben sich ganz plötzlich vorbeugt und mir einen zarten Kuss auf die Lippen haucht.

»Ich freue mich sehr«, murmelt er und macht sofort wieder einen Schritt zurück, als wäre er sich nicht sicher, ob er eine Grenze überschritten hat.

Weil ich aber finde, dass wir diese Grenze schon längst überschritten haben, folge ich seiner Bewegung und schmiege meinen Kopf unter sein Kinn. Und so stehen wir plötzlich da, mitten in Hartford vor einem gemütlichen Diner und halten uns einfach nur in den Armen.

Der Moment ist so spontan und gleichzeitig so unglaublich perfekt, dass ich mir wünsche, er würde nie vergehen. Viel zu schnell löst Ben seine Arme von mir, drückt mir einen kleinen Kuss auf die Stirn und lächelt liebevoll.

»So gerne ich jetzt auch genau hier weitermachen würde ...«, beginnt er, und ich vollende seinen Satz mit einem kleinen, beinahe unhörbaren Seufzen in der Stimme.

»... musst du jetzt los, stimmt's?«

Er nickt langsam und bedauernd.

»Ja, aber ich denke, es wird nicht zu lange dauern.«

Er wirft einen Blick auf die Uhr an seinem Handgelenk. »Ich fahre dich auf jeden Fall vorher noch zurück zum *Mayflower Inn.*«

»Nein, Quatsch«, widerspreche ich und mache eine abwehrende Geste mit der Hand. »Bring mich einfach zur nächsten Buchhandlung und hol mich danach wieder ab.«

Als ich sein offensichtliches Zögern bemerke, bekräftige ich meine Bitte.

»Ben, ich habe schon viel zu lange kein neues Buch mehr gekauft und noch viel länger nicht mehr einfach ohne Hektik und Eile in einer Buchhandlung herumgestöbert. Bitte.«

Ich beobachte, wie die Luft langsam aus seiner Brust entweicht.

»Wenn das für dich wirklich okay ist –«

»Natürlich ist es okay für mich. Glaubst du wirklich, ich würde es nicht sagen, wenn ich damit ein Problem hätte?«

Er stutzt und grinst.

»Da hast du allerdings recht. Eins zu null für Charlie.«

Ich erwidere sein Grinsen, greife nach seiner Hand, und wir schlendern langsam in Richtung Auto, während Ben in seinem Handy nach einer Buchhandlung sucht.

»Hier um die Ecke muss eine sein«, meint er plötzlich und bleibt abrupt stehen.

»Na, dann lass sie uns doch gleich anschauen«, schlage ich vor, und wir biegen in die Seitengasse ab, in die Bens Handy uns lotst. Gleich darauf keuche ich entzückt auf.

Diesen Laden kenne ich! Wobei das Original eigentlich in New York steht und noch viel eigentlicher nur in meinem Lieblingsfilm existiert.

T*he shop around the corner*, steht in verschnörkelten Buchstaben, die mir so unglaublich vertraut sind, auf dem Schild über dem Laden.

»Weißt du, was das ist?« Meine Stimme überschlägt sich fast, und Ben mustert mich irritiert.

»Eine Buchhandlung«, sagt er, als sei er sich nicht sicher, ob bei mir im Oberstübchen alles in Ordnung ist.

Ich verdrehe die Augen. »Kein Shit, Sherlock?«, kommentiere ich trocken, und er kneift die Augen leicht zusammen.

»Du bist ganz schön frech«, murmelt er kopfschüttelnd. »Aber jetzt sag doch mal, was es mit diesem Laden auf sich hat, dass er dich dermaßen aus den Socken haut.«

»Du kennst wirklich *E-Mail für dich* nicht?«

»Hä?«

Ich bin fassungslos.

»Den Film mit Tom Hanks und Meg Ryan?!«, betone ich und reiße den Mund auf, als immer noch keine »Ahs« und »Ohs« folgen.

»Du hast eine außergewöhnlich gefährliche Bildungslücke, mein Freund«, erkläre ich streng und stemme meine

Hände in die Hüften. »Ich verordne uns morgen Abend eine Runde *Shopgirl* und *NY152.*«

Nun sieht Ben ernsthaft besorgt aus.

»Geht es dir gut? Kann ich dich hier wirklich alleinlassen?«, fragt er, und ich stoße ihn lachend von mir.

»Hau ab, du Spinner«, rufe ich und zwinkere ihm zu. »Morgen wirst du verstehen, was ich gerade zu dir gesagt habe, versprochen.«

Er murmelt etwas, das wie »Ich bin nicht sicher, ob ich das will«, klingt, und ich strecke ihm kurz die Zunge heraus. »Du hast zu wollen«, erkläre ich, und er hebt gespielt dramatisch die Hände.

»Du bist so herrisch.«

»Gib's zu, du stehst drauf.«

Im selben Moment bleiben wir beide stehen, als wären wir zu Salzsäulen erstarrt.

»Äh, ja«, murmele ich schließlich verlegen und lasse mir meine rote Mähne über das Gesicht fallen. »Hol mich doch einfach ab, wenn du fertig bist.«

Ben scheint regelrecht erleichtert, dass er nicht auf meinen Spruch von eben eingehen muss, und nickt hastig.

»Ich schreib dir, wenn ich dort losfahre.«

Mit diesen Worten verschwindet er in Richtung Auto, und ich bleibe noch einen Moment lang völlig verdattert stehen. Dann fahre ich mir einmal mit der Hand durch meine langen Haare, bevor ich sie zu einem hohen Pferdeschwanz zusammennehme und mir schlussendlich sogar einen zotteligen Knoten am Hinterkopf drehe.

Was ist denn nur los mit mir? Ich hatte noch nie einen Freund, und plötzlich meint mein Gehirn, es sei Profi und das hier die Weltmeisterschaft im Flirten.

»Oh Mann«, murmle ich, bevor ich die Tür zu dem kleinen Laden aufdrücke und drinnen ein überraschtes Keuchen nicht unterdrücken kann. Der Laden ist nicht nur von außen dem gleichnamigen Geschäft aus meinem Lieblingsfilm nachempfunden, sondern auch innen. Sogar die blonde Verkäuferin mit den kurzen glatten Haaren hat entfernte Ähnlichkeit mit Kathleen Kelly, der Ladeninhaberin, die im Film von Meg Ryan gespielt wird.

»Entschuldigen Sie«, spreche ich sie vorsichtig an und ernte ein Tausend-Watt-Lächeln.

»Lass mich raten.« Sie spricht mich ganz vertraulich an, als würden wir uns ewig kennen. »Du willst wissen, was es mit *The shop around the corner* auf sich hat, richtig?«

»Richtig.« Ich nicke bestätigend und lehne mich interessiert an den Verkaufstisch.

Kapitel 14

Ben

State of Connecticut. Department of Correction. Hartford Correctional Center.

Meine Hände krampfen sich um das Lenkrad, und ich starre auf die weißen Buchstaben auf dunkelblauem Grund. Das große und unnahbare Gebäude, das wirklich wie ein Gefängnis aussieht, macht mir auch nach den vielen Malen, die ich schon zu Besuchen hier war, immer noch Angst.

Der Anblick der hohen Mauern und des Hochsicherheitsdrahtes darauf jagt mir Schauer über den Rücken. Ich will da nicht reingehen. Es ist das erste Mal, dass ich seit vielen Jahren einen Besuch in Hartford genieße. Bis jetzt jedenfalls, denn ich weiß, dass der Besuch bei meinem eigentlichen Ziel nicht schön werden wird.

Aber Charlie wartet auf dich, wispert eine Stimme in meinem Kopf. *Dieses Mal bist du nicht allein.*

Das stimmt allerdings. Bis auf Autumn hat mich noch nie jemand auf diese speziellen Besuche begleitet. Ich muss ehrlicherweise zugeben, dass Georgie es mehr als einmal angeboten hat, aber ich hätte niemals jemanden außer meiner Tante an diesen Ort mitgenommen. Bis jetzt. Charlie hat etwas mit meinem Herzen angestellt, das meine mühsam errichteten Mauern nahezu ohne Gegenwehr eingerissen hat, und es macht mir Angst. Angst davor, dass mein Herz nun offen und schutzlos in den Händen dieses rothaarigen Wirbelwinds liegt.

Aber jetzt gerade ist das eigentlich nicht mein größtes Problem. Und weil ich ein Problem nach dem anderen angehen muss, steige ich nun zähneknirschend aus dem Wagen.

Mit unangenehm weichen Knien nähere ich mich dem Eingang. Wie immer werde ich sofort nach dem Eintreten durchsucht und muss mich ausweisen.

An dieses Prozedere habe ich mich inzwischen schon so gewöhnt, dass es mir in Fleisch und Blut übergegangen ist.

Dann werde ich in einen großen fensterlosen Raum geführt, den eine Glasscheibe in zwei Hälften trennt. Wie immer, wenn ich mich an diesem Ort befinde, wird mir eiskalt. Es ist eine Umgebung, die einem jede Lebensenergie zu rauben scheint, und einen Augenblick lang frage ich mich, ob das der Grund dafür war, dass ... mein Dad sich etwas antun wollte.

»Er wird gleich hier sein«, sagt die Polizistin, die mich begleitet, und ich nicke ihr dankbar zu, während meine Hände sich ineinander verkrampfen.

Im nächsten Moment öffnet sich auf der anderen Seite der Glasscheibe eine Tür, und ich schnappe nach Luft, als ein Polizist eine gebeugte Gestalt ins Zimmer schiebt und zu dem Stuhl dirigiert, der mir direkt gegenübersteht.

Der Anblick meines Dads ist wieder einmal ein Schock.

In diesem ausgemergelten und trüb vor sich hinstarrenden Mann meinen Vater zu erkennen, zu dem ich früher aufgeschaut habe, ist nahezu unmöglich.

Mein Vater mit den breiten Schultern, dem strahlenden Lächeln und der wunderschönen Gesangsstimme ... nichts erinnert mehr an ihn.

Ein Kloß schnürt mir die Kehle zu, als ich vorsichtig einen Schritt auf die Glasscheibe zu mache und mich auf den Stuhl sinken lasse.

»Hey, Pops.« Ich spreche langsam und versuche verzweifelt, meiner Stimme einen möglichst festen Klang zu geben. Wann habe ich ihn das letzte Mal mit diesem liebevollen Spitznamen angesprochen? Es muss Jahre her sein.

Langsam, beinahe so als wäre er nicht sicher, ob er wirklich etwas gehört hätte, hebt er den Kopf, und ich keuche erschrocken auf.

Seine Augen sind blutunterlaufen, und der Ausdruck darin ist so leer, als hätte ich einen lebenden Toten vor mir. Mein Blick wandert weiter bis hin zu den Händen, die in Handschellen gefesselt vor ihm auf dem Tisch liegen.

Jetzt bemerke ich auch die dicken Verbände, die um seine Handgelenke gewickelt sind. Ich weiß, dass ich nicht einfach so damit herausplatzen sollte, aber ich deute auf die Mullbinden.

»Warum hast du das getan?«

Auf meine Frage folgt keinerlei Reaktion. Er scheint durch mich hindurchzusehen. Ich bin mir nicht einmal sicher, ob er tatsächlich wahrgenommen hat, dass ich da bin, geschweige denn in der Lage ist, mit mir zu sprechen.

Hilflos sehe ich die Polizistin an.

»Hört er mich?«

»Mr Foster«, sagt sie ernst und sieht meinen Vater streng an. »Ihr Sohn ist da, das wissen Sie doch.«

Wie immer, wenn ich im Gefängnis bei meinem Vater bin, ärgert mich die Art, wie man hier mit ihm umgeht.

»Dad. Ich bin's, Ben.« Er zeigt keine Reaktion, und es macht mich fertig.

Auch wenn es in meinem Leben Tage gibt, an denen ich ihn hasse und an denen ich selbst manchmal den erschreckenden Impuls verspüre, ihn zu töten, kann ich es kaum ertragen.

Ich ärgere mich maßlos, wie unnahbar man sich ihm gegenüber verhält.

»Sind die Wunden so schlecht verheilt, dass er den Verband noch tragen muss?«

Meine Stimme klingt gepresst, und meine Augen brennen durch die ungeweinten Tränen, die sich dahinter sammeln.

Als sich die Polizisten an mich wendet, legt sich ein leicht mitleidiger Ausdruck auf ihr Gesicht.

»Ihr Vater neigt zu selbstzerstörerischem Verhalten«, erklärt sie, und ich sehe ihr an, mit wie viel Bedacht sie ihre Worte wählt.

»Was bedeutet das?« Bringe ich mühsam hervor und starre weiter wie gebannt auf die Verbände meines Vaters, der noch immer nicht reagiert. Es macht mich wahnsinnig, über seinen Kopf hinweg mit der Wärterin zu kommunizieren, aber ich sehe gerade keine andere Chance.

»Es soll bedeuten, dass er sich nach dem fehlgeschlagenen Suizid nicht die Möglichkeit gegeben hat zu heilen.«

Die Stimme der Polizistin klingt nun so emotionslos, dass ich am liebsten in ihr breites, stoisches Gesicht schlagen würde.

»Wie ist das möglich? Passen Sie denn hier gar nicht auf ihn auf?«

Meine Stimme wird laut und die Verzweiflung bringt sie zum Beben.

»Mr Foster!« Nun klingt die Frau etwas ungeduldig. »Wir sind hier in einem Gefängnis und nicht in einer Rehabilitationsklinik.«

»Wem sagen sie das«, höhne ich schnaubend und wischte mir über die Augen, weil doch eine der ungebetenen Tränen über meine Wange wollt.

»Dad!« Meine Stimme wird lauter, und ich versuche verzweifelt, zu ihm durchzudringen. Ohne Erfolg. Ich weiß nicht einmal, ob er mich überhaupt hört. Sein Kopf bleibt gesenkt, und Tränen schießen mir in die Augen, während sich mein Herz schmerzhaft zusammenkrampft. Das ist wirklich mehr, als ich ertragen kann.

»Könnten Sie denn nicht etwas besser auf ihn aufpassen?«, flehe ich gleich darauf, denn ich weiß selbst, dass es die Dinge nicht besser machen wird, der Polizistin weiter in irgendeiner Form Vorwürfe zu machen.

»Das Beste für Ihren Vater wird sein, wenn Sie ihn regelmäßig besuchen«, stellt sie nüchtern fest und treibt mir damit eine Messerklinge scharf in die Brust. Das schlechte Gewissen überrollt mich, und ich schnappe kurzzeitig nach Luft.

Er ist mein Vater, und auf eine verstörende Weise liebe ich ihn, auch wenn ich ihn die meiste Zeit meines Lebens eigentlich nur hasse. Es ist, als würde ich den Vater vermissen, an den ich mich kaum noch, höchstens unscharf, erinnern kann. Der nur manchmal aus meiner Erinnerung hervorlugt und mich dann daran denken lässt, was ich verloren habe.

»Das werde ich«, flüstere ich mit tränenerstickter Stimme und lege aus einem drängenden Impuls heraus meine Hand an die Glasscheibe, die mich von meinem Vater trennt. Es ist ein letzter Versuch. Eine letzte Chance, zu ihm durchzudringen. Aber ich nutze sie.

»Dad, ich liebe dich.« Es fühlt sich merkwürdig an, die Worte nach so langer Zeit wieder zu formen. Und dennoch ist es keine Lüge. In diesem Moment empfinde ich keinen Groll, sondern nur herzzerreißendes Mitleid für diesen Menschen, dem ich mein Leben zu verdanken habe. Sekunden verstreichen. Ich gebe die Hoffnung bereits auf, als es passiert.

Als hätte jemand am Seil einer Puppe gezogen, hebt Dad den Kopf, und es scheint mir, als wären seine Augen etwas wacher. Seine Lippen bewegen sich, aber es kommt kein Ton hervor. Stattdessen höre ich das leise Klirren der Handschellen und beobachte sprachlos, wie auch er seine Hand hebt. Auf der anderen Seite der Glasscheibe legt er sie direkt an meine.

»Ich komme bald wieder«, sage ich leise und löse dann meine Hand von dem kalten Glas. Ein handförmiger Abdruck bleibt darauf zurück.

Kaum habe ich den Besucherraum verlassen, als ich mich auch schon an der Wand abstützen muss. Tränen laufen mir über die Wangen, und es dauert eine Weile, bis ich mich wieder gefangen habe. Gleichzeitig fühlt es sich aber auch so an, als hätten diese Tränen und dieser Besuch einen kleinen Teil meiner Seele reingewaschen. Natürlich gibt es noch so viel Unausgesprochenes. So vieles, was ich in meinem Monolog nicht klären konnte. Aber es war ein wichtiger erster Schritt. Ich habe die Liebe, für die ich mich über die Jahre hinweg immer wieder verurteilt habe, einen kurzen Moment lang zugelassen. Ein weiter Weg liegt vor mir. Ich weiß noch nicht, wie ich ihn gehen soll und ob ich das überhaupt kann. Aber das muss ich auch nicht. Ich muss den nächsten Schritt nicht kennen. Ich muss nur bereit sein, ihn zu gehen, wenn es an der Zeit ist.

Als sich die Türen des Gefängnisses hinter mir schließen, fühlt es sich jedenfalls an, als würde eine riesige Last von meinen Schultern genommen.

Als könnte ich plötzlich freier ausschreiten und als würde mir auch das Atmen leichter fallen. Ich habe meinen Vater oft besucht in den vergangenen Jahren, aber dieser Besuch heute hat mehr an meinen Nerven gezerrt, als alles, woran ich mich bisher erinnern kann.

Und dennoch war es der wohl effektivste Besuch überhaupt.

Ich atme einmal tief durch. Ich will zu Charlie. Schnell ziehe ich mein Handy aus der Tasche und tippe eine Nachricht an sie.

Ben: Ich fahre jetzt los. Bin in 10 Minuten da.

Charlie: Ok!

Als ich kurz darauf vor *The shop around the Corner* stehe, ist von Charlie noch keine Spur zu sehen. Ich schreibe ihr noch eine Nachricht, dass ich nun da bin, aber als auch darauf keine Reaktion folgt, beschließe ich, den Laden zu betreten.

Charlie

Das Glöckchen über der Tür reißt mich und meine neue Bekannte Stephanie aus unserer angeregten Unterhaltung.

Nachdem sie sich mir als Inhaberin vorgestellt und erklärt hat, dass sie sich vor drei Jahren den Traum einer eigenen, kleinen Buchhandlung, die der aus ihrem Lieblingsfilm nachempfunden ist, erfüllt hat, habe ich eine ganze Weile mit Herumstöbern verbracht, mich tatsächlich für einige Printexemplare entschieden, nur um beim

Bezahlen an der Kasse in eine heftige Diskussion mit ihr zu verfallen.

»Jane Austen schreibt doch selbst, dass Henry Crawford kein wirklich schlechter Kerl ist!«, explodiere ich beinahe und bekräftige meine Aussage, indem ich wild gestikuliere.

»Aber Edmund war der einzige Richtige für Fanny«, ruft Stephanie mindestens genauso emotional involviert wie ich.

»Blödsinn!«

»Ähm, Entschuldigung?«

Eine Stimme, die gleichzeitig belustigt aber auch etwas irritiert klingt, unterbricht unsere hitzige Debatte. Ich fahre herum und sehe mich Aug in Aug Ben gegenüber.

»Ich will ja nicht stören, die Damen«, sagt er, und seine Lippen kräuseln sich amüsiert. »Aber sollte ich vielleicht dazwischengehen, bevor sich jemand prügelt?«

»Gib's doch zu«, necke ich ihn, noch bevor ich genauer über meine nächsten Worte nachdenken kann. Beinahe so, als würde zwischen meinem Hirn und meinem Mund etwas fehlen – ein Filter vielleicht? – kommen sie einfach so herausgepurzelt. »Du wartest doch nur darauf, dass wir uns die Kleider vom Leib reißen und im Bikini eine Runde Schlammcatchen veranstalten.«

Einen Augenblick lang herrscht völlige Stille im Raum. Stephanie und Ben starren mich sprachlos an. Schließlich bricht Ben in schallendes Gelächter aus. Es ist so ansteckend, dass auch Stephanie zu Kichern beginnt.

»Deine Freundin ist unglaublich«, prustet sie in Richtung Ben. »Und sie hat keine Ahnung, wenn es um *Mansfield Park* geht.«

Ich schnaube empört, aber Ben kommt mir mit seiner Antwort zuvor.

»Was den ersten Teil deiner Aussage betrifft«, kommentiert er trocken, »kann ich dir nur zustimmen. Und was den zweiten Teil angeht, habe ich nicht die geringste Ahnung, was *Mansfield Park* ist.«

Ich bin sprachlos, und das liegt nicht an Bens mangelnder Jane-Austen-Kenntnis, sondern vielmehr daran, dass er nicht widersprochen hat, als Stephanie mich seine *Freundin* genannt hat. Warum hat er das nicht richtiggestellt?

Eine kleine hoffnungsvolle Stimme in mir flüstert, dass Ben uns vielleicht genauso sieht oder sich zumindest wünscht, dass es so wäre.

Schnell reiße ich mich zusammen, nehme die drei Bücher, die ich mir gekauft habe, von der Theke und lächle Stephanie an.

»Auch wenn *du* diejenige bist, die keine Ahnung von Jane Austen hat, war es echt cool, mit dir zu reden.«

»Dito.« Sie schmunzelt, und damit verabschieden wir uns. Als wir den Laden verlassen, legt Ben ganz selbstverständlich seinen Arm um meine Taille, und ich lasse meinen Kopf an seine Schulter sinken. Dann allerdings fällt mir siedend heiß ein, woher er gerade kommt, und ich würde mir am liebsten den Bücherstapel vor die Stirn klatschen.

»Wie war dein Besuch?«, frage ich leise und wende ihm mein Gesicht zu. Jetzt erst fällt mir auf, wie blass er ist, und mein schlechtes Gewissen verstärkt sich.

»Das würde ich dir lieber später erzählen«, sagt er leise, und ich nicke sofort.

»Natürlich, wann immer du reden willst, bin ich für dich da«, verspreche ich, und Ben lächelt mich so dankbar an, dass mir ganz warm ums Herz wird.

»Das weiß ich«, sagt er.

»Was weißt du?«, frage ich nach, unsicher, was genau er gerade meint.

»Ich weiß, dass du immer da bist, wenn ich dich brauche«, sagt er und streicht bei seinen Worten sanft über einen Streifen nackter Haut an meiner Hüfte. »Und ganz ehrlich, Charlie? Es macht mir verdammt viel Angst.«

Ich bleibe abrupt stehen, und wende mich ihm zu.

»Was macht dir Angst?«

Bens Augen ruhen voller Zuneigung auf mir. Gleichzeitig erkenne ich aber auch ein ängstliches Flackern in ihnen.

»Es macht mir Angst, wie gern ich dich habe. Wie nah wir uns nach dieser kurzen Zeit schon sind und dass ich dir so sehr vertraue, obwohl wir uns kaum kennen.«

Seine Stimme klingt locker, aber in seinen Augen lese ich neben der Angst eine grenzenlose Verletzlichkeit, die mir beinahe das Herz bricht.

»Ich vertraue dir auch, Ben«, murmle ich und strecke meine Hand aus, um sie an seine Wange zu legen. Durch den leichten Bartschatten fühlt sich seine Haut kratzig an, und ich genieße die Berührung so sehr, dass ich die Augen schließe.

Beinahe erwarte ich, dass Ben mich jetzt küsst, der Augenblick scheint perfekt dafür zu sein, aber als ich die Augen wieder öffne, sieht er mich beinahe gequält an.

»Was ist?« Erschrocken will ich meine Hand zurückziehen, als Ben blitzschnell seine darüber legt und mir direkt in die Augen sieht.

»Versteh mich nicht falsch, Charlie!« Er klingt flehend. »Diese Worte von dir zu hören, ist wunderschön, und trotzdem bekomme ich dadurch eine absolute Scheißangst.«

»Aber wovor hast du denn Angst?«

Langsam fühle ich mich wie ein Papagei, der wieder und wieder nachplappert, aber es ist mir egal. Ich will verstehen, was in Ben vorgeht. Ich will den Mann, an den ich mein Herz mehr und mehr verliere, verstehen lernen.

»Jemanden so nah an sich heranzulassen.«

Seine Antwort ist so leise, dass ich mir im ersten Moment nicht sicher bin, ob ich sie wirklich gehört habe, aber dann spricht er weiter. »Man macht sich so verletzlich, wenn man jemanden in sein Herz lässt.«

Die Angst in seiner Stimme ist nun nicht mehr zu überhören, und ich folge dem ersten Impuls meines Körpers. Ich lege die Bücher auf der Motorhaube von Bens Auto ab, mache einen Schritt auf ihn zu und schlinge meine Arme um seine Mitte.

Ich lege alles in diese Umarmung, was ich nicht in Worten ausdrücken kann. All das Mitleid, all die Zuneigung und Sehnsucht, die ich für Ben fühle, und ich bin überzeugt, dass er es spürt.

Sein Kopf ruht auf meinem Kinn, und ich bemerke voller Erleichterung, dass er sich in meinen Armen entspannt.

»Du bist der Wahnsinn«, flüstert er schließlich in mein Haar, und gleich darauf drückt er mir einen sanften Kuss auf die Stirn.

Noch einen Augenblick lang verharren wir in dieser Position, bevor ich fröstele. Ben bemerkt es sofort, löst sich von mir und mustert mich besorgt.

»Ist dir kalt?«

»Ein bisschen«, gebe ich zu, obwohl ich am liebsten noch ewig hier mit ihm stehen würde. Aber seinen nächsten Vorschlag finde ich zugegebenermaßen auch nicht schlecht.

»Wie wäre es, wenn wir zum Inn zurückfahren, eine Runde in den Pool hüpfen und uns dann einen gemütlichen Abend machen?«

»Das klingt großartig.« Ich nicke und greife nach dem Bücherstapel. »Bin ich froh, wenn die Abende bald wieder länger und wärmer werden.«

»Ich auch«, stimmt Ben mir aus vollem Herzen zu. »Und dann ist es auch gar nicht mehr lange bis zur Hochzeit.«

»Wieso heiraten die beiden eigentlich schon im Juni?«, erkundige ich mich neugierig. »Du hattest neulich erwähnt, dass die Hochzeit eigentlich für den Hochsommer geplant war.«

»Das stimmt«, erklärt Ben. »Aber es gab einen Fehler bei der Buchung für die Feier. Ihr ursprünglicher Termin war nicht mehr frei, und weil die beiden unbedingt im Inn heiraten wollen, haben sie sich dafür entschieden, den Stress in Kauf zu nehmen und die Hochzeit vorzuverlegen.«

»Ich kann sie verstehen«, sage ich und ziehe die Autotür zu. »Aber das Inn hat wirklich eine erschreckend hohe Fehlerquote für so einen noblen Laden.«

»Da sagst du was.« Ben steigt auf der Fahrerseite ein und wirft mir einen belustigten Seitenblick zu.

»Sollte ich den Brautstrauß auf der Hochzeit vor dir in Sicherheit bringen?«, ärgert er mich spaßhaft und erntet dafür einen bösen Blick.

»Du bist doof«, schmolle ich.

Er streichelt sanft über meinen Arm. »Das bin ich«, stimmt er mir zu und startet den Motor.

Kapitel 15

Ben

Zurück beim Inn gehen Charlie und ich erst einmal nach oben in unser Zimmer. Hier ist es angenehm warm, und ich beobachte lächelnd, wie sich Charlie mit einem zufriedenen Seufzen auf das riesige Bett fallen lässt. Einen winzigen Augenblick zögere ich, aber dann streife ich mir die Schuhe von den Füßen und lasse mich ebenfalls auf die weiche Matratze fallen.

»Ahhh, herrlich.« Ich seufze wohlig auf. »Das tut gut.«

»Willst du es mir jetzt erzählen?«, fragt Charlie in diesem Moment, und ich drehe mich so, dass ich auf der Seite liege und ihr direkt ins Gesicht sehen kann.

Eine rote Haarsträhne fällt ihr in die Stirn, und ihre Augen sind vor Erschöpfung ganz klein. Sie sieht so zerbrechlich aus, dass ein Außenstehender niemals erkennen könnte, wie stark diese junge Frau in Wirklichkeit ist.

Kurz denke ich an den Moment zurück, als ich mit ihr über meine Ängste gesprochen habe. Ihre Reaktion hat mich überwältigt. Sie hat mich getröstet, mir von ihrer Stärke abgegeben, und ich konnte genau spüren, dass sie in diesem Moment beinahe alles für mich getan hätte.

Diese Erkenntnis ist es, die mich endgültig dafür bereitmacht, mit ihr über alles zu sprechen. Über meinen Dad zu sprechen.

»Der Besuch war –«

Ich stocke, ringe nach Worten und spüre im nächsten Moment, wie Charlie meine Hand in ihre nimmt.

»Wie geht es ihm?«, flüstert sie sanft, und seltsamerweise ist es diese Geste, die meine Zunge löst.

»Es geht ihm furchtbar!« Die Worte brechen aus mir hervor, und meine Stimme bebt. »Er sieht aus wie ein Zombie und scheint meine Anwesenheit kaum wahrzunehmen. Ich kann mich nicht mal mehr an meinen Dad von früher erinnern, wenn ich diesen Mann ansehe!«

Mitleid steht in Charlies Augen. Aber nicht solches, das ich hasse. Das, mit dem mich alle Menschen immer ansehen, wenn sie von meiner Familiengeschichte erfahren. Ihres ist ein Mitleid, das viel tiefer geht als dieses peinlich berührte Mitgefühl, das ich den Menschen normalerweise überdeutlich ansehe.

Sie stehen vor mir, ringen nach Worten, stammeln vielleicht ein »Tut mir leid, das zu hören«, aber keiner von ihnen gibt mir wirklich das Gefühl, für mich da zu sein.

Charlie ist die Erste, bei der es sich anders anfühlt.

»Wie ist es überhaupt dazu gekommen?«

Sie holt erschrocken Luft. »Entschuldige, ich wollte nicht indiskret sein, ich meinte nur weil du beim letzten Mal etwas von seinem Job als Sänger gesagt hast und deine Mom ja auch Musikerin war ...«

»Alles gut.« Ich verspreche es ihr und meine es auch so. Vorsichtig ziehe ich ihre Hand zu mir herüber und drücke einen zarten Kuss darauf. Dann hole ich tief Luft.

»Meine Eltern waren beide Musiker. Mom spielte Klavier, und Dad war wie gesagt Sänger. Opernsänger. Es war zwar nicht so, dass ihn jeder kannte, aber er hatte viele Auftritte vor einem großen Publikum und in wirklich großen und renommierten Häusern.«

»Oh«, flüstert Charlie und rutscht ein Stück näher an mich heran. »Und dann?«

»Dad bekam eine Halsentzündung«, erzähle ich leise und erinnere mich schaudernd an die Zeit, die darauffolgte. »Erst dachten wir, es würde alles ganz harmlos verlaufen, und Dad könnte schon bald wieder auftreten.«

»Aber das konnte er nicht?«, fragt Charlie sanft, und ich schüttle den Kopf. Meine Augen brennen, und ich blinzle gegen die Tränen an, die unerbittlich einen Weg nach draußen suchen.

»Er verlor seine Singstimme.« Mühsam und krächzend bringe ich die Worte hervor. Beinahe als erlebte ich selbst in diesem Augenblick Dads Verlust. »Und mit seiner Stimme verschwand auch sein Lebenswille. Er wurde immer leiser, begann zu trinken. Erst nur ein wenig und irgendwann schon morgens früh.«

Meine Hand zittert, und ich klammere mich beinahe an Charlie fest. »Er wurde immer aggressiver, unberechenbarer und eines Abends …«

Ich kann nicht weitersprechen. Die Tränen stürzen aus meinen Augen, und trotzdem sind die entsetzlichen Bilder in meinem Verstand so klar.

Mom, die wieder einmal versucht, Dad zu beruhigen. Sein Stolpern, die Treppe hinter ihr, ihr Schrei, der dumpfe Schlag, als sie auf dem Boden aufkommt.

Das Schluchzen bricht so heftig aus meiner Brust hervor, dass ich meinen Kopf in der Bettwäsche verstecke und meine Hände in den Stoff kralle.

Ich spüre Charlies Hand. Sanft streicht sie über meinen Rücken, durch mein Haar. Dann rutscht sie ganz nah an mich heran und nimmt mich in die Arme. Sie bleibt einfach so neben mir liegen, versucht gar nicht erst, meine Tränen zu stoppen, sondern lässt mich einfach weinen.

Es dauert lange, bis die Tränen versiegen, und auch jetzt fühlt sich der Schmerz in meiner Brust so akut an, als hätte ich meine Mutter, den Menschen, den ich am meisten auf der Welt geliebt habe, erst in diesem Augenblick verloren.

»Danke«, murmle ich, als ich mich wieder so weit gefasst habe, dass ich in der Lage bin, normal zu atmen.

»Was meinst du?«, flüstert Charlie, die mich immer noch von hinten mit ihren Armen umschlingt, und ihre Nase in meinem T-Shirt vergräbt.

»Danke, dass du bei mir bist«, wispere ich und spüre ihr Kopfschütteln, noch bevor sie etwas sagt.

»Bin ich gern.«

Überwältigt von so viel bedingungsloser Hingebungsbereitschaft löse ich ihre Arme von meinem Körper und rolle mich herum, sodass sich unsere Nasenspitzen fast berühren.

Charlies Augen liebkosen mein Gesicht, fast so, als wären es ihre Hände.

»Da ist noch eine«, murmelt sie, und ehe ich begreife, was sie meint, hat sie eine Träne aufgefangen, die in einer meiner Wimpern festgehangen haben muss. Nun sitzt sie auf der Spitze von Charlies Zeigefinger und rollt ganz langsam daran herunter.

»Es tut mir so leid, was du alles durchmachen musstest, Ben«, flüstert sie, während wir beide die Bahn der Träne verfolgen, bis sie schließlich auf der Matratze landet. »Ich wünschte, ich könnte dir den Schmerz wegnehmen.«

Unfähig, meine Gefühle in Worte zu fassen, nehme ich Charlies Gesicht in meine Hände. Noch immer sind wir uns so nah, dass sich unser beider Atem vermischt und die Wärme unserer Körper aufeinander abstrahlt.

Ganz zart, beinahe schüchtern, suche ich mit meinen Lippen ihren Mund. In diesem Augenblick ist es egal, dass ich gerade noch geweint habe. Es ist egal, dass ich vermutlich nie wieder ein Licht am Horizont sehen werde. Alles, was ich will, ist dieser Moment, dieser Kuss.

Mein Mund liegt auf ihrem, liebkost ihre weiche Haut, bringt sie zum Seufzen. Dieser Kuss ist langsam, beinahe träge, und ich spüre, wie sich der Schmerz immer mehr in die hinteren Winkel meines Verstandes verzieht, und der Eisblock, der meine Brust gefangen hält, langsam zu schmelzen beginnt.

Charlie

Bens Lippen schmecken salzig von den Tränen, die er gerade noch vergossen hat, und alles, woran ich gerade denken kann, ist, ihm beizustehen. Es ihm mit meiner Nähe leichter zu machen, den Verlust zu ertragen. Den Verlust seiner beiden Eltern.

Als ich meine Lippen nach einer gefühlten Ewigkeit wieder von Bens löse, seufzt er kaum hörbar, und ich vergrabe mein Gesicht in der Kuhle unter seinem Kinn.

»Ich hab mich in dich verliebt, Ben«, wispere ich nach einer Weile, als ich all meinen Mut zusammengekratzt habe.

Von Ben kommt keine Reaktion. Ich warte ab, bis ich merke, wie ruhig sein Atem geht. Ist er etwa eingeschlafen?

Ein frustriertes Stöhnen steckt in meinem Hals fest. Das darf doch nicht wahr sein. Aber Ben hat einen wahnsinnig anstrengenden Tag hinter sich und muss völlig am

Ende sein, und wenn ich ehrlich bin, dann bin ich eigentlich auch ziemlich müde.

Ganz vorsichtig robbe ich von ihm weg und stelle fest, dass er tatsächlich tief und fest eingeschlafen ist. Nun sitze ich aufrecht auf dem Bett und nutze die Gelegenheit, ihn ausgiebig zu mustern.

Sein Gesicht ist entspannt, und nur um die Augen herum kann man noch erahnen, dass er geweint hat. Eine verschwitzte Haarsträhne ist ihm in die Stirn gerutscht, und ich lehne mich nach vorn, um sie ihm vorsichtig wegzustreichen.

Ben sieht so unschuldig und verletzlich aus, und mein Herz rast bei seinem Anblick wie verrückt. Er nimmt mich völlig ein und lässt mich wünschen, dass ich für immer an seiner Seite sein kann. Dieser Wunsch ist mir so fremd, dass ich beinahe panisch nach meinem Handy greife, und so schnell wie möglich eine Nachricht an Priya tippe.

Charlie: Scheiße!

Priya: Was ist los?

Charlie: Ich glaube, ich liebe ihn.

Priya: Ach so, das. Ja also, wenn du das jetzt erst merkst …

Charlie: Was soll das heißen?

Priya: Dass ich dir das schon von Anfang an gesagt habe.

Ich knirsche mit den Zähnen. Meine beste Freundin ist ein Biest, und dennoch hat sie recht. Sie hat sofort gespürt, dass Ben für mich wichtiger sein könnte, als ich es mir selbst eingestehen wollte.

Charlie: Du bist so weise.

Priya: Ich weiß. Btw, du und ich. Filmabend sobald du wieder da bist, klar?

Charlie: Klar! Gleich am Dienstag?

Priya: Warum nicht Montag?

Charlie: Wir sind das ganze Wochenende zusammen, schon vergessen? Ist merkwürdig, wenn ich am Montag gleich wieder bei dir bin.

Priya: Kluges Mädchen.

Charlie: Ich lieb dich.

Priya: Ich dich auch. Bis Dienstag.

Ich lege mein Handy wieder weg, nachdem ein Blick auf die Uhr mir verraten hat, dass es wirklich spät geworden ist, und entscheide, dass uns nach diesem Tag wohl beiden eher nicht mehr nach Spa-Time zumute ist.

Weil ich mich aber doch etwas eklig fühle, beschließe ich schnell zu duschen, bevor ich zurück ins Bett gehe.

Rasch krame ich aus meiner Reisetasche meinen Kulturbeutel und mein Nachthemd hervor und verschwinde im Bad. Ben ist offenbar so erschöpft, dass es von alldem nichts mitbekommt, denn er rührt sich nicht.

In dem geräumigen Badezimmer liebäugle ich kurz mit der Badewanne, aber weil mir klar ist, dass ich sofort einschlafen und vermutlich ertrinken würde, verwerfe ich den Gedanken wieder und stelle mich, kaum dass ich meine Kleider in feinsäuberlicher Unordnung auf dem Fußboden verteilt habe, unter die riesige Regendusche.

Als das angenehm warme Wasser auf meine nackte Haut prasselt, fühle ich mich sofort eine Spur besser. Es ist, als würde das warme Wasser, gemischt mit dem hoteleigenen Shampoo, alles Negative des Tages abspülen, und nur die positiven Erfahrungen übrig lassen. Wie zum Beispiel Bens Kuss.

Auch wenn ich es liebe zu duschen, beeile ich mich, frottiere mir nur schnell die Haare, behandele mein Gesicht mit einer Feuchtigkeitslotion und schlüpfe in mein luftiges Nachthemd. Dann tappe ich auf Zehenspitzen zurück zum Bett, auf dem Ben noch immer tief und fest schlummert.

Zum Glück ist die Bettdecke bereits zurückgeschlagen, und ich kann problemlos neben ihm auf die Matratze kriechen und die Decke über uns ausbreiten.

Es ist das erste Mal, dass ich mit einem Mann das Bett teile, aber seltsamerweise fühlt es sich weder unangenehm noch fremd an. Vielmehr ist mir, als wäre es genau so richtig und als wäre Ben das, was mir immer an meiner Seite gefehlt hat.

Ich lösche das Licht der Nachttischlampe und drehe mich zur Seite. Wärme breitet sich langsam in meinem Körper aus und Müdigkeit lullt meinen Verstand ein. Eine Weile lausche ich Bens ruhigen und gleichmäßigen Atemzügen und merke darüber gar nicht, wie ich selbst ins Land der Träume gleite.

Kapitel 16

Charlie

»Und jetzt musst du mir alles erzählen.«

Priya lässt sich auf ihr Bett fallen. In der einen Hand hält sie eine große Schüssel Butterpopcorn und in der anderen eine Dose Cola. Ich will alles wissen, klar?

»Ich dachte, wir ziehen uns *The Kissing Booth 2* auf Netflix rein«, jammere ich grinsend. Zufrieden streckt Priya sich auf der Matratze aus und stützt das Kinn in ihrer Handfläche ab.

»Danach auf jeden Fall. Aber zuerst will ich alles wissen. Wie war dein Wochenende mit Ben? Habt ihr ...?«

»Nein, natürlich nicht.« Ich schüttele empört den Kopf. »Was denkst du denn?«

»Na ja«, sagt sie gedehnt. »Ihr beide, ein Wochenende, ganz allein in einem gemütlichen Hotel ...«

Sie lässt die Worte bedeutungsschwanger in der Luft hängen, und ich spüre, wie mir die Hitze in die Wangen steigt.

»Na gut«, gebe ich widerwillig zu. »Die Frage ist nicht ganz abwegig, aber nein. Da war nichts.«

Erst langsam, dann immer schneller erzähle ich Priya von meinem Wochenende, wobei ich die privaten Details über Bens Dad auslasse. Auch wenn Priya keine Klatschtante ist, habe ich das Gefühl, dass diese Sache etwas zwischen Ben und mir ist.

Unser Kuscheln erwähne ich ebenfalls nur beiläufig, aber es reicht aus, um Priya zum Kreischen zu bringen.

»Nicht dein Ernst?!« Sie quiekt und klingt dabei wie eine Mischung aus Ferkel und Sirene. »Nicht. Dein. Ernst!«

»Eigentlich schon.« Ich grinse, und da flippt sie komplett aus. Erst nach einer gefühlten Ewigkeit hat sie sich wieder halbwegs beruhigt.

»Und was ist jetzt der nächste Schritt?«, erkundigt sie sich schließlich neugierig, und bei dieser Frage kribbelt mein ganzer Körper vor hyperaktiver, nervöser Aufregung.

»Er will, dass ich seine Freunde kennenlerne«, erkläre ich schnell. »Schon nächstes Wochenende. Und er hat mich eingeladen, auf der Hochzeit in ein paar Wochen sein Date zu sein.«

»Sein DATE? ZU EINER HOCHZEIT?« Priyas Stimme steigt um ein paar Oktaven und erreicht ungeahnte Höhen. »Das ist ja so romantisch!«

Ich versuche, mich möglichst gelassen zu geben, und überrede Priya, das Thema ruhen zu lassen und den Film zu schauen.

Aber während die Szenen über den Bildschirm des Laptops flimmern, wandern meine Gedanken immer wieder zu Ben. Ich habe das Wochenende mit ihm so sehr genossen, und der Gedanke daran, seine Freunde zu treffen, macht das Ganze irgendwie groß und beinahe greifbar. Ich hoffe so sehr, dass sie mich mögen werden.

Ben

»Du hast ein Mädchen kennengelernt und das ganze Wochenende mit ihr allein verbracht?«

Jessy klingt vollkommen fassungslos und boxt mir so heftig in die Seite, dass ich leise aufstöhne. Ich schaue mich in ihrem Wohnzimmer um und überlege kurz, hinter dem Sofa in Deckung zu gehen. Alex ist leider nicht da, und ich bin mit Jessy und Georgie allein. Zwei gegen einen. Wobei Georgie gerade ganz ruhig ist, während Jessy total ausflippt. Dabei habe ich den beiden nur von meinem Wochenende mit Charlie erzählt.

Ich reibe meine schmerzende Seite. Jessy hat mehr Kraft, als man im ersten Moment vermuten würde.

»Was soll das denn, Prinzessin?«, bringe ich zwischen zusammengebissenen Zähnen heraus. »Das hab ich nicht verdient.«

»Oh doch, das hast du!«, stellt sie energisch fest, und ihre Augen lodern. »Du hast ein ganzes Wochenende lang ein Date und erzählst uns nichts darüber?«

Ich presse meinen Mund zu einem schmalen Strich zusammen. Ich liebe meine Freundinnen, aber manchmal gehen sie mir mit ihrer Neugier einfach unendlich auf den Sack. Statt mich auf einen Streit einzulassen, den ich ohnehin nur verlieren kann, halte ich den Mund und warte ab.

»Eigentlich«, sagt Georgie leise und legt sanft eine Hand auf Jessys Arm. »Eigentlich wusste ich davon.«

»Wie bitte?« Bitterer Sarkasmus. Jessy schüttelt Georgies Hand ab, und ihre Stimme zittert. »Na, da haben wir es ja. Dir vertraut Ben ganz offensichtlich mehr als mir.«

»Das stimmt doch gar nicht!«, stoße ich hervor und weiß sofort, dass es ein Fehler war. Denn nun richtet sich Jessys geballte Wut auf mich.

»Ach ja?«, fährt sie mich an, und Tränen stürzen ihr aus den Augen. »Und warum weiß Georgie dann, wohin du ständig am Wochenende verschwindest?«

Ihre Worte ziehen mir den Boden unter den Füßen weg. Das Wochenende, so schön es auch war, hat mich extrem geschlaucht, und ich war auf eine Situation wie diese hier einfach nicht vorbereitet.

»Jessy«, keucht Georgie entsetzt, aber unsere Freundin ist nicht mehr zu bremsen.

»Wo gehst du immer hin, Ben? Was ist es, das du unbedingt vor mir geheim halten, Georgie aber erzählen kannst?«

»Ich besuche meinen Dad im Knast, okay?!«

Von einer Sekunde auf die andere bleibt die Zeit stehen. Es ist, als hätte irgendjemand einfach den Pausenknopf gedrückt. Das Brüllen, das aus meinem Mund gekommen sein muss, hängt noch immer in der Luft und hallt in meinen Ohren nach. Ganz langsam beginnt die Zeit wieder zu laufen. In Slow-Motion nehme ich die Umgebung um mich herum wieder wahr.

Jessy ist kreidebleich geworden. Ihre Pupillen sind riesig, und ihr Mund öffnet sich, ohne dass sie ein Wort herausbringt.

Die Luft ist zum Schneiden dick, und Georgie legt mir vorsichtig eine Hand auf die Schulter, während in Jessys Augen plötzlich blanke Tränen schimmern.

»Ben«, stammelt sie.

Ich atme tief durch. »Es ist in Ordnung«, sage ich schließlich tonlos. »Du konntest es nicht wissen.«

»Aber mein Verhalten ...« Sie stockt und schüttelt den Kopf. »Ich habe keine Ahnung, was mit mir los ist.«

»Du bist eben Brautzilla«, sage ich ablenkend. »Und jetzt wäre ich froh, wenn wir über ein anderes Thema reden könnten.«

»Charlie?«, schlägt Georgie vor, und meine Mundwinkel heben sich leicht.

»Ich habe übrigens beschlossen, dass sie mein angekündigtes Plus eins sein wird.«

»Gute Entscheidung«, lobt Georgie, und auch Jessy lächelt ein bisschen.

»Jedenfalls möchte ich sie euch jetzt gern vorstellen«, sage ich und knete dabei meine Finger. »Ihr seid meine Familie, und ich wünsche mir, dass ihr euch gut mit ihr versteht.«

»Das wird leicht«, sagt Georgie und lächelt mich ehrlich an. »Sie ist wirklich toll.«

»Wie wäre es, wenn du sie für morgen Abend zum Kochen einladen würdest?«, schlägt Jessy vor und knibbelt verlegen an ihrer Lippe herum. »Wenn du sie uns sowieso vorstellen möchtest und sie dein Date für unsere Hochzeit ist, dann würde das ganz gut passen.«

»So was in der Art wollte ich auch vorschlagen.«

Ich bin froh, dass es zwischen Jessy und mir keinen weiteren Ärger gegeben hat. Auch wenn ich mich frage, was eigentlich mit ihr los war, denn so ist sie normalerweise nicht.

»Das ist doch eine großartige Idee.« Georgie nickt zustimmend. »Wollen wir morgen bei uns einen Koch- und Spieleabend machen?«

»Ich schreibe ihr und frage, ob sie kann.«

Schnell verfasse ich eine Nachricht an Charlie, und sie antwortet innerhalb kürzester Zeit.

Charlie: Ein Spieleabend klingt super. Ich freue mich darauf, deine Freunde kennenzulernen.

»Sie hat Zeit«, sage ich und strahle.

»Großartig«, freut Georgie sich, Jessy nickt bekräftigend, und ich bin wieder einmal unendlich dankbar dafür, so eine Familie zu haben.

Charlie

Heute ist es so weit. Ich treffe Bens Freunde.

Ich bin unendlich nervös, und die Tatsache, dass ich Georgie bereits kennengelernt habe, macht es mir nicht leichter, heute Abend zu ihnen nach Hause zu gehen. Genauer gesagt ist es das Zuhause von Georgie und ihrem Mann, wo sich alle gemeinsam treffen. Meine Hand zittert, als ich die Klingel betätige.

Als die Tür sich öffnet, ist es ganz einfach.

»Hey, Charlie«, begrüßt Georgie mich und nimmt mich herzlich in die Arme. »Schön, dass du da bist.«

»Danke für die Einladung«, sage ich, und sie lacht.

»Sag das nicht so. Das klingt schrecklich erwachsen.«

»Du hast ein Kind«, erinnere ich sie, und sie verzieht den Mund zu einem schiefen Grinsen.

»Tatsache. Und einen Ehemann. Es ist wirklich unglaublich …«

»Jammert sie schon wieder über ihr schweres Schicksal?«

Bens lachendes Gesicht taucht hinter Georgie auf und nimmt mir jegliche Sorge unsere Begrüßung betreffend.

Er küsst mich sanft auf die Wange. Noch fühlt es sich nicht an, als wären wir offiziell ein Paar, und doch sind wir mehr als Freunde. Aber was auch immer zwischen uns ist, es braucht kein Label, damit ich glücklich bin.

»Jetzt komm erst mal rein«, sagt Georgie. »Wir wollen gemeinsam kochen. Ich hoffe, du magst vegetarische Lasagne?«

»Klingt großartig«, gebe ich zurück und spüre, wie ich auftaue. Ich schaue mich um. Der Flur wirkt ordentlich, und an den Wänden hängen viele Fotos. Immer wieder sehe ich auch Bens Gesicht und schmunzle, weil er immer Faxen auf den Bildern macht. Im Wohnzimmer erwarten uns Bens andere Freunde.

»Das sind Jessy und Alex«, stellt Ben mir das attraktive Paar vor, das mit einem kleinen Mädchen zwischen sich auf der Couch sitzt. »Und Olivia kennst du ja.«

Ich grübele kurz und begreife, dass ich Georgies und Noahs kleine Tochter vor mir habe.

Jessy und Alex lächeln mich herzlich an, und dann gehen wir gemeinsam in die Küche. Ich habe noch nie gemeinsam mit so vielen Leuten gekocht, und zu meiner Überraschung macht es mir richtig Spaß.

Sie erzählen mir, wie sie sich kennengelernt haben, und Jessy betont ganz deutlich, wie sehr sie sich freut, dass ich Ben zur Hochzeit begleiten werde.

»Es wird eine wunderschöne Feier werden«, sage ich und vermeide es, Ben anzusehen, damit ich nicht rot werde. »Das Mayflower Inn ist ein Traum.«

Sofort fällt mir der verliebte Blickwechsel zwischen den Brautleuten auf.

»Es ist wunderschön dort.« Alex lächelt, und Jessys Wangen färben sich zartrosa.

»Ich finde es übrigens toll, dass ihr so eine eingeschweißte Truppe seid«, gebe ich zu und ernte dafür offene Blicke aus fünf Augenpaaren.

»Hast du nicht so viele Freunde?«

Noah mustert mich fragend und wirft dann Olivia in die Luft. Ihr begeistertes Kreischen zaubert mir ein Lächeln ins Gesicht.

»Ich habe eine beste Freundin«, antworte ich nach kurzem Überlegen. »Sie ist fantastisch.«

Einen Augenblick lang schweige ich, fasse du mir dann aber ein Herz. Ich war nie der Mensch, der viele Freunde brauchte. Oder zumindest dachte ich das, weil ich keine hatte. Priya und ich zusammen auf dem Pferdehof. So war es seit vielen Jahren, und nun habe ich Ben kennengelernt.

»Ich bin sehr froh, dass Ben mich zu euch mitgenommen hat«, sage ich leise.

»Ja, unser Bennie ist schon großartig.« Jessy knufft ihn in die Seite.

»Ich werde noch ganz rot.« Er grinst, sieht dabei aber kein bisschen verlegen aus.

»Ja, ja, wir haben uns alle lieb«, schmunzelt Georgie und stößt einen kurzen Pfiff auf zwei Fingern aus, um unsere Aufmerksamkeit auf sich zu ziehen.

»Aber was viel wichtiger ist: Essen ist fertig!«

In diesem Moment meldet sich mein Magen knurrend, und mir wird bewusst, dass ich seit heute Vormittag nichts mehr gegessen habe.

»Perfektes Timing«, kommentiere ich und reibe mir genüsslich über den Bauch.

Das Essen ist köstlich und die Stimmung so gelöst, als würden wir alle uns schon Jahre kennen. Ich fühle mich wirklich wohl in der Gesellschaft von Bens Freunden, und irgendetwas sagt mir, dass sie mich ebenfalls mögen. Nachdem wir den Tisch abgeräumt und gemeinsam den Abwasch erledigt haben, gehen wir ins Wohnzimmer, wo sich die größte Sammlung von Brettspielen befindet, die ich jemals gesehen habe.

»Wollen wir Cluedo spielen?« Jessy, Ben, Georgie und Noah stöhnen bei Alex' Vorschlag.

»Schon wieder?« Georgie runzelt die Stirn.

Interessiert beobachte ich die Gruppe, kann mir dann aber eine Frage nicht verkneifen.

»Was ist Cluedo?«

»Ha!«, ruft Alex triumphierend. »Sie kennt es noch nicht. Wir spielen Cluedo!«

Ben lässt sich neben mich aufs Sofa fallen. Es ist so nah bei mir, dass sich unsere Knie leicht berühren, aber er legt seinen Arm nicht um meine Schulter.

»Hast du wirklich noch nie Cluedo gespielt?«

»Nein.« Ich schüttele den Kopf. »Habe ich da etwas verpasst?«

»Absolut nicht«, kommt es vierstimmig zurück, und Alex lacht.

»Mach dir selbst ein Bild, okay?«

Der Rest des Abends ist angefüllt mit Lachen, Freundschaft und ungeahntem Glück. Ich liebe es, mit diesen Menschen zusammen zu sein und mit jedem Mal, wenn wir auf die Hochzeit in ein paar Wochen zu sprechen kommen, freue ich mich mehr darauf.

Kapitel 17

Charlie

»Wer ist dieser Kerl, mit dem du dich seit Neustem ständig herumtreibst und der dich jetzt ein ganzes Wochenende lang entführt?«

Die Stimme meines Dads erschreckt mich beinahe zu Tode. Es ist der Tag vor der Hochzeit, und ich bin gerade dabei, mich für die Fahrt fertigzumachen.

Ich zucke zusammen, fahre auf dem Absatz herum und schreie leise auf, als ich mir mit dem Glätteisen das Ohr verbrenne.

»Shit.« Leise fluchend halte ich mein Ohr und sehe Dad an, dessen plötzliches Auftauchen überhaupt erst zu diesem Schreckmoment geführt hat. Mit verschränken Armen und undurchsichtiger Miene lehnt er im Türrahmen.

»Ben ist mein Klavierlehrer, Dad, das weißt du doch.«

Die Worte kommen eine Spur zu hastig aus meinem Mund, und mein Vater runzelt die Stirn.

»Und warum genau gehst du mit deinem Klavierlehrer zu einer Hochzeit?«

»Weil er noch eine Begleitung gesucht hat und wir uns wirklich gut verstehen.« Ich klinge patziger als beabsichtigt. »Wie verbringen seit ein paar Wochen öfter Zeit miteinander, und da hat er eben mich gefragt.«

»Hm.« Es klingt skeptisch, aber ich habe für Dads Allüren wirklich keine Zeit.

Seit über einer Stunde kämpfe ich nun schon mit meinen Haaren, die sich einfach nicht bändigen lassen wollen. Zudem kämpfe ich mit dem kleinen Koffer, den ich für die beiden Nächte im *Mayflower Inn* gepackt habe, und damit, rechtzeitig fertig zu werden, bis Ben mich abholt.

»Bitte, Dad. Er ist gleich da, und du machst mich nervös«, jammere ich und schließe das Eisen über einer besonders sperrigen Haarsträhne. »Mom hat mir schon vor Wochen ihr Einverständnis gegeben.«

Ganz so einfach, wie ich es jetzt klingen lasse, war es allerdings nicht, meiner Mom eine Erlaubnis abzuringen. Ich halte es für ein Wunder, dass es mir doch gelungen ist.

»Ich werde ihn nachher natürlich kennenlernen.«

Dads Tonfall ist bestimmt, und ich starre ihn mit erschrocken aufgerissenem Mund an.

»Bitte sei nicht peinlich«, flehe ich im vollen Ernst.

»Ich bin dein Dad. Es ist mein Job, auf dich aufzupassen.«

»Aber Ben ist in Ordnung.«

»Dann ist es auch kein Problem, wenn ich ihn genauer unter die Lupe nehme.«

Mit diesen Worten verschwindet Dad, und ich zucke erschrocken zusammen, als mir der Geruch verbrannter Haare in die Nase steigt.

»Shit«, fluche ich halblaut und registriere im nächsten Moment überrascht, dass es mir dieses Mal gelungen ist, die Strähne zu glätten. Vielleicht sollte ich sie öfter bis zur Belastungsgrenze malträtieren.

Der Plan geht auf, und als es pünktlich um drei an der Haustür klingelt, bin ich fertig.

So schnell wie möglich sprinte ich in Richtung Tür, aber Dad ist schneller.

»Sie müssen Ben sein.«

Seine Stimme klingt streng, und ich verziehe in einem angestrengten Lächeln das Gesicht.

»Das weißt du doch, Dad.«

Ich drängele mich zwischen die beiden und bleibe wie angewurzelt stehen, als ich Ben sehe. Er sieht gut aus, und während ich bereits für Jessys Junggesellinnenabschied umgezogen bin, ist er noch ganz leger gekleidet.

»Wow.« Ich spüre, wie meine Wangen heiß werden. Peinlicher könnte ich mich kaum benehmen.

Noch während ich den Gedanken beende, merke ich, dass weder Ben noch ich bisher ein einziges vernünftiges Wort gesagt haben, und jetzt fällt mir auch erst auf, dass er mich genauso unverhohlen anstarrt wie ich ihn.

Seine Augen sind geweitet, seine Brust hebt und senkt sich außergewöhnlich schnell, und obwohl er den Mund geöffnet hat, kommt kein Ton hervor.

Hinter uns räuspert sich mein Vater vernehmlich und holt mich damit zurück in die Wirklichkeit.

»Du bist früh dran, Ben«, bringe ich mehr oder weniger stotternd hervor.

»Bin ich?«

Auch er wirkt, als würde er aus einer anderen Welt in die Wirklichkeit zurückkehren. Ehrlich gesagt habe ich keine Ahnung, ob er früh oder spät dran ist. Ich habe das nur gesagt, um irgendetwas zu sagen.

»Wann werden Sie meine Tochter am Sonntag zurückbringen?« Dad sieht Ben fragend an. »Und ich gehe doch sicher richtig in der Annahme, dass sie ein eigenes Zimmer haben wird?«

Ich keuche leise, weil mir seine Fragen unfassbar peinlich sind.

»Dad!«, zische ich und vermeide Blickkontakt mit Ben. Der allerdings scheint sich wieder gefangen zu haben.

»Ich kann leider noch nicht genau sagen, wie lange die Feierlichkeiten dauern werden.« Er sagt es freundlich, und als ich nun doch den Kopf hebe, sehe ich, dass er meinen Vater offen anlächelt. »Aber ich verspreche Ihnen, dass ich Charlie sicher zurück nach Hause bringen werde und sie selbstverständlich einen separaten Schlafraum haben wird.«

Normalerweise würde ich jetzt die Augen verdrehen. Als wäre ich nicht dazu in der Lage, selbst auf mich aufzupassen. Stattdessen drehe ich mich zu meinem Vater um.

»Dad, ich bin wirklich kein kleines Kind mehr, okay? Ich muss jetzt meine Jacke holen, aber lass Ben bitte so lange leben.«

Ich springe die Treppe nach oben und greife mir das leichte Jäckchen, das perfekt zu meinem Outfit – ein schwarz-weiß karierter Minirock und ein grünes Tanktop – passt. Zusammen mit meinen geglätteten Haaren und meinem dezenten Make-up sehe ich heute selbst in meinen Augen ziemlich gut aus, und ich fühle mich glücklich.

Mein Vater hat sich inzwischen verzogen. »Ich ziehe mir nur noch schnell die Schuhe an«, sage ich zu Ben und greife nach einem Paar giftgrüner Pumps, die perfekt zu meinem Oberteil passen.

»Du siehst umwerfend aus«, sagt er leise, und ich höre ein Schnauben aus der Küche.

»Lauschen gehört sich nicht«, rufe ich in diese Richtung und lächele Ben dann verlegen an. »Danke.«

Ich richte mich auf und fahre mir einmal mit allen zehn Fingern durch die Haare. Ein fremdes Gefühl.

»Ich nehme deinen Koffer.«

Mit diesen Worten greift Ben so selbstverständlich nach meinem Gepäck, dass ich gar nicht erst auf die Idee komme, ihm zu widersprechen.

Nebeneinander laufen wir die Treppe hinunter und zu seinem Auto. Ich steige auf der Beifahrerseite ein, während Ben meinen Koffer im Auto unterbringt und sich dann auf den Fahrersitz schwingt.

»Es ist ein schönes Gefühl, dieses Mal ganz legal mit dir unterwegs zu sein«, sagt er und greift über den Abstand zwischen den Sitzen hinweg nach meiner Hand.

»Finde ich auch«, antworte ich und lehne mich zu ihm herüber. Aber statt ihn zu küssen, wie ich es eigentlich vorgehabt habe, lehne ich nur meinen Kopf einen Augenblick lang an seine Schulter.

»Ich genieße jeden Augenblick, den wir zusammen verbringen.«

Er sieht mich lächelnd an, streicht mir mit seiner freien Hand über das Knie und steuert den Wagen auf die Straße.

Lächelnd mache ich es mir gemütlich und fingere am Autoradio herum, verbinde es über Bluetooth mit meinem Smartphone und suche nach einem Lied, das zu meiner Stimmung und diesem wunderschönen Roadtrip passt.

Ich weiß nicht, warum, aber irgendwie bleibe ich bei *Uptown Girl* von *Westlife* hängen und warte, bis die ersten rockigen Töne durch das Auto schallen.

»Den Song kenne ich«, stellt Ben überrascht fest.

»Den kennt jeder«, antworte ich irritiert, und er schüttelt grinsend den Kopf.

»Du verstehst das nicht«, sagt er und trommelt mit den Fingerspitzen im Takt der Musik aufs Lenkrad. »Ich bin eigentlich nicht besonders gut mit allem, was nicht Klassik ist.«

»Nicht dein Ernst«, sage ich ernsthaft schockiert. »Du verpasst so viel, wenn du nur klassischer Musik eine Chance gibst.«

»Ganz offensichtlich.« Er schmunzelt. »Aber du hast viel Zeit, mir zu helfen, meine Wissenslücken zu füllen.«

Ich halte einen Augenblick lang zögernd inne. Meint er jetzt die Autofahrt, oder redet er von einer gemeinsamen Zukunft, die er sich wünscht?

Ich traue mich nicht, ihm diese Frage zu stellen, lasse das Lied einfach laufen und stelle ihm gleichzeitig eine unverfängliche Frage.

»Und, was habt ihr heute Abend groß geplant?«

Ich war super überrascht, dass Jessy mich zu ihrem Junggesellinnenabschied eingeladen hat, und weiß, dass Ben seinen Abend mit Alex, Noah und ein paar anderen Männern verbringen wird.

»Alex möchte nichts Großes«, sagt Ben und zuckt mit den Achseln. »Er sagt, die Tatsache, dass er noch einmal seinen Junggesellenstand hinter sich lässt, ist das Beste, was ihm in seinem ganzen Leben passiert ist. Er möchte einen gemütlichen Abend mit uns verbringen und sich voll und ganz auf den morgigen Tag einlassen.«

»Das klingt erschreckend langweilig für einen Junggesellenabschied.« Ich kichere, und Ben schmunzelt wieder.

»Langweilig ist manchmal besser«, sagt er in Anlehnung an das Barney-Stinson-Zitat *Neu ist immer besser.*

»Da hast du vermutlich recht.« Ich strecke mich kurz. »Aber ich denke mal, dass unser Abend etwas spannender werden wird.«

»Aber keine Stripper für dich, verstanden?«, neckt er mich, und in diesem Moment schaltet sich mein Gehirn aus.

»Der einzige Mann, den ich strippen sehen will, bist du.«

Ben

Ich verschlucke mich an meiner eigenen Spucke bei Charlies Worten, die in meinem Kopf eine ganze Reihe von Bildern auslösen, und Hitze durch meinen Körper jagen.

Nur mit Mühe konzentriere ich mich auf die Straße und murmele ein »Das lässt sich sicher einrichten.«

Der kurze Blick, den ich Charlie daraufhin zuwerfe, zeigt mir, dass sie bis zum Haaransatz errötet ist.

»Aber jetzt mal im Ernst«, lenke ich das Thema wieder in sicherere Bahnen. »Wie werdet ihr Mädels den Abend verbringen?«

»Ich weiß es gar nicht so genau«, gesteht Charlie lächelnd. »Georgie hat mich zwar zu dieser WhatsApp-Gruppe hinzugefügt, aber ich habe in den letzten Tagen so viel mit Klavierüben zu tun gehabt, dass ich kaum mitgelesen habe. Ich weiß nur, dass ich für den zweiten Teil des Abends einen Bikini einpacken sollte.«

»Ich hoffe ja, dass das nicht nur für den zweiten Teil des heutigen Abends gilt.« Ich sehe sie kurz an und zwinkere ihr zu. »Am Sonntag bleibt uns noch genug Zeit für einen Spa-Besuch.«

»Das klingt großartig«, sagt sie leise und greift nach meiner Hand. »Ich hoffe, das mit dem Zimmer ist kein Problem?«

Es dauert nur eine Sekunde, bis ich verstehe, was sie meint, aber dann lächele ich in mich hinein.

»Was genau?«, frage ich und genieße es beinahe, sie ein bisschen in Verlegenheit zu bringen.

»Ich meine«, stammelt sie, und ich wünsche mir sehnlich, dass ich mich gerade nicht auf den Verkehr konzentrieren müsste und sie stattdessen direkt ansehen könnte. »Ich meine, weil er gesagt hat, dass –« Sie versucht es noch einmal, und ich beschließe, sie nicht länger zu quälen.

»Ich habe ihn nicht angelogen«, erkläre ich sanft. »Wir beide haben ein Zimmer mit Verbindungstür. Ich dachte mir, das würde dir vielleicht gefallen.«

»Ich hätte auch Gefallen daran, noch einmal mit dir das Bett zu teilen, aber so ist es auch okay«, sagt sie, und ihre Ehrlichkeit ist entwaffnend.

»Lass uns einfach mal sehen, wie das Wochenende läuft«, sage ich und weiß doch mit einer Art hellseherischen Klarheit, dass ich an diesem Wochenende nicht jede Nacht allein schlafen werde.

Es dauert nicht mehr lange, bis wir am Mayflower ankommen, und es fühlt sich für mich tatsächlich ein bisschen wie nach Hause kommen an.

»Da wären wir also wieder«, stellt Charlie fest, als hätte sie meine Gedanken gelesen.

»Es fühlt sich schon so lange her an.« Wir lächeln und wechseln einen langen Blick.

»Da seid ihr ja«, kreischt es in diesem Moment von der Eingangstür her, und eine völlig überdrehte Jessy springt uns entgegen.

»Wir warten schon auf euch!« Sie quietscht und fällt zuerst mir und dann Charlie um den Hals. »Ihr seid die Letzten.«

»Wie geht es dir?« Ich mustere sie und hänge ein völlig überflüssiges »Bist du nervös?« an.

»Nervös? Sie? Niemals!«

Lachend schlingt Alex, der uns hinter Jessy erwartet, seine Arme um sie und drückt ihr einen Kuss auf den Hals, bis sie ihn kichernd von sich schiebt.

»Wo ist denn unsere Familie Portman?«, frage ich.

»Noah ist mit Olivia auf dem Zimmer, und Georgie bereitet wohl noch einiges für meinen Junggesellinnenabschied vor.«

»Ach so.« Ich werfe Charlie einen fragenden Blick zu. »Wollen wir einchecken, und dann machst du dich auf die Suche nach Georgie?«

Sie stimmt mir zu, und schnell haben wir uns am Empfang unsere Schlüsselkarten gesichert.

Die beiden Zimmer, die tatsächlich durch eine Tür miteinander verbunden sind, laden zum Wohlfühlen ein. Sie sind hell und freundlich, und das gemeinsame Bad ist erstaunlich groß.

»Wie schön.« Charlie sieht sich staunend um, und ich stimme ihr aus vollem Herzen zu.

»Oh Mann, ich muss los.«

Charlie wirft nur noch einen kurzen Blick in den Spiegel und verabschiedet sich dann mit einem schnellen Kuss auf die Wange von mir, um nach Georgie zu suchen.

Charlie

»Da bist du ja!«

Ich finde Georgie im Spa, wo sie gerade eine Lichterkette an der Wand befestigt. Ein junger Mann geht ihr zur Hand und nickt mir grüßend zu.

»Werden wir hier den Abend verbringen?«

Georgie beantwortet meine Frage mit einem Nicken. »Später ja.«

»Und wohin geht es zuerst?«

Ich bin neugierig und gleichzeitig unsicher, weil ich außer Georgie niemanden von Jessys Freundinnen kenne.

»Lass dich überraschen.« Sie grinst, und ich ärgere mich beinahe darüber, dass sie mir nicht sagen will, was wir vorhaben.

Nach und nach kommen die anderen Freundinnen und auch Jessy dazu. Sie trägt ein hellgrünes Shirt, auf dem in großen Lettern *Bride to be* steht.

»Kein Pink! Sehr sympathisch.«

Sie quittiert meinen Kommentar mit einem Lachen. »Ich bin einfach nicht der Typ für Klischees, glaube ich.«

»Geht mir genauso.« Ich zucke mit den Achseln und merke, wie ich mich etwas entspanne.

»So, Mädels, alle mal herhören!« Georgie hebt die Stimme und wartet einen Augenblick, bis das Geschnatter um uns herum nachgelassen hat. »Ich habe uns zwei *Uber* gerufen, die draußen auf uns warten und uns zu unserem ersten Halt bringen.«

Ein vielstimmiges »Wohooo« ist die Antwort, und wir alle machen uns auf den Weg nach draußen, wo die Autos bereitstehen.

Ich lande in dem, in dem Georgie und Jessy nicht sind, und sitze neben einer jungen Frau, die mich freundlich anlächelt.

»Hi, ich bin Anne«, stellt sie sich vor, und ich lächele etwas schüchtern zurück. Sie ist wunderschön. »Ich kenne Jessy aus der Uni. Sie war einmal mit meinem Freund Rider aus, bevor sie und Alex zusammenkamen.«

Sie lacht, und es ist offensichtlich, dass es ihr nichts mehr ausmacht. Jetzt bin ich an der Reihe, mich vorzustellen.

»Hi, ich bin Charlie.«

Nun stellen sich auch die anderen Mitfahrerinnen der Reihe nach vor. Zu meiner Erleichterung sind sie alle wirklich nett, und ich merke, wie ich anfange, mich richtig auf den Abend zu freuen.

Schnell ziehe ich mein Handy aus der Tasche und schicke eine Nachricht an Ben, bevor ich das Gerät auf Flugmodus stelle.

Charlie: Ich wünsche dir einen tollen Abend!

Ben: Ich dir auch. Denk an mich und nicht an die Stripper, klar?

Charlie: Meine Antwort kennst du ja ...

Charlie: xoxoxo

»Sag bloß, du datest Ben?«

Anne, die offensichtlich einen Blick auf mein Display erhascht haben muss, quietscht. Ich spüre, wie ich rot werde, und lächle verschämt.

»Na ja«, beginne ich langsam. »Irgendwie könnte man das schon so sagen. Ich bin seine Begleitung zur Hochzeit.«

Ein kollektives Kreischen ist die Antwort auf diese Enthüllung.

»Benjamin Foster ist aber auch ein Sahneschnittchen«, stellt eine quirlige kleine Person mit mittelblonden Haaren fest, deren Namen ich schon wieder vergessen habe. »Glückwunsch!«

»Danke«, sage ich etwas verwirrt.

Unser erster Halt ist ein gemütliches kleines Restaurant mit Bar und einer Bühne, auf die Georgie nun mit einem verschwörerischen Grinsen zeigt.

»Wir sitzen ganz vorn«, erklärt sie, und die Kellnerin bringt uns zu den Tischen, die für uns reserviert wurden.

»Sag bloß, hier spielt heute Abend jemand?«, fragt Jessy, deren Stimme inzwischen komplett nervös klingt.

»Abwarteeeen«, kommt es in einem lustigen Singsang von Georgie zurück, und Jessy boxt ihre beste Freundin in die Seite.

»Du bist unmöglich«, schimpft sie, und Georgie nickt zufrieden.

»Ich weiß.«

Wir bestellen zuerst einmal unsere Getränke, und ich spüre, wie die Stimmung sich aufheizt, während wir immer weiter zur Bühne blicken, auf der inzwischen das Licht ausgegangen ist und leise Musik erklingt. Als plötzlich fünf Personen erscheinen und ein rockiges Gitarrensolo erklingt, kreische ich unwillkürlich mit.

»Das sind die Magic Five«, brüllt Jessy, und ich spüre, wie meine Knie weich werden.

Die Magic Five sind die wohl angesagteste Boyband im weiten Umkreis. Sie haben sich in den letzten Jahren vom Geheimtipp zur Hauptattraktion entwickelt.

»Wie hast du das geschafft?« Jessy keucht, und Georgie zuckt grinsend mit den Achseln.

»Noah hat Jonny gefragt, und der kannte jemanden, der jemanden kannte, dem die Band wohl noch einen Gefallen schuldete.«

»Du bist die beste Freundin der Welt«, kreischt Jessy, und ich werfe Anne einen fragenden Blick zu.

»Wer ist Jonny?«

»Noahs Bruder«, flüstert sie mir zu. »Er ist Profibasketballer und war vor zwei Jahren der *Bachelor.*«

Im Bereich Trash-TV kenne ich mich nun wirklich gar nicht aus, aber es erklärt zumindest die Tatsache, dass Troy, der Leadsänger der Band, Jessy nun mit einem charmanten Lächeln auf die Bühne ruft.

Wir klatschen und kreischen, als er uns die Braut vorstellt, und ich drehe mich zu Georgie.

»Du hast tatsächlich ein ganzes Restaurant gemietet«, rufe ich ihr zu. »Jessy hat so ein Glück, dich zur Freundin zu haben.«

Ich denke sofort an Priya und daran, dass sie so etwas garantiert auch für mich tun würde, und mein Lächeln wird noch breiter.

Den Rest des Abends verbringen wir essend, lachend und lauschend, bis Georgie uns nach etwa drei Stunden schließlich hochscheucht und uns in die beiden *Uber* zurück zum Hotel verfrachtet.

»Der Spa-Bereich erwartet uns«, trällert sie, als wir aus den Autos steigen.

»Los, verschwindet auf eure Zimmer und zieht euch um. In zehn Minuten treffen wir uns wieder.«

Ich begebe mich in das Zimmer von Ben und mir und schlüpfe aus meinem Outfit. Die hohen Schuhe loszuwerden ist die reinste Erleichterung, und als ich meinen Bikini aus der Reisetasche ziehe, freue ich mich riesig auf das warme Wasser, das mich sicher gleich erwartet.

In meinen Bademantel gekuschelt laufe ich mit meinen Badelatschen durch die Flure bis zum Wellnessbereich.

»Ich freu mich so sehr auf das Wasser.« Lena, eine weitere Freundin von Jessy, die neben mir aus einem der Zimmer kommt, lächelt mich an. »Georgie hat wirklich den perfekten Abend organisiert.«

Ihre Worte werden von dem Anblick untermauert, der sich uns gleich darauf bietet. Der Spa-Bereich ist in sanftes Licht getaucht, es stehen Liegen bereit und ein großer Tisch mit Cocktails.

»Alles alkoholfrei«, verkündet Georgie, und dann machen wir es uns richtig gemütlich. Wir genießen den Abend in vollen Zügen, lachen, reden, und langsam bekomme ich das Gefühl, dass ich nach dem heutigen Abend ein paar Freundinnen mehr haben könnte.

Es ist schon halb zwölf, als ich mich hundemüde von dem guten Essen, den Cocktails und dem warmen Wasser in unser Zimmer schleppe.

Als die Schlüsselkarte mit einem leisen Klicken das Schloss entriegelt und ich einen Blick auf die Verbindungstür werfe, bemerke ich überrascht, dass das Licht noch an ist. Ben liegt auf dem Bett und liest ein Buch.

Als er mich hört, sieht er auf und lächelt.

»Hey, Hübsche«, sagt er leise und richtet sich auf. »Hattest du einen schönen Abend?«

»Allerdings.« Ich antworte ebenso leise und gehe auf ihn zu. »Und wie war deiner?«

»Schön.« Er greift nach meiner Hand. Sanft streicht sein Finger über meinen Handrücken, und ich erschauere. Die späte Uhrzeit und meine Übermüdung scheinen meine Empfindlichkeit für Bens Berührungen geschärft zu haben, und ich will mehr.

»Hast du mich vermisst?« Ich klinge heiser, und seine Augen weiten sich, als ich mich ein bisschen in seine Richtung lehne. Erst jetzt wird mir klar, dass ich nur einen Bademantel über meinem Bikini trage. Einen Bademantel, der nun ziemlich weit aufgeklappt ist.

»Oh wow«, kommt es stockend aus Bens Mund. »Das ist nicht fair.«

»Tut mir leid.«

Erschrocken will ich mich aufrichten, aber Ben hält meine Handgelenke fest.

»Ich habe nur gesagt, dass das unfair ist.« Er zieht mich auf seinen Schoß. »Nicht dass du den Bademantel schließen sollst.«

Nun bin ich es, der der Atem stockt. Ben lässt seine Hände an meinen Seiten entlang nach oben wandern. Es kitzelt ein wenig, aber ich lache nicht. Im Gegenteil. Mein ganzer Körper befindet sich in einem Zustand heftigster kribbelnder Anspannung.

Ganz vorsichtig legt Ben seine Hände um mein Kinn und im nächsten Moment seine Lippen auf meine.

Der Kuss beginnt zart, wird aber schnell zu so viel mehr. Eine Welle von Gefühlen schlägt über mir zusammen, aber gerade, als ich meinen Mund öffne, um Bens Zunge mit meiner zu umspielen, löst er sich keuchend von mir.

»Stopp«, wispert er, und ich blinzle verblüfft.

»Du willst nicht ...?«

Er schüttelt vehement den Kopf. »Versteh mich jetzt bloß nicht falsch, klar? Es gibt nichts, was ich lieber tun würde, als dich jetzt zu mir ins Bett zu ziehen.«

Ich will nicht verzweifelt klingen, doch noch bevor ich darüber nachdenken kann, rutscht mir ein »Aber?« heraus.

Ein kleines Lächeln huscht um Bens Mundwinkel.

»Aber wir müssen morgen beide früh raus, und es wird ein langer Tag.«

Ich seufze tief, denn ich weiß, dass er recht hat.

»Ich sollte wohl besser rübergehen«, sage ich schließlich langsam, und er nickt, ohne mich loszulassen.

»Das solltest du, aber nicht ohne eine ordentliche Verabschiedung.«

Mit diesen Worten küsst er mich so zärtlich, dass mein Herz beinahe zerspringt.

Als ich mit wackligen Knien von seinem Schoß aufstehe, rast mein Puls, und ich habe keine Ahnung, wie ich schlafen soll mit so viel Adrenalin im Körper.

»Gute Nacht«, wispere ich trotzdem, und er erwidert meinen Gruß.

Als ich gleich darauf im Bett liege, atme ich dreimal tief durch und warte darauf, dass die Müdigkeit zurückkehrt. Gedankenfetzen und Bilder von diesem Abend tauchen vor meinem inneren Auge auf und wollen ganz offensichtlich verarbeitet werden.

Schließlich nutze ich einen Trick, den ich immer verwende, wenn ich nicht einschlafen kann. Ich beginne zu zählen. Schon sehr früh habe ich festgestellt, dass ich bei allen Zahlen, die eine Fünf enthalten, ausgiebig gähnen muss. Merkwürdig, aber es funktioniert.

Eins... zwei... drei... vier... fünf... Ich gähne, und meine Glieder werden schwer. sechs... sieben... acht... Morgen ist die Hochzeit. Ich freue mich so sehr auf diesen Tag. neun... zehn... elf... Ich bin so unendlich müde. zwölf... dreizehn ... vierzehn... Meine Augen fallen zu und ich in einen tiefen Schlaf.

Kapitel 18

Ben

Der Tag der Hochzeit ist genauso, wie man ihn sich in einem Prinzessinnenbuch vorstellen würde. Der Himmel ist strahlend blau, die Sonne lacht, und die Vögel zwitschern. Als ich aufwache und verschlafen aus dem Fenster sehe, würde ich am liebsten Regenbögen kotzen.

»Das ist typisch für Jessy und Alex«, grummele ich und wische mir den Schlaf aus den Augenwinkeln. »Einen weniger perfekten Tag für ihre Hochzeit hätten sie vermutlich gar nicht geduldet.«

Ich sehe zu der Verbindungstür, die Charlies Zimmer von meinem trennt. Der Gedanke daran, dass wir gemeinsam zur Hochzeit gehen, erfüllt mich mit einem angenehmen Kribbeln, das mir gleichzeitig Angst macht.

Ich kann schon lange nicht mehr leugnen, dass Charlie mir mehr bedeutet, als sie sollte, aber das Maß meiner Vorfreude erschüttert mich selbst. Auch der Gedanke an unsere kleine Kuschelsession gestern Abend trägt nicht gerade dazu bei, dass ich mich entspanne. Eher im Gegenteil.

Im Bad springe ich unter die kalte Dusche, putze mir die Zähne und nebele mich mit Aftershave ein, als mein Handy blinkend eine neue Nachricht ankündigt.

Jessy: Leute, ich werde heute heiraten!

Georgie: It's time to kiss the MISS goodbye!

Jessy: Ich sterbe! Ich werde ganz sicher ohnmächtig.

Grinsend mische ich mich in die Unterhaltung ein.

Ben: Hast du an deinem Hochzeitstag wirklich nichts Besseres zu tun, als uns zu schreiben, Prinzessin?

Jessy: Ist es traurig, wenn ich Nein sage?

Georgie: JA!

Ben: Jaaa!

Jessy: Ihr seid doof. Gleich kommt die Haarstylistin. Wir sehen uns nachher. Ich bin die im weißen Kleid.

»Guten Morgen!«

Ich sehe auf und bemerke überrascht, dass ich offensichtlich sehr vertieft in den Nachrichtenwechsel gewesen sein muss und nicht mitbekommen habe, dass Charlie die Verbindungstür geöffnet hat und ins Zimmer geschlüpft ist. Jetzt steht sie da in einem langen schlabbrigen Männershirt und sieht darin unfassbar heiß aus.

»Guten Morgen, Hübsche.« Ich breite die Arme aus. Sie kommt zu mir herüber und schmiegt ihren Kopf unter mein Kinn.

»Ich finde es schön, dich direkt nach dem Aufwachen zu sehen«, murmelt sie, und ich drücke ihr einen Kuss auf den Haaransatz.

»Geht mir genauso.« Ich genieße den sanften Schauer, als ihre Hand in meinen Nacken wandert und durch die feinen kurzen Härchen fährt.

Erst nach einer gefühlten Ewigkeit lösen wir uns wieder voneinander und lächeln uns versonnen an.

»Wir müssen zum Frühstück und uns fertigmachen. Das Fotoshooting beginnt schon bald.«

»Du hast recht.« Ich seufze und verkneife mir die Frage, ob ich sie später unter die Dusche begleiten darf. Stattdessen drücke ich ihr einen Kuss auf die Wange und gehe kurz darauf mit ihr gemeinsam in den Frühstücksraum.

Eine halbe Stunde und ein schnelles Frühstück später kommen wir wieder im Zimmer an, und ich springe als Erster unter die Dusche. Danach sehe ich ihr hinterher, wie sie im Bad verschwindet. Währenddessen ziehe ich mich an und warte auf sie.

Charlie

Die Luft um mich herum dampft, als ich aus der Dusche komme. Der Spiegel ist beschlagen, und ich wische mit einem Handtuch darüber, damit ich mich sehen kann. Meine Augen sehen heute noch grüner aus als sonst, und ich beginne schnell mit einem Beautyprogramm, das für meine Verhältnisse regelrecht ausartet.

Mein Kleid habe ich mir schon neben die Dusche gehängt und schlüpfe mit klopfendem Herzen hinein.

Nachdem ich noch meine Haare geföhnt und meine Locken gestylt habe, trete ich nach draußen. Ben steht in der Mitte seines Raumes und hat mir den Rücken zugewandt. Als er mich hört, dreht er sich um, und mir klappt die Kinnlade herunter.

Er sieht umwerfend gut aus. Ich kenne ihn bisher nur in eher legeren Klamotten und ihn jetzt hier vor mir in einem dunkelblauen Smoking zu sehen, lässt mich nach Luft schnappen. Er hat die Hände in den Taschen des Anzugs vergraben und mustert mich nun seinerseits mit großen Augen.

»Ist das jetzt gut oder schlecht?«, frage ich schüchtern, und er schluckt.

»Du bist umwerfend.« Sein Kompliment ist so schlicht und geht doch tiefer als alles andere, was jemand anderes jemals zu mir gesagt hat.

»Das kann ich nur zurückgeben«, antworte ich und schüttele mich innerlich, weil es so abgedroschen klingt.

Einen Augenblick lang sehen wir uns einfach nur an. Dann zuckt Ben leicht zusammen und wirft einen hektischen Blick auf die Uhr an der Wand.

»Oh Mann, wir müssen los.«

Ben

Jessy und Alex haben beschlossen, dass sie ihre Paarfotos bereits vor der kirchlichen Trauung machen lassen. Die Fotos mit Trauzeugen und Gästen werden später folgen.

Das *Mayflower Inn* bietet hierfür die perfekte Kulisse, und als Charlie und ich uns zu der kleinen Kirche aufmachen, die ein paar hundert Meter vom Hotel entfernt liegt, greife ich ganz automatisch nach ihrer Hand.

Wir sind zwar nicht die Letzten, aber die Bankreihen sind bereits gut gefüllt, als wir hineinkommen.

Weil ich Alex' Trauzeuge bin, sind für Charlie und mich Plätze in der ersten Reihe reserviert. Neben uns sitzen Georgie, die Jessys Trauzeugin ist, und Noah, der Livi beschäftigt hält.

»Ich bin so aufgeregt«, begrüßt Georgie uns, und ihre Stimme kiekst. »Ich werde meine Rede später so was von versauen.«

»Das wirst du nicht«, beruhige ich sie und ziehe Charlie neben mich auf die Bank.

»Die beiden müssten doch jeden Moment ankommen, oder?«, fragt sie etwa zehn Minuten später, und ich nicke.

»Ja, sollten sie.«

Jessy hat beschlossen, dass sie nicht übergeben werden möchte. Sie will an Alex' Arm nach vorne gehen als Symbol dafür, dass sie sich beide ganz allein und aktiv für ihre gemeinsame Zukunft entscheiden.

»Sie sind da«, ruft in diesem Moment Jessys Mutter von der Tür aus, und alle Gäste stehen auf.

Die Türen werden geöffnet, und im nächsten Moment ertönen die ersten Klänge von *Chapel of Love.*

Ich richte meinen Blick wie alle anderen Gäste auf die Tür und sauge überrascht die Luft ein, als ich meine beste Freundin und ihren zukünftigen Ehemann sehe, die langsam den Gang hinunterschreiten.

Jessys Kleid ist wie sie. Schlicht, aber unglaublich elegant. Es ist cremeweiß, bis zur Taille eng geschnitten und fällt dann in einer weichen Linie bis zum Boden.

Ein Raunen geht durch die Reihen, an denen das Paar vorbeigeht. Als sie nach vorn kommen, wenden sie sich dem Pfarrer zu, und wir setzen uns.

Der Pfarrer hält eine kurze Ansprache über die Bedeutung der Ehe und geht dann sehr schnell zu dem Moment über, in dem die Eheversprechen ausgetauscht werden. Georgie und ich stehen auf, treten neben das Paar und halten die Ringe bereit.

Während Alex und Jessy sich tief in die Augen sehen, spüre ich Charlies Blicke überdeutlich auf mir.

»Alex«, beginnt Jessy und ihre Stimme zittert merklich. Sie umklammert Alex' Hand so sehr, dass ihre Fingerknöchel weiß hervortreten. »Ich kann es kaum fassen, dass wir heute hier stehen. Es ist ein Traum, der in Erfüllung geht.«

In der Kirche ist es mucksmäuschenstill. Ich habe den Eindruck, dass auch die Gäste in den letzten Reihen den Atem anhalten, um kein Wort zu verpassen.

»Ich liebe dich mehr als mein Leben.« Mit jedem Wort klingt Jessys Stimme sicherer und fester. Eine Träne glitzert auf ihrer Wange. »Unser Weg war kein leichter, aber das ist nicht wichtig. Denn wenn ich auf unsere Geschichte zurückblicke, dann kann ich eines mit Sicherheit sagen.«

Sie atmet tief durch, und ein strahlendes Lächeln erhellt ihre Gesichtszüge.

»Schon bei unserer ersten Begegnung habe ich gespürt, dass mein Leben nie wieder dasselbe sein würde. Ich habe gespürt, dass wir beide zusammengehören und du mein Leben verändern würdest. Dieses Gefühl habe ich seitdem an jedem einzelnen Tag. Ich fühle mich nirgendwo so geborgen wie in deinen Armen. Niemand sieht mich so an, wie du es tust, und mit niemandem streite und vertrage ich mich lieber. Du bist mein Traummann, mein Held, und ich werde dich für immer lieben.«

Einen Augenblick bricht ihre Stimme, aber sie hat sie schnell wieder unter Kontrolle.

»Danke, dass du mich so nimmst wie ich bin, mit all meinen Fehlern, und dass wir, obwohl wir so unterschiedlich sind und so vieles gegen uns spricht, allen beweisen, dass wir das gemeinsam schaffen können, weil wir zusammenhalten, uns lieben und jeden Tag gemeinsam wachsen.«

In meinem Hals hat sich ein dicker Kloß gebildet, und ich blinzle, weil mir die Rührung das Wasser in die Augen treibt. In diesem Moment spüre ich eine sanfte Berührung an meiner Hand und wende meinen Kopf zur Seite.

Charlie ist aufgestanden und neben mich getreten. Obwohl das nicht abgesprochen ist, fühlt sich nichts richtiger an, und als ihre Augen meinen begegnen, lasse ich zu, dass sie ihre Hand sanft in meine schiebt und unsere Finger miteinander verflicht. Ein kurzer, sanfter Druck, und ich richte meinen Blick wieder nach vorn, während mein Herz rast und meine Gefühle verrücktspielen.

Spätestens in diesem Moment wird mir klar, dass ich mein Herz an diese Frau verloren habe, und alles, was ich mir jemals zum Thema Abstand vorgenommen habe, absolut unrealistisch war. Ganz abgesehen von der Tatsache, dass ich ihr schon seit Wochen näher bin als jedem anderen Menschen, wäre es wirklich naiv von mir zu denken, ich könnte hier von ihrer Nähe unberührt bleiben.

Wenn ich meine Freunde ansehe, die sich gerade versprechen, dass sie einander immer treu sein wollen, dann schaffe ich es nicht, weiterhin die gesunde Distanz zu wahren. Unter Aufbringung all meiner Kräfte ziehe ich meine Hand aus Charlies und richte meine Aufmerksamkeit wieder nach vorn, wo Alex nun das Wort ergreift.

Seine sonst so klare Stimme klingt rau von der Intensität der Gefühle, die darin mitschwingen, und in seinen Augen schimmern Tränen. Lächelnd erinnere ich mich an den Moment zurück, als Georgie, Charlie und ich Alex und Jessy heute Morgen beim Frühstück getroffen haben, bevor sie losgingen, um sich umzuziehen.

»Du wirst dich doch hoffentlich noch rasieren?«, fragte Georgie mit einem skeptischen Blick auf Alex' deutlich sichtbaren Dreitagebart.

»Auf gar keinen Fall.« Jessys Widerspruch war energisch, und sie lächelte Alex zärtlich an. Dann wandte sie sich an uns und grinste. »Ich liebe seinen Bart.« Mit einer

Hand strich sie liebevoll über sein Kinn. »Er sieht damit fantastisch aus.«

In meiner Brust wurde es ganz eng, als ich die Liebe sah, die in den Augen der beiden schimmerte, als Jessy sich auf die Zehenspitzen stellte, um Alex zu küssen. Neben mir spürte ich Charlies Präsenz nur zu deutlich, genau wie auch jetzt, als Alex' Worte mich wieder in die Gegenwart zurückbefördern.

»Jessy, Süße, ich kann dir nicht sagen, wie froh ich bin, dass wir heute hier stehen.«

Mit dem Daumen fährt er sanft über ihren Handrücken, führt ihn dann kurz an seine Lippen. »Ich habe dich nicht verdient.« Er sagt es ernst und zieht sie ein Stück näher zu sich. »Außerdem habe ich unwahrscheinlich viel Angst davor, dir das Herz zu brechen. Aber ich verspreche dir, alles zu tun, damit das nicht passiert. Ich verspreche dir, dass ich dich mit allem lieben werde, was ich bin und habe. Ich lege mein Herz in deine Hand, mein Schatz.«

»Oh Alex«, murmelt Jessy, und ich sehe ihr an, dass sie ihn am liebsten sofort in die Arme schließen würde. Sie reißt sich allerdings zusammen und holt tief Luft.

»Du musst keine Angst haben, Alex. Ich würde so gerne meine eigenen Worte gebrauchen, aber ich habe einmal etwas gelesen, das perfekt zusammenfasst, was ich fühle. *Brich mir das Herz. Brich es tausend Mal, wenn du möchtest. Es gehört dir, hat immer dir gehört, und du bist der Einzige, der es jemals brechen konnte.* Ich liebe dich, du Spinner.«

Ich sehe den Pfarrer an, der dem ungewöhnlichen Ehegelöbnis genauso fasziniert gefolgt ist wie der Rest der Anwesenden. Nun räuspert er sich merklich.

»Da wir nun alle Zeuge dieser ungewöhnlichen Liebe werden durften, ist es mir eine Ehre, euch in der Kraft des mir von Gott verliehenen Amtes zu Mann und Frau zu erklären. Ihr dürft euch küssen.«

Das lässt das frisch angetraute Paar sich nicht zweimal sagen. Unter dem anhaltenden Applaus der Anwesenden schlingt Alex seine Arme um Jessy und drückt stürmisch seine Lippen auf ihren Mund.

»Ist das schön«, höre ich mit einem Mal ein leises Wispern neben mir, und sofort ist meine Aufmerksamkeit wieder bei der Frau, die heute an meiner Seite ist.

Charlies Blick ist unverwandt auf das küssende Paar gerichtet, und plötzlich fällt mir das Atmen schwer. Meine Augen wandern über ihr Profil, ihre gerade Nase, die vollen Lippen und die kleinen Sommersprossen, die auf ihrer hellen Haut tanzen. Sie ist so schön, wie sie verträumt auf Jessy und Alex sieht, dass in mir schon wieder der irrationale Wunsch aufsteigt, sie in meine Arme zu ziehen und sie zu küssen. Ich will sie spüren und nie wieder damit aufhören müssen.

Um uns herum ebbt der Applaus langsam ab.

»Gemeinsam begrüßen wir nun Mr und Mrs Hunter«, sagt der Pfarrer feierlich und ruft damit einen erneuten Jubelsturm hervor.

Das Brautpaar verlässt unter dem rauschenden Klang der Orgel und den Glückwünschen aller Gäste die Kirche, und wir folgen ihnen. Draußen schließe ich erst Alex und dann Jessy fest in meine Arme.

»Ihr beiden habt es geschafft«, flüstere ich in Jessys Haar. »Ihr habt mir bewiesen, dass es die wahre Liebe noch gibt.«

Jessy löst sich von mir und sieht mich mit einem liebevoll-schwesterlichen Blick an.

»Du hast mal zu mir gesagt, dass Liebe keinen Sinn ergibt, Bennie. Dass sie die unsinnigste Sache der Welt ist.«

»Stimmt«, antworte ich heiser. »Das habe ich gesagt.«

»Du hattest recht«, sagt Jessy sanft. »Liebe ist die unsinnigste Sache der Welt. Aber auch die schönste.«

»Dem ist von meiner Seite aus nichts hinzuzufügen«, gebe ich leise zu, und Jessy quietscht. Dann droht sie mir spielerisch mit dem Finger.

»Sie ist ein tolles Mädchen, Foster. Versau es nicht.«

»Das werde ich nicht.«

Ich hoffe so sehr, dass ich dieses Versprechen halten kann. Denn davon hängt so ziemlich alles ab.

Der große Saal und die Terrasse des *Mayflower Inns* sind festlich geschmückt und summen vor Leben. Gerade wurde das Buffet eröffnet, und ich schnuppere genießerisch, als mich von hinten jemand unsanft anrempelt.

Stolpernd und taumelnd kämpfe ich um meine Haltung. Als ich mich wieder gefangen habe, suchen meine Augen die Menge der Personen ab, um den Übeltäter auszumachen.

Als ich gleich darauf eine große blonde Frau mit kurzen Haaren ausmache, runzle ich die Stirn.

Sie hat sich vor dem Tisch aufgebaut, an dem Jessy und Alex sitzen, und sieht ziemlich wütend aus. Wütend und auf den zweiten Blick etwas verwildert.

Nach und nach verstummen die Gespräche der Gäste, und ich stelle meinen Teller mit einem entschuldigenden Lächeln in Richtung der Servicekraft hinter dem Buffet ab und drängele mich durch die Herumstehenden näher heran, in der Hoffnung herauszufinden, was da los ist.

»... konntest du nur?«, höre ich eine unangenehme, leicht kratzige Stimme mit einem Hauch von Hysterie.

Mein Blick wandert von Jessys kalkweißem Gesicht zu dem von Alex.

Sein Ausdruck spiegelt ihren, und seine Lippen sind einen Spalt geöffnet. Wut und Fassungslosigkeit liegen spürbar in der Luft.

»Wer ist das?«, flüstert jemand hinter mir, und das wüsste ich ehrlich gesagt auch gern.

»Wie konntest du in der Kirche diese Worte zu diesem ... diesem Kind sagen?« Die bitteren Worte der Frau klingeln in meinen Ohren, und in meinem Hinterkopf entsteht ein leiser, aber sehr böser Verdacht. Alex' nächste Worte bestätigen meine Gedanken.

»Warum bist du hier, Kathy?« Nur wer ihn kennt, wird merken, dass seine Stimme zittert. »Du bist nicht eingeladen.«

Jessy sagt nichts. Ihr ganzes blasses Gesicht ist ein einziger Ausdruck der Fassungslosigkeit.

»Ich bin nicht eingeladen.« Die Frau wiederholt die Worte, und ihre Stimme überschlägt sich. Höhnisch und verzweifelt. »Du hast recht. Du hast mich nicht eingeladen.«

»Aber trotzdem bist du da.«

Alex klingt jetzt ganz ruhig, und ich bewundere ihn dafür, wie er das schafft. Die Situation ist vollkommen surreal.

»Natürlich! Ich kam leider zu spät, um dich von diesem Fehler abzuhalten, aber du weißt, dass sie nicht gut für dich ist. Ihr habt doch keine Zukunft. Ich habe dir so oft gesagt, dass es das Beste für euch beide ist, wenn du dich von ihr trennst.«

Jessy zuckt unter ihren Worten zusammen, und Alex' Mund wird zu einem einzigen dünnen Strich.

»Du hast hier nichts zu suchen«, knurrt er, und ich bahne mir einen Weg nach vorn, um noch näher ans Geschehen heranzukommen.

»Du musst gehen, Kathy.«

»Ich kann nicht aufgeben.« Sie schreit beinahe, und ich kämpfe gegen eine Mischung aus Mitleid und Ekel.

»Warum konntest du nicht einfach über ihn hinwegkommen?« Die letzten gekeiften Worte gehen eindeutig in Jessys Richtung, die jetzt die Schultern strafft. Es ist, als ginge ein Ruck durch ihren ganzen Körper.

»Das sagst ausgerechnet du?« Ihre Stimme klingt kühl und abweisend. »Wenn ich es richtig in Erinnerung habe, dann hat er dich damals verlassen, und du hast seitdem keine vernünftige Beziehung geführt. Stattdessen willst du ihn zurück und ihn einer anderen Frau wegnehmen. Findest du es da nicht etwas heuchlerisch zu verlangen, dass es mir anders gehen sollte als dir?«

Ein kollektives Keuchen geht durch die Reihen der anwesenden Gäste, die alle genauso wenig glauben können, was sie sehen wie ich.

»Kathy«, grollt Alex nun. »Das mit uns... das war... nicht richtig. Ich dachte damals, dass es genügt, zufrieden zu sein. Ein ruhiges Leben zu haben. Aber das stimmt nicht.«

Er holt tief Luft und ich kann mir nicht vorstellen, wie er sich gerade fühlen muss.

»Es tut mir leid, dass ich dir wehtun muss, aber ich kann nicht akzeptieren, dass du hier auftauchst und unsere Hochzeit – unseren schönsten Tag – ruinierst.«

»Aber...«

»Nein.« Alex spricht deutlich und Jessy sieht aus, als wollte sie sich gleich auf Kathy stürzen. In diesem Moment reicht es mir. Das hier ist nicht mein Zwist, aber ich werde nicht länger zusehen, wie diese Frau die Feier sprengt.

Ich dränge mich energisch ganz nach vorn und greife sanft, aber bestimmt nach Kathys Arm.

»Sie sollten jetzt wirklich gehen«, sage ich nachdrücklich, und sie wirbelt zu mir herum.

»Also von dir lasse ich mir ja gar nichts sagen.« Sie spuckt mir die Worte beinahe vor die Füße.

»Sollten Sie aber.« Ich presse die Zähne fest zusammen und verstärke meinen Druck unmerklich. »Kommen Sie bitte mit, bevor ich gezwungen bin, die Polizei zu rufen.«

Wir messen uns mit Blicken, aber schließlich erschlafft die Frau vor mir und lässt sich nach draußen bugsieren.

»Ich rufe Ihnen ein Taxi«, sage ich ruhig, erledige das und suche dann ihren Blick, obwohl mein Herz rast. »Aber wenn ich Ihnen einen Tipp geben darf, dann suchen Sie sich bitte Hilfe. Sie sind offensichtlich nicht gesund, und es wird Ihnen besser gehen, wenn Sie mit sich selbst zu leben lernen. Akzeptieren Sie, dass Alex Jessy wirklich liebt und jeder verzweifelte Versuch die beiden voneinander fernzuhalten auf lange Sicht zum Scheitern verurteilt ist.«

Dann halte ich Kathy die Tür des Taxis auf, das herangekommen ist, und gehe zurück auf die Feier.

Der Rest des Mittagessens zieht an uns wie in einer Blase vorbei. Ich versuche zu verarbeiten, was wir gerade erlebt haben, und schwanke noch immer zwischen Mitleid für Kathy, die ich schluchzend und fluchend nach draußen eskortiert habe, und Jessy, die danach erst einmal ebenfalls in Tränen aufgelöst an meiner Brust lag.

Alex hat sich bei seiner Braut und den Gästen entschuldigt, und überraschenderweise ist schnell Ruhe eingekehrt. Nun ist es an der Zeit für die Reden der Trauzeugen, und ein kurzer Blickkontakt mit Georgie ergibt, dass sie den Anfang machen wird.

Die Stimmen der Gäste ebben ab, als sie aufsteht und mit ihrem Löffel vorsichtig gegen ihr Glas klopft. Dennoch ist es immer noch zu laut, um zu reden.

»Seid doch mal still«, ruft sie nach einer Weile, und als das nicht hilft, beginnt sie auf und ab zu hüpfen und mit den Händen in der Luft herumzufuchteln.

»Ob sie jetzt auch durchdreht?« Charlies leise Stimme vibriert vor unterdrückter Aufregung und Sensationslust. Ich pruste in mich hinein und schüttele amüsiert den Kopf.

»Du machst mich fertig«, wispere ich ihr zu. »Und nein. Georgie dreht nicht durch. Das ist ganz normal bei ihr.«

Inzwischen haben auch die anderen Gäste das Theater bemerkt, das meine beste Freundin auf der Bühne veranstaltet, und auch die letzten Gespräche verstummen.

»Na endlich.« Georgie seufzt, als nur noch das leise Knacken der Lautsprecher zu hören ist. »Lange hätte ich das nicht mehr mitgemacht. Seit der Schwangerschaft kann ich nicht mal mehr Treppen hochlaufen, ohne zu japsen.«

Vereinzeltes Lachen ertönt aus dem Publikum, und auch ich schmunzele. Georgie sieht man ihre Schwangerschaft nun wirklich nicht mehr an. Sie geht jeden Tag laufen, und ihre Babypfunde sind schon lange wieder verschwunden. Jetzt schiebt sie sich eine Haarsträhne aus dem Gesicht und räuspert sich ausgiebig.

»Aber jetzt kommen wir zu dem Grund, aus dem ich hier vorn stehe und mich gerade zum Affen gemacht habe.«

Ihre Augen wandern über die Menge und bleiben an Jessy und Alex hängen, die sich an den Händen halten und über das ganze Gesicht strahlen.

»Wir alle sind heute hier, weil wir die Liebe von zwei Menschen feiern wollen«, sagt Georgie, und einen Augenblick lang glaube ich wirklich, dass sie mit den Tränen kämpft. Aber sie fasst sich schnell wieder, blinzelt kurz, und dann breitet sich ein strahlendes Lächeln mit einem leicht hinterhältigen Blitzen auf ihrem Gesicht aus.

»Der Weg, den die Liebe des Brautpaars gewählt hat, war wirklich kein einfacher. Eher im Gegenteil.«

Sie hebt ihr Glas in Alex' Richtung und zwinkert ihm zu.

»Alex hat eine ganze Weile gebraucht, um zu merken, dass sein Frauengeschmack in der Vergangenheit –«, sie zögert, und ich sehe ihr deutlich an, dass ihre Rede gerade in eine Richtung abdriftet, die sie nicht einschlagen kann, ohne gehässig zu werden. Einen Augenblick lang hängt eine ganze Wolke unausgesprochener Worte über ihr, bis sie sich räuspert und wieder zum Punkt kommt.

»Nun, sagen wir, dass ich der Meinung bin, dass sein Geschmack sich mit den Jahren deutlich verbessert hat und ich froh bin, dass er sich schließlich für die beste Frau entschieden hat, die er bekommen konnte.«

Im Stillen gebe ich Georgie recht. Alex' Ex-Frau Sarah und auch Kathy sind ganz eindeutige Beweise dafür, dass er mit Jessy das große Los gezogen hat.

Bei ihr ist er angekommen, und wenn man die beiden sieht, dann kann man gar nicht an ihrer Liebe füreinander zweifeln. Jessy vergöttert Alex, und er würde alles tun, um sie zu beschützen. Aus diesem Grund haben Georgie und ich ihm auch sein Verhalten der Vergangenheit verziehen.

Georgie wirft Jessy in diesem Moment eine Kusshand zu und tupft sich mit einem Taschentuch die Tränen aus den Augenwinkeln.

»Und ich habe genauso viel Glück wie er, denn diese Frau ist meine beste Freundin. Es gibt kaum einen Menschen, dem ich eine glückliche Ehe mehr wünschen würde als ihr! Sie hat es verdient, die Nummer eins zu sein, und ich verspreche euch: *Sie* ist nicht irre! Zumindest nicht immer.«

Sie hebt ihr Glas, prostet Jessy und Alex lachend zu und wendet sich dann an die Gäste.

»Auf das glückliche Paar!«

»Auf das glückliche Paar!«

Kapitel 19

Ben

»Nun ist es an der Zeit, dass das Brautpaar den Tanz eröffnet«, ruft Georgie, nachdem auch ich meine Rede hinter mich gebracht habe und sie sich das Mikrofon wieder geschnappt hat.

Die Musik beginnt, und wir alle beobachten, wie Alex Jessy auf die Tanzfläche zieht und sanft in seine Arme nimmt.

»Er hat das Lied ausgesucht«, flüstere ich Charlie zu, als die ersten Töne von *Beautiful in White* ertönen und die beiden zu tanzen beginnen.

»Ich glaube, jetzt muss ich kotzen«, wispert sie zurück, und ich muss an mich halten, um nicht loszuprusten.

»Du alte Romantikerin.«

Meine Stimme klingt heiser, und ich drücke ihr einen sanften Kuss auf die Stirn, während wir dem ersten Tanz der frisch Vermählten mit den Augen folgen.

Als das Lied zu Ende ist, und einem anderen weicht, stehe ich auf und strecke Charlie meine Hand entgegen.

»Darf ich bitten?«, frage ich grinsend, und sie macht große Augen.

»Du willst mit mir tanzen?«

»Nichts lieber als das.« Es ist die Wahrheit, und mein ganzer Körper beginnt zu kribbeln, als sie meine Hand ergreift und sich von mir auf die Füße ziehen lässt.

»Ich warne dich aber vorsichtshalber gleich und verrate dir, dass ich nicht tanzen kann.« Sie grinst verlegen.

»Mach einfach die Augen zu und lass dich von mir führen«, sage ich leise, und sie tut genau das. Als ich meinen Arm um ihre schmale Taille lege, habe ich das Gefühl, vor Stolz und Glück beinahe zu platzen. Sie an meiner Seite zu haben, ist wie ein Geschenk, das ich nicht verdiene.

Charlie hat übrigens geschwindelt, als sie behauptet hat, nicht tanzen zu können. Auf eine einfache Art harmonieren wir miteinander, und schon bald vergesse ich die Welt um mich herum.

Als wir schließlich langsamer werden, haben wir sicher schon vier oder fünf Lieder durchgetanzt.

»Das nenne ich mal eine Hochzeit«, sagt Charlie, und auch ohne sie anzusehen, weiß ich, dass sie dabei lacht. Ich höre es in ihrer klaren, schönen Stimme und wende ihr das Gesicht zu.

»Es war wirklich alles dabei«, sage ich und muss dabei ein Lächeln unterdrücken.

»Romantik, eine total bekloppte Ex und ein Blumenjunge, der seinen Korb über dem Blumenmädchen auskippt.«

»Nur eine Sache ist noch nicht passiert«, sagt Charlie langsam und dreht sich ganz zu mir um. Unsere Gesichter sind auf einmal so nah beieinander, dass ich ihren Atem auf meiner Haut spüren kann.

Mein Herz schlägt so heftig in meiner Brust, dass ich glaube, man müsste es hören können. Mein Mund fühlt sich trocken an, als ich Charlie in die Augen sehe.

»Was denn?«, flüstere ich, und meine Stimme klingt rau und kratzig.

»Bisher hat der Trauzeuge noch niemanden aufgerissen.«

Bei ihren Worten bleibt mir die Spucke weg. Wortlos starre ich sie an, begegne ihrem intensiven Blick und weiß genau, was sie gerade denkt.

Charlie

Küss mich! Ich denke es so intensiv, dass ich beinahe glaube, es laut herausgeschrien zu haben. Aber alles bleibt still. Meine Lippen bewegen sich nicht, und nur in meinem Bauch flattern die Schmetterlinge wild durcheinander.

»Der Abend ist noch jung.«

Bens Worte kommen so unvorbereitet, dass ich taumle und mich an ihm festhalten muss. Sofort legt er schützend seinen Arm um mich und zieht mich näher zu sich heran. Wenn er mir damit allerdings Stabilität geben will, dann funktioniert das nur bedingt, denn seine Berührung lässt mich wackelig werden. Wackelig, kribbelig und unglaublich aufgeregt.

»Küss mich, Ben«, flüstere ich und spreche damit meinen sehnsüchtigsten Wunsch aus.

Bens Augen werden groß. Im nächsten Augenblick packt er mich, zieht mich an sich heran und drückt seine Lippen auf meinen Mund. Obwohl es nicht das erste Mal ist, dass Ben mich küsst, fühlt es sich wieder so an.

Seine zärtlichen und fordernden Lippen entfachen ein loderndes Feuer in meinem Innern, lassen mich beben und glühen. Ein beinahe unhörbares Stöhnen kommt über meine Lippen, als Ben seine Lippen von meinen löst und sie über meine Wangen, mein Kinn und schließlich über meinen Hals wandern lässt.

Aber gerade als ich mich vom Strudel meiner Gefühle davonreißen lassen will, löst Ben seine Lippen von meiner Haut und schnappt nach Luft. Dann greift er blitzschnell nach meiner Hand.

»Komm mit«, flüstert er mir ins Ohr, und ich stolpere beinahe auf den hohen Absätzen, als er mich durch die Menge der Tanzenden hinter sich herzieht.

»Wo willst du hin?«, keuche ich, als die Tür zum großen Saal hinter uns zufällt und Ben in seinen Schritten nicht langsamer wird. Er dreht sich zu mir um, und in seinen Augen liegt ein mir unbekannter Glanz.

»Lass uns spazieren gehen«, sagt er heiser, und etwas in seiner Stimme lässt eine Gänsehaut über meinen ganzen Körper laufen.

»In den Schuhen?«

Es ist das Erste, was mir einfällt, und gleichzeitig würde ich mir am liebsten selbst eine dafür verpassen. Zum Glück scheint Ben damit kein Problem zu haben, denn er grinst.

»Zieh sie einfach aus.«

Die Lösung ist naheliegend, und ich streife mir wortlos die hochhackigen Folterinstrumente von den Füßen.

»Dann mal los.«

Wir laufen am Empfang vorbei, die Empfangsdame wirft uns einen überraschten Blick zu, dann verlassen wir das *Mayflower Inn.* Draußen empfängt uns eine absolut angenehme Stille. Ein angenehm frischer Lufthauch kühlt meine erhitzte Haut und ein sanfter Schauder durchfährt meinen Körper.

Bens Hand in meiner fühlt sich weich und warm an. Obwohl es draußen bereits dunkel ist, fühle ich mich sicher, weil er mir nah ist. Wir sprechen nicht miteinander, sondern spazieren einfach durch den immer dunkler werdenden Abend.

Meine Sinne fokussieren sich auf die Schatten und Geräusche der Nacht, und ich lausche auf meinen gleichmäßigen Atem, während Ben meine Hand nicht eine Sekunde lang loslässt.

Ich habe keine Ahnung, wie weit wir laufen. Ich spüre nicht einmal mehr, dass ich barfuß bin. Es ist einfach nur, als gäbe es keinen Ort auf der Welt, an den es mich jetzt locken würde.

»Diese Kathy«, beginne ich nach einer Weile, als meine Gedanken lauter werden. »Sie ist Alex' Ex, oder?«

»Genau«, sagt Ben leise. »Er hat sich ihr gegenüber nicht richtig verhalten, das muss ich zugeben, und trotzdem fällt es mir wahnsinnig schwer, Mitleid mit ihr zu haben. Vor allem nach dem, was sie heute abgezogen hat.«

Ich nicke bedächtig, obwohl er das in der Dunkelheit vermutlich ohnehin nicht sehen kann.

»Ich glaube, mir tut sie trotzdem leid.«

Ben bleibt stehen als ich das sage.

»Ich meine«, versuche ich zu erklären, »man hat gespürt, wie verzweifelt sie war. Dass sie ihn wirklich geliebt hat und von seiner Liebe überzeugt war. Keine Frau verdient es, so behandelt zu werden.«

»Da hast du recht«, murmelt Ben und drückt meine Hand noch ein wenig fester. »Eigentlich kann sie einem leidtun.«

»Aber versteh mich nicht falsch«, spreche ich weiter. »Mir tun auch Alex und Jessy leid. Ihre Hochzeit war zwar toll, aber ich glaube nicht, dass es besonders schön ist, wenn eine irre Ex auf der eigenen Hochzeit aufschlägt.«

»Also bei mir musst du dir da keine Sorgen machen.«

Bens Worte sind so leise, dass ich sie beinahe nicht verstehe, aber es ist, als hätte ich ihre Bedeutung intuitiv gespürt. Ein warmes Kribbeln breitet sich in meinem Bauch aus.

»Da bin ich aber erleichtert.«

Es soll flapsig klingen, aber meiner Stimme ist die Ernsthaftigkeit mehr als deutlich anzuhören.

In diesem Moment ändert sich die Stimmung zwischen uns. Ben macht einen Schritt auf mich zu. Plötzlich liegt seine Hand um meine Taille, und das Atmen fällt mir sofort schwerer.

»Ich auch, glaub mir.« Sein Tonfall ist ernst. »Auf meiner Hochzeit will ich nur *eine* Frau sehen.«

Was sagt er da? Spricht er gerade wirklich von Hochzeit? Ich bin froh, dass es dunkel ist und er nicht sehen kann, wie rot ich geworden bin.

Wobei, vielleicht leuchte ich sogar wie das rote Licht einer Reklametafel. Aber egal was Ben gerade in mir sieht, es scheint ihm zu gefallen.

Ein Wimpernschlag später berühren seine Lippen zärtlich meinen Mund, und ich schmelze in seinen Armen dahin.

Der Kuss beginnt langsam und vorsichtig, wird aber schnell zu mehr. Eine kleine Flamme lodert in meinem Bauch, wird größer und breitet sich zu einem Inferno aus, das meinen gesamten Körper zu versengen droht.

Ben neckt mich mit seinen Lippen. Lockt mich, begehrt Einlass in meinen Mund, und als ich ihm den gewähre, schlägt ein Blitz direkt in meine Körpermitte ein.

Unsere Zungen umspielen sich langsam, in einem sinnlichen Tanz und obwohl die Luft um uns herum kühl ist, glühe ich.

»Charlie!«

Ben flüstert meinen Namen zwischen zwei Küssen, und allein der Klang seiner Stimme reicht aus, um mich in seinen Armen sterben wollen zu lassen.

Keuchend löst er sich von mir, schiebt mich ein kleines Stück von sich und sieht mich direkt an. Inzwischen erhellt das Mondlicht die Konturen um uns herum, und ich kann Bens schönes Gesicht mehr als nur erahnen.

»Komm mit«, flüstert er und deutet unbestimmt in eine Richtung. Meine Augen folgen seinem Finger, und ich erkenne schemenhaft die Umrisse eines Klettergerüsts, einer Schaukel und einer Wippe.

Neben dem Spielplatz liegt eine große Wiese, und ich überlege, was Ben jetzt vorhat.

Diese Frage beantwortet er mir gleich darauf, als er sich sein Jackett auszieht, ein paar Meter geht und es auf einer flachen Stelle im Gras ausbreitet.

»Komm zu mir«, sagt er leise, und seine klare Stimme schneidet durch die Nacht.

Wie eine Puppe, deren Bewegungen vor einem Puppenspieler gesteuert werden, bewege ich mich auf ihn zu. Ben lässt sich auf das Gras fallen und klopft neben sich auf sein Jackett.

»Setz dich.«

Einen Augenblick lang schießt mir durch den Kopf, dass sein gutes Jackett nicht dafür gedacht ist, auf dem Boden zu liegen, aber der Gedanke verschwindet sofort, als ich zu ihm hinunter und direkt in seine braunen Augen sehe. Mit klopfendem Herzen lasse ich mich neben ihm auf das Gras sinken.

Es ist ganz still. Irgendwo ruft ein Käuzchen, und ein sanftes Lüftchen raschelt in den Bäumen. Sonst ist nichts zu hören, außer meinen und Bens unregelmäßigen Atemzügen.

Schließlich lässt er sich rücklings ins Gras fallen und breitet seinen Arm aus, sodass ich bequem meinen Kopf darauf betten kann. Ich kuschele mich neben ihn, mein Arm liegt auf seiner Brust, und gemeinsam betrachten wir schweigend den Sternenhimmel über uns.

In meinem Bauch tobt ein Schmetterlingskrieg. So nah neben Ben zu liegen, unter den Sternen, in einer lauen Sommernacht, ist einfach zu viel.

Tausend Emotionen durchfluten meinen Körper, und Sehnsucht ist definitiv eine davon. Sanft lasse ich meine Hand über Bens Brust wandern. Unter meiner Berührung erzittert er, und unsere Blicke treffen sich.

»Charlie, ich –« Bevor er weitersprechen kann, treffen sich unsere Lippen. Wir küssen uns, und aus Zärtlichkeit wird binnen Sekunden ein stärkeres, sehnendes Gefühl.

Mit zitternden Fingern knöpfe ich Bens Hemd auf, und er schnappt nach Luft, als meine Fingerspitzen die nackte Haut an seiner Brust streifen.

»Oh –« stöhnt er leise und nestelt nun seinerseits am Reißverschluss meines Kleides herum, bis er ihn geöffnet hat und mir den fließenden Stoff von den Schultern streift. In diesem Augenblick gibt es auf der ganzen Welt keinen Ort, an dem ich lieber wäre als hier mit Ben. Mitten in der Nacht. Auf einer Wiese unter den Sternen.

Seine Hand liegt auf meinem Oberschenkel und wandert langsam und träge in Richtung meiner Taille. Die Berührung seiner Finger brennt eine heiße Spur die Haut meines Schenkels nach oben, und es fühlt sich an, als würde ich im nächsten Moment verglühen.

»Ben.«

Ein beinahe tonloses Wispern, als er sich mit einer fließenden Bewegung auf mich rollt und meinen Mund mit seinen Lippen verschließt. Seine sanften Bewegungen treiben mich in den Wahnsinn, und ich kann gar nicht genug von ihm spüren.

Noch nie zuvor war mein Wunsch, einem Menschen so nah zu sein, so groß.

»Ich will dich«, wispere ich, und Bens leises Lachen ist die Musik, die unsere Bewegungen untermalt.

»Du glaubst nicht, was es mit mir macht, das zu hören.«

Seine Küsse schlucken die Worte, und es sind seine Taten, die sich mir verständlich machen.

Ben küsst eine empfindliche Stelle an meinem Hals, von der ich bisher nicht einmal wusste, dass sie existiert, geschweige denn solche Emotionen in mir auslösen kann.

»Ben.«

Sein Name kommt erneut über meine Lippen, und er hält inne. Sein Blick ruht auf mir, wandert über jeden Zentimeter meines Körpers, den er im Mondlicht vermutlich nur ansatzweise erkennen kann.

»So wunderschön«, flüstert er fassungslos, und mein Körper reagiert sofort auf seine Worte. Die Härchen an meinen Armen richten sich auf, recken sich ihm und seinen Berührungen entgegen und erwarten geradezu verzweifelt seine Aufmerksamkeit.

»Bitte.«

Ein heiseres Flehen. Dabei könnte ich nicht einmal sagen, was ich mir genau wünsche.

Aber Ben scheint instinktiv zu wissen, wonach ich mich sehne. Vorsichtig streicht sein Daumen über die Ränder meines BHs, und ich erzittere, als er dabei meine nackte

Haut streift. Seine Lippen folgen seinen Händen, liebkosen mich, lassen mich beben und mein Innerstes erzittern.

»Hast du ... ein Kondom dabei?«, wispere ich beinahe tonlos, und Ben nickt.

»Ja«, flüstert er mit kratziger Stimme und greift in die Tasche seiner Hose. Ein kurzes Rascheln. Ich habe kaum bemerkt, dass er sein Hemd inzwischen komplett ausgezogen hat, und meine Augen werden groß, als ich im schummrigen Licht des Mondes seinen nackten Oberkörper betrachte.

Ich habe keine Ahnung, ob Ben Sport macht, aber seine leicht definierten Bauchmuskeln lassen etwas in der Art vermuten.

Als er sich einen Augenblick später über mich beugt, zieht sich alles in meinem Innern zusammen. Das Gefühl, ihm so nah zu sein, ist unbeschreiblich schön. Es ist eine Intimität, wie ich sie nie wieder mit einem anderen Menschen spüren will. Nie wieder will ich jemand anderem so nah sein wie ihm. Er ist es, er war es, und er wird es für immer sein.

Ben hält ganz still, als könnte er meine Gedanken lesen. Er schluckt, sieht mir in die Augen und legt seine Hand an mein Gesicht. Vorsichtig, beinahe schüchtern. Als wäre ich für ihn eine Kostbarkeit.

»Du bist unglaublich.«

Sein warmer Atem streift sanft meine Haut, bevor seine Lippen meine finden. Ohne mich von seinem Mund zu lösen, schlinge ich ihm die Arme um den Hals und ziehe ihn näher an mich heran. Mit einer fließenden Bewegung rollt Ben uns herum. Ich richte mich auf und sehe ihm fest in die Augen. Will, dass er mir jedes Wort, das er gleich hören wird, glaubt.

»Du bist alles, was ich mir jemals gewünscht habe.«

Meine Stimme ist klar und deutlich. Dann füge ich noch etwas hinzu. So leise, dass er es nicht hören kann.

»Ich liebe dich.«

Im nächsten Moment verschwimmt die Welt um mich herum.

Ben

Charlies Kopf ruht auf meiner Brust, und die kühle Nachtluft streichelt sanft unsere erhitzte Haut.

Noch immer rast mein Herz wie ein Presslufthammer, und ich fühle mich gleichzeitig satt, schwer, müde, zufrieden und unendlich aufgedreht. Es ist eine atemberaubende Mischung, die ich noch nie in dieser Weise erlebt habe.

»Woran denkst du?«

Als hätte sie meine Gedanken gehört, die viel zu laut durch die Stille der Nacht dröhnen. Zumindest kommt es mir so vor. Charlie bewegt sich leicht, um mir in die Augen sehen zu können. Ich lese dieselbe Frage darin, die sie gerade schon ausgesprochen hat.

»An dich.«

Meine Antwort ist ehrlich, und ich streiche sanft über ihre Schulter. »Und daran, wie fantastisch du bist.«

»Das sagt der Richtige.«

Ihre Stimme klingt schläfrig, während sie mit einer Hand meinen Bauch streichelt und damit unendlich viele kleine Blitze durch meinen Körper jagt.

»Du machst mich ganz verrückt, weißt du das?«

Abrupt richtet sie sich auf und sieht mir direkt in die Augen.

»Was meinst du?«

Sie sieht beinahe erschrocken aus. Schnell greife ich nach ihrer Hand, denn mir wird klar, dass sie mich vermutlich falsch verstanden hat.

»So habe ich das nicht gemeint.«

Ich richte mich auf, stütze mich auf dem Ellenbogen ab und sehe ihr direkt ins Gesicht. »Ich wollte damit sagen, dass allein deine Anwesenheit ausreicht, damit ich den Verstand verliere.«

Ich richte mich weiter auf und führe unsere Gesichter zusammen. »Du bist so wunderschön«, spreche ich meine Gedanken erneut aus, und ihre Lippen teilen sich. Ich gebe ihr jedoch nicht die Möglichkeit zu antworten, denn mir liegt etwas auf dem Herzen.

»Ich liebe es, wenn du in meiner Nähe bist. Ich liebe es, wenn du meine Haut berührst, und ich will dich so sehr. Ich begehre dich mit jeder Faser meines Herzens, aber ich darf es nicht.«

Ich atme schwer, und meine Worte kommen nur noch abgehackt heraus. »Ich darf dich nicht begehren. Nicht so.«

Während meiner Rede sind Charlies Augen immer größer geworden.

»Ich ... aber ... warum nicht?«

»Weil es so sehr wehtun wird, dich wieder zu verlieren.«

Am liebsten würde ich mich ohrfeigen, weil ich diese perfekte Situation mit meinen Ängsten zerstöre, aber ich kann mich nicht zurückhalten.

Allerdings wird Charlies Gesicht bei meinen Worten ganz weich.

»Du wirst mich nicht verlieren, Ben«, sagt sie, und ihre Augen versinken tief in meinem Blick.

»Das kannst du nicht versprechen«, sage ich und starre wie hypnotisiert zurück.

»Doch, Ben«, sagt sie und berührt mich. »Ich verspreche dir, dass du mich nicht verlieren wirst. Ich bleibe bei dir, so lange du mich lässt.«

Die Worte brennen sich in mein Herz, schaffen es aber nicht, den leisen Zweifel vollständig auszumerzen.

»Wie kannst du mir versprechen, dass ich dich nie verlieren werde?«, bringe ich stockend hervor, und Charlies Blick versinkt in meinem.

»Ich kann es dir versprechen, Ben –« Sie spricht leise und eindringlich. »Ich kann es dir versprechen, weil ich es nicht ertragen würde, dich zu verlieren.«

Sie sagt es leise, beinahe als wollte sie nicht, dass ich ihre Worte höre. Aber ich habe sie gehört. Fast als hätte sie sie mir entgegengeschrien.

»Sag das noch mal.« Eine heisere Bitte.

»Ich kann dich nicht verlieren, Ben«, wiederholt sie eindringlich und betont jede einzelne Silbe überdeutlich.

»Und warum nicht?«

Ich weiß nicht, warum ich diese Frage stelle. Es kommt mir beinahe erbärmlich vor, und dennoch will ich unbedingt ihre Antwort hören. Mit jeder Faser meines Herzens.

Endlose Sekunden verstreichen.

»Weil ich mich Hals über Kopf in dich verliebt habe.«

Mit diesen Worten stellt sie meine gesamte Welt auf den Kopf.

Charlie

Ben starrt mich mit großen Augen an, und ich frage mich eine Sekunde lang, ob es falsch war. Vielleicht hätte ich meine Gefühle lieber für mich behalten sollten, anstatt sie ihm hier unter dem Sternenhimmel einfach ins Gesicht zu sagen.

Aber nein, beschließe ich dann. Es war nicht falsch. Es musste dringend ausgesprochen werden. Ben ist im letzten halben Jahr zum wichtigsten Menschen meines Lebens geworden.

Ich habe mein Herz an ihn verloren und will wissen, ob es ihm genauso geht.

Ja, sein Körper scheint mir in den letzten Minuten genau das verraten zu haben. Dass er mich will. Aber ich glaube nicht, dass es reicht zu wissen, dass zwischen uns eine körperliche Anziehung besteht. Ich will, dass es ihm so geht wie mir. Ich will, dass er nur noch an mich denken kann, dass er von mir träumt, dass ihm mein Geruch in der Nase hängt, wenn ich nicht da bin, und in diesem Moment ist das größte Gefühl in mir die Angst.

Angst davor, dass ich mich getäuscht habe und Ben ganz anders fühlt als ich.

»Du musst gar nichts sagen«, rudere ich zurück, als mir sein Schweigen unerträglich wird. »Ich weiß, dass das sehr schnell kam und …«

»Ich liebe dich Charlie«, stößt Ben hervor, unterbricht damit meinen Wortschwall und lässt mich sprachlos zurück. Ich. Liebe. Dich. Die drei Worte hängen in der Luft, schweben über uns, wabern um uns herum, und ich versuche, sie einzufangen.

»Ich liebe dich«, wiederholt Ben und küsst mich. Sein Kuss vertreibt alle Sorgen. Ich vergesse, was mir bisher so große Sorgen gemacht hat. Er hat gesagt, dass er mich liebt und dass er mich nicht verlieren will. Dass er Angst davor hat, mich zu verlieren, und sich deswegen immer wieder dagegen gewehrt hat, mich zu begehren. Wir fühlen dasselbe.

Als die Wahrheit seiner Worte und die Gewissheit der Situation in meinen Geist eindringen, breitet sich ein strahlendes Lächeln auf meinem Gesicht aus. Am liebsten würde ich noch einmal sagen, dass ich ihn liebe.

Wieder und wieder und immerzu. Aber weil Worte nicht ausreichen, um zu beschreiben, wie es in diesem Moment in mir aussieht, tue ich das, was auch Ben gerade als Kommunikationsmittel genutzt hat, und küsse ihn.

Unsere Lippen verschmelzen miteinander, suchen sich hungrig, bittend, hart, verzweifelt, liebevoll und zärtlich.

»Unser Timing für ernste Themen müssen wir echt noch perfektionieren«, flüstere ich atemlos, als wir uns kurz voneinander lösen.

»Stimmt.«

»Lass und einfach den Moment genießen.«

»Ja. Ich genieße jeden Augenblick, in dem du bei mir bist.«

Hand in Hand laufen Ben und ich später zurück zum Inn. Mein Herz klopft wie verrückt, und ich kann mich vor Glück kaum auf den Beinen halten.

»Kannst du glauben, dass das gerade wirklich passiert ist?«, flüstere ich Ben ins Ohr, und er schüttelt lächelnd den Kopf.

»Damit hätte ich auf keinen Fall gerechnet«, murmelt er, bleibt stehen und drückt mir einen kleinen Kuss in den Nacken. Eine Gänsehaut breitet sich unverzüglich von der Stelle aus und macht mir das Atmen unmöglich.

»Ich auch nicht«, krächze ich und gehe weiter, damit ich nicht vergesse, wo ich gerade bin. Als wir wieder am Inn ankommen, ist alles still.

»Hast du eine Ahnung, wie spät es ist?«, flüstert Ben, und ich schüttele stumm den Kopf. Ich habe mein Zeitgefühl komplett verloren und hätte nicht einmal gemerkt, wenn eine Woche ins Land gezogen wäre.

Ben wirft einen Blick auf seine Armbanduhr und zieht scharf die Luft ein.

»Es ist Viertel nach drei«, murmelt er, und mir entweicht nun ein kleines Keuchen.

»Dann müssen wir in etwas mehr als sechs Stunden wieder auf der Matte stehen für den Post-Hochzeits-Brunch«, stelle ich fest, und mein Körper protestiert allein bei dem Gedanken an so wenig Schlaf.

»Es klingt schon grausam«, murmle ich. Meine Augenlider werden schwer, und ich registriere nur am Rande, wie Ben mich in Richtung Aufzug schiebt und die Türen sich hinter uns schließen.

»Du bist ja völlig fertig«, stellt Ben fest und schlingt seine Arme von hinten um mich. Selbst in meinem todmüden Zustand zwischen Schlafen und Wachsein höre ich sein Lächeln deutlich heraus.

»Und du bist schuld«, nuschele ich und genieße das Geräusch seines Lachens an meinem Ohr.

»Ich weiß.« Seine Zähne kitzeln mein empfindliches Ohrläppchen.

Kichernd wehre ich ihn ab.

»Lass das, du Spinner.« Aber mir ist selbst klar, dass ich nicht so klinge, als würde ich meine Aufforderung ernst meinen.

»Und was, wenn ich es nicht tue?«

Ben fordert mich heraus, während seine Zunge über meinen Hals gleitet.

»Dann –« Mir fehlen die Worte. Es ist, als würde allein seine Berührung ausreichen, um mein Sprachzentrum vollständig lahmzulegen. Und das will bei mir wirklich etwas heißen.

»Jaaaa?«

Er zieht das Wort aufreizend in die Länge, und ich stöhne leise, weil das Feuer in meinem Innern trotz meiner Müdigkeit mit ungeahnter Stärke erneut aufflammt.

»Ich hab es vergessen«, bringe ich stockend hervor, bevor ich meine Arme um Ben schlinge und an ihm hochspringe. Er fängt mich, seine Hände unter meinem Hintern, und lehnt uns gegen die Wand des Fahrstuhls, gerade als dieser mit einem leisen Pling die Tür öffnet, weil wir auf unserem Stockwerk angekommen sind.

Anstatt mich allerdings abzusetzen, trägt Ben mich durch den menschenleeren Flur und öffnet mit einer Hand nahezu mühelos die Tür. Kaum hat er sie mit dem Fuß hinter uns zugetreten, als er mich auch schon zum Bett trägt.

Ich vergesse die Müdigkeit, vergesse, dass wir in wenigen Stunden aufstehen müssen, denn mein Körper fokussiert sich voll und ganz auf Ben.

Dieses Mal fühlt sich seine Liebe noch intensiver an, und als ich danach in seinen Armen einschlafe, ist da kein Ort auf der Welt, an dem ich lieber wäre.

Kapitel 20

Charlie

»Was ist denn mit euch los?«, begrüßt uns Georgie am nächsten Morgen, als Ben und ich Hand in Hand den großen, ausladenden Raum betreten, in dem das Buffet für den Brunch bereits auf uns wartet.

Ihre Frage ist durchaus berechtigt, denn weder Ben noch ich sind richtig wach. Wenn man es genauer betrachtet, dann schlafen wir beide beinahe im Stehen ein. Ich habe meine Augenringe nur notdürftig mit etwas Concealer kaschiert.

»Kaffee!«, brummt Ben, ohne auf ihre Frage einzugehen, und mein Herz jubelt. Dieser Mann versteht wahrhaft, was ich brauche. Wie kann ich nur so viel Glück haben?

»Das war keine Antwort auf meine Frage, Bennie«, stellt Georgie fest.

»Kaffee!« Nun klingt es knurriger, und ich unterstütze seinen Antrag in jeder Hinsicht.

»Aber«, beginnt Georgie und reicht ihre Tochter, die ihr gerade die mit Banane verschmierten Händchen ins Gesicht patscht, ohne einen Kommentar an Noah weiter.

»Na, danke auch«, kommentiert der trocken und greift sich eine Serviette, bevor er seiner Frau einen strafenden Blick zuwirft. »Nun gib dem Mann endlich eine Tasse

Kaffee und lass ihn nicht leiden. Nicht jeder hat ein Mundwerk, das morgens um fünf schon aufwacht.«

»Und ein Hirn, das um halb zehn nachzieht, meinst du?« Georgie lacht über das ganze Gesicht und macht Ben und mir ohne ein weiteres Wort Platz. Dabei registriert sie unsere ineinander verschlungenen Hände, und ihre dunklen Augen werden riesig.

»Ohhhhhh«, macht sie verzückt und pikt Jessy, die gerade mit ihren Eggs Benedikt beschäftigt ist, den Finger in die Seite.

»Was ist ...?«, beginnt Jessy, registriert dann aber, was Georgie meint, und hält inne. Die Eier lässt sie links liegen.

»Ohhhhhh!«, kommt es nun auch von ihr, und ich spüre, wie ich auch ohne Kaffee langsam wacher werde. »Ihr macht es jetzt also richtig offiziell?«

Jessy mustert uns neugierig. Ich wende mich zu Ben, der anscheinend dazu übergegangen ist, seine beiden besten Freundinnen einfach zu ignorieren, denn er konzentriert sich ganz auf den dunklen Strahl, der gerade aus einer Kanne in seine Tasse fließt.

»Ladys«, grinst Alex. »Wenn die beiden Kaffee bekommen, erfahren wir sicher mehr.«

»Da hast du recht.« Es ist das Erste, was ich heute sage, und es fühlt sich seltsam an, meine Lippen für etwas anderes zu verwenden als dafür, Ben und seinen Körper zu erkunden, wie ich es in der Nacht wieder und wieder getan habe. Sie fühlen sich spröde an von den vielen Küssen, die wir ausgetauscht haben. Ich erschauere allein beim Gedanken daran.

»Hier, der ist für dich.« Ben schiebt eine volle Tasse zu mir herüber. »Milch? Zucker?«

»Ich trinke ihn schwarz«, murmle ich, und er sieht mich überrascht an.

»Brrrr.« Der angewiderte Kommentar kommt von Georgie. »Das ist ja ekelhaft.«

»Sagt die Richtige«, neckt Noah sie und legt seine Hand in ihren Nacken. »Nur weil du seit der Schwangerschaft keinen Kaffee mehr trinkst, kannst du es nicht plötzlich jedem anderen vorwerfen.«

Ich achte gar nicht mehr auf die beiden, die sich liebevoll weiterkabbeln, sondern atme den herben Geruch des Kaffees ein. Ich inhaliere ihn und frage mich, ob man Koffein wohl auch durch die Nase aufnehmen kann.

Normalerweise bin ich keine Kaffeetrinkerin. Dafür bin ich mir der negativen Aspekte viel zu bewusst. Ich trinke meinen Kaffee normalerweise höchstens entkoffeiniert, aber heute ist ein Energieschub genau das, was ich brauche.

Ich führe das heiße Getränk an meine Lippen und puste, weil ich es mir wirklich nicht leisten kann, mir den Mund zu verbrennen. Nach allem, was meine Lippen heute Nacht mitgemacht haben, wäre das fatal.

»Und, Ehepaar. Wie war die Hochzeitsnacht?«

Offenbar hat Ben neben mir schon die ersten Schlucke von seinem Heißgetränk genommen, denn seine Stimme hat einen deutlich wacheren Klang als gerade eben noch.

»Benjamin Foster«, schimpft Jessy kichernd, während Alex in seinen Kaffee prustet. »Wie kannst du solche Fragen stellen?«

»Na, irgendeiner muss doch fragen.« Ben gibt sich gelassen und schnappt sich ein Croissant aus dem Korb mit Frühstücksgebäck. »Wissen wollen wir es doch alle.«

»Sprich bitte nur für dich, mein Freund«, kommentiert Noah, der gerade abwechselnd sich und Olivia ein Stück Brötchen mit Erdbeermarmelade in den Mund schiebt.

»Mein Schatz hat vollkommen recht«, pflichtet Georgie ihm bei, während auch in meinem Hirn langsam das Koffein ankommt. Gleich darauf wünsche ich mir allerdings meinen komatösen Zustand wieder herbei, denn Jessy dreht den Spieß einfach um.

»Also unsere Nacht war hervorragend, Bennie.«

Sie flötet die Worte zwinkernd heraus, und ein diabolisches Lächeln huscht über ihr Gesicht. »Und wie sieht es bei dir aus? Wie ging es weiter, nachdem ihr die Feier so spontan verlassen habt?«

Ich verschlucke mich an meinem Kaffee und beginne heftig zu husten. Als mir klar wird, dass ich dadurch die Aufmerksamkeit des gesamten Tisches auf mich ziehe, versuche ich verzweifelt, meine Contenance wiederzuerlangen.

»Das war gemein, Jess«, tadelt Ben, aber das Grinsen auf seinem Gesicht straft ihn Lügen.

Dann schiebt er mir eine Hand auf den Rücken, lässt sie nach oben wandern und massiert sanft meinen Nacken. »Aber wenn ihr schon fragt, dann will ich euch zumindest den Teil verraten, den ihr verkraften könnt.«

Er lehnt sich zu mir herüber und drückt mir einen kurzen Kuss auf die Wange.

»Charlie und ich sind jetzt offiziell ein Paar, nicht wahr, Darling?«

Seine liebevolle Stimme und die Verwendung dieses grässlichen Kosenamens führen dazu, dass ich mich wieder beruhige, und ich bin ihm dankbar dafür.

Etwa eine Sekunde lang. Dann ramme ich ihm meinen Ellenbogen in die Seite.

»Aber natürlich, mein Zuckerschnäuzchen«, lispele ich und habe damit die Lacher auf meiner Seite.

Ben grinst. »Okay, das heben wir uns besser fürs Schlafzimmer auf.«

Dafür erntet er einen weiteren Rempler von mir.

»Mach so weiter, und du schläfst allein«, drohe ich, und er zwinkert mir so hinreißend zu, dass ich ihm nicht eine Sekunde böse sein kann.

»Iss, mein Schatz.« Dieses Mal liegt keinerlei Spott in seiner Stimme.

»Der Name gefällt mir«, flüstere ich und schmiege mich an seine Seite.

»Okay, time out!«, kommentiert Georgie und verdreht gespielt die Augen. »Das kann man ja nicht mit ansehen.«

»Jetzt weißt du, wie wir uns wieder und wieder gefühlt haben.«

Ungerührt greift Ben nach der Butter. »Aber da wir das nun alles geklärt haben, schlage ich vor, dass wir jetzt einfach die Zeit genießen und unser Couplefrühstück mit Olivia zum Besten machen, das es jemals gab.«

Und das tun wir dann auch. Es wird ein reines Schlemmen, bis wir keinen Bissen mehr herunterkriegen.

»Mein Pferd bricht ja zusammen, wenn ich wiederkomme«, scherze ich. »Und der Klavierhocker vermutlich auch.«

Ben küsst mich zärtlich auf die Lippen. »So ein Blödsinn«, murmelt er, nur um mich gleich darauf wieder zu küssen. »Aber *ich* breche ganz sicher zusammen unter deinem Gewicht.«

Noch bevor ich reagieren kann, klatscht es, und Ben jault auf.

»Au, was soll das?«

»Hätte ich es nicht getan, dann hätte meine wunderschöne Frau es übernommen, Mann, sorry.«

Alex grinst halb amüsiert, halb schuldbewusst, und Jessy neben ihm nickt so heftig, dass ihr beinahe der Kopf abfällt.

»Sag niemals etwas über das Gewicht deiner Freundin, außer dass sie abgenommen hat«, ermahnt sie ihn, und ich gehe in die Verteidigungshaltung, obwohl ich es liebe, wenn Ben sich mit seinen Freunden liebevoll herumzankt.

»Ich liebe seine große Klappe«, gestehe ich, und Noah und Alex saugen gleichzeitig scharf die Luft ein.

»Diese Frau musst du heiraten!«, ruft Noah.

Alex nickt wie wild. »Ich rufe den Standesbeamten an!«, erklärt er, und gleich darauf brechen wir alle in schallendes Gelächter aus.

»Irgendwann wäre das möglich«, wispert Ben an meinem Ohr, während wir den anderen in den Spa-Bereich folgen, wo wir den Rest unseres Tages und des Hochzeitswochenendes verbringen werden, bevor wir nach Hause zurückfahren und von der Realität eingeholt werden.

Auf dem Weg ins Spa merke ich, dass der Gedanke daran, ihn eines Tages zu heiraten, mir alles andere als unangenehm ist.

»Weißt du, dass ich immer dachte, dass ich nicht der Typ fürs Heiraten wäre?«, frage ich leise.

Bens Augen leuchten auf. »Und heute siehst du das anders?«

»Es kommt mir fast so vor«, gebe ich beinahe tonlos zurück. Der Blick, den wir nun wechseln, ist so voll von ungesagten Worten, so voll von Gefühlen, die viel zu groß sind, als dass wir ihnen Ausdruck verleihen könnten, aber ich weiß, dass er genauso fühlt. Und das ist genug.

»Und, wann werdet ihr es deinen Eltern sagen?«

Ich stöhne unmerklich auf und überlege eine Sekunde, meine besten Freundinnen zu ertränken. Ich meine: ich liebe sie wirklich sehr, aber dass sie, seit wir im Spa angekommen sind, nicht mehr aufhören, meine Freundin zu löchern, geht mir ehrlich gesagt wirklich auf die Eier.

»Ich denke, dass wir es ihnen am Wochenende sagen.«

Charlie sieht mich fragend von der Seite an, und ich wundere mich, wie sie so gelassen bleiben kann. Ich an ihrer Stelle hätte mich nie so leicht damit getan, mich nahtlos in eine neue Freundesgruppe einzugliedern.

Meinem Mädchen scheint es allerdings wirklich leichtzufallen, und ich empfinde einen riesigen Stolz auf sie. So, wie sie hier sitzt und mit meinen Freunden redet, merkt man nicht, dass sie einige Jahre jünger ist. Im Gegenteil. Sie versteht sich blendend mit allen.

»Ben?«, reißt mich ihre süße Stimme nun aus meinen Gedanken, und ich erstarre ertappt. Ich kann mich noch erinnern, dass sie mich gerade etwas gefragt hat, aber was nur?

»Meine Eltern. Es ihnen erzählen?«, erinnert sie mich kopfschüttelnd, als ihr klar wird, dass ich gerade völlig abgedriftet bin.

»Ach so. Natürlich.«

Wenn ich ganz ehrlich bin, dann gehe ich an das Thema nicht einmal ansatzweise so locker heran, wie ich sie und die anderen gerade glauben machen möchte. Mein erstes und bisher einziges Zusammentreffen mit Charlies Dad hat mir klargemacht, dass er nicht einfach jeden Kerl für seine Tochter akzeptieren wird. Und die Tatsache, dass ich mit Polizisten meine Vorgeschichte habe, macht es mir auch nicht gerade leichter, mich ihm zu öffnen.

»Machst du dir Sorgen?«

Ertappt sehe ich auf und stelle fest, dass Noahs Frage gar nicht mir galt, sondern Charlie.

»Ich könnte es verstehen«, erklärt Jessy und lässt sich vorsichtig noch ein Stück tiefer ins Wasser gleiten.

Charlie sieht sie fragend an.

»Wieso?«

»Oh, sie denkt an mein erstes Zusammentreffen mit ihrem Dad«, erklärt Alex und verflicht seine Finger mit denen seiner Frau.

»Wieso?« Charlies Stimme klingt interessiert, aber ich höre auch deutlich einen Hauch Besorgnis heraus. »Wie ist das denn abgelaufen?«

Weil ich die Geschichte kenne und nicht will, dass Charlie sich Sorgen macht oder so, rutsche ich ein Stück näher an sie heran und lege meinen Arm um ihre Schultern. Sofort entspannt sie sich und schmiegt ihren Kopf an meine Schulter, während Alex und Jessy nach einem beredten Blickwechsel damit beginnen, ihre Geschichte zu erzählen.

»Du musst wissen, dass mein Dad auf eine sehr, nun, ungünstige Weise von unserer Beziehung erfahren hat«, beginnt Jessy, und ihre Stimme zittert leicht.

»Und er war nicht sonderlich begeistert darüber«, führt Alex aus. Ich kann die Anspannung auf seinem Gesicht deutlich erkennen.

»Hatte er ein Problem damit, dass du älter bist als Jessy?«

Charlies Frage ist so unbedarft, dass ich sie am liebsten am mich ziehen und nie wieder loslassen würde. Sie scheint wirklich einen sehr naiven Blick auf die Welt zu haben, wenn ihr das als erster Grund in den Sinn kommt.

Alex und Jessy tauschen noch einen Blick, und sie nickt ihm sanft zu. Man kann quasi sehen, wie die beiden stumm miteinander kommunizieren, bis Alex wieder das Wort ergreift.

»Nein«, sagt er langsam, und ein Schatten huscht über sein Gesicht. »Du musst wissen, dass ich zu dem Zeitpunkt, als ich Jessy kennengelernt habe, noch verheiratet war.«

»Shit!« Charlies Augen weiten sich.

»Allerdings, Shit«, bestätigt Alex nickend, und ich verstärke meinen Druck um Charlies Schultern.

»Und Jessys Dad wusste das?«, hakt sie nach.

Wieder nicken Jessy und Alex synchron. »Er hat er herausgefunden, weil ihn jemand damit erpressen wollte«, sagt Alex leise, und in Jessys Augen schimmern mit einem Mal Tränen.

»Jedenfalls –« Alex spricht schnell weiter und kommt damit auf unser eigentliches Thema zurück. »Jedenfalls hatten wir schließlich alles geregelt, waren offiziell ein Paar, und Jessy beschloss, dass es Zeit wäre, dass ich ihre Eltern kennenlerne.«

»Meine Mutter ist ein Schatz.« Jessys Stimme wird ganz sanft. »Außerdem wollte ich ihm meine kleinen Geschwister vorstellen.«

»Du hast Geschwister?«

Charlie klingt, als würde sie Jessy um diese Erfahrung beneiden.

Meine beste Freundin nickt. »Ich habe zwei jüngere Geschwister, Zwillinge. Sie werden viel zu schnell groß und kommen tatsächlich bald auf die Highschool.« Sie schüttelt den Kopf. Ein Lächeln huscht über ihr Gesicht, bevor es wieder ernst wird und ein trauriger Zug um ihren Mund erscheint.

»Ich hatte auch einen älteren Bruder«, erzählt sie dann, und ihre Stimme wird leise.

»Was ist mit ihm passiert?«

Die Empathie in Charlies Stimme treibt mir die Tränen in die Augen. Ihre volle Aufmerksamkeit gilt Jessy, und es scheint sie kein bisschen zu stören, dass wir schon wieder von unserem ursprünglichen Thema, der ersten Begegnung zwischen Alex und Jessys Dad, abgekommen sind.

»Er ist von einem Auto angefahren worden und war sofort tot.«

Charlie

Der Schmerz in Jessys Stimme und ihren Augen raubt mir beinahe den Atem. Ich habe keine Geschwister und kann mir nicht einmal ansatzweise vorstellen, wie sie sich fühlen muss.

In diesem Moment folge ich einfach einem Impuls, durchquere den Jacuzzi und nehme Jessy in die Arme.

Im ersten Moment wirkt sie genauso überrascht, wie ich selbst es über diese Geste bin – immerhin kennen wir uns kaum – aber dann lässt sie sich in meine Umarmung fallen, und wir halten uns eine ganze Weile einfach nur fest.

»Danke«, sagt Jessy schließlich, als wir uns wieder voneinander lösen und verlegen überall hinsehen, nur nicht in das Gesicht der anderen.

»Keine Ursache«, murmle ich und schwimme zurück zu Ben.

»Du bist unfassbar!«, wispert er mir ins Ohr und an dem unverkennbaren Stolz in seiner Stimme merke ich, dass das etwas Positives ist.

»Sie tat mir einfach so leid«, wispere ich, und da schlingt er seine Arme um mich und küsst mich lange und zärtlich.

»Ich liebe dich!«, raunt er, und gerade als das Ganze definitiv zu cheesy zu werden droht, quäkt das Babyfon los, das Georgie und Noah neben dem Whirlpool deponiert haben.

»Ich denke, das ist unser Stichwort.« Georgie seufzt und greift nach der Hand ihres Mannes. »Als altes, verheiratetes Paar sind wir hier sowieso eher fehl am Platz neben den frisch Angetrauten und den frisch Verliebten, nicht wahr, Liebling?«

»Wenn du das sagst.« Noah drückt ihr einen Kuss auf den Hals. »Ich habe übrigens überhaupt nichts dagegen, mit dir aufs Zimmer zu gehen, mein Herz.«

»Also bitte«, murmelt Ben so laut, dass wir ihn alle hören können. »Die beiden stehen uns doch in nichts nach.«

»Wir treffen uns zur Abreise in zwei Stunden, du Blödi.« Georgie schnippt ihm eine ordentliche Ladung Wasser ins Gesicht, bevor Noah und sie sich tatsächlich verabschieden und den Spa-Bereich verlassen.

»Ich mag dich, Charlie«, sagt Alex leise, während Ben und Jessy sich miteinander unterhalten.

»Oh«, mache ich verblüfft. Mit einer so direkten Ansage hatte ich irgendwie nicht gerechnet.

»Ja«, erklärt er ernst und lächelt mich an. »Du hast die Situation vorhin vollkommen richtig erfasst und Jessy das gegeben, was sie brauchte. Dafür möchte ich dir danken.«

»Aber ...« Das ist doch selbstverständlich, möchte ich sagen, unterbreche mich aber, weil Ben und Jessy in diesem Augenblick ihr Gespräch beenden und sich wieder zu uns umdrehen.

»Immer gerne«, sage ich zu Alex, und wir lächeln uns einen Augenblick lang stumm an.

»Zurück zu Jessys Dad«, unterbricht Ben schließlich die Stille und zieht mich wieder an seine Seite. »Das Treffen.«

Ben

»Genau, das Treffen«, greift Alex den Faden auf und legt seinerseits seinen Arm um Jessy.

»Wir waren mit meiner Familie in einem Restaurant verabredet«, erzählt sie und runzelt die Stirn. »Einer dieser Nobelschuppen, in denen man sich nicht einmal traut, wirklich zu atmen.«

»Jedenfalls traf ich das erste Mal auf ihre gesamte Familie«, erklärt Alex, und auf Charlies fragenden Blick hin lächelt er. »Ihrer Mutter war ich ganz am Anfang schon begegnet, auch wenn wir nicht wirklich viel miteinander gesprochen hatten.«

»Ehrlich gesagt war ich dankbar dafür, dass wenigstens ihr euch schon kanntet«, gesteht Jessy.

»Das hat den Abend allerdings nicht besser gemacht«, meint Alex.

»Nicht wirklich.« Jessy schüttelt traurig den Kopf. »Mein Dad hat sich total unmöglich aufgeführt«, sagt sie dann, und auf ihrem Gesicht kann man den Schmerz deutlich erkennen. »Er hat Alex sogar *freundlicher*«, sie setzt das Wort mit ihren Fingern in Anführungsstriche, »behandelt als mich. Zu mir war er eiskalt.«

»Oh nein.« Charlie klingt schockiert, und auch wenn ich die Geschichte schon kenne, verkrampft sich mein Magen wieder einmal beim Gedanken an Jessys Dad, der meiner Meinung nach ein arroganter Schnösel mit einem gehörigen Mangel an Herz ist.

»Aber ich bin so froh, dass wir es gemeinsam geschafft haben«, stellt Jessy fest und küsst Alex zärtlich auf den Mund.

»War dein Dad deshalb nicht auf eurer Hochzeit?«, fragt Charlie und schlägt sich im nächsten Augenblick die Hand vor den Mund.

»Es tut mir leid«, entschuldigt sie sich.

Jessy winkt ab. »Schon okay. Ich komme inzwischen sogar ganz gut damit klar, dass mein Dad und ich wohl niemals die Beziehung haben werden, die ich mir als Tochter wünschen würde.«

»Mein Dad und ich haben es auch nicht wirklich leicht miteinander«, sagt Charlie leise und zieht damit unser aller Aufmerksamkeit auf sich.

»Oh?«, fragt Jessy interessiert, und Charlie nickt.

»Es ist nicht immer einfach, die Tochter vom Sheriff zu sein«, sagt sie leise. »Vor allem dann nicht, wenn er dein Leben in möglichst allen Facetten lenken und kontrollieren will.«

»Das kann ich mir vorstellen«, murmelt Jessy, und in meinem Magen zieht es ungemütlich bei den Worten meiner Freundin. Meiner Freundin. Dieser Gedanke vertreibt das ungemütliche Ziehen und lässt das Eis in meinem Bauch schmelzen.

»Stellt euch vor. Ausgerechnet ich verliebe mich in die Tochter vom Sheriff«, scherze ich und würde im nächsten Moment am liebsten alles ungesagt machen.

»Ben«, sagt Jessy sanft und lächelt mich an. »Du weißt, dass du nichts für die Taten deines Vaters kannst. Also tu das bitte nicht, okay?«

»Was meinst du?«, frage ich beklommen.

»Ich will nicht, dass du von dir als dem bösen Jungen sprichst, der sich in die Tochter eines Polizisten verliebt«, sagt Jessy fest und sieht mir direkt in die Augen. »Du bist der klassische *Good Guy*, Bennie.«

»Na, vielen Dank auch!«, brumme ich, kann aber das warme Gefühl in meinem Bauch nicht unterdrücken. »Ich liebe dich, Jess«, sage ich und ernte dafür eine hochgezogene Augenbraue von Alex.

»Mir ist durchaus klar, dass du meine Frau sehr gern hast, Ben. Aber findest du nicht, dass das etwas zu weit geht?«

Wir brechen alle vier in schallendes Gelächter aus und wechseln danach das Thema.

Der Rest des Nachmittags wird einfach nur wunderschön, und wir genießen jeden Augenblick in vollen Zügen. Wir sprechen so lange nicht mehr über ein erstes Zusammentreffen zwischen mir und Charlies Eltern, bis wir gemeinsam in mein Auto steigen.

Charlie

»Und du bist dir sicher, dass du mich deinen Eltern vorstellen willst?«

Den ganzen Nachmittag haben wir das Thema erfolgreich vermieden, und nach Jessys Erzählungen bin ich mir ehrlich gesagt nicht mehr wirklich sicher, wie ich zu alldem stehe.

»Ja«, sage ich dennoch und gebe meiner Stimme einen festen Klang. »Du gehörst zu mir, und ich will unbedingt, dass sie es akzeptieren.«

Bens Gesichtszüge werden weich, und er beugt sich zu mir herüber. Ganz, ganz vorsichtig legt er seine Lippen auf meinen Mund.

»Ich kann dir gar nicht sagen, wie sehr ich dich liebe«, flüstert er an meinem Hals, und ich schmelze in seiner Umarmung, die mir ein ungekanntes Gefühl der Geborgenheit vermittelt.

»Zusammen schaffen wir einfach alles«, sage ich und bin in diesem Augenblick vollkommen überzeugt von der Wahrheit meiner Worte.

Kapitel 21

Charlie

»Na, mein Schatz, wie war die Hochzeit?«

Mom – eindeutig neugierig – bombardiert mich mit Fragen, kaum dass ich durch die Haustür gekommen bin. Meine Gedanken sind noch vollständig bei der Verabschiedung von Ben. Meinem Freund.

Der Gedanke an seinen Abschiedskuss sorgt dafür, dass mir warm wird, und ich wünsche mich zurück zu ihm. Aber dann wird mir klar, dass meine Mutter mich aufmerksam mustert, und ich reiße mich zusammen.

»Die Hochzeit war unglaublich«, sage ich versonnen und lasse meine Gedanken über jeden einzelnen Moment des Wochenendes wandern. Bei jedem davon, der mit Ben zu tun hat, verweile ich und genieße die Hitze meiner Wangen.

»Du musst mir unbedingt alles erzählen«, sagt Mom und drückt mir ein Glas mit Ice Tea in die Hand. Die Eiswürfel klirren leise, als ich es ihr abnehme. Gleichzeitig schüttele ich mir meine Schuhe von den Füßen.

»Ordentlich hinstellen bitte«, sagt meine Mutter automatisch. Ich unterdrücke ein Augenrollen und stelle mein Glas ab, um die Schuhe nebeneinanderzustellen. Dann gehe ich mit meiner Mutter ins Wohnzimmer, und wir lassen uns in das riesige Sofa aus weißem Lederimitat sinken.

Nach einem tiefen Schluck aus meinem Glas wende ich ihr das Gesicht zu und beginne zu erzählen.

Ich erzähle von der Hochzeit, von der irren Kathy und allem, was ich verantworten kann, während ich die gemeinsame Nacht mit Ben wohlweislich verschweige.

»Das klingt nach einem wirklich gelungenen Wochenende«, stellt meine Mutter schließlich mit einem müden Lächeln fest, und ich nehme meinen ganzen Mut zusammen.

»Mom, ich brauche deine Hilfe«, sage ich leise und zurückhaltend und beobachte, wie sich ihr Gesichtsausdruck verändert.

»Was willst du mir sagen?«

Ich kann es kaum glauben, dass ich wirklich in dieser Situation bin. Das war ich vorher noch nie.

»Mom, ich habe einen Freund«, sage ich leise und warte dann einfach ab.

Einen erschreckend langen Augenblick ist es einfach nur still im Raum.

»Oh«, macht meine Mutter schließlich, und ich riskiere einen Blick zu ihr. Sie ist etwas blass um die Nase, wirkt aber ansonsten relativ entspannt, was mir Mut gibt.

»Ist es dieser Ben?«, fragt sie.

»Ja«, gestehe ich, und meine Mundwinkel heben sich ohne mein Zutun. »Er ist fantastisch, Mom«, platze ich in der nächsten Sekunde heraus. Die ganze Szene erinnert mich mit einem Mal fatal an einen schnulzigen Teeniefilm. Mit meiner Mutter auf dem Sofa zu kuscheln und über einen Kerl zu reden ist eher untypisch für mich. Normalerweise führe ich solche Gespräche mit Priya ...

In diesem Moment wird mir siedend heiß bewusst, dass ich meine beste Freundin noch nicht angerufen habe.

Sie wird stinksauer sein, wenn sie erfährt, dass ich zuerst mit meiner Mutter gesprochen habe.

Aber jetzt habe ich in den sauren Apfel gebissen und muss die Suppe auslöffeln ... Oder so ähnlich.

Ist diesem Augenblick erfordert meine Mutter meine ganze Aufmerksamkeit.

»Ist es dieses Wochenende passiert?«, fragt sie und bringt mich damit bereits mit ihrer zweiten Frage heftig ins Schwitzen. Welche Antwort ist nun die richtige? Verrate ich meiner Mutter, dass Ben und ich bereits seit einiger Zeit Gefühle füreinander hegen und sogar schon einmal ein Wochenende gemeinsam verbracht haben, dann wird sie *not amused* sein. Eher im Gegenteil.

Auch die Tatsache, dass er mich bereits vor einer Weile seinen Freunden vorgestellt hat, kommt mir nicht unbedingt so vor, als wäre sie das Erste, was ich meiner Mutter erzählen möchte. Stattdessen verlege ich mich auf eine altbewährte Taktik, die bereits seit meiner frühesten Kindheit hervorragend funktioniert.

»Er hat das Wochenende der Hochzeit genutzt, um mir zu sagen, wie viel ich ihm bedeute, und jetzt sind wir offiziell ein Paar.«

Es ist nicht gelogen, aber es ist auch nicht die ganze Wahrheit. In meinem Innern sticht es leicht, aber ich unterdrücke das Gefühl. Stattdessen denke ich an Ben und beginne sofort wieder zu strahlen.

»Ich würde ihn euch gern vorstellen, Mom«, sage ich leise und warte mit niedergeschlagenen Lidern auf ihre Reaktion. Ein Augenblick lang bleibt sie ganz still, aber dann zieht sie mich mit einem Ruck in ihre Arme und drückt mich ganz fest an sich.

»Ich freue mich darauf, ihn kennenzulernen«, flüstert sie an meinem Haar. »Und ich freue mich für dich, Kind.«

Das erste Mal seit langer Zeit schmiege ich mich in die Arme meiner Mutter, atme ihren vertrauten Duft ein und habe das Gefühl, dass wir einander endlich wieder einmal nah sind.

Auch wenn ich rebellisch bin, auch wenn ich nicht immer das tue, anziehe oder sage, was meine Eltern von mir erwarten, vermisse ich diese emotionale Nähe doch häufiger, als ich zugeben möchte.

»Ich wusste, dass eines Tages der Mann kommen würde, der dich dazu bringt, dich zu verändern«, sagt Mom nach einer Weile und schiebt mich ein Stückchen von sich weg.

Ihre Worte stechen in mein Herz. Ist es das, was sie daran freut? Ist es die Tatsache, dass ich durch Ben mehr zu dem Menschen werde, den meine Eltern in mir sehen wollen?

Der Gedanke schmerzt und macht mich zugleich wütend. Als hätte meine Mutter gespürt, was sie mit ihren Worten in mir ausgelöst hat, nimmt sie mich noch einmal in den Arm.

»Damit möchte ich nicht sagen, dass du dich verändern musst«, sagt sie eindringlich. »Aber als deine Mutter finde ich es schön zu sehen, dass es für dich mehr im Leben gibt als die Pferde und Nachmittage mit Priya im Stall oder in deinem Zimmer.«

Ich atme tief durch die Nase ein und lasse die Luft durch meine Zähne wieder entweichen. Währenddessen zähle ich langsam bis zehn und versuche, mich zu entspannen. Dann fällt mir etwas ein, und ich sitze mit einem Mal kerzengerade auf dem Sofa.

»Mom, du musst mir unbedingt einen Gefallen tun«, sage ich so ernst, dass an der Dringlichkeit der Situation kein Zweifel bestehen kann.

»Was wünschst du dir, Schatz?«, fragt meine Mutter.

Ich hole tief Luft. »Dad soll sich zurückhalten«, sage ich fest und sehe ihr dabei direkt in die Augen. »Er soll den Sheriff auf der Arbeit lassen und einfach nur ein Vater sein. Ich will nicht, dass Ben sich unwohl fühlt, wenn er bei mir zu Hause ist.«

Nachdem ich es nun ausgesprochen habe, kommt es mir ganz leicht vor, und ich wundere mich, dass es mir so schwergefallen ist.

»Meinst du, wir kriegen das hin?«, frage ich.

Meine Mutter nickt zögernd. »Ich werde mit ihm sprechen«, sagt sie dann. »Wie wäre es, wenn du Ben für nächstes Wochenende zu uns einlädst?«

Impulsiv schlinge ich meine Arme um sie und drücke ihr einen Schmatzer auf die Wange. »Danke, Mom.«

»Ich fasse es nicht!«, kreischt Priya, und unsere Pferde reißen erschrocken die Köpfe hoch.

»Woah, ganz ruhig« beruhige ich sie mit sanfter Stimme und werfe meiner besten Freundin einen tadelnden Blick zu. »Nun mach mal nicht gleich die Pferde scheu«, witzele ich halbherzig. »Eigentlich war es doch über kurz oder lang abzusehen.«

»Charlotte!« Auf einmal klingt Priya knallhart. »Hör auf, so zu tun, als wäre es nichts Besonderes.«

Ich reiße mich zusammen, ignoriere ihre Verwendung meines grässlichen vollen Namens und lächle.

»Du hast ja recht«, sage ich leise und sehe ihr dabei nicht in die Augen. »Es war unglaublich.«

Ich seufze unhörbar. »Das ganze Wochenende war, als wäre ich mitten in einem Traum gelandet, aus dem ich nie wieder aufwachen wollte.«

»So will ich das hören.« Priya klingt zufrieden und lächelt mich an. »Und, wie war es im Bett? So gut, wie ihn zu küssen?«

»Darüber werde ich jetzt ganz sicher nicht mit dir sprechen«, schimpfe ich lachend, deute ihr aber gleichzeitig mit dem hochgereckten Daumen die Antwort an.

»Woohoo«, macht sie, und wir lachen beide noch lauter.

»Aber jetzt lass uns doch mal nicht weiter von mir sprechen«, sage ich schließlich und wende mich ganz ihr zu. »Wie sieht es bei dir momentan aus? Wie läuft es in Klein-Indien? Und mit Adrian?«

Klein-Indien ist der Name, den Priya ihrer Familie gibt, wenn sie mit mir spricht. Bei meiner Frage legt sich ein dunkler Schatten über ihre Augen, den sie aber sofort wieder weglächelt.

»Ach, ich habe beschlossen, dass ich meine Zwangspause in Sachen Männer verlängern werde.«

»Zwangspause?«, echoe ich und frage mich, was um alles in der Welt ich verpasst habe.

»Ich habe Schluss gemacht«, sagt sie tonlos, und mein Herz bricht angesichts ihres schmerzerfüllten Lächelns.

»Oh Süße! Das tut mir so leid«, bringe ich hervor. »Was ist passiert?«

»Er ist passiert«, sagt sie leise. »Und seine Kommilitonin, die er regelmäßig um ein Date gebeten hat.«

»Du meinst diese Zicke, mit der er immer«, ich male Anführungsstriche in die Luft, »gelernt hat?«

»Genau die.« Priya schnaubt. »Die, die genauso toll und ehrgeizig ist wie er.«

»Du bist auch toll und ehrgeizig«, widerspreche ich ihr mit fester Stimme. »Nur weil du nicht so verklemmt und engstirnig bist wie er, heißt das nicht, dass du weniger wert bist. Eher im Gegenteil, wenn du mich fragst.«

Priya schnieft noch einmal und schenkt mir ein bezauberndes Lächeln.

»Weißt du, dass du die beste Freundin bist, die man sich wünschen könnte?«

»Ich dachte, das wäre deine Aufgabe«, gebe ich zurück, und nun lächeln wir beide.

»Na ja, sein Verlust«, sagt sie schließlich und räuspert sich umständlich. »Lass uns jetzt ein Stück galoppieren, okay? Die Strecke ist toll.«

Ich nicke stumm und bewundere ihre Stärke wieder einmal sehr. Allerdings ist mir klar, dass wir diese Adrian-Geschichte noch einmal ausführlich werden diskutieren müssen, auch wenn sie es jetzt noch nicht will.

»Und Ben lernt also am Wochenende deine Eltern kennen?«, fragt sie, nachdem wir nach dem schnellen Galopp die Pferde wieder ruhiger gehen lassen. Ich nicke.

»Und ich bin tierisch aufgeregt«, gebe ich zu. »Bei meiner letzten Klavierstunde bin ich schon fast durchgedreht.«

»Das wird«, beruhigt Priya mich. »Was soll denn schon passieren?«

Wenn ich in diesem Augenblick die Antwort auf ihre Frage gekannt hätte, dann wäre vermutlich alles anders gelaufen.

Ben

Mein Herz schlägt mir bis zum Hals, als ich am Samstag auf Charlies Elternhaus zu gehe. Einerseits bin ich der Meinung, dass das eine schlechte Idee ist, andererseits freue ich mich darauf, Charlie diesen Wunsch zu erfüllen.

Erst in dieser Woche ist mir klar geworden, wie sehr sie es sich wirklich wünscht. Wie wichtig es ihr ist, dass ich mich mit ihren Eltern gut verstehe und dieser erste Besuch ein Erfolg wird.

Georgie, die ich verzweifelt angerufen habe, weil ich keine Ahnung hatte, was man zu einem ersten Eltern-Date anzieht, hat mich in dunkle Jeans und ein sauberes, frisch gebügeltes Leinenhemd gesteckt. Das Gute an diesem Outfit ist, dass ich mich nicht verkleidet fühle.

Durch meine diversen Auftritte vor Publikum auf dem Klavier bin ich öfter mal etwas schicker gekleidet, auch wenn ich mich in Chucks gerade sicher deutlich wohler fühlen würde als in diesen blitzblank geputzten Halbschuhen. In meinen Händen halte ich eine Flasche Scotch und einen großen Blumenstrauß.

Es sind Margeriten, weil Charlie mir erzählt hat, wie sehr ihre Mutter diese Blumen liebt.

Mein Herz klopft heftig in meiner Brust, als ich die Türklingel betätige und darauf warte, dass etwas passiert. Einen Augenblick bleibt alles still hinter der Tür, aber dann höre ich Schritte auf der Treppe, und im nächsten Moment fällt mir Charlie um den Hals.

Ihre stürmische Begrüßung überrumpelt mich so sehr, dass ich um ein Haar meine Mitbringsel fallen gelassen hätte. In letzter Sekunde fange ich mich allerdings, schließe meine Hände fest um Flasche und Strauß und gebe meiner Freundin einen zärtlichen Begrüßungskuss auf den Mund.

»Danke für die Einladung, mein Schatz«, sage ich heiser und bin mir der Tatsache, dass man mir meine Nervosität anhören kann, durchaus bewusst.

»Es ist alles gut«, flüstert Charlie in diesem Moment, als hätte sie meine Gedanken gelesen. »Sie werden dich lieben. Sie werden gar nicht anders können.«

Ich lächle sie dankbar an und hebe die Hände mit meinen Geschenken.

»Ich tue alles, damit das stimmt«, sage ich leise.

»Du bist doch verrückt«, platzt sie nach einem Blick auf die Flasche Scotch heraus. Der kostet doch mindestens achtzig Dollar.

»Nur das Beste für den Vater meiner Freundin«, sage ich halb im Scherz, als ein Schatten über Charlie fällt und der Sheriff hinter ihr im Flur erscheint. Bei seinem Anblick verkrampfe ich mich innerlich und habe das Gefühl, dass sich die Luft um uns herum um mehrere Grad abkühlt.

»Benjamin Foster«, sagt er, und nichts an seiner Stimme klingt wie ein Willkommen. Er klingt eher, als wollte er mich gleich über meine Rechte aufklären. Ich spüre, wie sich mein Puls beschleunigt, und atme tief durch, weil es wichtig ist, dass ich jetzt die Ruhe bewahre.

»Guten Tag, Sir«, sage ich zackig und kann mich gerade noch zurückhalten, damit ich nicht salutiere. »Vielen Dank für die Einladung.« Er grummelt und murmelt etwas, das beinahe wie »Also meine Idee war das nicht« klingt.

Allerdings wäre es auch möglich, dass ich mich verhört habe, und ich möchte ihm nichts unterstellen. Immerhin wirft er mich nicht direkt wieder aus seinem Haus, sondern tritt einen Schritt zu Seite, sodass ich den Flur betreten kann.

Ich finde es immer wieder faszinierend, wie jeder Haushalt seinen ganz eigenen Geruch hat. Manche dieser Gerüche sind angenehm, andere sind mir beinahe unerträglich.

Charlies Elternhaus riecht irgendwie ... klinisch. Es wirkt auf den ersten Blick nicht ungemütlich, nur sehr distanziert.

An den Wänden hängen keine Familienbilder, sondern große und teuer aussehende Gemälde.

»Es ist besonders, nicht wahr?«

Charlies Stimme klingt beinahe belustigt, so als würde sie dieses Haus selbst nicht ganz ernst nehmen.

»Das ist es«, bestätige ich schmunzelnd und bin mir dabei der Anwesenheit ihres Vaters mehr als bewusst.

In diesem Moment öffnet sich eine Tür, und eine Frau kommt in den Flur. Sie muss Charlies Mutter sein, auch wenn sich die beiden nicht wirklich ähneln.

»Schön, dich kennenzulernen, Benjamin«, sagt sie und streckt mir beide Hände entgegen.

Verblüfft schüttele ich sie und versuche, die Optik dieser eher konservativ gekleideten Frau mit Charlies unkonventionellem Auftreten zu vereinbaren.

Während Charlie ihre wilden, roten Locken meist offen über die Schultern fallen lässt oder sie höchstens mal zu einem hohen Pferdeschwanz zusammenfasst, trägt Mrs Evans ihre Haare in einem schlichten, schmucklosen Knoten. Auch ihre Kleidung könnte der ihrer Tochter nicht unähnlicher sein.

Das hellblaue Kostüm ist zwar sehr schick, allerdings würde ich es eher auf einer politischen Veranstaltung erwarten als an einem normalen Tag zu Hause.

Dafür ist ihr Lächeln so herzlich, dass ich mich sofort willkommen fühle.

»Danke für die Einladung«, wiederhole ich, und sie nickt mir zu.

»Komm doch erst einmal rein«, schlägt sie vor. »Was möchtest du trinken?«

Charlie

»Ich trinke, was Sie dahaben«, sagt Ben, und der Charme in seiner Stimme sendet eine Gänsehaut über meinen Körper. Es ist seltsam, ihn hier bei mir zu Hause zu erleben, aber irgendwie passt es auch.

Wir gehen durch den Flur, in dem überall Bilder von mir in den unterschiedlichsten Altersstufen hängen, und Ben hält hier und da kurz inne, um einen Blick darauf zu werfen.

»Warst du süß«, flüstert er mir zu, und ich spüre, wie ich rot werde.

»Das bin ich doch immer noch«, antworte ich scherzhaft und greife nach seiner Hand. Hinter uns räuspert Dad sich. Ben versucht, seine Hand zurückzuziehen, aber ich halte sie ganz fest.

Mom hat großartig gekocht, und es riecht schon im ganzen Haus nach Gebratenem.

»Setz dich«, fordere ich Ben auf. »Ich helfe Mom schnell beim Reintragen.«

In Wahrheit will ich einfach nur einen Augenblick mit ihr allein sein und hören, was ihr erster Eindruck von Ben ist.

»Und?«, frage ich, kaum, dass wir die Küchentür hinter uns geschlossen haben. »Wie findest du ihn?«

Langsam dreht Mom sich zu mir um und legt mir in einer mütterlichen Geste eine Hand an die Wange.

»Er ist ein zauberhafter junger Mann«, sagt sie und ein seltenes Grübchen bildet sich bei diesen Worten an ihrem Kinn.

»Zauberhaft?« Ich kichere. »Wirklich?«

»Sagt man das nicht mehr unter jungen Leuten?«

»Nein, Mom«, grinse ich. »Das hat man unter siebzig nie so gesagt.«

Mom rollt lachend mit den Augen.

»Er sieht wirklich gut aus«, sagt sie schließlich. »Und ich habe ein gutes Gefühl bei ihm.«

»Da sind wir schon zu zweit«, sage ich und lasse mir mit einem glücklichen Lächeln von Mom einen großen Topf in die Hand drücken.

»Dann lass uns jetzt einfach den Nachmittag genießen«, sagt sie leise, während ich die Türklinke mit dem Ellenbogen herunterdrücke und wir gemeinsam zurück ins Wohn- und Esszimmer gehen.

»Das sieht fantastisch aus, Mrs Evans«, sagt Ben, und Mom lächelt so strahlend, dass ihre weißen Zähne ihm geradezu entgegenblitzen.

»Bitte nenn mich Naemi«, sagt sie, und ich höre ein leises Grunzen aus Dads Richtung.

»Gern, Naemi«, sagt Ben, und wir beginnen zu essen.

»Und, Benjamin«, fragt Dad schließlich, und ich verkrampfe alle zehn Finger in meinem Kleid, weil ich Angst vor dem habe, was nun kommt. »Wann werden Sie etwas Richtiges aus Ihrem Leben machen?«

Die große Uhr an der Wand tickt unangenehm laut.

Tick. Tack. Tick. Tack ...

»Eigentlich bin ich mit meinem Leben sehr zufrieden«, sagt Ben schließlich, und ich möchte ihn am liebsten dafür küssen, dass er sich nicht von Dad einschüchtern lässt.

»Nun ... das ist wirklich ... ungewöhnlich«, beginnt Dad gedehnt, und ich halte erneut die Luft an.

Warum tut er das nur? Ich kann es einfach nicht verstehen.

Ben

Das Klingeln eines Telefons beendet den unangenehmen Moment, und ich atme erleichtert auf, als Charlies Dad sich entschuldigt und aus dem Raum verschwindet.

»Bei seiner Arbeit kommt das öfter vor«, sagt Mrs Evans – Naemi – verlegen.

Ich winke ab. »Ist doch kein Problem.«

Jetzt, da der Sheriff weg ist, ist die Stimmung plötzlich viel gelöster.

»Glaubst du, dass Charlie bei dem Wettbewerb eine Chance hat?«, erkundigt ihre Mutter sich, und meine Augen huschen zu ihrer Tochter.

»Auf jeden Fall«, gebe ich im Brustton der Überzeugung zurück. »Ich habe selten einen solchen Dickkopf wie Ihre Tochter kennengelernt. Ich würde sogar behaupten, dass sie alles erreichen kann, wenn sie es nur wirklich will.«

»Das denke ich auch.«

Der Stolz in ihrer Stimme ist nicht zu überhören. »Meine Tochter wird es sicher gut machen mit ihrem Leben.«

»Mom«, protestiert Charlie halb verlegen, halb amüsiert, als die Tür auffliegt, durch die Sheriff Evans vorhin verschwunden ist, und er im Rahmen steht.

Es dauert einen Moment, bis ich in der Lage bin, die Schwingungen aufzufangen, die von ihm ausgehen, aber dann wird mir klar, dass es pure Abscheu ist, die mir entgegenschlägt. Naemi und Charlie sehen ebenfalls zur Tür, und als sie seinen Blick auffängt, wird Charlie kreidebleich.

»Dad! Was ist los?«

»Was los ist?« Seine Stimme ist donnernd und laut. »Dein Freund«, er spuckt das Wort regelrecht aus. »Dein Freund ist der Sohn eines Mörders!«

In diesem Moment bleibt die Zeit stehen.

Charlie

In meinen Ohren rauscht das Blut. Woher weiß er ...? Aber sofort liegt die Antwort glasklar auf der Hand. Dad hat sein Versprechen wahr gemacht und Ben durchleuchtet.

»Dad, es ist nicht so, wie du denkst«, rufe ich, aber er würgt mich mit einer einfachen Handbewegung ab.

»Sie verlassen jetzt besser mein Haus.«

In seiner Stimme liegt eine gefährliche Ruhe, und Stille breitet sich im Raum aus, in der man vermutlich ein Haar zu Boden segeln hören könnte.

Ich starre ihn an, versuche zu begreifen, was er sagt und was passiert ist.

»Dad«, wispere ich. »Er kann nichts dafür.«

Seine Augen, die gerade noch auf meinem Freund geruht haben, richten sich nun auf mich. Sein Blick ist eiskalt.

»Wie konntest du es wagen?«

Ich sage nichts, starre nur zurück in diese kalten Augen und frage mich, was ich verpasst habe.

»Wie konntest du es wagen, den Sohn eines Mörders in mein Haus zu bringen?« Mit jedem Wort, das er ausspricht, schwillt Dads Stimme an. Mein Herz verkrampft sich, und meine Lippen öffnen sich, weil ich etwas sagen will.

Ich weiß, dass ich sprechen muss, aber ich bringe keinen Ton heraus. Wie hypnotisiert ruht mein Blick auf Dad.

»Du hast es also gewusst?«, fragt er. »Du hast gewusst, wer er ist?«

Ich nicke stumm, unfähig auch nur ein einziges Wort zu formen. Aber allein diese kleine Geste ist es, die ausreicht, um das Fass zum Überlaufen zu bringen.

»Ich fasse es einfach nicht«, brüllt Dad. »Ich wusste, dass ich seinen Namen kenne.«

An seinem Hals tritt eine Ader gefährlich hervor, und sein Gesicht hat einen ungesunden Rotton angenommen. »Dieser Prozess war in jeder Zeitung, und ausgerechnet meine Tochter bringt diesen Abschaum in mein Haus?!«

Ein Keuchen erfüllt den Raum, und ich bin nicht sicher, ob es von mir oder Mom stammt. Aber Dad ist noch nicht fertig.

Er beugt sich vor. Links und rechts von Bens Teller legen sich seine großen Hände auf die Tischplatte. Er kommt ihm so nah, dass mir beinahe das Herz stehenbleibt.

»Ich verbiete Ihnen, meine Tochter jemals wiederzusehen.«

»Nein!«

Ich begreife erst, dass ich geschrien habe, als Ben unter dem Tisch nach meiner Hand greift. Er schlingt unsere Finger umeinander, obwohl er mich nicht ansieht.

»Sind Sie sicher, dass wir das nicht klären können?«

Er klingt ruhig, aber die Hand in meiner zittert spürbar. Ich drücke sie, will ihm Kraft spenden, weil er sich gerade mit einem wütenden Wasserbüffel anlegt.

Dads Augen treten gefährlich aus den Höhlen hervor, und die Ader an seinem Hals sieht aus, als könnte sie jeden Moment platzen.

»Sie. Verlassen. Jetzt. Auf. Der. Stelle. Mein. Haus.«

Er akzentuiert die Worte so deutlich, als würde er sie Ben ins Gesicht spucken. »Und ich will Sie nie wieder in der Nähe meiner Tochter sehen. Sie ist zu gut für Sie. Haben Sie verstanden?«

Unter Dads Worten zuckt Ben mehrfach zusammen. Alles in mir schreit danach, ihn in meine Arme zu ziehen und nicht wieder loszulassen. Stattdessen spüre ich, wie er seine Hand aus meiner löst, und sehe, wie er meinem Vater unmerklich zunickt.

»Ich habe verstanden, Sir«, sagt er und steht auf.

Wie versteinert sitze ich am Tisch und beobachte, wie er aus dem Zimmer verschwindet. Es ist, als würde ich diese Szene wie eine Fremde beobachten. Erst als ich höre, dass die Haustür ins Schloss fällt, kommt wieder Leben in mich.

»Nein!«, kreische ich aus Leibeskräften, springe so schnell auf, dass mein Stuhl nach hinten umkippt und krachend auf dem Boden aufschlägt.

»Du bleibst hier«, donnert Dad, und ich starre ihn tränenblind an. Ich habe keine Ahnung, wann ich zu weinen begonnen habe, aber eigentlich ist das egal.

»Ich will zu ihm!«

»Vergiss es!«

»Du kannst mir nicht einfach verbieten, den Mann zu sehen, den ich liebe«, brülle ich nahezu hysterisch, und Dad zuckt unmerklich unter meinen Worten zusammen. Aber vielleicht habe ich mir das auch nur eingebildet, denn seine Miene bleibt undurchdringlich.

»Du glaubst gar nicht, was ich alles kann«, sagt er dann, und in seiner Stimme liegt etwas, das mich frösteln lässt. Es lässt meine Tränen versiegen und mich ihn anstarren wie ein Kaninchen die Schlange.

»Was meinst du damit?«, frage ich tonlos und habe panische Angst vor seiner Antwort. Aber nichts hätte mich darauf vorbereiten können, wie schlimm es wirklich wird.

»Wenn du ihn weiterhin sehen solltest, und ich komme dahinter«, beginnt er mit kalter Stimme zu sprechen. »Dann werde ich dafür sorgen, dass sein Dad in einen Bundesstaat verlegt wird, in dem die Todesstrafe noch erlaubt ist.«

Das Blut rauscht in meinen Ohren. Ich begreife den Sinn hinter seiner Aussage nicht.

Nur langsam sickert zu mir durch, was er mir zu sagen versucht. Ich spüre, wie mein Gesicht mit einem Mal alle Farbe verliert.

»Das kannst du nicht tun«, bringe ich mit erstickter Stimme hervor, während die Gedanken durch meinen Kopf rasen und Bens Bild vor meinen Augen verschwimmt.

Ich brauche ihn jetzt an meiner Seite, aber ich bin ganz allein. Und wenn es nach meinem Vater geht, wird das wohl auch so bleiben.

»Mom?« Es klingt wie ein Stöhnen, und mein tränenverschleierter Blick huscht zu ihr. »Mom, bitte!«

Auf ihrem Gesicht liegt ein qualvoller Ausdruck, aber sie schweigt. Ich sehe ihr an, dass sie mit dieser Situation absolut nicht einverstanden ist, aber sie tut nichts, um sie zu ändern. Sie setzt sich nicht für mich ein, sondern lässt zu, dass Dad mir das Herz herausreißt.

Taumelnd stehe ich auf und stütze mich an der Wand ab. Ich werfe einen letzten tränenverschleierten Blick auf meine Eltern.

»Ich gehe in mein Zimmer«, presse ich hervor und warte keine Antwort von ihnen ab. Ich stolpere die Treppe hoch, verfehle eine Stufe und verliere den Halt. Ich spüre, wie ich abrutsche. Hilflos rudere ich mit den Armen in der Luft herum und erwische in letzter Sekunde das Treppengeländer. Ein heftiger Ruck geht durch meinen Arm, gefolgt von einem schmerzhaften Ziehen. Der Raum dreht sich um mich, aber ich habe meine Hand fest um das Holz des Geländers gekrallt.

»Charlotte«, höre ich Moms erschrockene Stimme wie durch Watte, und im nächsten Moment fühle ich ihre Arme, die mich halten. Sie stützt mich und richtet mich auf, aber obwohl sie mir so nah ist, habe ich mich noch nie so allein und verlassen gefühlt.

»Ich gehe hoch«, wispere ich, berühre meinen schmerzenden Arm und gehe langsam und mit schleppenden Schritten die Treppe hoch. Das Rufen meiner Mom dringt nicht zu mir durch.

Kapitel 22

Ben

Das Blut rauscht in meinen Ohren, und mein Gesicht ist feucht von Tränen. Ich laufe. Laufe mit meinen Tränen um die Wette und verliere. Mein Kopf ist voll und mein Herz ist leer. Ich habe Georgie eine Nachricht geschrieben. Wirr und ohne jeden Zusammenhang. Auf ihre besorgte Nachricht hin habe ich ihr meinen Livestandort geschickt. Keine Ahnung, ob sie kommt. Eigentlich ist es auch egal. Mir ist alles egal.

Es ist passiert. Es ist wieder passiert. Die Worte hämmern in meinem Kopf und sind so laut, als würde ich sie herausschreien.

Ich habe mein Herz verschenkt, und es wurde mir gebrochen. Dass Charlie nicht selbst für diesen Bruch verantwortlich ist, spielt in diesem Fall nur eine zweitrangige Rolle.

Mein Herz blutet, und alles, woran ich denken kann, ist, dass ich für die Fehler meines Vaters zahlen muss. Ich habe es immer gewusst, oder zumindest geahnt.

Dass mich sein Fehler vielleicht wirklich zu einem Menschen macht, den man nicht in der Nähe seiner Familie haben will.

Der angeekelte, beinahe herablassende Blick des Sheriffs hat sich in mein Gehirn eingebrannt, und egal, wie oft ich blinzle, ich kann ihn nicht vergessen.

Es tut so unendlich weh. Die Abscheu, die Zurückweisung, das Wissen, dass er mich niemals akzeptieren wird.

Aber obwohl ich keinen Ausweg sehe, wandern meine Gedanken immer wieder zu Charlie.

Ich sehe ihr süßes Gesicht vor mir. Die Fassungslosigkeit in ihrem Blick bei den Worten ihres Vaters. Ich will mir gar nicht vorstellen, was das für sie bedeutet.

Hat sie nun ihre Chance verwirkt? Die Chance darauf, das Leben zu führen, das sie sich gewünscht hat?

Ich will mir das nicht vorstellen. Ich will mir nicht vorstellen, dass ihr Vater ihr das antun würde.

Der Wunsch, sie anzurufen, ist übermächtig, und ohne groß darüber nachzudenken, ziehe ich mein Handy aus der Tasche und wähle ihre Nummer.

Das Freizeichen ertönt in regelmäßigen Abständen, aber sie hebt nicht ab. Ob sie nicht mit mir reden darf? Ob er ihr das Handy weggenommen hat?

Oder, und dieser Gedanke bringt mich beinahe um: Ob sie nicht mit mir reden will? Ob ihr Vater sie von seinen Worten überzeugt hat? Ich kann es mir nicht vorstellen. Dafür glaube ich Charlie inzwischen zu gut zu kennen.

Aber was, wenn ich einfach nur Angst davor habe, der Realität ins Auge zu sehen? Vielleicht war die starke Verbindung zwischen Charlie und mir doch mehr in meinem Kopf als in der Wirklichkeit.

Ich keuche. Das Hupen eines Autos reißt mich aus meinem wirren Gedanken, und ich fahre herum.

Neben mir steht Alex' Van, und in diesem Moment wird auf der Fahrerseite das Fenster heruntergelassen.

»Ben!«

Es ist Georgie, die den Wagen fährt. Anscheinend hat sie ihn sich von Alex ausgeliehen. »Geht es dir gut?« Panik schwingt in ihrer Stimme mit.

Ich kann ihre Sorge verstehen, denn in den letzten drei Tagen habe ich mich nicht einmal bei ihnen gemeldet. Meine verzweifelte Nachricht vorhin war das erste Lebenszeichen.

Ich versuche mich in einem Lächeln, aber mein Mund ist nicht mehr daran gewöhnt.

»Alles gut«, bringe ich krächzend heraus.

Georgie verdreht die Augen. »Du bist ein grauenhafter Lügner, Benjamin Forster«, sagt sie und macht eine eindeutige Handbewegung. »Einsteigen, los!«

Wie ferngesteuert steige ich auf der Beifahrerseite ein. »Wohin fahren wir?«, will ich fragen, bringe allerdings keinen Ton heraus. Aber das ist das Tolle an meiner besten Freundin. Sie redet nicht auf mich ein, zwingt mich nicht, meine Gefühle zu analysieren, sondern wartet einfach ab. Sicher steuert sie den Van durch die Straßen von Connecticut, und mit der Zeit registriere ich, wohin wir fahren.

Es ist der Weg zu Georgie und Noah, in mein altes Zuhause. Der Gedanke daran lässt mich innerlich stumpf werden. Es fühlt sich an, als hätte ich aktuell kein wirkliches Zuhause mehr.

Kaum, dass Georgie den Wagen geparkt hat, steigen wir aus, und ich taumele in Richtung Haustür. Ich bin mir der Blicke bewusst, die Georgie in meinen Rücken bohrt und die von tiefster Besorgnis zeugen. Aber noch immer schweigt sie.

Als sie die Haustür öffnet, empfängt mich eine Wärme, die sich mit der Kälte in meinem Innern beißt. Das Gefühl von Vertrautheit verträgt sich nicht mit der starren Stille, in die ich meinen Körper gehüllt habe.

»Komm jetzt, die anderen warten im Wohnzimmer«, sagt Georgie, und erst diese Worte reißen mich aus meiner Erstarrung.

»Was?«, bringe ich heraus und starre sie mit großen Augen an.

Ihre Stimme klingt leise. »Ich habe sie angerufen, nachdem ich dich aufgegabelt hatte. Du hast das gar nicht mitbekommen. Wir haben nach dir gesucht, und dass du mir vorhin deinen Standort geschickt hast, war das Beste, was mir in den letzten Tagen passiert ist.«

In ihrer Stimme klingt unterdrückte Wut mit, und irgendwie möchte ich mich entschuldigen. Ich habe eigentlich gewusst, dass meine Freunde sich Sorgen um mich gemacht haben müssen, aber ich konnte ihnen nicht schreiben. Was vorhin plötzlich anders war? Keine Ahnung.

Dass ich dem Gespräch nun nicht mehr aus dem Weg gehen kann, ist mir allerdings auch klar. Mit hängenden Schultern folge ich Georgie durch den Flur, in dem noch immer Bilder von unserer WG an den Wänden hängen. Kleinigkeiten, die mir sonst schon lange nicht mehr auffallen, in diesem Moment aber ins Auge stechen.

Auch der Teppich ist derselbe, und um meine Beine streicht Lucky, die kleine Glückskatze, die Georgie vor einer Weile gefunden hat. Ich gehe in die Knie und nehme das Kätzchen auf meinen Arm.

Sie schmiegt ihr Köpfchen an meine Schulter und schnurrt begeistert, weil sie sich über die Nähe und die Aufmerksamkeit freut.

Meine Hände beginnen zu zittern als wir das Wohnzimmer betreten, und ich halte die kleine Katze so vorsichtig und fest wie nur möglich.

Auf dem Sofa sitzen Noah, Jessy, Alex und ein schwanzwedelnder Darcy aufgereiht wie die Orgelpfeifen. Sie sehen mir mit so besorgten Gesichtern entgegen, dass ich am liebsten auf dem Absatz kehrtmachen würde.

Aber natürlich geht das nicht. Ich fixiere Olivia, die in ihrem Hochstühlchen sitzt und fröhlich mit einem Löffel herumspielt.

»Oki Bennie«, quietscht sie, als sie mich sieht, und zusammen mit meinen ohnehin schon mehr als strapazierten Nerven ist dieses kleine Detail zu viel für mich.

Ich spüre, wie meine Augen zu brennen beginnen. Meine Schultern sinken nach vorn, und ich breche zu meinem eigenen Entsetzen in Schluchzen aus.

Einen Augenblick lang steht die Welt um uns herum still. Dann springen mit einem Mal alle meine Freunde auf. Lucky flüchtet von meinem Arm auf den Boden, und im nächsten Moment finde ich mich in einer riesigen Gruppenumarmung wieder. Ich fühle mich grauenvoll, und dennoch bringt mich das Verhalten meiner Freunde dazu, vom Schluchzen zum Lachen zu wechseln.

»Ihr erdrückt mich, Leute.« Ich keuche, weil ich zwischen Schluchzen und Lachen keine Luft kriege, und langsam lösen sie sich wieder von mir.

»Manchmal«, erklärt Georgie altklug, »manchmal muss man einfach von seinen besten Freunden erdrückt werden.«

»Was ist los, Kumpel?« Noah sieht mich mit einem Ausdruck fragender Besorgnis an.

»So kenne ich dich gar nicht.« Auch Alex mischt sich jetzt in die Unterhaltung ein. »Ist was mit deinem Mädchen?«

Ich sinke in mich zusammen und vermeide es, ihnen in die Augen zu sehen.

»Charlie und ich sind Geschichte«, flüstere ich und ernte als Antwort ein kollektives Keuchen.

»Das kann nicht sein«, ruft Georgie. »Ich habe noch nie ein Mädchen derart für einen Mann schwärmen sehen. Anwesende eingeschlossen.« Achselzuckend wirft sie erst Noah und dann auch Jessy und Alex einen entschuldigenden Blick zu.

»Kein Veto von mir«, kommentiert Noah trocken, und wäre ich nicht völlig fertig, dann würde mich das vielleicht zum Lachen bringen.

Mit leiser, stockender Stimme erzähle ich ihnen alles, was passiert ist. Als ich am Ende angekommen bin, herrscht einen Moment lang fassungsloses Schweigen. Schließlich greift Georgie nach meiner Hand.

»Ben, das Ganze ist absolut beschissen, aber es bedeutet noch lange nicht, dass ihr beiden Geschichte seid.«

»Aber sie geht nicht an ihr Handy.«

Sie winkt meine schwachen Worte beiseite.

»Das heißt gar nichts. Überleg doch mal. Sie hat vermutlich gerade den Streit ihres Lebens mit ihren Eltern. Wäre es da wirklich sinnvoll, ans Telefon zu gehen, wenn du anrufst?«

»Vermutlich nicht«, gebe ich widerwillig zu.

»Na siehst du.«

Georgie klingt zufrieden. »Dann rufst du sie in den nächsten Tagen einfach noch mal an. Das wird schon alles.«

Ich nicke stumm, bin mir da aber nicht ganz so sicher.

Charlie

»Und du hast seitdem nicht mehr von ihm gehört?«

Meine beste Freundin klingt fassungslos, und ich nicke stumm. Nachdem ich sie drei Tage lang nicht sehen wollte, hat Priya sich heute nicht mehr abwimmeln lassen.

Immer wieder hat sie angerufen und zuletzt sogar damit gedroht, mich für immer mit Nichtachtung zu strafen, wenn ich sie weiterhin ignoriere.

Und auch wenn der Gedanke, nie wieder ein Wort zu sprechen – mit niemandem – für mich gerade sehr verlockend klingt, habe ich ihr die Tür geöffnet, und jetzt sind wir oben in meinem Zimmer.

Weil mir schon wieder die Stimme versagt, greift Priya einfach nach meinem Handy.

»Dass du nicht mit ihm gesprochen hast, liegt aber nicht daran, dass er es nicht versucht hätte«, sagt sie gleich darauf leise. »Stimmt's?«

Wieder reagiere ich nur mit einer stummen, zustimmenden Kopfbewegung.

»Warum nimmst du seine Anrufe nicht an?«

»Er hat nur dreimal angerufen.«

»Und du bist nicht rangegangen«, stellt sie nüchtern fest. »Warum nicht?«

Ihre Stimme ist eindringlich, und am liebsten würde ich ihr alles erzählen. Aber ich kann mich einfach nicht überwinden, die Worte meines Vaters zu wiederholen.

»Was ist passiert, Maus?« Priya streicht mir sanft mit einer Hand über das Haar. »Wo ist meine starke, lebenslustige Charlie hin?«

»Ich glaube, mein Vater hat sie beerdigt.« Ich schließe einen Moment die Augen. Dunkelheit. Friedliche Dunkelheit, die so viel besser ist als das, was mich im Licht des Tages erwartet.

»Was willst du damit sagen?«

Priya klingt schockiert, und ich kann es ihr nicht übel nehmen. Langsam öffne ich die Augen wieder und sehe sie an.

Sogar ich selbst bin über die Tragweite meiner Aussage erschrocken. Stockend erzähle ich ihr, was mein Dad getan hat.

Immer wieder bricht meine Stimme, und es dauert eine Weile, bis Priya aus meinem Gestammel schlau wird. Dann jedoch ist sie nicht mehr zu halten.

»Das kann nicht sein Ernst sein«, schreit sie so laut, dass ich erschrocken einen Finger vor meinen Mund presse.

»Sei leise«, wispere ich. »Er kann uns doch hören.«

»Wenn es nach mir geht, kann er alles hören, was ich zu sagen habe«, tobt Priya, die offensichtlich fuchsteufelswild ist. Trotzdem klingt ihre Stimme nun gedämpfter.

»Oh, Charlie, das ist so schrecklich. Was hast du nun vor?«

»Ich weiß es nicht«, flüstere ich. »Priya, glaubst du, er kann das wirklich tun?«

Meine Freundin überlegt einen Augenblick und hebt schließlich hilflos die Schultern.

»Ich weiß es nicht.« Ihr Gesicht nimmt einen entschuldigenden Ausdruck an. »Aber vielleicht können wir es ja herausfinden?«

Ich überlege kurz, aber wann immer ich mir in den vergangenen Tagen darüber Gedanken gemacht habe, bin ich zum selben Schluss gekommen.

»Ich kann das Risiko nicht eingehen«, sage ich, und allein es auszusprechen, lässt mein Herz in tausend kleine

Einzelteile zerspringen. »Mein Vater hat diese Liebe verboten, und ich kann nicht riskieren, dass er seine Drohung wahr macht. Das kann ich Ben nicht antun, so unwahrscheinlich es auch sein mag.«

»Nimm mir das nicht übel«, sagt Priya leise und meidet meinen Blick. »Aber bist du sicher, dass Ben sich nicht für dich entscheiden würde, wenn dein Dad das wirklich durchzöge?«

Meine erste Reaktion auf diese Frage ist Empörung, aber stattdessen halte ich inne und überlege einen Augenblick.

»Vielleicht jetzt«, sage ich nach einer Weile und schließe einen Augenblick lang gequält die Augen. »Vielleicht würde er sich in diesem Augenblick dafür entscheiden. Aber was wäre in zehn Jahren?« Ich atme zittrig ein. »Was tue ich, wenn er aufwacht und feststellt, dass er seinen Vater für mich geopfert hat?«

Meine Stimme bricht bei meinen nächsten Worten. »Er würde mich sicher hassen, und das könnte ich nicht ertragen.«

»Vielleicht solltest du ihm diese Frage stellen«, meint Priya, und ich sehe sie hilflos an.

»Wie soll das funktionieren? Meine Eltern lassen mich nicht aus den Augen und noch viel weniger aus dem Haus.«

Das stimmt. Mein Vater hat sogar meinen Klavierunterricht streichen lassen. Natürlich. Ich habe ja keinen Klavierlehrer mehr. Ich bin auf mich allein gestellt.

»Das hast du dir selbst zuzuschreiben.« Seine kalten Worte, als ich ihn weinend auf unsere Wette ansprach, wabern durch meinen Verstand. Und obwohl diese Wette aktuell mein kleinstes Problem ist, ist sie dennoch die einzige Chance, mich aus meiner Situation zu befreien. Das wird mir in diesem Moment klar.

»Außerdem checkt er meine Handyrechnung«, füge ich niedergeschlagen hinzu.

»Ich könnte dir mein altes Prepaidhandy geben«, schlägt Priya vor, und ich starre sie überrascht an. Auf eine derart einfache Lösung wäre ich im Leben nicht gekommen.

»Das würdest du tun?«

»Charlie.« Priyas Stimme klingt gereizt. »Du bist meine beste Freundin, und ich würde alles für dich tun.«

Doch schon als sie das sagt, fällt mir ein, dass das mit dem Prepaidhandy keine gute Idee ist. Ben darf nicht erfahren, warum wir uns nicht mehr sehen. Ich kann es nicht ändern, und warum soll ich diese schreckliche Sache auf ihn abwälzen?

Ich lege meine Arme um Priya und erkläre ihr das, als es an der Tür klopft. Erschrocken zucke ich zusammen, und auch Priya sieht einen Moment lang verunsichert aus. Aber dann fängt sie sich wieder und zwinkert mir aufmunternd zu.

Es klopft noch einmal.

»Herein«, sage ich leise, und als sich die Tür öffnet, sehe ich meine Mutter vor mir. Es kommt mir vor, als wäre sie unsicher, wie ich auf ihr Erscheinen reagiere. Zu Recht. Sie hat mich nicht verteidigt, hat sich nicht für mich eingesetzt, und ich weiß nicht, ob ich ihr das verzeihen kann.

»Bleibst du zum Essen, Priya?«, fragt sie schließlich beinahe schüchtern.

Meine Freundin schüttelt den Kopf. »Nein danke«, sagt sie, und ich merke, dass sie um ihre Selbstbeherrschung ringt.

Meine beste Freundin ist der gerechtigkeitsliebendste Mensch, den ich kenne, und diese Situation und die damit einhergehende Hilflosigkeit muss sie völlig wahnsinnig machen.

»Ich rufe dich an und komme morgen wieder«, sagt sie genauso laut, dass meine Mutter es auf der Treppe noch hören kann.

Beinahe hatte ich ja damit gerechnet, dass mein Dad mir mein Handy wegnehmen würde, aber er kennt mich wohl gut genug, um zu wissen, dass ich nicht auf Bens Anrufe reagiere, um seinen Vater nicht zu gefährden.

In diesem Augenblick begreife ich, dass das wohl sogar die Absicht hinter seiner Drohung gewesen sein muss. Die Tür fällt hinter Priya ins Schloss und meine Gedanken kreisen pausenlos um Ben.

Seit unserem letzten desaströsen Treffen hat er dreimal angerufen, und entweder habe ich es klingeln lassen oder ihn weggedrückt.

Mein Herz vermisst ihn so unendlich, dass ich manchmal glaube, es könnte gleich aus meiner Brust springen und zu ihm laufen.

Ich fühle mich einfach nur schlecht, weil ich mir gar nicht vorstellen möchte, was Ben gerade durch den Kopf gehen muss.

Ob er wohl denkt, dass ich nicht mehr mit ihm sprechen will? Dass ich mich gegen ihn habe aufhetzen lassen?

Dieser Gedanke ist so unerträglich, dass ich trocken aufschluchze, aber ich habe auch immer seinen Vater im Kopf. Ich kann diese Last nicht auf mich nehmen. Ich kann es einfach nicht.

Vielleicht werde ich irgendwann die Möglichkeit haben, es Ben zu erklären, und vielleicht wird er mir dann verzeihen. Aber bis dahin muss ich damit leben. Mit der Sehnsucht und dem brennenden Schmerz.

Auch wenn es mich von innen auffrisst.

Ben

Charlie hat sich nicht bei mir gemeldet. Eine Woche ist vergangen, und ich habe nichts von ihr gehört.

Ich halte das nicht mehr aus und stehe deshalb jetzt vor ihrer Haustür. Mein Herz schlägt mir bis zum Hals, als ich die Klingel betätige.

Es dauert einige Zeit, aber schließlich höre ich, wie innen ein Riegel gelöst wird und stehe im nächsten Moment dem Menschen gegenüber, den ich gerade am wenigsten sehen will.

Sheriff Evans mustert mich mit unverhohlener Abscheu.

»Was wollen Sie hier?«

Das ungute Gefühl nimmt zu, und ich trete unwillkürlich einen Schritt zurück, während meine Hände sich plötzlich schweißnass anfühlen.

»Ich.« Ich verfluche mich dafür, dass meine Stimme unmerklich zittert, als ich mich zum Weitersprechen zwinge. »Ich wollte mit Ihrer Tochter sprechen.«

Der Mann vor mir scheint zu wachsen und hat für mich nun die Größe eines ausgewachsenen Yetis, der wirklich furchteinflößend ist.

»Sie scheinen noch immer nicht verstanden zu haben, dass Sie hier nicht mehr erwünscht sind.«

Mir war klar, dass er nicht gut auf mich zu sprechen ist, und doch erschüttert mich die Ablehnung, die mir entgegenschlägt. Aber noch bin ich nicht bereit aufzugeben.

»Könnte ich das bitte von Ihrer Tochter hören?«

Meine Stimme klingt fester und mutiger, als ich mich fühle, und ich wäre beinahe stolz darauf, wenn ich nicht gleichzeitig so unendlich am Ende wäre.

»Meine Tochter wird mit Ihnen nicht sprechen«, sagt er kalt, und es fällt mir schwer, mich nicht an ihm vorbeizudrängeln, die Treppe hinaufzustürzen und an Charlies Zimmertür zu trommeln.

»Wer ist da, Dad?«, höre ich in diesem Moment ihre Stimme, und all mein Blut sackt in meine Füße.

Der Blick, den Sheriff Evans mir nun zuwirft, ist eindeutig.

»Geh wieder in dein Zimmer«, ruft er scharf, aber anscheinend hört Charlie nicht auf ihn, denn nun sind leichte Schritte auf der Treppe zu hören. Einen Augenblick später sehe ich direkt in Charlies klare, grüne Augen.

Bei meinem Anblick werden sie groß, und sie zieht scharf die Luft ein.

»Ben!«, stößt sie hervor, und ihre von Natur aus helle Haut wirkt mit einem Mal beinahe durchscheinend.

»Geh wieder nach oben!«

Der Sheriff klingt unerbittlich, aber ich flehe Charlie mit den Augen an. Sie muss bleiben. Sie muss mir eine Chance geben und sich gegen ihn stellen. Ich kann mich nicht so sehr getäuscht haben mit dem, was zwischen uns passiert ist.

Als hätte sie meine Gedanken gelesen, schüttelt sie den Kopf.

»Gib mir einen Augenblick, Dad.«

Ihre Stimme zittert ein wenig, und mein Herz beginnt erleichtert zu rasen. Sie wird sich gegen ihn stellen. Ich bin mir sicher, dass ihre Entscheidung für mich fallen wird. In ihren Augen lese ich Liebe, Verzweiflung und noch etwas anderes. Entschlossenheit.

»Ben«, sagt sie und ihre Stimme wird ganz ruhig. Ein Vorhang schiebt sich vor die Emotionen in ihren Augen, und mein Herz gerät aus dem Takt.

»Ja?«

Ich spüre, wie die Hoffnung sich langsam und wimmernd in die hintersten Winkel meines Gehirns verkriecht.

»Du solltest gehen.«

Charlies Stimme klingt fest, und als ich jetzt in ihrem Blick nach Zuneigung suche, finde ich nichts. Nichts, außer einer absoluten Entschlossenheit.

»Aber ...«, beginne ich tonlos, doch sie unterbricht mich.

»Bitte, Ben. Du musst meine Entscheidung akzeptieren. Es ist besser für uns beide.«

Es fühlt sich an, als würde sie mir direkt ins Gesicht schlagen. Ein absoluter Volltreffer.

Ich will erneut widersprechen, aber meine Lippen sind wie vereist. Ich bringe keinen Ton hervor.

»Sie haben meine Tochter gehört.«

Sheriff Evans klingt zufrieden.

Ohne ihn noch einmal anzusehen, mache ich kehrt und taumele die Treppe hinunter. Ich höre, wie die Tür hinter mir ins Schloss fällt, und es ist, als würde damit auch die Tür, hinter der ich mein Herz sicher verwahrt hatte, erneut zuschlagen. Nur dass es zu spät ist. Mein Herz ist gebrochen.

Kapitel 23

Charlie

Kaum hat sich die Tür hinter Ben geschlossen, als auch schon alle gespielte Härte und Kälte von mir abfallen. Ich sinke in mich zusammen und rutsche an der Wand im Flur entlang nach unten.

»Was ist los, Charlotte?«, höre ich die Stimme meines Vaters und hebe tränenverschleiert den Blick.

»Du fragst, was los ist?«, presse ich hervor, und der schockierte Blick seiner Augen zeigt mir, dass nicht nur ich den Hass in meiner Stimme höre.

»Charlotte«, beginnt mein Dad, aber ich lasse ihn nicht aussprechen. Das erste Mal in meinem Leben ist es mir egal, dass er am längeren Hebel sitzt. Das, wozu er mich gerade getrieben hat, werde ich ihm vermutlich niemals verzeihen.

»Du hast mich dazu gezwungen, den Mann, den ich liebe, von mir zu stoßen«, bringe ich mühevoll hervor, und eine Ader am Hals meines Dads beginnt anzuschwellen.

»Ich habe nicht –«, beginnt er, aber ich unterbreche ihn erneut.

»Doch! Alles was ich gesagt habe, habe ich nur gesagt, um seinen Dad und ihn zu schützen. Du bist ein Mensch, der gern die Macht hat, und ehrlich gesagt hasse ich dich gerade zum ersten Mal in meinem Leben.«

»Charlotte!«

Seine Stimme klingt donnernd, aber nun werde auch ich laut.

»Hör auf mit mir zu reden, als wäre ich ein kleines Kind«, kreische ich und balle meine Hände zu Fäusten. »Du hast mich vielleicht in der Hand, aber ich werde mich nicht weiter von dir verunsichern lassen. Ich werde den Wettbewerb gewinnen, und danach wirst du keinen Einfluss mehr auf mein Leben haben.«

Ich schnappe nach Luft, aber von meinem Dad kommt nichts mehr. Er sieht mich einen Augenblick schweigend an, und ich warte beinahe ängstlich ab. Die Sekunden ziehen sich wie Kaugummi in die Länge, während wir uns mit Blicken duellieren.

»Ich habe dir nichts weiter zu sagen, Charlotte«, sagt er schließlich ruhig, dreht sich um und verschwindet in seinem Büro.

Ich bleibe mit bebenden Schultern sitzen. Ich bin leer. Ausgebrannt, und doch fühle ich mich auf seltsame Weise frei.

Ben

Meine Hand liegt auf einer kalten Marmorplatte, und meine Finger streichen zitternd die Worte nach, die feinsäuberlich in den Stein gemeißelt wurden.

Jemima Foster. 1980–2011. Geliebte Tochter, Ehefrau, Mutter & Schwägerin. Forever missed.

Ich kann mich nicht daran erinnern, wann ich das letzte Mal auf dem Friedhof der baptistischen Gemeinde gewesen bin.

Vielleicht vor zwei oder drei Jahren? Ich sehe mich um. Außer mir ist niemand hier. Auf vielen Grabplatten sammelt sich bereits buntes Laub und kündigt den nahenden Herbst an.

Ich habe heute allerdings keinen Blick für diese Schönheit der Natur. Ich bin aus einem anderen Grund hier. Ich gehe auf die Knie und presse meine Hand erneut gegen den Grabstein.

»Hey, Mom«, sage ich heiser, und meine Stimme bricht. Sie anzusprechen ist …

Anfangs konnte ich es nicht ertragen, mir vorzustellen, dass meine Mutter jetzt in einem Sarg unter der Erde liegt. Dass ihre warmen Hände, die meine so oft gehalten haben, nun kalt und steif auf ihrer Brust gefaltet sind. Dass ihre lieben braunen Augen, die so viel Freundlichkeit und Wärme für jeden einzelnen Menschen auf dieser Welt zu haben schienen, von einem Augenblick auf den anderen ihren Glanz verloren haben.

Dass mit einem Mal nichts Lebendiges von ihr mehr existierte und ich keine Chance hatte, je wieder mit ihr zu sprechen. In diesem Augenblick hatte ich das Gefühl, meine Zeit mit ihr nie genug geschätzt zu haben. Dass ich sie für selbstverständlich genommen und mir nicht bewusst gemacht hatte, wie wichtig sie für mich war.

Mom war eine gläubige Frau und hat mir immer beigebracht, an eine höhere Macht zu glauben. Wir gingen gemeinsam zum Gottesdienst, und als ich klein war, sang sie mir jeden Abend vor dem Schlafengehen ein Lied vor. *Safe in the Arms of Jesus.* Egal wie schlimm ein Tag oder wie bitter meine Tränen in diesem Augenblick gewesen waren, die sanfte Stimme meiner Mutter, die mich in den Schlaf sang, schien sofort alles besser zu machen.

Dad war nie damit einverstanden, wie Mom ihren Glauben lebte. Es war fast, als hätte ihre sanfte, liebevolle und demütige Art etwas in ihm gereizt.

Als müsste er für jedes Mal, wenn sie ihm Freundlichkeit vorlebte, dem Alkohol mehr Kontrolle über sein Leben und seine Persönlichkeit geben.

Der Hass brodelt einen Augenblick lang in mir hoch und vermischt sich mit der Trauer.

»Mom, es tut mir so leid, dass ich so lange nicht hergekommen bin«, flüstere ich, und eine Träne löst sich aus meinem Augenwinkel, bleibt einen Moment lang in meinen Wimpern hängen und rollt dann langsam über mein Gesicht.

Langsam und stockend beginne ich zu sprechen und meiner Mutter alles zu erzählen, was in den letzten Tagen und Wochen passiert ist. Ich erzähle von Dad und allem, was bei meinem letzten Besuch passiert ist. Und ich erzähle von Charlie.

»Und ich hätte niemals damit gerechnet, dass sie mich wegschicken würde, Mom«, sage ich schließlich, und bei der Erinnerung erstirbt meine Stimme. »Sie hat mich angesehen, als hätte ich ihr nie etwas bedeutet.«

»Und klingt das nach ihr, Bennie?«

Ich zucke zusammen, als hätte mich ein Blitz getroffen. Ich habe ihre Stimme so lange nicht gehört, und gerade eben war sie so deutlich, als stünde sie neben mir.

»Mom?«

Auch wenn ich weiß, dass es nur meine Erinnerung gewesen ist, blicke ich mich hektisch um. Natürlich ist niemand zu sehen, aber wieder höre ich ihre Stimme in meinen Gedanken.

»Schatz, du kennst dieses Mädchen nun schon eine ganze Weile. Findest du wirklich, dass dieses Verhalten typisch für sie ist?«

Ich halte einen Augenblick lang inne und runzle die Stirn. Mein mütterliches Unterbewusstsein hat eigentlich recht. Das klingt überhaupt nicht nach Charlie. Ihr Verhalten war so untypisch wie nur irgend möglich.

»Aber warum hat sie mich dann weggeschickt?«, frage ich und komme mir dabei seltsamerweise nicht einmal dumm vor, weil ich offensichtlich mit meinem Unterbewusstsein rede, das wie meine tote Mom klingt.

»Ich glaube, dass es einen Grund hat, den sie dir selbst nicht sagen kann«, sagt das Mom-Unterbewusstsein, und ich atme scharf ein, weil mir eine Idee kommt. Die Idee, wer Bescheid darüber weiß, was mit Charlie los ist. Weil sie ihre beste Freundin ist.

»Ich muss mit Priya sprechen, oder?«, sage ich laut, aber dieses Mal kommt keine Antwort. Offenbar ist selbst mir zu klar, wie die Antwort lautet. Allerdings habe ich noch eine letzte Sache, die mir auf der Seele brennt. Mit einem Stein auf meinem Herzen lege ich noch einmal eine Hand an den kalten Grabstein.

»Ich weiß nicht, was ich wegen Dad tun soll.« Die Worte kommen mir lieblos vor, und ich schäme mich für mich selbst. Gleichzeitig weiß ich aber auch, dass ich mit meiner Mutter ehrlich sein kann. Ich konnte es, als sie noch gelebt hat, und daran hat sich auch nach ihrem Tod nichts geändert. Allerdings hätte ich auf diese Frage wirklich gern eine Antwort. Aber leider bleibt es still um mich herum. Ich atme tief durch und fahre über Moms Vornamen, der in den Stein graviert ist. Es ist Zeit, mich für heute von ihr zu verabschieden.

»Ich liebe dich, Mom«, wispere ich. »Und ich komme bald wieder.«

»Gib ihn nicht auf.«

Ich zucke heftiger zusammen als jemals zuvor. Das ist nicht die Gedankenstimme. Ich fahre herum und sehe eine ältere Dame an einem Grab nicht weit von mir. Sie ist mir vorher nicht aufgefallen, und ich frage mich unwillkürlich, wie viel sie gehört hat. Offenbar genug auf jeden Fall.

»Es tut mir leid, dass ich gelauscht habe.« Sie lächelt etwas verschämt. »Aber Sie sollten Ihren Vater nicht aufgeben.«

Viel zu geschockt von dieser plötzlichen Begegnung, um böse zu sein, starre ich sie an. Versuche, meine Gedanken zu sortieren, und atme tief durch.

»Danke.«

Ich bringe das Wort mühsam über die Lippen, aber die ältere Dame nickt mir zu und geht dann mit langsamen Schritten über den Friedhof davon.

In diesem Moment wird mir bewusst, dass ich meinen Vater tatsächlich schon mehr als einmal aufgegeben habe. Meine Besuche bei ihm habe ich aus Pflichtgefühl absolviert, nicht mehr aus Liebe. Und auch wenn ich ihm beim letzten Mal versöhnlicher begegnet bin, ändert das doch nichts an meiner Grundhaltung. Ich begreife, dass es meiner Mutter überhaupt nicht recht wäre, wenn sie das wüsste.

Die Schuldgefühle schnüren mir die Kehle zu, und ich bemühe mich verzweifelt, ruhig zu atmen.

Keuchend bleibe ich noch einige Momente auf den Steinen knien, bevor ich leise ein Versprechen hauche.

»Ich werde mein Bestes tun, Mom.«

Ich nehme meinen Plan, etwas zu verändern, sehr ernst. Gleich am nächsten Wochenende fahre ich erneut zu Dad. Dieses Mal versuche ich alles, um mich auf ihn einzulassen, ihm Liebe und Wärme zu vermitteln, und bin danach unendlich erschöpft.

Wie sehr sehne ich mich danach, auch dieses Mal mein Erlebnis mit Charlie teilen zu können. Erst jetzt wird mir im vollen Ausmaß bewusst, wie gut es mir getan hat, sie an meiner Seite zu wissen. Ihr von Dingen zu erzählen, von denen ich nicht jedem erzählen kann, und ich begreife mit schmerzhafter Klarheit, dass ich sie liebe.

Diese Erkenntnis ist es, die mich das erste Mal seit sehr langer Zeit kämpferisch werden lässt.

Ich bin es leid, mir vom Leben und den Umständen und Menschen um mich herum das wegnehmen zu lassen, woran mein Herz hängt.

Und weil ich zufälligerweise noch weiß, wo ihre Freundin Priya wohnt, werfe ich ihr gleich am Nachmittag einen Brief mit meiner Handynummer in den Postkasten.

Es dauert nicht lange, bis sie sich bei mir meldet. Schon am frühen Abend kündigt mein Handy eine eingegangene Nachricht an.

Priya: Was möchtest du?

Ben: Können wir uns treffen?

Priya: Wann?

Ben: Jetzt?

Priya: Wo?

Ben: Im Joe's?

Priya: Okay, ich mach mich auf den Weg.

Ein paar Minuten später stehe ich nervös vor dem Irish Pub und warte auf Priya. Das Klingeln eines Fahrrads reißt mich aus meinen Gedanken, und eine Sekunde später bremst Priya so abrupt neben mir, dass der Kies aufspritzt.

»Hey, Ben!«

Für den Bruchteil einer Sekunde lächelt sie mich offen und ehrlich an. Dann verschließt sich ihr Gesicht, und sie wirkt wieder distanzierter, wenn auch nicht unfreundlich.

»Du wolltest mit mir reden?«, fragt sie schließlich nach einem Moment unangenehmen Schweigens.

»Lass uns doch erst mal reingehen«, schlage ich nervös vor und habe noch keine Ahnung, was für einen Verlauf diese Unterhaltung wohl nehmen wird.

Als wir die Tür öffnen, kommt uns ein Schwall warmer Luft entgegen, die sich regelrecht angenehm anfühlt nach der kühlen Abendluft draußen.

»Du wolltest also mit mir reden?«, wiederholt Priya ihre Frage, nachdem wir an einem der kleinen Tische Platz genommen haben und zwei Tassen mit Heißgetränken vor uns stehen.

»Ja«, sage ich leise und rühre in meinem Cappuccino, um ihr nicht direkt in die Augen sehen zu müssen.

»Und worum geht es?«

»Um Charlie.«

»Ja, ach nee. Kein Shit, Sherlock?«

Beinahe muss ich bei diesem spontanen Ausruf lachen, aber ich belasse es bei einem kleinen Schmunzeln. Das, was ich zu besprechen habe, ist zu ernst.

»Sie hat dir sicher schon erzählt, dass ich vor ein paar Tagen bei ihr war, oder?«, beginne ich, und Priya nickt zurückhaltend.

»Hat sie dir auch erzählt, dass sie mich weggeschickt hat?«, frage ich weiter, und eine kleine, steile Falte bildet sich zwischen ihren Augenbrauen.

»Ja«, sagt sie langsam, und die Härchen an meinen Armen stellen sich in Alarmbereitschaft auf.

»Ich will wissen warum«, sage ich ernst und fixiere Priya dabei ganz genau.

Es dauert einen Moment, bis ihre taffe Fassade einen Riss bekommt und sie sich unter meinem Blick windet.

»Warum –?«

»Weil ich sie nicht sehen darf«, unterbreche ich sie, noch bevor sie ihren Satz beenden kann. »Du bist meine einzige Möglichkeit herauszufinden, was da los ist.«

Priya seufzt und fährt sich mit einer Hand durch ihr glattes, glänzendes Haar.

»Ich kann dir nicht viel erzählen, Ben«, sagt sie schließlich, und ihre Stimme klingt bedauernd. »Aber was ich dir sagen kann, ist, dass sie gute Gründe dafür hatte, dich wegzuschicken.«

»Natürlich.« Ich schnaube und versuche zu verstecken, wie verletzt ich mich fühle. »Vermutlich hat Daddy sie überzeugt, dass sie etwas Besseres als mich verdient.«

»Halt. Die. Klappe!«

Überrascht schließe ich den Mund und starre Priya an.

»Was?«

»Du sollst still sein!« Jetzt klingt ihre Stimme scharf. Ihre veränderte Haltung erinnert mich an eine gereizte Katze, die gegen den Strich gestreichelt wurde. Schweigend warte ich ab und bin gespannt, was nun kommt.

»Wenn du das wirklich glaubst«, beginnt sie und lehnt sich dabei so weit nach vorn, dass unsere Nasenspitzen sich beinahe berühren. »Dann kennst du Charlie überhaupt nicht.«

Ich will etwas sagen, aber sie bringt mich mit einem einzigen Zucken ihrer Augenbraue zum Schweigen.

»Charlie ist nicht flatterhaft, Ben. Sie weiß, warum sie etwas tut, und glaub mir: In diesem Fall fällt es ihr alles andere als leicht.«

»Aber warum tut sie es dann?«

Ein Grollen ist die Antwort, und ich presse meine Lippen zusammen. Obwohl Priya, genau wie Charlie, einige Jahre jünger ist als ich, finde ich sie in diesem Augenblick ziemlich furchteinflößend.

»Kommt dir eigentlich nicht in den Sinn, dass sie es vielleicht dir zuliebe tut? Denk doch darüber nach, wer ihr Dad ist ...«

Im nächsten Augenblick sieht Priya aus, als würde sie ihre Worte bereuen, und presst verärgert die Lippen aufeinander.

»Na toll«, knurrt sie. »Und schon habe ich viel zu viel gesagt.«

Ich starre sie an. Hat sie das? Wenn ja, dann scheine ich eine ziemlich lange Leitung zu haben, denn ich verstehe immer noch kein Wort.

»Kannst du es mir erklären?«, frage ich zaghaft, und sie schüttelt so vehement den Kopf, dass mir klar ist, dass es keinen Sinn hätte, sie zu bedrängen.

»Auf keinen Fall«, sagt sie und funkelt mich an. »Irgendwann wird sie es dir vielleicht selbst erklären, aber es wäre nicht gut, wenn du es von mir erfährst.«

»Aber wie soll ich denn dann weitermachen?«

Priya hebt hilflos die Arme.

»Ehrlich gesagt kann ich dir dabei nicht wirklich helfen«, sagt sie dann, und ich unterdrücke ein frustriertes Stöhnen. Ganz toll.

Aber gerade, als ich meine Tasse leeren, zahlen und unser ziemlich sinnloses Treffen beenden will, kommt mir ein Gedanke. Etwas, das ich völlig vergessen hatte.

»Priya«, sage ich hastig und lehne mich nun meinerseits ein Stück zu ihr. »Weißt du, ob sie noch an dem Wettbewerb teilnehmen will?«

Eine idiotische Frage. Natürlich weiß sie es.

Über Priyas Lippen huscht ein Lächeln. »Was glaubst du denn?«

Als ich fragend den Kopf schief lege, lacht sie leise.

»Charlie ist der mit Abstand dickköpfigste Mensch, den ich kenne. Sie lässt sich nicht einfach so ihre Träume wegnehmen.«

Ich blinzle, verarbeite ihre Worte und spüre, wie meine Mundwinkel zucken. Ich habe verstanden.

»Weißt du«, vertraue ich Priya nun an. »Ich habe mich ebenfalls für diesen Wettbewerb angemeldet.«

Es ist das erste Mal, dass Priya die Fassung verliert. Ihr Mund klappt auf, und sie starrt mich überrascht an.

»Nicht dein Ernst«, kommentiert sie schließlich und zieht die Nase kraus. »Ob das eine gute Idee ist?«

»Ich will sie auf keinen Fall verunsichern«, sage ich hastig. »Als ich mich angemeldet habe, hatte ich noch keine Ahnung, dass es so zwischen uns laufen würde.«

»Das konnte ja auch keiner ahnen«, stimmt sie mir zu und lächelt, bevor ihre Augen zu kleinen Schlitzen werden.

»Aber wehe, du bringst sie doch durcheinander. Dann kannst du was erleben.«

»Das werde ich nicht«, verspreche ich und meine es genauso. »Aber glaubst du, dass wir sie dazu bringen können, mit mir zu reden?«

»Das machen wir.«

Sie klingt so überzeugt, dass es mir Mut gibt. Andererseits dauert es noch so lange bis zum Wettbewerb, dass ich nicht weiß, wie ich es durchhalten soll.

Kapitel 24

Charlie

Es ist der Tag des Wettbewerbs, und ich halte das keinen Augenblick länger aus. Meine Hände sind schweißnass und der Gedanke, dass ich nur noch ein Klavierstück von meiner Freiheit entfernt bin, trägt auch nicht unbedingt dazu bei, meine Fassung zu wahren.

»Wie geht es dir, Liebling?«, fragt Mom und mustert mich mit einer Mischung aus Stolz und Besorgnis.

Ich weiß, was ihr in diesem Moment durch den Kopf geht. In den vergangenen Wochen hat sie immer wieder versucht, mich aus meinem Zimmer zu holen. Ohne Erfolg. Seitdem Dad mir Hausarrest verpasst hat und ich Ben weggeschickt habe, bin ich nur noch ein Schatten meiner selbst.

Ben fehlt mir mit jedem Tag mehr. Es ist, als wäre mit ihm das Licht aus meinem Leben verschwunden, von dem ich vorher nicht einmal wusste, wie sehr ich es brauche. Aber es ist wohl tatsächlich so, dass man erst in der Dunkelheit lernt, das Licht zu schätzen.

Ich spüre, wie meine Augen feucht werden. Ich habe seit unserem großen Streit kein Wort mehr mit Dad gesprochen, das über notwendige Dinge wie *bitte*, *danke* und Ähnliches hinausgeht. Die meiste Zeit des Tages saß ich am Klavier, übte mir die Finger wund und ließ mich danach von Mom zum Stall fahren und wieder abholen, nur um mich sofort wieder ans Klavier zu setzen.

Erst das leise Räuspern meiner Mom macht mir bewusst, dass ich noch nicht auf ihre Frage reagiert habe.

»Ich komm schon klar«, murmle ich deshalb und versuche mich an einem möglichst zuversichtlichen Lächeln, während ich durch den Vorhang spähe und mit mulmigem Gefühl in der Magengegend beobachte, wie sich die Reihen der Zuschauer langsam, aber stetig füllen.

»Ich soll dir von deinem Dad ausrichten«, beginnt Mom, aber ich falle ihr sofort ins Wort.

»Ich will es nicht hören.«

»Aber Charlie –«

Irgendwann in den letzten Wochen ist meine Mutter dazu übergegangen, mich nicht mehr bei meinem verhassten vollen Namen zu rufen, und obwohl ich die ganze Zeit von einer düsteren Welle der Trauer umgeben war, bin ich ihr dankbar für dieses Zugeständnis.

»Nein, Mom.« Meine Stimme bricht, und ich sehe zur Seite, damit sie mir meine Gefühle nicht ansehen kann. »Ich will nicht, dass er mir das hier auch noch kaputtmacht.«

Genau diesen Entschluss habe ich gefasst, und ich klammere mich geradezu eisern daran. Wann immer Dad den Raum betrat, habe ich mein Klavierspiel sofort eingestellt.

Ich konnte und wollte ihn nicht an meinem Lernprozess und meinen Erfolgen teilhaben lassen. Zu verletzt war ich, weil er meine Gefühle komplett übergangen und mir den Mann genommen hat, den ich wirklich liebe. Denn dass ich für Ben mehr empfinde als jemals für einen Menschen zuvor, ist inzwischen für jeden außer ihm offensichtlich. Ich weiß nicht, ob mein Verhalten meinen

Vater verletzt. Vermutlich schon irgendwie. Aber offenbar reicht es nicht aus.

»Charlie«, ertönt in diesem Moment eine aufgekratzte Stimme direkt an meinem Ohr, und ich zucke zusammen. Diese Fröhlichkeit passt so gar nicht zu meinen dunklen Gedanken.

Priya steht vor mir und mustert mich von oben bis unten. Sie hat das Outfit für den heutigen Tag ausgewählt und inspiziert das Ergebnis nun aufs Genauste.

»Du siehst fantastisch aus«, stellt sie schließlich mit einem zufriedenen Nicken fest und hält mir einen kleinen Handspiegel vor die Nase. »Nur viel zu blass. So geht das nicht.«

Sie wirft Mom einen fragenden Seitenblick zu. »Ist es in Ordnung, wenn ich Charlie einen Moment entführe?«

Mom zögert nur unmerklich, bevor sie nickt. »Natürlich, Priya.«

Das lässt meine Freundin sich nicht zweimal sagen und zieht mich hinter sich her in Richtung der Toiletten. Um uns herum finden aufgeregte Gespräche statt, werden letzte Tipps ausgetauscht und Kleider zurechtgezupft. Mein Magen krampft sich beim Anblick all dieser musikbegeisterten Menschen schmerzhaft zusammen. Es ist doch wirklich vermessen von mir anzunehmen, dass ich bei dieser Konkurrenz auch nur die geringste Chance hätte.

Ich merke erst, dass ich stehengeblieben bin, als ich Priya an meinem Arm ziehen spüre.

»Was ist los?« Die Besorgnis steht ihr ins Gesicht geschrieben. »Du bist auf einmal kreideweiß.«

»Was mache ich hier, Pri?«, stammele ich und bemerke erschrocken, dass sich die Wände um mich herum in rasender Geschwindigkeit auf mich zu bewegen.

»Passen Sie auf!«

Jemand springt mir bei und stützt mich. Es ist ein mir unbekannter Mann, aber ich bin in diesem Moment wirklich dankbar für seinen heldenhaften Einsatz.

»Tief atmen«, kommandiert Priya, die trotz ihrer dunklen Haut selbst ganz blass geworden ist. »Ein und aus. Hörst du mich?«

Ich tue, was sie mir sagt, folge ihren Anweisungen wie ein Roboter und merke zu meiner eigenen Überraschung, dass ich bald wieder klarer sehen kann.

»Danke«, murmle ich an den Mann gewandt, der mir zur Hilfe geeilt ist. »Jetzt komme ich wieder klar.«

»Das ist doch selbstverständlich«, lächelt er und nickt uns noch einmal zu, bevor er in der Menge verschwindet.

»Komm mit.«

Priya öffnet die Tür zur Damentoilette, die zu meiner Überraschung direkt vor uns ist, die ich aber bisher nicht wahrgenommen habe, und schiebt mich in den kühlen Raum, der nur von einer schwachen Lampe beleuchtet wird.

Sie öffnet den Wasserhahn und hält meine Handgelenke unter das kühle Nass.

»Besser?«, erkundigt sie sich gleich darauf, und ich nicke dankbar.

»Du bist wirklich die Beste, Pri«, murmle ich. »Danke, dass du mich von Mom weggeholt hast.«

Ein seltsamer Ausdruck huscht über Priyas Gesicht, und ich werde trotz des leichten Schwindelgefühls, mit dem ich noch immer zu kämpfen habe, stutzig.

»Priya? Was ist?«, frage ich, und mein Körper steht sofort unter akuter Alarmbereitschaft.

»Weißt du«, beginnt sie zögernd, und in ihren schönen und klugen Augen flackert es nervös. Meine beste Freundin ist nie nervös, und genau das ist der Grund, warum mich dieser Ausdruck bei ihr so beunruhigt.

»Er ist hier«, wispert sie schließlich und so leise, dass ich sie beinahe nicht verstehe.

»Wer ist ...?«, beginne ich, und als ich im nächsten Moment begreife, klappen mir beinahe die Beine weg.

»Nein!«, stoße ich hervor, und mein Herz schlägt einen dreifachen Salto, während das Blut in meinen Ohren geradezu unerträglich laut zu rauschen beginnt.

»Doch!« Hinter diesem einen Wort stehen mindestens drei Ausrufezeichen, und Priyas hektischer Blick macht mir klar, dass sie keinesfalls vorhat, mich zu veralbern.

»Was macht er hier?«, hauche ich und bringe Bens Namen einfach nicht über die Lippen. Ich habe ihn nicht mehr laut ausgesprochen, seit wir uns verabschiedet haben. Nur abends, wenn mich niemand hören kann, habe ich ihn wieder und wieder in den kühlen Stoff meines Kopfkissenbezuges geschluchzt.

Während ich die Frage stelle, wird mir heiß und kalt bei der Vorstellung, Ben könnte einfach nur meinetwegen hier sein.

»Ich glaube, er wird selbst vorspielen«, wispert Priya und zerstört damit diese Vorstellung. Andererseits bin ich auch dankbar, dass Ben nicht nur meinetwegen den teuren und langen Weg auf sich genommen hat.

»Bist du auch ganz sicher, dass er hier ist?«, frage ich, und meine Stimme überschlägt sich beinahe.

»Natürlich.«

Priya klingt fast beleidigt angesichts meiner Zweifel an ihrem Wort. »Und er ist nicht allein.«

Das Herz rutscht mir in die Hose. Er ist nicht allein. Will Priya mich auf diese Weise vorwarnen? Hat Ben jemanden kennengelernt und mich so schnell vergessen?

Der Gedanke lässt mein Herz so einfach in zwei Hälften brechen, als bestünde es aus frisch gebackenen Lebkuchen.

»Nein, doch nicht so!« Priya scheint erst jetzt zu realisieren, wie ihre Worte bei mir angekommen sind, denn sie schüttelt heftig den Kopf. »Er hat zwei Paare dabei und ein Kleinkind.«

Mein Herz nimmt langsam und vorsichtig wieder den Takt auf. Das müssen Georgie, Noah und Olivia und Jessy und Alex sein. Dass sie alle hier sind, ist unglaublich. Meine Beine machen sich selbstständig, und ich will gerade aus der Tür eilen, als Priya flink meinen Arm packt.

»Nein! Das kommt gar nicht infrage«, ruft sie streng und schüttelt wild mit dem Kopf, als ich mich wieder zu ihr umdrehe.

»Aber«, beginne ich, halte unter ihrem strengen Blick allerdings inne.

»Nein, Charlie«, sagt sie ganz ruhig. »Ihnen jetzt zu begegnen, ihm jetzt zu begegnen«, korrigiert sie sich, »wäre das Schlimmste, was dir jetzt passieren könnte. Deine Klasse ist relativ am Anfang, und du musst dich vorbereiten. Ich habe dich in den letzten Wochen beobachtet, und ich will meine beste Freundin wieder. Dein Strahlen ist verschwunden, und ich werde es nicht akzeptieren.«

Die Worte, mit denen sie mich aufbauen will, treiben mir die Tränen in die Augen. Ich habe keine Ahnung, wie ich die vergangenen Wochen ohne meine beste Freundin hätte durchstehen sollen.

Priya hat immer wieder versucht, mich abzulenken. Sie hat mich für Ausritte aus meinem Zimmer gelotst, obwohl ich beschlossen hatte, die Zeit mit den Pferden so lange zu minimieren, bis ich mein Ziel erreicht habe.

In meinem Kalender steht ein rotes Ausrufezeichen am heutigen Tag, und ich atme tief durch, als mir erneut bewusst wird, dass es tatsächlich so weit ist. Heute ist der Tag, der über meine Gefangenschaft oder Freiheit entscheiden kann.

Obwohl ich es nicht wollte, ist auch Dad mitgekommen. Er hat es aber nicht mit mir besprochen, sondern ich habe durch meine Mutter erfahren, dass er hier ist. Ich bin erleichtert, dass er nicht darauf bestanden hat, dass wir alle gemeinsam fahren. Mom und er sind mit unserem Auto hier, während Priya und ich in Priyas niedlichem Kleinwagen den weiten Weg zurückgelegt und uns beim Fahren abgewechselt haben. Vermutlich hätte ich ansonsten den Zug genommen, um Dad aus dem Weg zu gehen.

»Er liebt dich, Kind«, sagt Mom mir immer und immer wieder, und so gern ich es auch glauben würde, so wenig kann ich es.

Dads Art, seine sogenannte Liebe zeigen, wird sich mir wohl nie erschließen. Und doch, trotz all meiner Verletzung, der Wut, der Trauer und des Unverstandenfühlens bin ich ein winziges bisschen froh, dass mein Dad dabei sein wird, wenn ich auftrete.

Ich stehe wieder hinter dem Vorhang, und langsam ebbt die Hektik um uns herum ab, und im Publikum wird es ruhiger.

Man hört die vereinzelten Geräusche der letzten Menschen, die sich noch auf ihre Plätze schieben und dann ein leises Quietschen, als jemand ein Mikrofon einschaltet. Mein Puls erhöht sich so schlagartig, dass ich einen leichten Schweißausbruch bekomme.

Keine gute Idee. Das Kleid, das ich trage, verzeiht keine Schweißflecken.

»Es wird alles gut«, flüstert Mom mir zu, die irgendwann wieder neben mir aufgetaucht sein muss, haucht mir einen Kuss auf die Wange und verschwindet.

»Eine richtige Klaviermutter«, höre ich eine helle Stimme hinter mir und drehe mich überrascht um. Das Mädchen, zu dem die Stimme gehört, ist jünger als ich.

Ich schätze sie auf zwölf oder dreizehn Jahre, also noch ein richtiges Kind, aber ihr Blick ist so welterfahren, dass ich mir neben ihr beinahe naiv vorkomme.

»Hi, ich bin Vivien«, stellt sie sich mir vor, und ich schüttele perplex ihre Hand.

»Ich bin Charlie«, erwidere ich und mustere sie interessiert.

»Du nimmst auch an dem Wettbewerb teil?«

»Ja, in der Fortgeschrittenenklasse der Zwölf- bis Vierzehnjährigen«, sagt sie und klingt dabei so selbstbewusst, dass eine meiner Augenbrauen überrascht zuckt.

»Und du?«, fragt sie nun.

Ich atme einmal tief durch und ignoriere das unangenehme Gefühl von Scham, weil sie so viel jünger und schon so viel weiter ist als ich.

»Anfängerklasse achtzehn bis fünfundzwanzig«, antworte ich, und sie saugt überrascht die Luft ein.

»In deinem Alter bist du noch Anfängerin? Seit wann spielst du Klavier?«

Ihre Fragen werden mir immer unangenehmer, aber ich bin nicht der Typ, der eine Konfrontation scheut. Außerdem lenkt mich dieses Gespräch auf angenehme Weise von meiner Nervosität ab, und deswegen hole ich tief Luft.

»Ich habe erst Anfang des Jahres begonnen«, gebe ich zu, und anscheinend macht diese Aussage Vivien sprachlos.

Ihr Mund steht einen kleinen Spalt offen, und es wirkt, als würden sogar ihre wilden Locken ein Stück in sich zusammenfallen.

»Krass«, meint sie schließlich und fängt sich wieder. »Finde ich cool.«

Sie grinst mich breit an, und eine Zahnspange blitzt mir metallisch entgegen.

»Dann ist deine Mutter ja noch eine Anfängerin in ihrem Job.«

»Wie bitte?«, frage ich verwirrt und erinnere mich im selben Augenblick daran, dass sie meine Mutter eine echte Klaviermutter genannt hat.

»Als Klaviermutter«, bestätigt sie im nächsten Augenblick meine Gedanken.

»Tut mir leid«, sage ich verlegen und wundere mich darüber, dass ich mich wirklich von einer Zwölfjährigen verunsichern lasse. Das wäre mir vor ein paar Monaten noch absolut undenkbar vorgekommen. »Ich weiß ehrlich gesagt nicht, wovon du da redest.«

Aber noch bevor Vivien antworten kann, kommt mir ein Geistesblitz. »Oh warte«, rufe ich und schlage mir an die Stirn. »Eine Klaviermutter ist bestimmt dasselbe wie eine Turniermutter, oder?«

Nun ist es Vivien, die verwirrt die Stirn runzelt, und ich fühle mich wieder etwas sicherer.

»Eine Turniermutter nennen wir unter Reitern die Mütter, die auf Turnieren um ihre Kinder herumscharwenzeln, ihnen Mut zusprechen und ihnen am liebsten noch die Stiefelchen polieren würden«, erkläre ich, und Vivien kichert.

»Ach so. Ja genau, bis auf die Stiefelchen trifft das eine Klaviermutter recht gut.«

Wir lächeln uns an, und ich habe das Gefühl, dass mich und dieses kleine Mädchen etwas verbindet. Wie merkwürdig ist das denn? Aber noch bevor ich mir weiter darüber Gedanken machen kann, zischt Vivien mir ein »Jetzt geht's los!« zu.

Und als hätte die Moderatorin sie gehört, beginnt in diesem Moment eine weibliche Stimme ins Mikrofon zu sprechen.

»Sehr geehrtes Publikum! Herzlich willkommen zu unserem alljährlichen Cleveland International Piano Competition.«

Höfliches Klatschen zwingt sie, einen Moment innezuhalten, bevor sie weiterspricht.

»Es ist mir eine Ehre, Sie alle heute hier begrüßen zu dürfen, und ich kann Ihnen versprechen, dass hier nur die besten und talentiertesten jungen Menschen auftreten.«

Erneutes Klatschen aus dem Publikum.

»Sie dürfen sich auf ein breit gefächertes Programm freuen, bei dem von Klassik bis hin zu modernen Stücken alles vertreten sein wird.«

»Das ist übrigens noch nicht lange so«, flüstert Vivien beinahe tonlos an meinem Ohr. »Früher wurde hier nur Klassik gespielt.«

Ich lausche mit halbem Ohr auf Viviens Worte, während das andere Ohr die Information der Moderatorin aufnimmt, dass in wenigen Sekunden der Vorhang aufgehen wird.

Alle Teilnehmer stehen in mehreren Reihen auf der Bühne aufgereiht, und ich frage mich unwillkürlich, ob Ben auch hier irgendwo steht. Dieser Gedanke verschwindet allerdings sofort wieder, als der dicke samtige Stoff sich mit einem surrenden Geräusch in der Mitte teilt und den Blick auf einen großen Saal mit unendlich vielen Stühlen freigibt.

Am liebsten würde ich mir den Mund zuhalten, weil ich Angst habe, dass mir ein Keuchen entfahren könnte, aber ich reiße mich zusammen. So viele Augen sind auf uns gerichtet.

»Wir beginnen mit unseren Jüngsten«, erklärte die Moderatorin, und ehe ich mich versehe, drückt Vivien meine Hand, bevor sie einen Schritt nach vorn tritt.

Erst jetzt registriere ich, dass außer Vivien noch viele weitere Kinder einen Schritt nach vorn getan haben.

»Die anderen bitte ich, sich auf ihre Plätze zu begeben«, sagt die Moderatorin und wirft uns einen auffordernden Blick zu.

Wir tun, wie uns geheißen, und gleich darauf spüre ich rauen Samt unter meinen Händen, auf die ich mich gesetzt habe, um sie aufzuwärmen.

Ich muss aufpassen, dass sie nicht einschlafen, aber so kalt, wie sie jetzt gerade sind, habe ich Angst, dass mir nachher die Kontrolle fehlen wird.

Der erste Teilnehmer ist ein kleiner Junge, und ich bin sicher, dass nicht nur mir auffällt, dass seine Hände zittern.

Stumm drücke ich ihm die Daumen, weil ich Mitleid habe.

Seine kleinen Finger legen sich auf die Tasten, und er ist so klein, dass ich mich frage, ob bei der Anmeldung etwas schiefgelaufen ist.

Er sieht nicht aus wie zwölf, sondern eher wie acht.

Beinahe bin ich sicher, dass er es nicht schaffen wird, aber dann beginnt er zu spielen, und mir klappt der Unterkiefer herunter.

Mit einem Mal scheint alle Nervosität von ihm abgefallen zu sein, und er spielt so eine zauberhafte, wenn auch einfache Melodie, dass in meinem Hals ein Kloß entsteht.

Rauschender Beifall belohnt die Darbietung, und dann geht es plötzlich ganz schnell.

Ein Teilnehmer nach dem anderen kommt an die Reihe. Vivien macht den Abschluss in ihrer Altersklasse und legt eine beeindruckende Performance hin, die für mich jedoch nicht an das herankommt, was der kleine Junge ganz am Anfang geliefert hat.

Aber mir bleibt nicht viel Zeit, mich von den bisherigen Eindrücken des Wettbewerbs zu erholen, denn schon bald wird mein Jahrgang angesagt.

Meine Knie zittern, als mein Name aufgerufen wird, und ich taumle unmerklich, als ich nach vorn gehe. Ich versuche, nicht ins Publikum zu sehen.

Ich will nicht wissen, wo meine Eltern sitzen, will nicht ihre Gesichter sehen, sondern mich nur auf das konzentrieren, was vor mir liegt.

Mit den Fingerspitzen streiche ich vorsichtig über die Tasten des beeindruckenden Flügels, und da überkommt mich eine unbekannte Ruhe.

Ich atme tief durch und sehe im Geist ganz kurz Bens Gesicht vor mir. Er lächelt mir zu und hebt einen Daumen.

Und auch wenn mich die Tatsache, dass er hier ist, ich aber keine Ahnung habe, wo, unendlich nervös macht, gibt mir diese Vorstellung doch den letzten Rest Courage, der mir noch gefehlt hat.

Ich hole tief Luft, drücke die erste Taste und beginne zu spielen. Das erste Mal seit vielen Monaten fühlt es sich nicht wie eine Qual an. Auf einmal ist alles ganz leicht, und meine Finger fliegen, nein, tanzen beinahe über die Tasten.

Ich spüre instinktiv, dass ich im völligen Einklang mit der Musik bin, und werde immer sicherer.

Dann kommt eine Stelle, an der eine Pause vorgesehen ist. Ich vollende die letzten Töne und lasse dann meine Finger auf den Tasten ruhen.

In diesem Augenblick habe ich keine Angst mehr vor dem Publikum und lasse meinen Blick durch den Raum schweifen. Unendlich viele Gesichter. Menschen, die ich nicht kenne und die mich nicht kennen. Schließlich wandert mein Kopf zur Seite und zu den Plätzen meiner Konkurrenten.

Die leise Klarinettenmusik aus den Lautsprechern, die mein Stück vervollständigt, spielt noch immer. Ich weiß genau, wie lange meine Pause dauern muss, und ich bin perfekt darauf vorbereitet.

Das denke ich zumindest so lange, bis ich ein Augenpaar treffe. Ich muss aufpassen, dass ich nicht aus Versehen meine Hände auf die Tasten fallen lasse, so sehr erschreckt mich der Anblick von Bens wunderschönen braunen Augen.

Kapitel 25

Charlie

Obwohl Priya mir vorhin gesagt hat, dass er hier ist, werfen mich sein Anblick und die Sehnsucht, die damit einhergeht, so sehr aus der Bahn, dass ich meinen Einsatz um eine Millisekunde verpasse. Etwas zu hektisch beginne ich wieder zu spielen und verfluche innerlich diese Schwäche. Ich wusste doch, dass er hier ist. Warum also habe ich mich nach ihm umgesehen? Und warum sieht er so toll aus und warum vermisse ich ihn nur so sehr.

Mit aller Konzentration, die ich noch aufbringen kann, beende ich mein Stück, bin mir aber durchaus der Tatsache bewusst, dass ich nicht mehr die Form erreiche, mit der ich begonnen habe.

Dennoch bringe ich es zu Ende und ernte angemessenen Applaus. Dieser Applaus ist mir allerdings völlig egal.

Meine Beine zittern so sehr, dass ich glaube, den Weg zurück zum Platz nicht mehr hinter mich bringen zu können.

Irgendwie schaffe ich es aber doch und umklammere meine Stuhllehne so fest, als könnte mich das davon abhalten, den Verstand zu verlieren.

Die nächsten Beiträge ziehen an mir vorbei, ohne dass ich auch nur das Geringste davon mitbekomme.

Meine Gedanken kreisen ausschließlich um den Mann, den ich schon viel zu lange nicht mehr gesehen habe und der wirklich ebenfalls an diesem Wettbewerb teilnimmt.

Die Zeit zieht sich so zäh wie ein zu lang gekauter Kaugummi. Ich hibbele auf meinem Stuhl herum, bis mich die genervten Blicke meiner Sitznachbarn schließlich dazu bringen, mich erneut auf meine Finger zu setzen.

Meine Füße zucken, und ich würde am liebsten sofort losstürmen. Zu Ben.

Als sein Name aufgerufen wird, bleibt mein Herz beinahe stehen. Es dauert einen Augenblick, aber dann sehe ich ihn. Er geht nach vorn. Seine vertrauten Bewegungen sind geschmeidig und sicher. Jede Faser meines Herzens sehnt sich nach ihm. Seiner Nähe, seiner Liebe. Er gleitet auf den Hocker vor dem großen Flügel, und jetzt kann ich ihn nicht mehr richtig erkennen. Als er zu spielen beginnt, schießen mir Tränen in die Augen. Er spielt eine süße, melancholische Melodie, die ich noch nie zuvor gehört habe und die mich doch mitten ins Herz trifft. Klar, melodisch und lieblich perlen die einzelnen Töne durch den Raum, verbinden sich zu einem Ganzen und berühren mich mehr als jedes andere Lied zuvor.

Als der letzte Ton verklingt, schnappe ich nach Luft. Ohne es zu bemerken, habe ich den Atem angehalten. Tosender Applaus folgt auf Bens Auftritt, und ich klatsche so sehr, dass meine Hände schmerzen. Jetzt will ich noch viel mehr zu ihm. Ich muss ihn einfach sehen und mit ihm reden.

Aber als schließlich eine Pause bekannt gegeben wird, in der die Jury sich beraten will, und ich so hektisch aufspringe, dass ich beinahe mit einem Jungen neben mir zusammenstoße, sehe ich Ben nicht mehr.

Das Herz rutscht mir in die Hose, und ich vergesse alles. Vergesse, dass die Richter gerade über meine Zukunft entscheiden und so viele Leute um mich herum sind. Ich hetze einfach nur von der Bühne.

Priya kommt mir entgegen, als ich gerade erst ein paar Schritte gemacht habe, aber ich laufe an ihr vorbei, weil ich ihn entdeckt habe. Er steht ein paar Meter hinter ihr an eine Säule gelehnt und sieht mich unverwandt an.

»Charlie«, beginnt Priya, verstummt aber sofort, als sie Ben sieht.

»Ich bin dann mal weg«, sagt sie hastig, und ich nicke, ohne sie anzusehen. Mein Blick ist völlig auf Ben fixiert.

Langsam trete ich einen Schritt auf ihn zu. Meine Knie zittern so sehr, dass ich kaum stehen kann, aber meine Augen ruhen unverwandt auf ihm.

»Du bist hier«, stoße ich hervor, und einen winzigen Moment lang glaube ich den Ansatz eines Lächelns um seinen Mund zu erkennen, aber dann scheint es auch schon wieder verschwunden zu sein.

»Du hast großartig gespielt«, sagt er rau, und mir wird warm bei seinem Kompliment.

»Du auch«, sage ich heiser, und dann fällt mir ein, dass er der Grund dafür war, dass ich aus dem Takt gekommen bin. Auch wenn er gar nichts dafürkann.

Mit drei großen Schritten bin ich bei ihm und will ihn gerade gegen die Schulter boxen, aber er schlingt einfach seine Arme um mich und zieht mich an seine Brust.

Ich fasse es nicht. Ich habe nach meiner Aktion bei unserem letzten Treffen mit allem gerechnet, aber damit nicht. Im ersten Moment bin ich wie erstarrt, aber als ich notgedrungenerweise atmen muss und sein geliebter und viel zu lang vermisster Geruch in meine Nase steigt, ist es vorbei.

Eine Mischung aus Stöhnen und Schluchzen entweicht meinen Lippen, als ich mich in seine Umarmung fallenlasse und mich an ihm festklammere. Bens Griff um meinen Körper verstärkt sich. Wieder und wieder küsst er meine Stirn und murmelt beruhigende Worte in mein Haar, während er sanft meinen Rücken streichelt und ich hemmungslos vor mich hin weine.

»Es tut mir so leid«, bringe ich nach einer Weile mühevoll das heraus, was ich so lange in meinem Herzen verschlossen gehalten habe.

»Was meinst du?«, fragt Ben, und seine Lippen streifen wieder meine Stirn. Ich erschauere und klammere mich noch fester an ihn. Ich will ihn nie wieder loslassen, weil ich mich an keinem Ort geborgener fühle als in seinen Armen.

»Dass ich dich weggeschickt habe«, spreche ich stockend weiter, und mein Herz schmerzt bei der Erinnerung an seinen unendlich verletzten Blick.

Ich kann kaum begreifen, dass er mich in seinen Armen hält. Ich würde mich vermutlich an seiner Stelle mit Fragen und Vorwürfen überhäufen, aber Ben tut das nicht. Er ist einfach nur bei mir und lauscht geduldig meinem zusammenhangslosen Gestammel.

»Ich wollte nie ... ich konnte nicht ... es tut mir leid.«

Ich sehe zu ihm auf, er fängt meinen Blick auf, und den Bruchteil einer Sekunde später liegen seine Lippen auf meinen.

Ich ertrinke in diesem Kuss. Er ist voller Verzweiflung und Sehnsucht, und ich vergesse die Welt um mich herum.

»Charlotte!«

Ich habe keine Ahnung, wie viele Küsse und wie viel Zeit vergangen sind. Es ist nur eine Stimme, aber sie lässt die Zeit um uns herum stillstehen. Ben und ich fahren auseinander, und ich wirbele herum. Mit tränennassen Wangen und rotgeküssten Lippen stehe ich meinem Vater gegenüber, der uns mit einer steilen Falte zwischen den Augenbrauen ansieht. Mein Herz rutscht mir in die Hose.

»Dad«, bringe ich hervor und entferne mich noch weiter von Ben. »Ich ... Ich wusste nicht, dass er hier ist, und ich ...«

»Geh zu deiner Mutter«, sagt er viel zu ruhig, und ich starre ihn an, während meine Augen sich mit neuen Tränen füllen. Ich will nicht weg von Ben. Ich kann ihn nicht noch einmal verlieren.

»Bitte tu das nicht, Dad«, flehe ich, aber er zeigt keine Regung.

Ben hat sich inzwischen seinerseits einen Schritt von mir entfernt und beobachtet stumm die Auseinandersetzung zwischen meinem Vater und mir. Seine Brust hebt und senkt sich heftig, und er strafft die Schultern.

»Ja, Charlie«, sagt er jetzt und sieht mich eindringlich an. »Lass uns allein.«

»Aber, Ben –«

»Bitte«, sagt er, und seine Stimme ist unendlich liebevoll und sanft.

Ich werfe ihm einen letzten Blick zu und drehe mich dann mit einem Schluchzen um.

Als ich um die Ecke trete, schlingt Priya ihre Arme um mich, und ich lasse mich fallen.

»Er redet mit ihm«, schluchze ich hemmungslos. »Er hat gesehen, dass ich ihn geküsst habe. Ich habe alles kaputtgemacht.«

Priya streicht mir wieder und wieder mit der Hand über den Rücken und murmelt beruhigende Worte in mein

Haar. Beinahe so, wie Ben es gerade getan hat. Und doch so unendlich anders.

»Und ich hab den Wettbewerb versaut«, kommt es schließlich gequetscht aus meinem Mund. »Ich habe mir auch meine letzte Chance darauf verbaut, ein selbstbestimmtes Leben führen zu können.«

»Darüber ist das letzte Wort noch nicht gesprochen«, sagt Priya sanft, aber voller Bestimmtheit, und ich wünsche mir nichts mehr, als ihr zu glauben. Das allerdings fällt mir unglaublich schwer.

»Lass uns doch erst einmal das Ergebnis abwarten«, sagt sie jetzt und gibt mir einen Kuss. »Ich finde, du warst um Längen besser als die anderen.«

»Das musst du sagen«, gebe ich frustriert zurück. »Immerhin bist du meine beste Freundin.«

»Natürlich bin ich deine beste Freundin«, sagt Priya und klingt beinahe beleidigt. »Aber das beeinflusst weder meinen Geschmack noch meine Gehirnzellen, klar?«

»Klar!« Ich schniefe, und ein trauriges Lächeln huscht über meinen Mund.

»Ich hab dich lieb, Pri«, sage ich und drücke sie noch einmal.

»Ich dich auch«, sagt sie. »Und deshalb werde ich deinem Dad Feuer unterm Arsch machen, wenn er auch nur eine falsche Bewegung macht.«

Mein Lachen klingt fassungslos.

»Du bist die beste Freundin, die ich mir wünschen könnte.«

Ben

»Sie wollen mit mir sprechen, Sir?«

Ich hoffe sehr, dass meine Stimme einen halbwegs respektvollen Klang hat, aber es fällt mir schwer. Ich bin beinahe froh, dass Charlies Dad heute mitgekommen ist, denn obwohl ich mich bisher davor gedrückt habe, hatte ich schon eine Weile vor, ihn aufzusuchen. Ich weiß zwar noch immer nicht, was er genau getan hat, aber Priyas Worte haben mir mehr als deutlich gemacht, dass Charlie nur seinetwegen keinen Kontakt zu mir gesucht und mich stattdessen weggeschickt hat. Und ich will das nicht länger akzeptieren.

»Eigentlich will ich nur, dass Sie sich von meiner Tochter fernhalten«, antwortet er kühl. Er sieht anders aus. Nicht so hart wie das letzte Mal. Blasser, abgespannter. Es ist, als wolle er all das mit der Kälte seiner Stimme überdecken.

Ohne dass ich es will, hebe ich eine Augenbraue in einer spöttischen Geste.

»Das haben Sie tatsächlich mehr als deutlich gemacht«, sage ich, und meine Stimme hat einen heiseren Klang. »Aber ich denke, dass ich Ihnen zu diesem Thema einiges zu sagen habe.«

»Ach?« Es klingt tatsächlich überrascht.

»Allerdings.« Ich straffe die Schultern und nehme all meinen Mut zusammen. Ich habe in den vergangenen Wochen oft darüber nachgedacht, und das hier ist das Einzige, was ich tun kann, ohne Charlies Familie zu schaden.

»Ich denke, dass es Ihre Kollegen bei der Polizei sehr interessieren würde zu erfahren, mit welch schmutzigen Methoden Sie versucht haben, mich von Ihrer Tochter fernzuhalten«, sage ich, und meine Stimme klingt klar und deutlich. Es ist nur eine Vermutung, aber anscheinend habe ich direkt ins Schwarze getroffen.

Ich kann beobachten, wie sich sein Gesichtsausdruck verändert, als er den Inhalt meiner Worte versteht.

»Sie wollen mich erpressen?«, fragt er, und ich sehe eine Ader an seiner Schläfe pochen.

»Mit Erpressung kennen Sie sich ja bestens aus«, gebe ich zurück und versenke meine Hände in den Hosentaschen. Wieder ein Volltreffer, wie sein Gesicht verrät. Was hat er nur getan? Jedenfalls fühle ich mich dank seines Gesichtsausdrucks gleich mehr im Recht und weniger schuldig.

Deutlich ruhiger spreche ich weiter.

»Und wenn es nach mir geht, dann will ich nur die Chance haben, mit Ihrer Tochter glücklich zu sein. Ich will für sie da sein und ihr das Gefühl vermitteln, dass jemand hinter ihr steht und sie bei ihren Träumen unterstützt. Das, was sie bei Ihnen vermisst.«

»Wie können Sie es wagen ...«, poltert er los, aber ich unterbreche ihn mit einer einzigen Handbewegung, und zu meinem Erstaunen verstummt er tatsächlich.

»Hören Sie mir bitte zu«, sage ich und setze jedes einzelne Wort glasklar in den Raum. »Ihre Tochter ist ein unglaublicher Mensch, und sie weiß seit Jahren, was sie vom Leben will. Sie hat so sehr darunter gelitten, dass Sie ihren Lebenstraum nicht unterstützen, dass sie sich sogar auf diese völlig irre Wette mit Ihnen eingelassen hat.« Ich schüttele den Kopf. »Sie hat so viel Zeit und Kraft investiert und hat mehr als bewiesen, dass sie in der Lage ist, mehr zu tun als nur zu reiten.«

Ich schnaufe, weil ich mich so sehr in Rage geredet habe.

»Und selbst wenn sie diesen beschissenen Wettbewerb nicht gewinnt, dann hat sie sich das Recht verdient, ihr Leben selbst in die Hand zu nehmen. Jeder Mensch verdient dieses Recht«, setze ich leise hinzu und sehe ihm direkt in die Augen.

»Also sollten Sie Ihr Kind lieben, dann tun Sie ihr das nicht an. Lassen Sie sie das Leben leben, dass sie sich wünscht. Egal ob Sie mich schlussendlich akzeptieren oder nicht. Ich will, dass Charlie glücklich ist. Und als ihr Vater sollten Sie das auch wollen. Es sollte Ihr größtes Ziel sein.«

Mit diesen Worten mache ich auf dem Absatz kehrt und gehe in die entgegengesetzte Richtung davon.

Ich will mein Ergebnis gar nicht wissen. Es ist mir egal, ob ich den Wettbewerb gewonnen habe oder ob ich Letzter geworden bin. Ich will einfach nur, dass Charlies Dad aufhört, ihr Leben zu zerstören.

Mein Puls rast, und meine Hände sind schweißnass. Nur mit halbem Ohr registriere ich, dass alle Teilnehmer in den Saal gebeten werden, aber ich verlangsame meinen Schritt nicht. Draußen lehne ich mich schweratmend an eine Mauer und schließe die Augen, bis ich von ganz weit weg aus einem Mikrofon Charlies Namen höre.

Charlie

»... freuen wir uns, den zweiten Platz an Miss Charlotte Evans vergeben zu dürfen«, ertönt die Stimme der Moderatorin, die durch das Mikrofon leicht verzerrt klingt und meine Welt endgültig aus den Angeln hebt.

Zweite ... Das darf nicht wahr sein. Ich spüre, wie meine Beine versagen und ich stürze. In letzter Sekunde taucht Priya neben mir auf und fängt mich ab.

»Herzlichen Glückwunsch«, sagt sie sanft, und ich bin einen Augenblick lang unsicher, ob sie vielleicht nicht begriffen hat, was das für mich bedeutet.

»Ein zweiter Platz ist großartig«, sagt sie jetzt und zeigt mir damit, dass sie es sehr wohl weiß.

»Nicht großartig genug«, gebe ich zurück, während ich mich notdürftig fange und zur Bühne stolpere. Wie in einem Nebel nehme ich eine Medaille und den Applaus der Leute entgegen, während in meinen Gedanken ein Satz in Dauerschleife abläuft.

Es hat nicht gereicht. Meine Mühe war umsonst, und ich werde für immer in der Hand meines Vaters sein.

Als ich die Bühne verlassen habe, werde ich von Priya und meiner Mutter erwartet. Meinen Dad kann ich nirgendwo sehen und bin mehr als froh darüber.

»Lass mich bitte.« Ich wehre die Umarmung meiner Mutter ab. »Ich kann das gerade nicht ertragen.«

»Aber ...« will sie widersprechen, merkt aber anscheinend schnell, dass es mir ernst ist. Ich kann und will nicht mit ihr sprechen und mir der vollen Tragweite all dessen bewusst werden müssen.

Stattdessen flüchte ich nach draußen und zu Priyas und meinem Hotelzimmer. Im Rennen schreibe ich ihr eine Nachricht, dass sie meinen Eltern sagen soll, dass ich nicht mit ihnen, sondern mit ihr fahren werde, und sie nicht sehen will.

Es dauert überraschenderweise länger als erwartet, bis Priya ebenfalls im Hotel auftaucht und mich mitleidig ansieht.

»Süße –«, beginnt sie, aber ich schüttele wieder den Kopf.

»Bitte«, flehe ich nahezu tonlos, »ich kann jetzt nicht darüber reden.«

»Du musst darüber reden, Charlie«, sagt sie so bestimmt, wie ich sie noch nie zuvor gehört habe. »Du kannst dich nicht verkriechen. Das lasse ich nicht zu.«

»Aber ich habe doch allen Grund dazu, mich zu verkriechen«, schreie ich. »Ich habe alles verloren, das mit etwas bedeutet hat.«

Im selben Moment spüre ich auch schon, wie undankbar meine Worte sind. Ein privilegiertes Mädchen wie ich, das ein eigenes Pferd und gute Freunde hat, klingt bei diesen Worten einfach nur lächerlich verzogen.

»Es tut mir leid«, sage ich heiser, und Priya winkt ab.

»Charlie, alles ist gut. Ich verstehe, warum du dich so fühlst.«

»Wirklich?«, frage ich, und sie nickt bestätigend.

»Natürlich. Du hast so hart gearbeitet, und es ist völlig nachvollziehbar, dass du enttäuscht bist.«

So viel Verständnis habe ich nicht verdient.

»Ich bin eine grauenvolle Freundin«, schniefe ich. »Immer musst du mich trösten, und immer geht es nur um mich.«

»Du warst genauso oft für mich da«, gibt Priya resolut zurück. »Außerdem bin ich ganz froh, dass es ausnahmsweise du bist, die Probleme mit den Männern hat, und nicht ich.«

Kapitel 26

Ben

Ich habe seit dem Wettbewerb nichts mehr von Charlie gehört. Gut, es sind erst zwei Wochen vergangen, aber es kommt mir schon wieder wie eine Ewigkeit vor.

Sie fehlt mir, und nur die Tatsache, dass ich mich nach meinem Sieg beim *CIPC* entschlossen habe, wieder am Klavier aufzutreten, hilft mir, nicht vor Sehnsucht durchzudrehen.

Ich habe mir wieder einen Lehrer gesucht, um Gesangsunterricht zu nehmen, und bin dankbar, dass mich die Planung der ersten kleinen Konzerte auf Trab hält.

Dennoch ist in meinem Herzen ein Loch. Ein Loch, das Charlies Namen trägt.

Priya und ich stehen in Kontakt, aber ihre sporadischen Auskünfte reichen längst nicht aus, um mich zufriedenzustellen. Was sie mir inzwischen allerdings verraten hat, ist, was Charlie dazu gebracht hat, mich von sich zu stoßen.

Und diese Nachricht ließ mich alles verstehen. Ich begriff, warum Sheriff Evans nach meinen blinden Anschuldigungen in dieser Weise reagiert hatte. Am liebsten hätte ich ihn eigenhändig verprügelt, aber ich weiß, dass ich jetzt nicht mehr tun kann, als abzuwarten.

Ich hoffe und bete, dass Charlies und meine Geschichte eine Fortsetzung hat, und wenn ich das durch meine Geduld wahrscheinlicher machen kann, dann werde ich das tun.

Ich werde trotz aller Sehnsucht durchhalten. Irgendwie.

Charlie

»Ich muss mit dir reden, Charlotte«, sagt mein Dad an einem frühen Mittwochnachmittag, und zum ersten Mal seit vielen Tagen sehe ich ihn direkt an. Etwas in seiner Stimme lässt mich aufhorchen.

»Ja?«, erkundige ich mich teilnahmslos.

Er steht in meiner Tür und runzelt die Stirn. »Es wäre mir recht, wenn du dafür mit mir runterkommen würdest.«

Darauf habe ich ehrlich gesagt überhaupt keine Lust, aber irgendetwas an der Situation und meine Intuition sagen mir, dass es nicht klug wäre, ihm jetzt zu widersprechen.

Also folge ich ihm mit schlurfenden Schritten die Treppe hinunter und in die Küche. Mom sitzt bereits am Küchentisch und blickt mir entgegen.

Ich versuche, in ihren Augen etwas zu erkennen, dass mir zu einer Einschätzung der Lage verhilft, aber es gelingt mir nicht.

»Setz dich«, befiehlt mein Dad, und obwohl es mir nicht gefällt, ihm schon wieder zu geben, wonach er verlangt, tue ich, wie mir geheißen.

»Ich weiß, dass du in uns während der vergangenen Wochen nur das Böse gesehen hast«, beginnt Dad nach einem Augenblick unangenehmen Schweigens. »Und ich glaube, es ist an der Zeit, etwas einzugestehen, was ich vermutlich noch nie getan habe.«

Er holt tief Luft und sieht mir direkt in die Augen.

»Es tut mir leid, Charlotte. Ich habe einen Fehler gemacht.«

Mir klappt die Kinnlade herunter. Hat er sich gerade bei mir entschuldigt? Hat mein Vater, Sheriff Evans, tatsächlich einen Fehler zugegeben?

»Ich verstehe, dass du überrascht bist«, spricht er meine Gedanken aus. »Es tut mir auch leid, dass ich mich in deiner Kindheit zu wenig bei dir entschuldigt habe.«

Ich höre die Scham in seiner Stimme, und mein Herz geht auf.

»Ich habe weiß Gott genug falsch gemacht«, fährt er fort, und das erste Mal, seitdem ich meinen Vater kenne, zittert seine Stimme.

»Und was bedeutet das, Dad? Was tut dir leid?«

Ich habe ein schlechtes Gewissen, weil ganz offensichtlich ist, dass es ihm mit dieser Situation schlecht geht, aber ich muss es ihn sagen hören. Ich will Klarheit.

Seine Augen suchen meine, und ich sehe darin ein stummes Flehen. Meinen Vater, der immer so stark und unnahbar war, so zu sehen, ist mehr, als ich ertragen kann.

Ich spüre einen Kloß in meiner Kehle und ein Brennen hinter meinen Augen. Der Schmerz, den ich empfinde, spiegelt sich im Gesicht meines Vaters, als er tief Luft holt, sich gerade hinstellt und die Schultern strafft.

»Es tut mir leid, dass ich nicht an dich und deine Träume geglaubt habe.«

Die Worte kommen leise heraus, beinahe gepresst, aber doch so deutlich, dass ich sie deutlich verstehe. »Ich konnte mich nicht mit dem Gedanken arrangieren, dass mein kleines Mädchen nun erwachsen ist und seine eigenen Entscheidungen treffen darf«, gesteht er leise. »Ich weiß, dass ich es war, der dir ein Pferd kaufen wollte. Aber niemals hätte ich gedacht, dass dein Berufswunsch in diese Richtung gehen würde.«

»Es ist das, was ich liebe.« Die Worte sind aus meinem Mund heraus, noch ehe ich genauer darüber nachdenke.

»Das habe ich jetzt auch verstanden«, antwortet er, und einen Augenblick lang sehen wir uns schweigend an. »Du sollst deine Chance bekommen.«

Ich kann nicht glauben, was er sagt, denn es klingt wie ein Traum.

»Bedeutet das ...?« Ich traue mich nicht weiterzusprechen.

»Es bedeutet, dass wir dich in deinem Studium unterstützen werden«, sagt meine Mutter, und meine Augen fliegen zu ihr. Sie hat bisher geschwiegen, aber genau in diesem Moment Unterstützung von ihr zu bekommen, bedeutet mir mehr als alles andere.

»Aber ich bin nur Zweite geworden«, sage ich leise und schlage die Augen nieder.

Das Nächste, was ich spüre, sind zwei starke Arme. Ich werde hochgezogen, und mein Vater drückt mich an seine breite Brust.

»Du bist Zweite geworden. Stell das nie wieder unter den Scheffel.«

Der Stolz in seiner Stimme ist nicht zu überhören, und nun laufen die ersten Tränen über mein Gesicht.

»Du hast uns mehr als bewiesen, dass du zu Großem in der Lage bist«, flüstert er in meine Haare. »Und es tut mir leid, dass du dich dazu genötigt gesehen hast, eine solche Wette mit uns einzugehen.«

Die Situation überwältigt mich. Es ist zu viel, um es zu begreifen.

»Danke, Dad!«, sage ich, als ich meine Stimme wieder unter Kontrolle habe, und spreche damit das aus, was ich empfinde.

»Ich habe dich lieb«, antwortet er und drückt mich ganz fest, während mein Herz diese Worte aufsaugt wie einen Schwamm.

»Und was ist mit Ben?«

Ich komme mir unglaublich mutig vor, weil ich mich traue, ihm diese Frage zu stellen, und mein Herz beginnt zu rasen.

Einen Moment lang liegt Schweigen über dem Raum, und Dad mustert mich ganz genau und aufmerksam, nachdem er mich ein Stück von sich geschoben hat. Ich fühle mich ein bisschen so, als wäre das hier eine Prüfung, und ich wäre die zu Prüfende. Die Zeit bleibt stehen, und ich wage kaum zu atmen, als Dad seine nächsten Worte spricht.

»Was ich in Bezug auf Ben getan habe, tut mir wahrscheinlich am meisten leid.«

Er faltet seine Hände, aber ich kann sehen, dass sie zittern.

»Du wirst also nichts gegen seinen Vater unternehmen?«, frage ich atemlos, und Dad schüttelt mit einem müden Gesichtsausdruck den Kopf.

»Nein, ich werde nichts tun«, bestätigt er, und ich kann den Stein von meiner Seele poltern hören. Sicher hört Priya ihn ein paar Straßen weiter ebenfalls.

Erleichtert schnappe ich nach Luft und falle meinem Vater wieder in die Arme.

»Danke, Dad. Danke, danke, danke«, stammele ich und schmiege mich an ihn. Und obwohl ich noch vieles zu verzeihen haben werde und einiges ungeklärt ist, spüre ich zum ersten Mal seit viel zu langer Zeit eine Verbundenheit mit meinem Vater.

Ich muss zu Ben, hämmert es zwanzig Minuten später im Takt meines rasenden Pulses in meinem Kopf, während ich mit zitternden Händen eine Nachricht an Georgie tippe.

Charlie: Hey, weißt du, wo Ben ist?

Georgie: Er ist vor einer Viertelstunde losgegangen für einen Spaziergang mit Darcy und wird wohl nicht so schnell zurück sein. Ich glaube, sie wollten auf die Höhe. Warum?

Charlie: Erkläre ich dir ein andermal. Ich muss jetzt dringend los.

Ich werfe mein Telefon in meine Handtasche und rufe meiner Mutter die Frage zu, ob ich das Auto nehmen darf. Zum ersten Mal seit Wochen sagt sie ohne zu zögern Ja.

Ich drehe hektisch den Schlüssel im Schloss und würge vor Aufregung drei Mal den Motor ab. Fluchend und mit quietschenden Reifen fahre ich schließlich los in Richtung Stall.

Schon von Weitem sehe ich, dass die Pferde auf der Weide stehen, und stöhne im selben Moment, als mir klar wird, dass ich bei all der Aufregung vergessen habe, mich umzuziehen. Ich trage noch immer ein kurzes, grünes Strickkleid, das gut in den beginnenden Herbst passt.

Aber die Kleiderfrage ist mir jetzt egal. Ich parke den Wagen schnell vor den Stallungen und renne in leichten Ballerinas zur Koppel.

Ein kurzer Pfiff reicht, damit Ares zu mir an den Zaun kommt. Ich streife ihm das Halfter über den Kopf und führe ihn zum Putzplatz.

Im Vorbeigehen grüße ich zwei andere Pferdebesitzerinnen, die mir leicht befremdete Blicke zuwerfen ob meines eher ungeeigneten Outfits.

Ein Blick auf meine Smartwatch verrät, dass mir nicht mehr allzu viel Zeit bleibt, wenn ich vor Ben auf der Höhe sein will, und deshalb beschließe ich, heute auf eine ausführliche Putzaktion und auch auf den Sattel zu verzichten.

Schnell lege ich Ares die Trense an und springe von der Mauer neben dem Misthaufen aus auf seinen Rücken.

Ich habe es schon immer geliebt, ohne Sattel zu reiten, und es ist mir nicht fremd. Ich finde, der fehlende Sattel führt zu einer deutlich intensiveren Beziehung zwischen Pferd und Reiter.

Ein leichter Schenkeldruck, und wir setzen uns in Bewegung. Bis zur Höhe ist es zum Glück nicht weit, und ich entspanne mich minimal, während ich die Bewegung, die Kraft und die Muskeln des Tieres unter mir in mich aufnehme.

Gleichzeitig bemerke ich aber auch die dunklen Wolken, die schnell über den Himmel ziehen und die ich in meiner Aufregung bisher völlig übersehen habe.

»Mist«, fluche ich leise, denn mir ist klar, dass es nicht mehr lange dauern wird, bis es anfängt zu regnen. Aber eigentlich ist das auch egal, denn gerade in diesem Augenblick entdecke ich zwei Silhouetten am Horizont.

Einen Mann und einen Hund. Ich schnalze mit der Zunge, und Ares springt in den Galopp. Als ich kurz hinter den beiden durchpariere, spüre ich die ersten warmen Regentropfen auf meinem Gesicht und meinen nackten Schultern.

Darcy hat uns schon gehört. Er hat sich umgedreht und starrt uns stocksteif an. Nun ist auch Ben aufgefallen, dass etwas im Gange ist, und er wendet sich ebenfalls mir zu.

Im nächsten Augenblick reißt er die Augen auf.

»Charlie?«, fragt er ungläubig, und ich nicke stumm. Mit zitternden Knien springe ich vom Pferd, während der Regen stärker wird. Zum Glück ist es ein warmer Spätsommerregen und keiner, durch den ich mir den Tod holen würde.

»Was machst du hier?«, frage er so leise, dass ich nicht sicher bin, ob ich mich verhört habe.

»Ich habe dich gesucht«, antworte ich, und seine Augen werden noch größer.

»Aber, dein Dad ...«, beginnt er, und ich schüttele abwehrend den Kopf.

»Er hat sich bei mir entschuldigt.« Ein verhaltener Jubel klingt in meiner Stimme mit. »Er wird uns keine weiteren Steine in den Weg legen«, spreche ich weiter, während Ares den Kopf senkt und zu grasen beginnt.

»Und was bedeutet das für uns?«

Bens Stimme klingt verhalten und nicht so hoffnungsvoll, wie ich es mir vorgestellt hätte.

»Ich weiß nicht, was du willst«, sage ich leise und zittrig. »Aber ich weiß, was ich will.«

»Und was willst du?«

Ich nehme allen meinen Mut zusammen und weiß gleichzeitig doch nicht, wie ich meine Gefühle in die passenden Worte kleiden soll.

»Charlie!«

Bens Stimme klingt nun rau und intensiv. »Ich muss hören, was du dir wünschst.«

Ich starre ihn an. Der Regen rinnt in dicken Tropfen über sein Gesicht, und mit einem Mal sind die Worte glasklar in meinem Kopf.

»Ich will dich, Ben. Ich will mit dir zusammen sein, und ich will, dass du und ich gemeinsam unseren Träumen folgen.«

Ich hole tief Luft, als ich Bens fassungsloses Gesicht sehe und Panik mich überspült wie eine Welle.

»Es tut mir so unendlich leid, dass ich dich von mir gestoßen habe. Es muss dir nach dem Hochzeitswochenende so falsch vorgekommen sein, aber mein Dad –«

»Ich weiß Bescheid.«

Ich halte mitten im Satz inne und starre ihn an.

»Du weißt –?«

Ich bin fassungslos.

»Dass dein Dad dir gedroht hat, meinem Dad zu schaden? Ja!«

Er nickt, und ich kann kaum glauben, was ich da gerade höre. »Woher –?« Ich stocke. »Oh.«

Priya muss Ben alles erzählt haben. Eine tiefe Dankbarkeit überspült mich. Ich habe eine unglaubliche beste Freundin und stehe hier vor dem Mann, den ich ...

»Ich liebe dich über alles, Ben.«

Meine Stimme klingt ganz ruhig. »Ich kann und will mir nicht vorstellen, mein Leben mit einem anderen Mann als mit dir zu verbringen. Ich werde nie wieder jemanden finden, der mich so liebt wie du, so berührt wie du. Niemand wird mich jemals wieder so zum Lachen bringen. Du bist mein Traummann, und ich will mit dir alt werden.«

»Wow.«

Ben starrt mich aus weit aufgerissenen Augen an. Tausende Gefühle zucken über sein Gesicht und werden schließlich von einem einzigen überlagert. Überschäumendes Glück strahlt mir entgegen. Dasselbe Glück, das ich empfinde.

»Du bist verrückt, Charlotte Evans!«

Mit einem einzigen Schritt ist er bei mir, umfasst meine Mitte und reißt mich an seine Brust.

Es dauert keine Sekunde, bis mich sein geliebter und vertrauter Duft umfängt. Dann spüre ich seine Lippen warm und fest auf meinem Mund.

Ich schnappe nach Luft, weil die Tränen mir den Atem rauben und sein Kuss mich mit seiner Intensität völlig überwältigt.

»Benjamin Foster.« Ich verwende ganz bewusst ebenfalls seinen vollen Namen. »Lass mich nie wieder los.«

Ich schmiege mich noch fester in seine Arme und streife mit meinen Lippen die kurzen Bartstoppeln an seinem Kinn, als ich meinen Kopf in den Nacken lege und ihm ins Gesicht sehe. »Ich bin nicht immer einfach, rede oft zu viel, bin unkonventionell und abgedreht. Aber ich will, dass du mich nie wieder loslässt. Versprich es mir!«

Bens Hände wandern durch meine Haare, streicheln meinen Nacken, und er küsst mich noch einmal.

»Ich lasse dich nie wieder los, du wundervolle Irre«, sagt er sanft, küsst mich nochmals und schmunzelt dann.

»Im Übrigen sind all die Punkte, die du gerade aufgezählt hast, mit dafür verantwortlich, wie sehr ich dich liebe.«

Seine Worte sind Mond und Sterne an meinem Firmament. Sie erhellen mein Leben und machen es einzigartig schön.

Ich fühle tief in mich hinein und speichere das Glücksgefühl in meinem Herzen ab. Ich will es immer wieder hervorholen und mich an den Moment erinnern können, als der Rest meines Lebens seinen Anfang nahm. Meines Lebens an Bens Seite.

Epilog – 1 Jahr später

Charlie

»Last Christmas, I gave you my heart …«

»Dieses Lied sollte endlich verboten werden. Ich muss davon fast kotzen.«

»Manchmal bis du schlimmer als der Grinch höchstpersönlich, Königinmutter.«

»Pass auf, Ben.« Noah wirft ihm einen warnenden Blick zu. »Sonst wirft sie dir gleich etwas an den Kopf.«

»Ach, soll sie doch.« Ben schlingt seinen Arm enger um meine Taille. »Dass unsere liebe Georgiana meinen Gesang nicht angemessen zu würdigen weiß, ist ja bereits allgemein bekannt.«

»Dein Gejaule in der Weihnachtszeit ist auch kaum auszuhalten.«

Ich kann nicht mehr länger an mich halten und pruste los.

»Es ist so schön zu beobachten, wie in der Weihnachtszeit Liebe in eure Herzen einkehrt.«

Ich werfe einen Blick in die Runde. Wir sitzen alle gemeinsam an einem reich gedeckten Tisch bei Alex und Jessy. Neben den üblichen Verdächtigen wie Marmelade, Schokocreme und Brötchen steht in der Mitte des Tisches heute ein Teller frisch gebackener Plätzchen und vor jedem von uns ein Glas mit Punsch. Es ist der erste Advent, und wir haben uns für einen gemütlichen Brunch getroffen.

Das tun wir relativ häufig in letzter Zeit.

»Möchte noch jemand Kaffee oder Kakao?« Alex steht am Herd und rührt mit einer Hand geschickt im Topf mit der heißen Schokolade, während er mit der anderen den Kaffee-Vollautomaten bedient.

»Für mich bitte Kakao, mein Schatz.« Jessy, die links von mir sitzt, wirft ihm einen verliebten Blick zu und kitzelt dann Olivia durch, die auf ihrem Schoß sitzt und immer wieder völlig fasziniert gegen Jessys immer runder werdenden Bauch tippt. Die Kleine quietscht und kreischt vor Vergnügen, und ich weiß schon jetzt, dass Jessy und Alex großartige Eltern sein werden.

Alex kümmert sich rührend um sie und lässt sie kaum eine Sekunde aus den Augen. Auf zwei großen Kissen in der Ecke liegen Darcy und Sheila und beobachten aufmerksam, was bei den Menschen gerade so los ist.

»Hier, Süße.« Alex bringt Jessy ihren Kakao und lässt sich neben ihr nieder.

Auf meiner anderen Seite albern Georgie und Noah mit Ben herum, der seinen Arm um mich geschlungen hat. Ich lehne meinen Kopf an seine Schulter und atme tief durch.

In diesem Augenblick bin ich völlig überwältigt von Liebe und Dankbarkeit.

»Ich liebe euch, wisst ihr das?«

Die Worte purzeln aus meinem Mund, bevor ich vernünftig darüber nachdenken kann. Daraufhin wird es still im Raum, und fünf Augenpaare mustern mich überrascht.

»Was ist mit dir denn los?«

Alex schmunzelt. »Du bist doch sonst nicht so.«

»Ach, ich weiß auch nicht.« Meine Gefühlsaufwallung ist mir nicht peinlich. »Irgendwie begreife ich gerade nur, wie toll sich alles für uns entwickelt hat.« Ich umfasse den Raum und jeden einzelnen von uns mit einer ausschweifenden Geste.

»Ich meine, schaut uns an. Ist das nicht fantastisch?«

Einen Augenblick herrscht nachdenkliches Schweigen, das nur von Olivias Quietschen unterbrochen wird, die von Jessys Schoß gekrabbelt ist und nun mit den Hunden über den Boden tobt.

»Eigentlich hast du recht.«

Georgie rutscht ein Stück an mich heran und legt ihren Arm um mich. »Wir haben es geschafft.« Sie wirft ebenfalls einen lächelnden Blick in die Runde. »Wir alle haben über viele Umwege unser Glück gefunden. Und wir haben uns. Wir sind zwar nicht blutsverwandt, aber wir sind Familie.«

Jessy – von der Schwangerschaft und den Hormonen ganz rührselig gestimmt – wischt sich eine Träne aus dem Augenwinkel. »Ich sehe das genauso. Und Charlie hat recht. Ich liebe euch alle sehr.«

»Darauf trinke ich.« Noah hebt sein Glas und sieht uns alle auffordernd an. »Mit Kinderpunsch.«

»Cheers!«

Wir heben unsere Becher und prosten uns zu. Ich beobachte meine Freunde, sehe in ihre Gesichter, und für das, was ich in diesem Augenblick empfinde, gibt es nur einen Namen.

Glück.

Nachwort

Zu früh. Ich bin noch nicht bereit. Gar nicht. Klingt dramatisch? Ist es für mich auch. Zumindest ein bisschen.

Ich sitze hier auf dem Sofa vor meinem Laptop und betrachte das kleine Wörtchen ENDE. Ich habe es bereits zum sechsten Mal unter ein Manuskript getippt, aber dieses Mal ist es so viel mehr als nur ein vorrübergehendes Ende bis zum nächsten Band. Dieses Nachwort ist ein Abschied.

Ein Abschied von eineinhalb Jahren, die ich in Connecticut verbracht habe. Mit Jessy & Alex, Georgie & Noah und zuletzt mit Charlie & Ben.

Ich überarbeite nach Plotredaktion und Lektorat. Schreibe die Widmung, das Nachwort, die Danksagung. Ich registriere langsam, dass ich die Reihe danach gehen lassen werde. Gehen lassen *muss.*

Es fühlt sich ein bisschen wie Liebeskummer an, denn diese drei Bücher bedeuten mir alles. Die ganze Reihe war ein Meilenstein für mich. Ich liebe jedes meiner drei Paare, möchte keinen von ihnen gehen lassen und sie gleichzeitig zu euch in die Welt schicken, damit ihr sie lieben könnt. Ich will, dass ihr die Liebe fühlt, die ich beim Schreiben empfunden habe. Das wünsche ich mir von ganzem Herzen.

Ich glaube, es wird mir nie wieder so schwerfallen, mich von einer Reihe zu trennen. Von Geschichten, die aus meiner Feder auf die Buchseiten geflossen sind. Worte auf Papier bedeuten aber auch Unsterblichkeit. Mit jedem Leser, jeder Träne, die auf eine Buchseite tropft, werden Figuren unsterblich. Das wünsche ich mir auch für Jessy, Alex, Georgie, Noah, Ben und Charlie. Ich werde meine Lieblingsclique unendlich vermissen, aber ich werde sie besuchen. Allein oder auch gemeinsam mit euch. Die *Forbidden-Feelings*-Reihe ist und bleibt einzigartig für mich. Danke, dass ich sie euch erzählen durfte.

Danksagung

Und damit bin ich auch schon bei meinem nächsten Thema. Dem Dank.

Neben meinem großen Gott, ohne den das alles hier niemals möglich wäre, gibt es auch unglaublich viele Menschen, denen ich danken möchte.

Ich danke meiner Mama. Sie hält mir den Rücken frei, wenn ich über einer Deadline verzweifle, und ist auch sonst die beste Mutter der Welt.

An dieser Stelle geht der nächste Dank an meine Lektorinnen Christiane Bauer und Ulla Mothes.

Es ist mir eine Freude, mit euch zu arbeiten, und ich danke euch, dass ihr euer Bestes gegeben habt, damit diese Reihe so werden konnte, wie sie geworden ist.

Meinen beiden besten Freundinnen Tabea und Elena danke ich, dass ihr immer für mich da seid. Dass wir über alles reden und miteinander ehrlich sein können. Wenn aus Freundschaft Familie wird. So und nicht anders fühlt es sich mit euch an. Ich liebe euch sehr!

ANNA. Meine Anna. Dieses Jahr hat es also endlich geklappt. Ich konnte dich in den Arm nehmen und das schönste und lustigste Wochenende im ganzen Jahr 2020 mit dir verbringen. Danke für dein immer offenes Ohr, deine Geduld und Ehrlichkeit. Danke für unsere Telefonate und danke, dass du mir keine Katzen mehr auf Tinder matchest. #MiNa #Seelenschwester

Ein riesiges und unfassbares Dankeschön geht an meine wundervolle Silja. Danke, dass du meine erste und treuste Testleserin und so eine wundervolle Freundin bist. Danke für jedes Telefonat bis nach Mitternacht, für jedes Mal, bei dem du meine Tränen getrocknet hast, indem du mich zum Lachen brachtest. Danke, dass du all meine Sorgen teilst und für mich betest. Danke für jeden Arschtritt und für deinen Glauben an mich. Und danke, dass du mich davon abgehalten hast, zur Mörderin zu werden. Im Buch. Versteht sich. Danke, dass du jetzt schon seit über eineinhalb Jahren meine Freundin bist. Ohne dich gäbe es *Forbidden Feelings* nicht. Ich hab dich so lieb.

Auch Ayla Dade (mit der ich den gesamten Weg als Autorin bisher gemeinsam bestritten habe) habe ich mehr zu verdanken, als ich in Worte fassen kann. Und nicht nur, weil sie mir geholfen hat, meine Redebegleitsätze zu verringern.

An dieser Stelle danke ich auch Stephan, ohne den diese Reihe niemals erzählt worden wäre. Das ist Fakt. Danke, dass du immer an mich (und meine Bücher) geglaubt hast, wenn ich es nicht konnte. So etwas vergisst man nicht und es bedeutet mir unglaublich viel.

Auch allen anderen, die ich jetzt nicht namentlich erwähnen kann, sage ich danke. Autorenkolleg*innen, Freunden, Herzmenschen. Danke, dass es euch gibt.

Und danke an meine Leser. Danke für eure Rezensionen, Buchbilder und alles, was dazugehört. Ihr unterstützt mich damit so sehr.